新潮文庫

ドリアン・グレイの肖像

ワイルド
福田恆存訳

ドリアン・グレイの肖像

画家の序文

一千八百八十四年の春、オスカー・ワイルドはしばしばアトリエに現れた。わたしのモデルのひとりに、友人たちから「輝ける青春」と綽名《あだな》されるほど、ひときわ目立つ美貌《びぼう》の青年がいた。いつも、午後になると、ワイルドは制作の進行ぶりを眺《なが》めながら、才気煥発《かんぱつ》の話術でわたしたちを酔わせたものだが、やがて肖像画も完成し、そのモデルは自分の世界へ去って行った――解放された悦《よろこ》びに夢中になっていたことはいうまでもない。

さて、「ドリアン」の美貌は、なんといっても色彩と表情にこそその魅力が存するといった類《たぐい》のものだった。波うつ金髪、生き生きと赤みがかった頬、健康ないたずらっぽさと、品の良いユーモアと、高邁《こうまい》な思想とにきらめく眼。東風が吹きすさぶときでさえ、この世を愉快なものと思わせるような若者だった。ひとの良さと陽気さが全身から発散して、かれがはいってくれば、陰鬱《いんうつ》このうえない部屋もほんのりと明るみを帯び、輝くのだった。

「あんなすばらしい人間が年をとってしまうとは、なんという傷《いた》ましいことだ」歎息《たんそく》まじりにワイルドが言った。

「まったくだ」とわたしは答えた。「もし『ドリアン』がいつまでもいまのままでいて、代りに肖像画のほうが年をとり、萎《しな》びてゆくのだったら、どんなにすばらしいだろう。そうなるものならなあ！」

ただそれだけだった。それからおよそ十五分ぐらい、わたしは肖像画に手を加えていた、その間ワイルドは想《おも》いに沈んだ様子で煙草《たばこ》をふかしていたが、一言もしゃべらなかった。やがて、かれは立ちあがると、ぶらぶら扉《とびら》まで歩いて行き、部屋を出るとき軽くうなずいただけで立ち去った。

それから間もなく、一身上の都合でわたしはロンドンを離れることになり、ワイルドにも「グレイ」にも会うことがなくなった。

何年か過ぎたある日のこと、ふとした機会でこの本がわたしの手にはいった。どこで、そしてどういうふうにして手にはいったのかは記憶していないが、あのときのとりとめのない会話でなにげなく蒔《ま》かれた種子《たね》が、作者の技術によって作品「ドリアン・グレイの肖像」にまで育てられたのを見て、わたしは驚きを禁じえなかった。ワイルドはこのテーマを永いあいだ暖めていたにちがいない。「輝ける青春」が、ワイルドの創造した悪の主人公とは正反対の存在であったことはいうまでもない――が、著者の逆説にたいする並々ならぬ愛着のゆえにこそ、このような性格上の反定立が詩人としてのかれの心を捉《とら》えたのにほかならない。以下の頁《ページ》は、その詩人の心から成長したのである。

バジル・ホールウォード

序　文

芸術家とは、美なるものの創造者である。

芸術を顕《あらわ》し、芸術家を覆《おお》い隠すことが芸術の目標である。

批評家とは、美なるものから受けた印象を、別個の様式もしくはあらたな素材に移しかえうる者をいう。

批評の最高にして最低の形態は自叙伝形式にほかならぬ。

美なるものに醜悪な意味を見いだすのは、好ましからざる堕落者であり、それはあやまれる行為である。

美なるものに美しき意味を見いだすものは教養人であり、かかる人物こそ有望である。

美なるものがただ「美」をのみ意味しうる者こそ選民である。

道徳的な書物とか非道徳的な書物といったものは存在しない。書物は巧みに書かれているか、巧みに書かれていないか、そのどちらかである。ただそれだけでしかない。

十九世紀におけるリアリズムにたいする嫌悪《けんお》は、キャリバンが鏡に映った自分の顔を見るときの怒りと異なるところがない。

十九世紀におけるロマンティシズムにたいする嫌悪は、鏡に自分の顔が映っていないといって怒るキャリバンそのままである。

人間の道徳生活が芸術家の扱う主題の一部を形成してはいる、が、芸術の道徳は、不完全な媒体を完全な方法によって処理することにこそ存する。芸術家たるものは証明せんとする意欲をもたない。いかなることも、真なることさえ証明されうるのだ。

芸術家たるものは道徳的な共感をしない。芸術家の道徳的共感は赦《ゆる》すべからざるスタイル上のマンネリズムである。

芸術家たるものはけっして病的でない。芸術家はあらゆることを表現しうるのだ。

思想も言語も芸術家にとっては芸術の道具にほかならぬ。

善も悪も芸術家にとっては芸術の素材にすぎぬ。

芸術と名のつくものはすべて、形式の点より見れば音楽家の芸術を典型とし、感情の点よりすれば俳優の演技をこそその典型とすべきである。

すべて芸術は表面的であり、しかも象徴的である。

表面より下に至らんとするものは、危険を覚悟すべきである。

象徴を読みとろうとするものは、危険を覚悟すべきである。

芸術が映しだすものは、人生を観《み》る人間であって、人生そのものではない。

或《あ》る芸術作品に関する意見がまちまちであることは、とりもなおさず、その作品が斬新《ざんしん》かつ複雑で、生命力に溢《あふ》れていることを意味している。

批評家連の意見が一致しないとき、芸術家はまさしくおのれ自身と調和している。

有用なものを造ることは、その製作者がそのものを讃美《さんび》しないかぎりにおいて赦される。無用なものを創《つく》ることは、本人がそれを熱烈に讃美するかぎりにおいてのみ赦される。

すべて芸術はまったく無用である。

オスカー・ワイルド

第一章

アトリエの中には薔薇《ばら》のゆたかな香りが満ち溢《あふ》れ、かすかな夏の風が庭の木立ちを吹きぬけて、開けはなしの戸口から、ライラックの淀《よど》んだ匂《にお》いや、ピンク色に咲き誇るさんざしのひとしお細やかな香りを運んでくる。

ペルシャ製の鞍嚢《サドル・バッグ》でできた寝椅子《ねいす》に横たわったまま、いつものようにたて続けに何本もの巻煙草《まきたばこ》をふかしているヘンリー・ウォットン卿《きょう》の眼には、蜂蜜《はちみつ》の甘さと彩《いろど》りとをもったきんぐさりの花のきらめきだけが映っていた。そのかすかに震える枝々は、焔《ほのお》にも似た美しさの重荷に耐えるのが精一杯であるかのようだった。時おり、おもてを飛ぶ小鳥の夢のような影が、大きな窓にかかった長い山繭《やままゆ》織りのカーテンをよぎり、その一瞬、まさに日本的な気分をつくり出す。すると、かれの脳裡《のうり》には、固定した芸術媒体を通じて身軽さと動きの感じを伝えようとするあの東京の画家たちの硬玉のように青白い顔が泛《うか》んでくる。刈られぬままに長く伸びた草の合間を飛びぬけ、すいかずらの埃《ほこり》にまみれた金箔《きんぱく》の距《きょ》の周囲を単調な執念深さで巡《めぐ》る蜂の鈍い唸《うな》りは、あたりの静かさをいっそう重苦しく感じさせ、かすかに響くロンドン市街の騒音は、遠くのオルガンから聞える最低音をおもわせた。

部屋の中央には画架が立てられ、それには並はずれて美貌《びぼう》の青年の全身像がとめてあった。その前の少し離れたところに、この絵の制作者バジル・ホールウォードが腰かけていた。この男はその後――もう数年前のことになるが――突然姿を消してしまって、当時としては相当世間の評判になり、いろいろ奇妙な臆測《おくそく》のたねを蒔《ま》いた人物である。

自分の腕のかぎりをつくして写したこの優雅で端正な姿を眺める画家バジルの顔に、満足の微笑がちらりと浮んでそのまま留《とど》まるかとおもわれた。が、突然かれは我に返って、眼を閉じ、醒《さ》めたくないある不可思議な夢をいつまでも脳裡《のうり》に閉じこめておこうとするかのように指を瞼《まぶた》に押しあてた。

「バジル、これはきみの最上の作品だ、いままでにきみがやった一番の仕事だ」とヘンリー卿は懶《もの》うげに言った。「どうしても来年はグロヴノアへ出すのだな。王立美術院《アカデミイ》ときたらだだっぴろくて、その俗悪なことまったくお話にならない。ぼくがあそこへ行ってみると、きまってひとが多すぎて絵が見えないのだ、全くひどいものだが、さもなければ絵が多すぎてひとが見えないときている、こいつはなお面白くない。となると、あとはグロヴノアだけだ」

「グロヴノアだろうとどこだろうと、出すつもりは全然ない」画家は、オックスフォード時代に友達の物笑いの種になった一種独特の仕方で頭をうしろに投げかけながら答えた。「絶対にどこにも出さない」

ヘンリー卿は眉《まゆ》をあげ、阿片《あへん》入りの重い巻煙草から、奇妙な渦を巻いて立ちのぼるうす青い煙の輪をとおして、画家の顔に驚きの眼を向けた。「どこにも出さないって？　いったいどうしてだ？　何か理由でもあるのか？　きみたち絵描《えか》きときたらみんな変り者なのだ。好評を得るためにはいかなる手段も辞しないくせに、いざそれが手にはいると、とたんに、なんだこんなものといわんばかりにほうりだしてしまう。そんな馬鹿《ばか》げたことがあるものか。この世には人の噂《うわさ》にのぼるよりもひどいことがたったひとつある。噂にされないということだ。これほどの肖像画は当然イギリス中の青年のはるか上位にきみを置くし、老人どもをつくづく羨《うらやま》しがらせることだろう――もし老人にものを感ずる能力が残っているとすれば、だがね」

「きみに笑われるのはわかっているが、ぼくはどうしてもこれを出品する気になれない。ぼくはこの絵のなかにあまり自分というものを注ぎこみすぎたのだ」

ヘンリー卿は寝椅子の上にのけぞって、声をたてて笑った。

「そら、やっぱり笑っただろう。だが、ぼくの気持はほんとうにいま言ったとおりなのだ」

「あまり自分を注ぎこみすぎた、か！　バジル、正直な話、ぼくはきみがこんな見栄《みえ》坊《ぼう》だとはおもわなかった——きみのそのごつごつした逞《たくま》しい顔つきや真黒な髪と、この象牙《ぞうげ》と薔薇《ばら》の葉でできているような若きアドニスとのあいだに、一点でも似たところがあるのか、とききたいね。いいかい、バジル、かれはナーシサスだ。ところがきみは……もちろん知的な表情といったものはたしかにある。けれども、美は、真の美というものは、知的な表情の始るところに終るものなのだ。知性自体すでに誇張の一形式だ、それはどんな顔の調和をも崩しさってしまう。坐《すわ》りこんで考えごとを始めるやいなや、人間の顔は鼻ばかり、でなければ額ばかりの見るにたえぬ代物《しろもの》になるのだ。学識を必要とする職業についているひとをみるがいい、かれらの顔がどんなに醜悪かわかるだろう。もちろん、これにも例外はある。教会だけは特別だ。だが、教会の連中は考えごとなどしない人間だ。司教さまは八十の歳《とし》になっても十八の少年時代に教えられたことを後生大事に繰り返しているわけだ、だから、いつまでもああおっとりとした美しい顔をしていられるのだ。きみが名を教えてくれないので、誰だか見当がつかないが、ぼくの心をとりこにしたこの肖像画の御本人は、考えごとなどする人間でないことはたしかだよ。その点ぼくには絶対の確信がある。かれは頭は空《から》っぽで美しい人間、眼を慰めてくれる花のない冬や、誰もが智《ち》の働きを冷やしてくれるものに憧《あこが》れる夏に、いつもそばにいてもらいたいような人間にちがいない。バジル、自惚《うぬぼ》れてはいけない、きみはすこしもかれに似ていはしない」

「ハリー、きみにはぼくの気持がわからないのだ」と画家は答えた。「もちろん、ぼくはかれに似ていない。それは百も承知だ。ほんとうのところ、かれに似るなどはまっぴらだ。おや、肩をすくめたね。だが、ぼくの言っていることは真実なのだ。肉体や智能で他にぬきんでるということにはひとつの致命的な宿命がつきまとっている、それは、歴史を通じて王者のよろめく足どりにつきまとってきた宿命と同じなのだ。なんといっても自分の仲間とかけ離れぬにこしたことはない。醜い者、愚かな者こそこの世のなかで一番得をしている種族だときみは思わないか？ ゆっくりと腰をおちつけて、ぽかんと口をあけて芝居見物をしていられるのだ。もちろん、勝利の味はわからないだろう、が、その代り、すくなくとも敗北がどんなものであるかを知らずに済んでいるではないか。平穏無事で無関心なかれらの生きかたこそ、理想的というべきだ。かれらは他人に破滅を齎《もたら》しもせず、他人の手にかかって破滅することもない。ところが、ハリー、きみのもつ地位と富、ぼくの頭脳——まあ御覧の通りのものだが——それに絵の才能——その価値はいずれにもせよだがね——そしてドリアン・グレイの男ぶり、こういう非凡を神から授けられたわれわれは、その非凡のために苦しみを嘗《な》めねばならないのだ、大いにね」

「ドリアン・グレイと言ったね、それがかれの名前か?」ヘンリー卿はアトリエを横ぎってバジルのほうへ歩きながら言った。

「そうだ、それがこの男の名だ。きみに言うつもりはなかったのだが」

「なぜ言いたくなかったのだ?」

「ああ、ちょっと説明できない。だいたいぼくは、ほんとうに自分の気にいった人間の名は、絶対にひとに打明けないことにしている。名を明かすのは、その人間の一部をあけ渡してしまうような気がするのだ。ぼくは最近、秘密をもっているのが好きになった。現代生活を神秘化し、非凡化してくれるのは、秘密をもつこと以外にはなさそうだからね、どんなくだらぬことでも隠しておきさえすれば、魅力がますというわけだ。だからぼくは、ロンドンを離れて旅行に出るときには、絶対に行先を知らせないことにしている。もし言ってしまえば、楽しさは全部ふきとんでしまう。たしかにくだらない習慣だ、こんなことは。だが、そのお蔭《かげ》で自分の生活に冒険《ロマンス》と空想が生れてくる。こんなことを考えるぼくを、きみは大馬鹿者と思うだろうが」

「とんでもない、バジル」ヘンリー卿は答えた。「きみはどうやら、ぼくが妻をもつ身であることを忘れているらしい。いいかい、結婚の唯一《ゆいいつ》の魅力は、夫婦ともに欺瞞《ぎまん》の生活が絶対不可欠だということにある。ぼくは妻の居場所を知っていたためしがない、妻もこっちが何をしているか全然知らない。ふたりが顔をあわせるときは——ぼくたちでもたまには会うこともある——そして一緒にそとで食事をしたり、公爵《こうしゃく》家を訪問したりするときは、面とむかっていとも出鱈目《でたらめ》な話を、いとも真面目《まじめ》な顔でしあうのだ。その点、妻はまさに名人だね、ぼくなど足もとにも及ばない。妻の話は、日時などもちゃんと辻褄《つじつま》が合っているが、ぼくのほうは支離滅裂。それでも妻は、ぼくの嘘《うそ》を見ぬいているくせに、澄ましきっていて、悶着《もんちゃく》のおこりようがないのだ。すこしは騒いでくれればとおもうようなときもあるのだが、妻はただ黙ってこっちの顔を見て笑うだけだ」

「自分の結婚生活をそんなふうに言うのはぼくには不愉快だ」とバジル・ホールウォードは庭に通ずる戸口にゆっくり足を運びながら言った。「きみは根が善良このうえもない夫であるくせに、自分のその美徳が恥ずかしくてしようがないのだ。まったくおかしな人間だよ、きみは。道義に適《かな》ったことをひとつも口にしないが、そうかといって悪事を犯すこともまったくない、きみのシニシズムはただのポーズにすぎない」

「素顔でいることこそポーズにほかならない、しかも、もっとも他人をいらだたせるポーズだ」ヘンリー卿は笑いながらこう応酬した。ふたりの青年は連れだって庭にでて、高い月桂樹《げっけいじゅ》の蔭の長い竹のベンチに腰をおろした。日光がつやつやした葉のうえで踊り、草の合間では雛菊《ひなぎく》がかすかにゆれていた。

短い沈黙ののち、ヘンリー卿は懐中時計をとりだした。「そろそろ出かけなくてはならない時間だが、そのまえに、是非さっきの質問に答えてもらいたいな」

「なんだった、その質問というのは」と画家は眼をじっと地面の一点に注いだまま言った。

「わかっているのに」

「いや、わからない、ハリー」

「では、言おう。なぜきみはドリアン・グレイの肖像画を公開したくないのか、その説明が聞きたい。そのほんとうの理由が知りたいのだ」

「それならもう言ったはずだ」

「いや、まだ聞いていない。きみはさっきあまり自分を注ぎこみすぎたとは言った。だが、そんな言い草はあまり子供くさすぎる」

「ハリー」とバジル・ホールウォードはヘンリー卿の顔をまともに見つめて言った。「感情を籠《こ》めて描いた肖像画というものは、作者の肖像で、モデルの肖像ではないのだ。モデルは偶然のきっかけにすぎない。画家の筆によってモデルの全貌があらわにされるというよりも、むしろ、画家がかれ自身を彩られたカンヴァスのうえに具象しているのだ。この絵をひとの眼に晒《さら》したくないわけは、この絵のなかにぼくが自分の魂の秘密をあらわしてしまったからだ」

　ヘンリー卿は笑いだした。「で、その魂の秘密とは？」とかれはきいた。

「いま教えるよ」ホールウォードはこう答えたものの、その顔には困惑の表情がありありと浮んでいた。

「全身を耳にして聞きたいところだ、バジル」画家の顔を見据えたまま、卿が言った。

「ハリー、ほんとうにたいしたことではないのだ、それは。だいいち、きみにはおそらくわかってもらえまい。きみに信じてもらえるような話ではないからな」

　ヘンリー卿は微笑を洩《もら》し、背をかがめてピンクの花弁をつけた雛菊を草のあいだから摘みとり、じっとその白い毛でおおわれた金色の花盤に見いりながら言った――

「いや、きっとぼくにはわかる。それに、信じる信じないの問題なら、ぼくは信じられそうもないことでさえあれば、なんでも信じられる人間だ」

　風が木から幾輪かの花をふるい落し、ひと塊に集った星のような、重たげなライラックの花が、懶《ものう》い空気の動きにつれて左右にゆれていた。きりぎりすが一匹、塀《へい》のあたりで鳴きはじめ、細長い蜻蛉《かげろう》が、紗《しゃ》をおもわせる褐色の翅《はね》で、青い糸のように浮遊していた。ヘンリー卿はバジル・ホールウォードの心臓の鼓動を聞きとることができるような感じを覚え、いったいどのようなことがかれの口から語られようとしているのか、固唾《かたず》を呑《の》んで待ちうけた。

「それは至極簡単な話なのだ」と、短い沈黙ののちに画家は口をきった。「ふた月ほどまえ、ぼくはブランドン夫人のところの雑然たるパーティーへ出た。きみも知っているとおり、われわれ絵描きは、絵描きだって野蛮人ではないということを世間に認識させるだけの目的で、ちょいちょい社交界に姿を見せておく必要があるのだ。きみはまえにこんなことを言ったことがある――イヴニング・コートと白いネクタイさえあれば、だれだって、たとえ株屋だって洗煉《せんれん》された人間だという評判をかち得ることができる、とね。まさにそのとおりだ。で、ぼくがその部屋にはいって十分も経《た》ったろうか、着飾りすぎた老婦人や、退屈な美術院の会員どもと話を交《かわ》していたぼくは、突然、だれかの視線を感じて、なかばうしろを振り向いた。そのときなのだ、ぼくがドリアン・グレイをはじめて見たのは。ふたりの眼がかち合ったとき、ぼくは自分の顔がみるみる蒼《あお》ざめてゆくのを感じた。なんとも言いようのない恐怖の念がぼくを捉《とら》えたのだ。ぼくはそのときこう思った――いま自分の眼前にいる男の魅力はあまりに強烈で、それに抵抗しなければ、こっちの身も心もそっくり吸いつくされ、ぼくの芸術さえ呑みこまれてしまうだろう、と。ぼくは自分の人生が外部からの影響で左右されるのをこのまない。ぼくが生れつきどんなに独立心に富んだ男であるかは、きみもよく承知しているはずだ。ぼくはつねにぼく自身の主人だった。すくなくとも、ドリアン・グレイと邂逅《かいこう》するまでは。が、かれと会った瞬間――なんと説明したらいいか、なにかがぼくに向って、おまえの人生は、いま恐しい危機の一歩手前にある、と呼びかけているような気がしたのだ。それは、運命がぼくの前途に、このうえない歓《よろこ》びと悲しみとを用意しているのだという不思議な予感だった。ぼくは恐しくなって、かれに背を向け、部屋を抜けだそうとした。そうさせたのはぼくの良心ではない、それはむしろ臆病《おくびょう》ゆえの行為だった。逃げだそうとしたことを、ぼくはちっとも名誉だとは思っていない」

「良心も臆病も、もとを糺《ただ》せば同じものだ。良心は商店の表看板だよ。それだけのことさ」

「いや、そうはおもわない。きみだって肚《はら》の底ではそんなことを信じてなどいるものか。ともかく、動機はなんでもいいが――ひょっとすると、あれは見栄からだったのかも知れない、ぼくは見栄っぱりだから――ともかくぼくは戸口をさして夢中で足を運んだ。が、案の定、ブランドン夫人に真向《まつこ》うからぶつかってしまった。『おや、ホールウォードさん、まさかもうお逃げになるのではないでしょうね』と例の金切り声だ。ブランドン夫人のあの甲高《かんだか》い声はきみだって知っているだろう」

「うむ、あの女ときたらなにからなにまで孔雀《くじやく》そっくりだからな、もちろん美しさという点は別だがね」ヘンリー卿《きよう》は、その細長い、神経質な指の先で雛菊を千切りながら答えた。

「ぼくはどうしてもあの女から逃げられなくなり、お蔭で、王族や、勲章をしこたまぶらさげたおえらがたや、ばかでかい宝冠をかぶり、鸚鵡《おうむ》の嘴《くちばし》のような鼻をした老貴婦人たちのところを引張りまわされた。あの女はぼくのことを、最も親愛な友人だと言い触らすのだ。たった一度会ったきりなのに、もうぼくを名士扱いするのだからやりきれない。多分あの頃、ぼくの描いた絵のどれかが評判になっていて、まあ、すくなくとも三流どこの新聞でもてはやされていたのだろう、十九世紀における不滅の基準である三流新聞にね。ふとぼくは、さっきその人間的魅力にわれにもなく惹《ひ》きつけられた青年とむかいあっているのに気がついた。ふたりのあいだは非常に近く、殆《ほとん》ど触れあわんばかりだった。また眼が合った。どうしたはずみかぼくは、軽率にも、自分をこの青年に紹介してくれるようブランドン夫人に頼んでしまった。が、よく考えてみれば、それほど軽率な行為ではなかったかもしれない。必然の成行だったのだ。紹介者がいなくても、ふたりは自然に話を交《かわ》すようになっていたにちがいない。きっとそうだ。ドリアンもあとで同じことを言っていた。かれも、ぼくたちふたりは知りあうように宿命づけられているという気がしてならなかった

「で、ブランドン夫人はそのすばらしい青年をどう言っていた？」とヘンリー卿はきいた。「あの女ときたら、パーティーへ来る客という客の素性を片端からあばく癖がある。いつだったか、あの女はぼくを、勲章とリボンですっかり埋ったような、野蛮であから顔の老紳士のところへ連れて行って、ぼくの耳許《みみもと》へ、部屋中の連中に聞えるような悲劇的な囁《ささや》き声で、かれの身の上を驚くほどこまごまと述べたてはじめたではないか、ぼくはあわてて逃げ出したがね。ぼくだって自分でひとの素性を洗いたてるのなら好きだが、ブランドン夫人ときたひには、競売人が売物を扱うのと同じに客を取扱うのだ。あの女はひとの素性をばらしてあっさり片附けてしまうか、さもなければ、こっちが知りたいとおもう以外のありとあらゆることを丁寧に教えてくれるというわけだ」

「かわいそうに、それでは少々ブランドン夫人に酷だ、ハリー」ホールウォードは熱のない口調で言った。

「いいか、きみ、あの女はサロンを開こうとして、レストランを開業するのがやっとだったのだ。それをどうしてぼくが尊敬できる? まあ、それはどうでもいい。ぼくはドリアン・グレイのことをあの女がなんと言っていたか、知りたいのだ」

「ああ、だいたいこんな調子だった、『チャーミングな子よ――このかたのお母さまとあたし、離れられないくらい親しかったの――このかた、なにをなさるのだったかしら――多分――なんにもなさらないのではないかしら――そうそうピアノをお弾《ひ》きになるのよ――あら、それともヴァイオリンのほうだったかしら、ねえ、グレイさん?』こっちはふたりとも噴きだしてしまった。それでたちまち友達になったのだが」

「笑いによって交友がはじまるのは悪くない、そのうえ笑いによってそれが終るのは願ってもないことだ」若い貴族はまた一輪の雛菊を摘みとりながらこう言った。

ホールウォードは首を横に振って呟《つぶや》いた。「きみには友情とはどんなものなのかわかりはしない。いや、敵意というものだってわかってはいない。きみは人間という人間がみんな好きなのだ。というのは、誰にたいしても無関心というわけだ」

「そんな勝手な言い草はない」卿は帽子をうしろにずらせながら、つやつやした白い絹糸のもつれのような雲の小さな塊が、トルコ玉の色をおもわせる夏空をよぎってゆくのを眺めながら言った。「まったく勝手な言い草だよ、それは。ぼくはおおいにひとを区別している。友達を選ぶときには容姿の立派な人間を、知己を選ぶときには善良な性格の持主を、そして敵を選ぶには智能《ちのう》の秀《すぐ》れた人物を、といった工合に。とくに敵を選ぶ際にはくれぐれも注意が肝要だ。ぼくの敵には愚鈍な人間はひとりもいない。ぼくの敵はみんな大なり小なり頭がいいので、その結果、だれもが、敵であるぼくの美点を認めざるをえなくなる。自惚《うぬぼ》れすぎたやり口だとおもうかい？　うむ、考えてみれば、たしかに自惚れかも知れない」

「まあそうだね、ハリー。だが、きみのその範疇《はんちゆう》によると、ぼくはどうやらきみの知己にすぎぬようだ」

「バジル、きみは知己というよりはもっとずっと親しい相手だ」

「そして友達よりはずっとよそよそしいあいだ柄というわけか。まず兄弟といったところだろう」

「兄弟だって！　やめてくれ。ぼくは兄弟などまっぴらだ。ぼくの兄貴はいっこうに死にそうもないし、弟たちはまた、死ぬこと以外には何もしないのだ」

「ハリー！」ホールウォードは眉《まゆ》をひそめて言った。

「うん、バジル、たしかに冗談が過ぎたようだ。けれど、ぼくはどうしても身内のものを軽蔑《けいべつ》せずにはいられない。多分、自分と同じ欠点をもった他人には我慢できない人間性から来ているのだろう。英国の民衆が、かれらのいわゆる上流階級の悪徳というものに憤慨している気持がぼくにはよくわかる。大衆の気持としては、酒乱や愚行や不品行といった行為をあくまで自分たちだけの財産にしておきたいわけだ、われわれ上流社会の人間がくだらぬ真似《まね》をしようものなら、自分たち独占の猟場を侵害されたような気になるのだ。あのサザークが離婚裁判にかかったときの大衆の激昂《げっこう》はまさに観物《みもの》だったではないか。だからといって、身持のいい生活を送っているプロレタリアは十パーセントもあるまいが」

「いまの説には、どれにも同意できない。だいいち、ハリー、きみだってそれを本気で言っているのではないだろう」

ヘンリー卿はぴんとはねあがった褐色の髭《ひげ》を撫《な》で、房のついた黒檀《こくたん》のステッキでエナメル革の半長靴《はんちょうか》の先端を叩《たた》いた。「まったく英国的だな、きみは。これで二度目だ、きみがその台詞《せりふ》を使ったのは。生粋《きっすい》の英国人というものは、なにか新しい思想を聞かされた場合——もちろん、聞かせるほうが軽率なのだが——その思想が正しいものか、それとも間違ったものであるかをじっくり考えてみることなどおもいもよらぬのだ。かれにとって重要なのは、その思想の語り手が、はたしてその思想を信じこんだうえで、本気でそれを述べているかどうかということだけだ。思想の価値は、それを表現する人物の誠実さとはなんのつながりもない、むしろ、人物が誠実さを欠けば欠くほど、思想の知性度は純粋となる。というのも、その場合、思想が、個人の願望、欲求、偏見といったもので彩《いろど》られる心配がないからだ。だが、ぼくはいま、政治や社会学や形而上学《けいじじょうがく》をきみと論じるつもりはない。ぼくは主義よりも人物が好きだし、なによりも主義のない人物が大好きだ。さあ、もっとドリアン・グレイのことを話してくれ。かれとはよく会うのか?」

「毎日会っている。毎日会わないと、ぼくは不幸になる。かれはぼくにとってどうしても必要な存在なのだ」

「これは驚いた。ぼくはきみを、自分の芸術以外にはまったく無頓着《むとんじやく》な男とばっかりおもっていたのだが」

「いまや、かれこそぼくの全芸術だ」と画家は荘重に言った。「ハリー、ぼくはときどきこうおもう――世界史のなかで問題にするに足る時期はふたつしかない、ひとつは新しい媒体の出現、もう一つは新しい人物の出現だ、たとえば、油絵の発明はヴェネチア派にとってそれであったし、アンティノウスの顔が後期ギリシア彫刻にとってそうであった、そしてドリアン・グレイの顔はぼくにとっていつの日にかそうなるだろう、とね。ぼくは、ただかれを題材にして、絵具を塗り、鉛筆を動かし、スケッチを描《か》いているのではない。もちろん、そういうこともひとつ残らずやりはしたが、かれはぼくにとって単なるモデルでは決してない。といっても、かれを画題にした作品にぼくが不満だというのでも、かれの美しさは、芸術が表現し得ぬほどすばらしいというのでもない。芸術が表現し得ぬものは、この世にひとつだってありはしない、また、ドリアン・グレイに会って以後のぼくの作品は、今までになく出来がいい。だが、それよりも——わかってもらえないかもしれないが——かれの人間としての魅力は、いままでのとはまったく異なった美術の方法、新しいスタイルといったものをぼくに考えさせてくれるのだ。お蔭《かげ》でぼくは、事物を異なった眼で眺《なが》め、異なった心で考えるようになった。ぼくはいま、以前のぼくには見えなかった方法で人生を再創造することができる。思考の日中《ひなか》にみる様式の夢——だれがそう言ったのか憶《おぼ》えていないが、ぼくにとってドリアン・グレイはまさしくそれだ。あの少年がぼくの傍《そば》に居てさえくれればそれでいい——かれは二十《はたち》を超えているのだが、まだほんの少年といった感じがする。ああ、かれをそばで見ているだけでいい。きみにこの気持がわかってもらえるだろうか？　かれは、無意識のうちに、新しい絵画芸術の採《と》るべき方法をぼくに開示してくれるのだ。ロマン主義の情熱も、ギリシア精神の完璧《かんぺき》も、すべてを抱擁した新絵画派の構想を生んでくれるのだ。魂と肉体の調和——なんとそれは得がたいものだろう！　人間は狂気のあまり、このふたつを引き裂いて、俗悪な現実主義と空虚な理想とに二分してしまったのだ。ハリー、ドリアン・グレイがぼくにとってどんな存在となっているか、それさえきみにわかってもらえたらなあ！　アグニューが法外な高値で買いとると言ったのに、ぼくがついに手放さなかったあの風景画をきみは憶えているだろう。あの絵はぼくの作品中でも最上の出来だが、なぜそうなったかわかるか？　じつは、あれを描いているあいだ、いつもドリアン・グレイがぼくのそばに坐《すわ》っていてくれたのだ。ある隠微な影響がかれからぼくに伝わり、ぼくは生れてはじめて、あの平凡な森の風景のなかに、自分が探し求めてきた秘密が隠されているのを発見したのだ」

「バジル、それはすばらしい。どうしてもドリアン・グレイに会いたくなった」

ホールウォードはベンチから立ち上り、しばらく庭のなかを往《い》ったり来たりしていたが、やがて元の場所へ戻って来た。「ハリー」とかれは口を切った。「ドリアン・グレイはぼくにとって制作の動機にすぎないのだ。きみの眼がかれを見ても、なにも見えないかも知れないが、ぼくの眼はかれのうちにすべてのものを見る。かれの姿が描かれていない絵こそ、かれがもっとも強く存在している絵なのだ。さっきも言ったが、かれは新しい様式の暗示であり、ひとつの線の曲り工合に、あるいは色の美しさや微妙な色調のうちに、ぼくはかれの姿を認める。ただそれだけのことだ」

「それならば、なぜあの肖像画を公開しないのだ？」ヘンリー卿《きょう》はこうきいた。

「それは、かれには決して打明けなかったぼくのかれにたいする芸術的な偶像崇拝の精神が、ひとりでにこの絵のなかににじみ出てしまったからだ。かれはぼくのこの気持をぜんぜん知らずにいる。今後もぼくは知らせないつもりだ。が、世間はそれに感附くかもしれない、ぼくは自分の魂を、世間の浅はかな穿鑿《せんさく》の眼に晒《さら》したくないのだ。ぼくの心臓がかれらの顕微鏡のもとに置かれるのは御免だ。あの絵にはあまりにも多くのぼくが注ぎこまれているのだ、ほんとうにだ、ハリー」

「その点、詩人とくると、きみなどよりずっと良心的でないな。詩人は、情熱というものがかれの本の出版にどんなに有用だか承知している。現今では、失恋の痛手はすぐさまベスト・セラーに化けるというわけだ」

「だから詩人はきらいだ」とホールウォードは言った。「芸術家は美しい事物を創造すべきだ。だが、一滴たりとも自己の生命をそれに注ぎこむことは避けねばならない。現今では、芸術はまるで自叙伝の一形式にすぎないような取扱いをうけている。われわれは美にたいする抽象的な感覚を失ってしまったのだ。いまにぼくは、その感覚がどんなものであるかを世間に見せてやる。ともかく、ぼくがドリアン・グレイの肖像画を公開したくないのは、こういう理由からなのだ」

「きみの考えは間違っているとおもうが、議論するつもりはない。議論は知的に駄目になった人間だけがすることだ。教えてくれ、ドリアン・グレイはきみが好きなのか？」

画家はしばらく考えこんでいたが、やがてこう答えた——「好きだ。それはわかっている。もちろん、ぼくはかれを煽《あお》るようなことばをよく口にする。口に出せば後悔するとわかっていることをしゃべる、それがある言いようのない悦《よろこ》びなのだ。たいていかれは、ぼくに愛想がよく、二人はアトリエに坐って、さまざまな話にふける。ところが、ときおり、かれは分別と思いやりを失って、ぼくに苦痛を与えるのが楽しみだといわんばかりの言動をすることがある。そんなとき、ハリー、ぼくは、ひとの魂をまるで上衣《うわぎ》のポケットにさす花、虚栄を満足させる一片の装飾品、夏の日中のための装身具などのように扱う人間に、ぼくの魂をそっくり譲り渡してしまったような気がする」

「夏の日は暮れにくいものだよ、バジル」ヘンリー卿が呟《つぶや》いた。「多分、かれよりきみのほうがさきにあきることになるだろう。考えても悲しいことだが、美よりも才能のほうが永もちするというのはまったく真実だ、人間が大骨を折って過度の教育を自分に押しつけようとするのも、そのためだろう。野蛮な生存競争に巻きこまれている人間は、なにか永もちするものを持ちたがる、できもしないくせに、自分の立場を維持しようとして、がらくたな事実の寄せ集めを記憶に叩きこむ。博識家というやつが現代の理想なのだ。そして、博識家の精神ときたらお話にならない代物《しろもの》で、ちょうど古物屋の店先そっくりだ。そこにあるものは、なにからなにまで埃《ほこり》をかぶったできそこないで、おまけに実際の価値以上の値段がつけられているというわけだ。が、こんどの場合は、さきにあきがくるのはやっぱりきみだとおもう。ある日きみは、かれの顔を見て、かれの容姿が絵に適していないとか、色つやが気にいらないとか、そういったことをふと感ずる。そしてきみは、心のなかではげしくかれを責めたて、きみにたいするかれのそれまでの振舞いはひどいものだったと本気で考えるようになる。つぎにかれが訪れる頃には、きみはもう完全に冷淡になっている。こんな残念なことはあるまい。なぜといって、それはきみを変えてしまうからだ。いまきみが話してくれたことは立派なロマンスだ、芸術のロマンスといってもいい。だが、どんな種類のものにもせよ、ロマンスをもつことの最大の難点は、それが去ってしまうと、ひとはとたんにロマンティックでなくなるということにある」

「ハリー、そんな口のききかたはしないでくれ。ぼくが生きているかぎり、ドリアン・グレイの人間としての魅力はぼくを支配しつづけるだろう。ぼくが感じているものをきみは感ずることができない、きみはあまりに変り易《やす》い人間だからね」

「いや、バジル、変り易いからこそ、ぼくにはその気持がわかるのだ。誠実な人間は恋愛の些細《ささい》な面しか知ることができない。きまぐれな浮気者だけが恋愛の悲劇を知ることができるのだ」こう言ってヘンリー卿《きょう》は好みのいい銀のケースで火を点《つ》け、一言にして全宇宙の秘密を要約しつくしたといわんばかりの、自分を意識した満足げな表情で煙草《たばこ》をくゆらした。雀《すずめ》が囀《さえず》りながら、つやつやした緑色の蔦《つた》の葉をざわめかせ、青い雲の影が草のうえを燕《つばめ》のように通り過ぎていった。この庭の心地よさ、そして他人の感情の動きのおもしろさ。他人の思想はつまらないとしても、他人の感情はけっこう楽しめる――かれにはそう思われるのだった。自己の魂、それに友人の情熱的な感情、このふたつだけが人生にまたとない魅力を添えてくれるのだ。かれは、こうしていつまでもバジル・ホールウォードのもとに留《とど》まっていたため、とうとう出席できなかった退屈な午餐会《ごさんかい》の有様を、秘《ひそ》かな悦びをもって頭に描いた。もし叔母の家に行っていたとすれば、きっとグッドボディ卿と会うことになる、そこでの会話は、貧民の食糧救済とか、模範的宿泊所の必要とかの話題で終始しただろう。どの階級の人間も、自分の生活においては発揮する必要のない徳の重要性を、それぞれ勝手に述べたて、富豪が倹約の価値を説き、暇をもてあます連中が労働の尊厳について弁舌を揮《ふる》っているにちがいない。それを全部免かれたとは、じつに愉快なことだ。叔母のことに思い及んだ時、卿の頭にあるひとつのことが閃《ひら》めいた。かれはホールウォードのほうに向きなおって言った──「バジル、いまやっと憶いだした」

「なにを、ハリー?」

「ドリアン・グレイの名を聞いた場所をだ」

「どこだ、それは?」ホールウォードは僅《わず》かに顔をしかめて言った。

「そんな嫌《いや》な顔をすることはない、バジル。叔母のアガサ夫人のところだ。叔母の言うには、叔母のイースト・エンド貧民窟《くつ》救済事業を助けてくれるというすばらしい青年を発見したそうだ。そして、その名はドリアン・グレイだとね。でも、断っておくが、かれが美男子だとは、ひとことも言わなかった。だいたい女性には美貌《びぼう》を認める能力が欠けているとみえる。ことに善良なる婦人たちにその傾向が強い。叔母がドリアン・グレイを評して、非常に真面目《まじめ》で美しい性質の持主だというので、こっちは、髪の毛の柔い、眼鏡をかけて、そばかすだらけで、ばかでかい足でどたどたと歩き廻る人間をすぐさま想像したものだ。まさかそれがきみの親友だとは、おもいもよらなかった」

「おもいもよらなくてさいわいだった、ハリー」

「なぜ?」

「会ってもらいたくない」

「会ってもらいたくないって?」

「そうだ」

「ドリアン・グレイ様がアトリエにおみえになっていらっしゃいます」と召使頭《がしら》が庭に出て来て言った。

「さあ、ぼくを紹介してくれ」ヘンリー卿が笑いながら言った。

画家は、まともに日射《ひざ》しを受けて眩《まぶ》しげに立っている召使頭の方に向きなおって言う――「グレイさんにちょっと待つようにと言ってくれ、パーカー。すぐ行くからとね」召使頭は一礼して小径《こみち》を引き返して行った。

ホールウォードはヘンリー卿の顔を見た。「ドリアン・グレイはぼくの一番の親友だ。かれは単純で美しい性質の人間だ、この点、きみの叔母さんの言ったことはまったく正しい。だから、かれを台なしにしないでくれ。かれに影響を与えるのはやめにしてくれ、きみの影響では悪いほうにきまっている。世界は広く、すばらしい人物は探せばいくらでもある。ぼくの芸術にともかくも魅力を与えてくれたひとりの人間を、ぼくから奪うようなまねはしてくれるな、ぼくの芸術家としての人生はかれあってのものなのだ。ハリー、ほんとうに気をつけてくれ——ぼくはきみを信頼する」かれの口調は重々しく、その一語一語はかれの意志にさからって絞りだされているかのようだった。

「ばかばかしいことを！」ヘンリー卿は笑いながらこう答えると、ホールウォードの腕を執って、引張るように家のなかへはいって行った。

第二章

ふたりがはいって行くと、ドリアン・グレイの姿が見えた。ピアノの前に、こちらに背を向けて坐り、シューマンの「森の情景」の楽譜をめくっている。「これを貸してもらいたいのだけれど、バジル」とかれは大きな声で言った。「練習してみたいのだ。すばらしくうっとりとさせる曲だもの」

「きょうのきみのモデルぶり次第だ、ドリアン」

「とんでもない、もう坐るのは倦《あ》き倦きだ。それに、自分と同じ大きさの肖像画などまっぴらだもの」ピアノの椅子《いす》に腰掛けた身をぐるっと廻しながら、ドリアンは気まで不機嫌《ふきげん》な調子で答えた。そして、ヘンリー卿の姿を眼にとめると、一瞬、かすかに頰を染めて、立ちあがった。「失礼しました、バジル、きみひとりだと思ったものだから」

「こちらはヘンリー・ウォットン卿、オックスフォード時代の旧友だ。ヘンリーにきみの立派なモデルぶりを話している矢先、これではなにもかもぶちこわしだ」

「いや、グレイさん、あなたにお目にかかるという喜びは、一向にこわされませんよ」と言いながら、ヘンリー卿はあゆみ寄って手を差しだした。「叔母がよくあなたの噂《うわさ》をしていましたが、どうやらあなたも叔母のお気にいりのひとりらしい——いや、犠牲者のひとりと言ったほうがいいかもしれない」

「ところが、いまのところ、夫人のお覚えはいたって駄目です」と後悔を装《よそ》ったおどけた口調でドリアンは言った。「この前の火曜日、ホワイトチャペルへ御一緒に出かける約束がしてあったのですが、すっかり忘れてしまいました。ふたりで二重奏をやるはずだったのです——たしか三曲くらいの予定でしたが。そんなわけで、どんなお小言を頂戴《ちようだい》するか、それが心配で、つい敬遠しているところです」

「ああ、そんなことなら、ぼくが仲に立ってあげます。なにしろ、あなたにたいする叔母の打ちこみかたは、ひととおりではありませんからね。それに、あなたがその会に出なくてもなんでもないことだ。聴衆は叔母の演奏を二重奏だと思ったでしょう。アガサ夫人がピアノの前に坐れば、たっぷりふたり分の騒音を聞かせてくれること必《ひつ》定《じょう》だ」

「それは少し夫人に酷です。それにぼくにたいしても礼を欠きますよ」とドリアンは笑いながら答えた。

ヘンリー卿はドリアンに眼を注ぐ。噂にたがわず、たしかにすばらしい美男子だ――見事な曲線を描く真紅《しんく》の脣《くちびる》、無邪気な碧《あお》い眼、そして、ちぢれた金髪のドリアン。その顔には、ひと眼で他人の信頼をかち得るなにものかがあった。若さからくるひたむきな純情はもちろんのこと、いかにも青年らしい恬淡《てんたん》さがそこには溢《あふ》れていた。俗世間の汚濁を一点も身に受けずにきた人間という感じだった。バジル・ホールウォードが礼讃《らいさん》するのも無理からぬことだ。

「慈善事業などに夢中になるには、あなたには魅力がありすぎる、グレイさん。まったく魅力がありすぎる」こう言ってヘンリー卿は寝椅子に身を投げだし、シガレット・ケースをあけた。

画家のほうは、そのあいだ、絵具をまぜたり、絵筆を揃《そろ》えたりするのに忙しかったが、なにか気がかりな様子だった。そして、ヘンリー卿のこの最後のことばを耳にすると、ちらっとその顔を眺め、一瞬ためらってからこう言った——「ハリー、この絵はきょう中に仕上げたいのだ。座をはずしてくれと言ったら失礼だろうか？」

ヘンリー卿は微笑して、ドリアン・グレイの顔を眺めながら、「グレイさん、ぼくは退散したほうがいいでしょうか？」ときく。

「とんでもない、ヘンリー卿、どうぞそのままいらっしゃってください。バジルの不機嫌がまたはじまったようですけれど、こういうときのかれはまったく我慢できません。それに、なぜぼくが慈善事業に夢中になってはいけないのか、そのわけを伺いたいのです」

「そんなこと話してもしようがないでしょう、グレイさん。これぼかりはまじめに話すよりほかに手のないほど退屈な話題だから。しかし、あなたが行くなと言ってくれたので、ぼくはここを逃げだす必要がなくなったわけだ。ほんとうはきみだって構わないのだろう、バジル、え、そうだろう？　モデルには話し相手があるほうがいいとよく言っていたではないか」

ホールウォードは脣を嚙《か》んだ。「ドリアンのお望みなら、居てもらわねばなるまい。ドリアンの気まぐれは、御本人には別だが、他のすべての人間にとっては、法律も同然だからな」

　ヘンリー卿は帽子と手袋を取りあげながら言った――「たってのお引きとめをことわってわるいが、やっぱり行かなくてはならない、バジル。オルレアンズでひとと会う約束があるのだ。グレイさん、失礼します。カーゾン街のぼくのところへいつか午後にでも遊びに来てください。たいてい五時には家に居ます。くるときには手紙をください。せっかく来てくれても、会えないと残念だから」

「バジル」とドリアン・グレイは声を張りあげて言った。「ヘンリー・ウォットン卿が帰るのなら、ぼくも行く。きみは、絵を描いているあいだはひとことも口をきかないし、ぼくも台に立って笑顔を作っているのは、おそろしく退屈なのだ。ヘンリー卿に行かないように頼んでください――どうしても居てもらいたいのです」

「帰らないでくれ、ハリー、ドリアンのためにも、ぼくのためにも」ホールウォードは描きかけの絵をじっと見つめながら言った。「ドリアンの言ったことはほんとうだ――ぼくは仕事中にはけっして口をきかぬし、ひとの話に耳も藉《か》さない。不幸にもモデルになった人たちはさぞかし退屈なことだろう。頼むから帰らないでくれ」

「だが、オルレアンズで待っているぼくの相手はどういうことになる？」

　画家は笑って答えた――「なんとかなるだろう。まあ、腰を落ちつけてくれ、ハリー。そこで、ドリアン、きみは台にのる、ただし、あまり動きまわったり、ヘンリー卿の話に気を取られたりしないように。ヘンリーの友人で、悪い影響を受けないのは、まずぼくひとりといっていいくらいだから」

ドリアン・グレイは若きギリシアの殉教者といった様子で台にのぼり、ヘンリー卿のほうに不満げにちょっと口を尖《とが》らせて見せた。かれはヘンリー卿に好感を抱《いだ》きはじめていたのだ。ヘンリー卿はバジルとはおそろしく違っている、ふたりの対照は微笑《ほほえ》ましいばかりだった。それに、ヘンリー卿はすばらしく美しい声をしている。しばらく間を置いてから、ドリアンは卿に言った――「ヘンリー卿、あなたはほんとうにひとに悪い影響を与えるのですか？　バジルが言うようにひどいのですか？」

「いいですか、グレイさん、良き影響などというものはあるはずがない。影響はすべて不道徳なものだ――科学的にいって不道徳なものなのだ」

「なぜですか？」

「他人に影響を及ぼすというのは、自分の魂をその人間に与えることにほかならないから。いちど影響を蒙《こうむ》った人間は、自分にとって自然な考えかたもしなければ、自分にとって自然な情熱で燃えあがることもない。美徳にしても本物でなく、罪悪だって――もし、罪悪などというものがあるとしての話だが――それだって借物にすぎない。

その人間は、だれか自分以外の人間が奏《かな》でる音楽のこだまとなり、自分のために書かれたものでない役割を演じる俳優となる。人生の目的は自己を伸すことにある。自己の本性を完全に実現すること、それこそわれわれがこの世に生きている目的なのだ。現代の人間は自分というものに怖《おそ》れを抱いている。あらゆる義務のなかでももっとも高尚な義務、自分自身にたいして負うべき義務を忘れてしまったのだ。もちろん、慈悲心は大ありだ——ひもじい人間に食を与え、乞食《こじき》には衣を着せてやる。ところが肝心の自分の魂はどうだろう？　餓えて、裸になっている。勇気というものがわれわれの種族から消えうせてしまったのだ。いや、最初からもちあわせていなかったのかもしれない。ただ、社会を怖れる心と、神を怖れる心、前者は道徳の基礎をなし、後者は宗教の秘密にほかならないが——このふたつが人間を支配しきっているのだ。それでもなお——」

「頭をもうちょっと右に向けて、ドリアン、いい子だから」と仕事に夢中の画家が言った。若者の顔に、かつて見たことのない表情が現れているということしか頭になかったのである。

「それでもなお」としなやかに手を振りながら低い響《ひびき》のよい声でヘンリー卿《きょう》は語を継いだ。この手つきはかれの特徴で、イートン時代からの癖だった。「それでもなお、ぼくは信じている――もし人間が自己の人生を全《まっと》うし、あらゆる感情に形を与え、あらゆる思想に表現を附し、そしてあらゆる夢を現実と化するならば、そのときこそ世界は清新な歓喜の刺戟《しげき》を受け、人間は中世的な病弊を忘れ、ギリシア的な理想に立ち戻るのだ――いや、それはギリシア的な理想よりもさらに高尚で豊かなものかもしれない、こうぼくは信じている。ところが、現代人は、もっとも勇気のあるものでさえ自分自身にたいしては恐怖を抱いている。未開人の肉体毀損《きそん》の習慣が、悲劇的にもいまだに自己否定という形で生き残っており、それがわれわれの生命を傷つけているのだ。人間は拒絶すればかならず罰をうけるのだ。われわれが衝動を絞め殺そうとすると、それは今度は精神の内部に潜《もぐ》りこみ、われわれを毒し続ける。肉体はひとたび罪を犯してしまえば、その罪と手を切ることができる。行動とは一種の浄化作用にほかならぬからだ。罪を犯したあとに残るものといえば、快楽の思い出か、悔恨という豪華な感情だけなのだ。誘惑を除きさる方法はただひとつ、誘惑に負けてしまうことだけだ。反抗でもしようものなら、人間の魂は、自分に禁じたものにたいする憧《あこが》れで毒され、魂の醜悪な法則ゆえに醜悪とされ不法とされているものにたいする欲望に悩まされることとなるだろう。この世の偉大な出来事は頭脳のなかで起るといわれているが、この世の偉大な罪悪が起るのもまた頭脳のなかなのだ――いや、ただ頭脳においいてのみ起るのだ。グレイさん、いいですか、あなた自身、その薔薇《ばら》のように紅《あか》い若さと、薔薇のように白い幼さをもったあなた自身にしても、自分で怖《おそろ》しくなるような激情や想念を抱き、思いだしても頬が赤らむような白昼の夢想、眠っている間の夢を経験してきたはず――」

「待って！」ドリアン・グレイがためらいがちに言った。「ちょっと待ってください。あなたの話を聞いていると、頭が混乱してしまう。どう言ったらいいかぼくにはわからない。なんとか答えようがあるはずだけれど、ぼくにはそれが見つからない。なにも言わないで、ぼくに考えさせてください――というよりむしろ、考えまいとさせてください」

ほとんど十分ものあいだ、身動きもせず、唇を開き、眼を異様に輝かせながら、ドリアンは台上に立ち続けた。自分の内部にまったく新しい影響力がうごめいているのがかすかに感じとられる。影響力とはいっても、それはかれ自身の内部から湧《わ》きあがったもののように思われた。バジルの友人が述べた僅《わず》かのことば――それは偶然に口を突いて出た、自分勝手な逆説の多いことばにちがいなかったが――それが、いままで触れられたことのない秘《ひそ》かな心の絃《いと》に触れ、いまやその絃は不思議な脈動で震え、かれはその震動をわが身に感じるのだった。

音楽なら、いまと同じように心をゆすぶられたことがあった。一度ならず、音楽はかれを悩ました。しかし、音楽は明晰《めいせき》な思想の表現ではない。音楽が人間の心のなかに創《つく》りだすものは新たな世界ではなく、むしろ、もうひとつの渾沌《こんとん》にすぎない。言葉！　ただの言葉！　その言葉の怖しさ！　明晰さ、なまなましさ、残酷さ！　誰も言葉から逃げおおせるものはいない。しかもなお、言葉にはいいしれぬ魔力が潜んでいるのだ。言葉は無形の事物に形態を附与し、ヴィオラやリュートの音にも劣らぬ甘美なしらべを奏でることができる。ただの言葉！　いったい、言葉ほどなまなましいものがほかにあるだろうか。

そうだ、自分の理解のゆかぬことが少年時代にはいろいろとあった。が、いまの自分にはすべてが明瞭《めいりよう》となった。一瞬のうちに人生が焔《ほのお》のような色彩を帯びたのだ。いままで自分は火焔《かえん》のなかを通ってきたのではないか。なぜそれに気づかなかったのだ？

例の意味ありげな微笑を泛《うか》べながら、ヘンリー卿はじっとドリアンに眼を注ぐ。どういう瞬間には沈黙を守ったらいいかをかれは心理学的に一分の狂いもなく心得ているのだ。ヘンリー卿の興味は烈《はげ》しくそそられていた。自分の言葉がドリアンに与えた突然の感動に驚くとともに、十六歳のときに読んだ書物がそれまで自分の知らなかった多くの事柄を開顕してくれたことを思いだして、ドリアン・グレイもいまそれと同様の体験を経過しつつあるのではないかと考えた。かれはただ矢を空中に放ったにすぎない。はたしてそれは的を射ただろうか？　それにしても、この若者はじつに魅惑的ではないか！

ホールウォードはかれ独特の驚嘆すべき大胆な筆致で画面を塗りつぶしている。真に洗煉《せんれん》され、完全な精妙さをもったその筆致は、すくなくとも美術においてはただ力からのみ湧き出るものだった。かれはふたりのあいだに落ちた沈黙にさえ気づいてはいなかった。

「バジル、立ったままでいるのはもうたくさん」突然ドリアン・グレイが声高《こわだか》に言った。「おもてへ出て、庭に坐《すわ》りたい。ここは息がつまりそうだ」

「そうか、それは悪かった。筆を動かしているあいだ、ほかのことはなにも考えられないものだから。しかし、きみはきょうほどよくモデルを勤めてくれたことはなかった。申し分なしにじっとしていてくれたからね。お蔭《かげ》で望みどおりの効果を捉《とら》えることができた――ちょっと開いた脣と眼の輝かしい表情と――ハリーがどんな話を聞かせたか知らないけれど、ハリーのお蔭できみが最上の表情を泛べたことはたしかだ。どうせお世辞でも並べたてていたのだろう。ハリーの言うことなどひとことだって本気にしてはだめだ」

「お世辞など言ってくれはしません。だから、ぼくはこのひとの話をひとつも信じてあげられないのだ」

「ほんとうは全部信じているくせに」と言いながら、ヘンリー卿は夢見るような懶《ものう》い目つきでドリアンを見やった。「一緒に庭に出よう。ここは暑くてやりきれない。バジル、なにか冷い飲物をくれないか、苺《いちご》のはいったのがいい」

「わかった、ハリー。ちょっと呼鈴《よびりん》を鳴らしてくれ。パーカーが来たら、お望みのものをいいつけよう。ぼくは背景を描いてしまわなくてはならないから、あとからきみたちのところへ行く。ドリアンをあまり長いあいだひっぱっておかないでくれ。ぼくはきょうほどいいコンディションで絵が描けたことはない。これはきっとぼくの傑作になる。このままでもすでに傑作だ」

ヘンリー卿が庭に出てみると、ドリアン・グレイは大きなひやりとしたライラックの花のなかに顔を埋め、その香りを酒でも飲むように夢中で吸いこんでいた。ヘンリー卿はかれのそばに寄って、肩に手をかけ、「あなたがいましていることは確かに正しい」と囁《ささや》く。「感覚だけが魂を癒《いや》すことができるのだ、ちょうど、魂だけが感覚を癒しうるようにね」

若者ははっとして身を引いた。そのむきだしの頭の乱れた毛をライラックの葉がかき散らし、黄金の糸をすっかりもつれさせた。不意に睡《ねむ》りを醒《さ》まされたひとの眼に現れるあの不安の表情がその眼に泛んでいる。見事に彫り刻まれた鼻孔がぴくっとうごめき、ある秘かな神経の働きで、紅い脣《くちびる》が顫《ふる》え、いつまでも顫えをやめない。

「そうだ、それこそ人生の偉大な秘密のひとつだ——感覚によって魂を癒し、魂によって感覚を癒すこと、それなのだ。あなたはまったくすばらしい。あなたは自分で知っているとおもう以上のことを知っている——と同時に、知りたいとおもう以下のことしか知ってはいないのだが」と卿は喋《しゃべ》り続けた。

ドリアン・グレイは顔を顰《しか》め、横を向いた。かれは自分の傍に立っている脊《せ》の高い優雅な青年が好きにならずにはいられなかった。この青年の現実ばなれしたオリーヴ色の顔と、そのやつれた表情がかれの心を捉えたのだ。低く懶《ものう》げな声にも、なにかしらひとの心を奪う調子があった。冷く白い、花のような手にさえ不思議な魅力が感じられ、かれがものを言うにつれて、手も音楽のように流れ動き、なにかそれ自体のことばを語っているように見えた。だが、ドリアンはかれが怖しかった。同時に、怖れている自分が恥ずかしかった。なぜ自分の真の姿の開顕が見知らぬ他人によってなされねばならぬのだろうか？　バジル・ホールウォードとはもう幾月ものあいだつきあってきたが、かれとの交友は自分をすこしも変えはしなかった。そこへ突如として、自分に人生の神秘を解きあかしてくれるかとおもわれる人間が現れたのだ。といって、なにを怖れる必要があるのだ？　自分はもう子供ではない。怖れるのはばからしいことだ。

「木蔭へ行って坐ろうではありませんか」とヘンリー卿が言う。「パーカーが飲物を持って来てくれたし、こんな日射《ひざ》しのなかにこれ以上ぐずぐずしていたら、あなたの美しさも台なしになって、バジルは二度と絵を描かなくなってしまう。日焼けしないようにしなくてはだめだ。日焼けした皮膚などあなたには不似合いだ」

「そんなことはたいした問題ではないでしょう」ドリアン・グレイは庭のはずれにあるベンチに坐りながら、笑い声で言った。

「いや、これこそもっとも重要な問題だ、グレイさん」

「どうしてです？」

「あなたにはすばらしい若さがある、そして若さこそ、もつべき値打ちのあるものなのだ」

「ぼくにはそうは感じられませんが」

「もちろん、いまはそうは感じられないでしょう。だが、いまに老いこんで、皺《しわ》だらけで醜くなり、物思いのために額に筋が寄り、烈しい情念によって脣に焰の烙印《らくいん》が押されたときになれば、いやでもそれを感じるようになる。身にしみて感じるにちがいない。いまのところ、あなたはどこへ行っても世間を魅了することができる。が、いつまでこのままでいられるだろうか？　あなたはじつに美しい顔をしている、グレイさん。なにもそう嫌《いや》な顔をしなくてもいい、本当の話なのだから。だいたい、美というものは天才の一つの型なのだ——いや、それは説明を必要とせぬゆえに、天才よりも高次のものにちがいない。美は、陽光や春、あるいはひとが月と呼ぶあの銀色に輝く貝が、暗い水面に落す影のごとき、この世のすばらしき現実に属しているのだ。美にたいして問いを発することはできない。美には天与の主権があるのだ。そして、美を所有する人間は王者になれる。笑っていますね。しかし、美を失ってしまったときには、もうその笑いさえ消えてしまうのだ……美は表面的なものにすぎぬというひとがある。あるいはそうかもしれない。だが、すくなくとも思想ほど表面的ではないでしょう。ぼくにとっては、美は驚異中の驚異だ。ものごとを外観によって判断できぬような人間こそ浅薄なのだ。この世の真の神秘は可視的なもののうちに存しているのだ、見えざるもののうちにあるのではない……グレイさん、たしかに神々はきみにたいして恵み深かった。が、神々はいちど与えたものをすぐに取りあげてしまう癖がある。あなたが真の人生、完全にして充実した人生を送りうるのも、もうあと数年のことですよ。若さが消えされば、美しさもともに去ってしまう、そのとき、あなたは自分にはもはや勝利がなにひとつ残っていないということに突然気づく――あるいは、けちな勝利で満足しなければならなくなる、過去を思いだせば、そんな勝利は敗北以上に苦々《にがにが》しいものに感じられるでしょう。ひと月たつごとに、ある怖しい一点に近づいていくのだ。時はあなたを妬《ねた》み、百合《ゆり》や薔薇《ばら》のごときあなたの美しさに敵対しているのだ。皮膚はつやを失い、頬は窪《くぼ》み、眼はどんよりと曇ってくる。そのときの辛《つら》さ――若さのあるうちにこそ、若さのなんであるかを知っておかなくては。かけがえのない人生を、退屈な連中の話に聴《き》きいったり、見込みのない欠陥をなんとかよくしようとしたり、無智《むち》俗悪な人間どもに自分の命を投げだしたりして無駄に費してはだめです。こういう人生の浪費が現代では病的にも目的とされ、偽りもはなはだしいが理想となっているのだ。生きるのだ！　あなたのなかにあるすばらしい生命を発揮するのだ！　なにものも取り逃《にが》さず、たえず新たな感覚を捜し求めるのだ。なにごとも怖《おそ》れることはない……新しい快楽主義――それこそ現代が必要とするものであり、あなたはその象徴となることができるひとなのだ。あなたのような人間にできないことはなにもない。全世界は一シーズンのあいだはあなたのものだ……ぼくははじめて会ったとき見てとった——あなたは自分がいかなる人間であるか、いかなる人間となりうるかをまったく意識していない、と。あなたはぼくの心を奪う要素をじつに多くもっているので、ぼくはどうしてもあなたにあなた自身のことを教えておかねばならぬと感じたのだ。もしあなたがむなしく葬《ほうむ》りさられてしまったら、なんたる悲劇だろうかと考えたのだ。なにしろ、あなたが若さをもち続けられる期間はほんの僅かなのだから。ありふれた丘の花はいちどはしぼむが、また花を咲かせる。きんぐさりは来年の六月にもまたいまと同じ黄色に輝くことだろう。もうひと月もたてば、せんにんそうには紫色の花が咲き、くる年ごとにその葉は緑の夜のように同じ紫色の星を抱《いだ》き続けるだろう。けれど、人間はその若さをとり戻しはしない。二十歳のときに烈しく高鳴った歓喜の鼓動はやがて鈍り衰える。四肢《しし》は力を失い、五感は朽ちてゆく。こうしてわれわれは醜悪な人形となり果て、怖れのあまり逃した過去の情熱や、おもいきって身を委《ゆだ》ねることのできなかった誘惑の思い出につきまとわれるようになる。若さ！若さ！　若さを除いたらこの世になにが残るというのだ！」

ドリアン・グレイは眼を大きく見開いて、驚歎《きょうたん》の心でじっと耳を傾けていた。ライラックの小枝がかれの手から砂利の上に滑《すべ》り落ちた。毛ぶかい蜜蜂《みつばち》がやって来て、しばらくそのまわりをぶんぶん飛んでいたが、細かい花が卵型の星のようにかたまった球の上をあちこち這《は》い廻りはじめた。ドリアンはじっとそれを見つめる——重大な事柄で怖《お》じ気《け》がついたときとか、言いあらわしようのない新しい感情に震えおののいているときとか、ぞっとするような考えが不意に脳裡《のうり》を襲って、これでもか、これでもかと攻めたてるときにだれもが無理矢理に抱こうとする些細《ささい》な事物にたいする興味をもってかれはそれを見ていたのだった。やがて、蜜蜂は飛びさった。そして、ひるがおの花のよごれた筒のなかに姿を消した。花はぶるっと震え、それからゆったりと左右に揺れた。

突然、画家がアトリエの入口に現れ、とんとんと音をたてて、はいってくるように合図をした。庭のふたりは顔を見あわせて笑った。

「待っているのだから、はやく来てくれ。光線は申し分なしだ。飲物はいっしょに持ってくればいい」とバジルは声を張りあげて言った。

ふたりは立ちあがって、散歩道をぶらぶらと歩いていった。緑と白のまだらの蝶《ちょう》が二匹、ふたりの脇《わき》を飛んでゆき、庭の片隅《かたすみ》に生えた梨《なし》の樹《き》では、つぐみが囀《さえず》りはじめた。

「あなたはぼくに会ったことを喜んでいますね、グレイさん」相手の顔を見ながらヘンリー卿《きょう》が言った。

「ええ、いまは喜んでいます。でも、今後永遠にそうだろうか？」

「永遠！　恐しいことばだ。それを聞くとぞっとする。女が好んで用いたがることばだ。女ときたら、ロマンスというロマンスを永びかせようとして、結局は台なしにしてしまう。だいいち、それは無意味な言葉ではありませんか。きまぐれと一生涯持続する情熱との違いは、ただ、きまぐれのほうがすこしばかり永続きするということですよ」

アトリエのなかにはいるとき、ドリアン・グレイはヘンリー卿の腕に手を置いて、

「それでは、ぼくたちの交友もきまぐれということにしましょうか」と小声で言い、自分の大胆さにおもわず頬をあからめながら、台の上にあがり、ポーズをとった。

ヘンリー卿は柳細工の大きな肘掛椅子《ひじかけいす》にどっかり腰をおろし、ドリアンの姿を見守った。ときおりホールウォードが遠くから自分の絵を眺めるためにうしろにさがる音以外には、画布に絵筆を走らせたり、叩《たた》きつけたりする音だけがあたりの静寂を破っていた。あけはなたれた戸口からななめに射しこむ光線のなかで、塵《ちり》が黄金色に映《は》えて踊っている。薔薇の濃厚な香りがあらゆるものの上にたれこめているようだった。

十五分ぐらいして、ホールウォードは筆を休め、その大きな絵筆の端を嚙《か》みしめ、顔をしかめながら、ながいあいだドリアン・グレイの姿を見つめ、つぎには自分の描

いた絵にじっと眼を注いだ。

「すっかり出来あがった」かれは最後にこう叫び、身をかがめて画布の左隅に朱色の長い字で署名した。

ヘンリー卿は近づいて、丹念に絵を眺めた。たしかにすばらしい芸術品であり、同時に、すばらしい似姿でもあった。

「バジル、心からおめでとうを言おう」かれは言った。「現代で最高の肖像画だ。グレイさん、こっちへ来て、自分の姿を見てごらんなさい」

若者は夢から呼び醒まされたもののようにはっとして、「ほんとうに出来あがったのですか」と口ごもりながらきき、台からおりた。

「すっかり仕上った」画家がそれに答えた。「きみのきょうのモデルぶりはじつに良かった。恩に着る」

「それはひとえにぼくのお蔭だ」とヘンリー卿が口をいれた。「そうでしょう、グレイさん？」

ドリアンは返事をせず、ぼんやりと足を運んで自分の絵と向きあった。絵が眼にはいると、かれはつと身を引き、一瞬のあいだ、満足げに頬を赤らめた。生れてはじめて自分の姿を知ったというような歓喜の表情が眼に現れた。驚異の念を抱いてかれはじっと立ちすくむ。ホールウォードがなにか自分に喋っているのを遠くに感じてはいたが、そのことばの意味はわからない。自分はこんなにも美しいのだという気持が啓示のようにかれを襲った。これまで一度も感じたことのない気持だった。バジル・ホールウォードが口にした讃辞《さんじ》のかずかずも、たんなる友人同志の魅惑的な誇張にすぎぬとしかおもわれなかった。かれはその讃辞に耳を傾け、笑いながらしてはすぐに忘れてしまい、かれの性格がその影響を受けるということはすこしもなかった。そこへ、ヘンリー・ウォットン卿が現れて、風変りな青春讃美の説を唱え、青春がいかに短いものであるかについて怖《おそろ》しい警告を発したのだ。それを聞いたときすでに、かれの心は感動にうち顫《ふる》えたのだったが、いまこうして美しい自分の姿のうつし絵にじっと眼を注いでいると、卿のいった言葉の意味が実感を伴って脳裡にさっとひらめくのだった。そうだ、いつかはこの顔も皺が寄ってしなび衰え、眼は霞《かす》んで色つやを失い、優美なからだつきも崩れて醜くなってしまうのだ。脣《くちびる》からは紅が消え、金髪も色褪《あ》せることだろう。今後、自分の魂を形成してゆく生命は、肉体にたいしては傷を与えることになり、自分は怖しく、醜く、そして武骨になってゆくのだ。

こう考えると、ナイフで刺されたような鋭い苦痛が身を引き裂き、それにつれてからだの繊細な繊維のひとつひとつが震えおののくのだった。眼は紫水晶をおもわせる深い色を帯びて涙に霞んだ。氷の手が心臓の上に置かれているような気持だった。

「この絵が気にいらないのか?」ドリアンの沈黙の意味を解しないホールウォードはいささか傷つけられたように感じて、大きな声で言った。

「もちろん、気にいっているとも」ヘンリー卿が代って答えた。「これが気にいらぬ人間はまずあるまい。現代における最高峰のひとつだ。ぼくはきみが要求するどんな代価も惜しまぬつもりだ、これはどうしてもぼくのものにしてみせる」

「だが、これはぼくのものではないのだ、ハリー」

「だれのものだと言うのだ?」

「言うまでもなく、ドリアンのものだ」と画家は答えた。

「まったく幸運な男だ」

「ああ、気がめいる!」自分の肖像画に眼を注いだまま、ドリアン・グレイは呟《つぶや》いた。「悲しいことだ! やがてぼくは年をとって醜悪な姿になる。ところが、この絵はいつまでも若さを失わない。きょうという六月のある一日以上に年をとりはしないのだ……ああ、もしこれが反対だったなら! いつまでも若さを失わずにいるのがぼく自身で、老いこんでいくのがこの絵だったなら! そうなるものなら——そうなるものなら——ぼくはどんな代償も惜しまない。この世にあるどんなものだって惜しくない。そのためなら、魂だってくれてやる!」

「こんな協定にたいしては、きみはいい顔をしまい、バジル」とヘンリー卿は笑いながら言った。「きみの作品にとっては、とんだ御難だ」

「断じて反対だ、ハリー」とホールウォードは答えた。

すると、ドリアン・グレイは向き直って、ホールウォードを見詰めながら言った。

「もちろん、あなたは反対するでしょう、バジル。友達よりも自分の作品のほうが好きなのだ。このぼくもあなたにとっては緑色のブロンズの像にすぎない――いや、それにも及ばない存在なのだ」

画家は驚いておもわず眼を見はった。こんなものの言いかたをするのはドリアンらしくないことだ。どうしたことなのか? ドリアンはひどく立腹しているらしい。顔はほてり、頬は火のように真赤だった。

「そうだ」とかれはしゃべり続ける。「あなたにとってぼくなどは象牙《ぞうげ》で出来たヘルメスの像や銀製の牧神《フォーン》にも及ばないのだ。あなたはいつまでもこういう像をいいと思うだろう。ところが、このぼくをいつまでいいと思ってくれるだろう? おそらくは、ぼくの顔に最初の皺《しわ》が現れるときまでだろう。いま、ぼくにはわかったのだ――美貌《びぼう》を失うことは、たとえそれがどんなものであろうと、すべてを失うことなのだと。それをあなたの描いた絵が教えてくれたのだ。ヘンリー・ウォットン卿の言ったことはほんとうだ。若さこそもつに値するただひとつのものだ。ぼくは自分が老いこみはじめたと知ったときには自殺する」

ホールウォードは顔色を変え、相手の手を摑《つか》んだ。「ドリアン！　ドリアン」かれは叫んだ。「そんな口をきくのはよしてくれ。ぼくにはきみのような友達はいままでにもなかった、これからだってありはしないのだ。まさかきみは生命をもたぬ物質を妬《ねた》んでいるのではなかろうね——きみはあんな品物のどれよりも秀《すぐ》れているのだ！」

「ぼくは妬んでいるとも——美しさを失うことのないものすべてを妬み、きみが描いたぼくの肖像画を妬んでいる。いつかはぼくが失ってしまわねばならないものを、なぜこの絵はいつまでも持っているのだ？　過ぎゆく一瞬一瞬がこのぼくのからだからなにかを奪いさり、なにかをぼくの肖像画につけ加えるのだ。ああ、もしこれが逆だったら！　絵のほうが変化して、ぼく自身はいつまでも現在の姿のままでいられるのだったら！　あなたはなぜこんなものを描いたのだ？　いつかこの絵はぼくをあざ笑うだろう——ひどくあざ笑うことだろう！」ドリアンの眼には熱い涙が湧《わ》いていた。かれは手を振り払うと、寝椅子に身を投げかけ、祈りごとでもするかのようにクッションに顔を埋めた。

「これはきみのせいだ、ハリー」画家の声は苦しげだった。

ヘンリー卿は肩をすぼめた。「これこそ真のドリアン・グレイなのだ――それだけのことだ」

「いや、ちがう」

「たとえちがっているとしても、いったいぼくがなにをしたというのだ？」

「帰ってくれとぼくが頼んだとき、そのとおりにしてくれればよかったのだ」小声で言った。

「きみが居てくれと言ったから残ったまでのことだ」とヘンリー卿は答える。

「ハリー、ぼくはいちどきにふたりの親友を相手に口論できる人間ではない、だが、きみたちはふたりで、ぼくに自分の最上の作品を憎むように仕向けてしまった。ぼくはこの絵を破って捨てる。こんなもの、カンヴァスと絵具にすぎないではないか？こんなものにぼくたち三人の人生の邪魔をされ、犠牲を払わされてなるものか」

ドリアン・グレイは金髪の頭を枕《まくら》からもたげ、青ざめた顔をあげて、涙に濡《ぬ》れた眼で画家のほうを見た。画家は、カーテンのかかった高い窓の下に据えられた画室用のテーブルにむかって歩いてゆくところだった。そこでなにをしようというのか？画家の指は乱雑に置かれた錫製《すずせい》のテューブや乾いた絵筆のあいだをあちこちと動いている。なにかを捜しているのだ。そうだ、目指すものは、しなやかな鋼鉄で出来た薄い刃のついたパレット・ナイフなのだ。とうとう見つけた。あの男はカンヴァスをずたずたにしてしまうつもりなのだ。

こみあげる嗚咽《おえつ》を圧《おさ》えつけながら、若者は寝椅子からはね起き、ホールウォードのそばに駆けよって、その手からナイフをもぎ取り、アトリエの片端に投げ捨てた。「やめてくれ、バジル、それだけはやめてくれ！」叫び声が口を突いて出た。「ひと殺しも同然だ！」

「ありがたい、これでやっときみにもぼくの作品がわかったのだね、ドリアン」不意をつかれて混乱した気持が鎮《しず》まったとき、画家は冷静にこう言った。「きみにはとてもわかってもらえまいと思ったのだ」

「わかるだって？　いや、ぼくはこの絵を恋しているのだ、バジル。これはぼくの分身なのだ。ぼくにはそれが感じられる」

「では、きみが乾きあがったら、さっそくニスを塗り、額縁にいれて、家に送ってあげよう。それからならば、自分にむかってなにをしようときみの勝手だ」こう言ってホールウォードは部屋を横切り、茶を取りよせるために呼鈴《よびりん》を鳴らした。「お茶を飲むだろう、ドリアン。きみも飲むだろう、ハリー。それとも、こういう単純な快楽には反対だろうか?」

「単純な快楽なら大歓迎だ」とヘンリー卿《きよう》は答えた。「それは複雑な人間の最後の避難場だ。だが、泣いたりわめいたりは舞台以外では御免蒙《こうむ》りたいね。きみたち二人はまったくおかしな人間だ! いったいだれが人間は理性的動物なりと定義したのだろう? こんな早まった定義は聞いたためしがない。人間にはいろいろ性質があるけれど、どうしたって理性的ではない。でも結局はそのほうがいいのだ——ただし、きみたちがこの絵のことであれこれ言いあうのは御免だが。いっそのこと、ぼくにくれてしまえばいいのだ、バジル。この頭のおかしな坊やはほんとうは欲しがってはいないのだ。ほんとうに欲しがっているのはぼくなのだ」

「もし、ぼく以外のだれかにやってしまったら、バジル、絶対にあなたを赦《ゆる》さないから!」ドリアン・グレイは声を大きくして言った。「それに、ぼくはひとから頭のおかしな坊やなどと言われたくはない」

「この絵がきみのものなのは最初からわかっているくせに、ドリアン。出来あがらないうちからきみに贈呈してあるのだ」

「それに、頭がすこしばかりおかしかったということもほんとうだしね、グレイさん、自分の素晴しい若さを思い知らされることにはあなただって内心では反対していないはずだ」

「朝のうちだったら強硬に反対するところでした、ヘンリー卿」

「朝のうちだって！　あなたがほんとうに生きはじめたのはそれからあとではありませんか」

そこへ、戸口にノックの音がし、召使いが茶の盆にいろいろなものをのせてはいってきて、小さな日本製のテーブルの上に置いた。茶碗《ちゃわん》や受皿がかちかち触れあい、彫《ほり》溝《みぞ》の模様のあるジョージ王朝風の湯沸しがしゅうしゅう音を立てていた。円い陶器の碗をふたつ給仕が運んで来た。ドリアン・グレイはテーブルのところへ行って、茶を注いだ。他のふたりもゆっくりそばへあゆみ寄って、蔽《おお》いの下になにがあるのか覗《のぞ》いてみた。

「今夜、劇場へ行ってみないか」ヘンリー卿が言った。「どこかしらでなにかやっているだろう。ホワイト・クラブで夕食をする約束だったのだ、だが昔の友人がひとりくるだけだから、電報を打って病気だとか、あとから別の約束が出来て行けないとか言っておけばいいだろう。うん、これはなかなかいい口実だ。あまりあけすけなので、相手はびっくりするだろう」

「夜会服を着るのはまったく閉口だ」とホールウォードが呟《つぶや》いた。「それに、着てからあとの見てくれの悪いこと」

「まったくだ」ヘンリー卿は夢でも見ているような口調で答えた。「十九世紀の衣裳《いしょう》には嫌悪《けんお》を催すよ。陰気で、重苦しいことおびただしい。罪悪だけが現代生活に残されたただひとつの色彩要素だ」

「そういうことをドリアンの前で言うのはよくない、ハリー」

「いったいどっちのドリアンの前でだ？　茶を注いでくれているほうか、それとも絵のなかのか？」

「どっちにしてもまずい」

「劇場へお供したいものです、ヘンリー卿」と若者が言った。

「では行きましょう。バジル、きみもいっしょに来るだろう？」

「ほんとうに駄目なのだ。なるべく行かずに済ませたい。なにしろ、仕事がたくさんあるのでね」

「それでは、二人だけで行くことにしよう、グレイさん」

「願ってもないことです」

画家は脣を嚙《か》み、茶碗を片手に絵のところまで歩いていった。「ぼくは本物のドリアンといっしょにあとに残ることにしよう」悲しげな口調でかれは言った。

「そっちが本物ですか?」とこの肖像画のもとの人物は画家の方に進みながら言った。「ぼくは本物にほんとうに似ていますか?」

「うむ、そっくり生き写しだ」

「ああ、それは素晴しいな、バジル!」

「すくなくとも外見は似ている。けれど、絵のほうのドリアンはどんなことがあっても変りはしない」歎息《たんそく》まじりの声でホールウォードが言った。「なかなか得がたい性質だよ、これは」

「忠実ということについてひとはなんだって大騒ぎをするのだろう?」ヘンリー卿が激した声で口をはさんだ。「そうじゃないか、恋愛のばあいにしたって、忠実とは所詮《しょせん》、純粋に生理学的な問題に過ぎない。各個人の意志とはまったく無関係なのだ。青年は忠実になりたがるが、実際はそうではない、老人は不実に憧《あこが》れるが、実際はそうはなれない——言えることとただそれだけだ」

「今夜の芝居はやめにしないか、ドリアン」とホールウォードが言った。「ここで、ぼくといっしょに夕飯を食べよう」

「そうはいかない、バジル」

「なぜ?」

「ヘンリー・ウォットン卿といっしょに行く約束をしてあるもの」

「ヘンリーは、きみが約束を守ったからといって、それだけ余分にきみを好いてくれはしまい。かれときたら、約束を破る名人だからな。きみ、頼むから行くのはやめてくれ」

ドリアン・グレイは声をだして笑い、頸《くび》を振った。

「後生だから」

若者はさすがにためらって、ヘンリー卿《きよう》のほうに眼をやった。かれは茶のテーブルの脇《わき》に立って、愉快そうに笑いながら、ふたりを見つめている。

「どうしても行く、バジル」ドリアンは答えた。

「いいだろう」と言いながら、ホールウォードはテーブルのところまで足を運び、盆の上に茶碗を置いた。「もうだいぶ遅い、着替えなくてはいけないのだろう、早くしたほうがいい。さようなら、ハリー。ドリアンもさようなら。近いうちにまた来てくれ。あした来ないか」

「来ましょう」

「忘れないだろうね？」

「大丈夫です」ドリアンは大声で言った。

「それから——ね、ハリー！」

「なんだい、バジル？」

「けさ庭で頼んだこと、忘れないでほしいな」

「なんだったろう——もう忘れてしまった」

「きみを信頼しているのだ」

「ぼくは自分を信頼できたらどんなにいいだろうとおもうのだ」笑いながらヘンリー卿は言った。「さあ行こう、グレイさん、ぼくの馬車が外で待っているから、きみの家まで乗せていってあげよう。さようなら、バジル。お蔭《かげ》で、たいへん楽しい午後をすごすことができた」

ふたりが出て行って扉《とびら》が締ると、画家は長椅子《ながいす》の上に身を投げだした。その顔には苦痛の色がありありと現れていた。

第三章

翌日の十二時半、ヘンリー・ウォットン卿は叔父のファーモア卿を訪ねようと、カーゾン街からオールバニへ向ってゆっくり歩いていた。叔父はやや武骨だが、気のおけない老独身者だった。世間はかれを利己主義者だといったが、それも世間がかれから特別の恩恵を引きだすことができないからにすぎない。自分を娯《たの》しませてくれる人間には惜しみなく御馳走《ごちそう》をふるまったので、社交界では気前のよい男とされていた。かれの父親は、イザベラ女王がまだ若く、革命家プリムの存在など問題とならなかった頃のマドリッド駐在の英国大使だったが、パリ駐在を命じられなかったために、気《き》紛《まぐ》れの腹いせから外交官を罷《や》めてしまった。パリ大使の職は、かれの家柄や怠《なま》け癖、かれが作成する報告書の申し分ない言葉遣《づか》い、さらにはかれの快楽にたいする並はずれた情熱、こういったものから考えて、自分にもっとも適していると思っていたのだ。父親の秘書を勤めていた息子は、父親の辞任とともに職を退いたが、当時のひとはそれを聞いて、馬鹿《ばか》げたことをする男だと考えたものだった。数箇月ののち、かれは爵《しゃく》位《い》を継ぎ、いよいよ無為徒食という貴族生活の偉大な技術習得にとりかかった。かれは宏壮《こうそう》な邸宅をふたつもロンドン市内にもっていたが、手数のかからぬ下宿住いを好み、食事はたいていクラブでとることにしていた。かれはまた、中部の諸州にある自分の炭坑の経営に幾分なりと気をつかっていたが、無為徒食を看板としている手前、この勤勉はかれにとってひとつの汚点であり、その言い訳としてかれは、石炭をもってさえいれば、自分の家の煖炉《だんろ》で焚《た》く薪《まき》にこと欠かず紳士の体面を保持できるからだと主張していた。政治の面では保守党員《トーリー》だった。ただし、保守党が与党に廻ったときは別で、そのときには保守党を容赦なく急進派呼ばわりしていた。かれの従僕にとってファーモア卿は英雄的存在だったが、皮肉なことにその従僕にかれは脅かされていた。大部分の親類にとってかれが一大脅威であったのも、従僕にいためつけられたかれが、その鋒先《ほこさき》を親類に向けたからである。英国あってこそかれのような人間が出来あがったわけであり、しかも、かれのいうには、その英国はいまや破滅に瀕《ひん》しているのだった。卿の主義こそ時代おくれだが、その偏見たるや、なかなかどうして、たいしたものだった。

ヘンリー卿が部屋にはいってみると、かれは目の粗《あら》い狩猟服を着て、両切り葉巻をくゆらしながら椅子に腰掛け、ぶつぶつ呟きながらタイムズを読んでいるところだった。「やあ、ハリー」とこの老紳士は声をかけた。「どうしてこんなに早くやって来たのだ？　きみたち洒落者《しゃれもの》は二時までは床を離れず、五時までは姿を現さないものとばっかりおもっていたが」

「純粋なる親愛の感情からやって来たのですから御心配なく、ジョージ叔父さん。ちょっとお願いがありまして」

「金だな」とファーモア卿は渋い顔で言った。「まあ坐《すわ》って、すっかり話してみなさい。昨今の若いものときたら、金がすべてだとおもっている」

「まったくです」ヘンリー卿はボタン穴にさした飾花を直しながら呟いた。「そして、もっと年をとってから、それが本当であることを実感するというわけでしょう。ところで、ぼくは金が欲しいのではありません。金を欲しがるのは勘定の支払いをする人間だけで、ぼくは支払いなどしたことがない。信用こそ次男坊の資本で、これさえあればけっこう魅力ある生活を送れますからね。それに、ぼくはいつもダートムアのところに出入りしている商人と取引きしているので、商人にはぜんぜん煩《わずら》わされません。お願いというのは伺いたいことがあるのです。もちろん、有益なことじゃなくて、つまらぬことですが」

「そうか、まあ、英国の議院報告書に載っていることぐらいならなんでも教えてあげられるよ、ハリー、と言っても、この頃はくだらないことばかり書いてあるがね。わしが外交官をやっていた当時は、もっとましだったが。なんでも、最近は試験で外交官を採《と》るそうではないか。試験でなにができるというのだ？　試験などは全くのたわごとだ。ひとりの人間が紳士であるならば、かれの知識は十分なはずだし、紳士でないならば、かれが知っていることはすべてかれ自身のためにならないはずだ」

「ドリアン・グレイは議院報告書には無関係なのですがね、叔父さん」ヘンリー卿は

卿が訊《たず》ねた。

「ドリアン・グレイ？　だれだ、それは？」濃く生えた白い眉毛《まゆげ》を寄せてファーモア卿が訊《たず》ねた。

「それを知りたいからこそ、やって来たのです、ジョージ叔父さん。いや、ドリアン自身についてはもう知っているのですが——かれは最後のケルソー卿の孫です。母親というのはデヴァルー夫人、マーガレット・デヴァルーです。この母親のことを伺いたいのです。どんなひとでした？　だれと結婚しました？　御自分が若かった頃のひとならひとり残らず御存じのはずだから、このひとのことも御存じでしょう。目下のところ、ぼくはグレイに非常に興味をもっているのです。会ったばかりですけれど」

「ケルソーの孫！」と老紳士は鸚鵡《おうむ》返しに言った。「ケルソーの孫！——もちろん——その母親ならよく知っている。たしか洗礼のときに立ちあったとおもう。そのマーガレット・デヴァルーという女の子はたいした美人だった。それが、文無しで名無しの男と駆落ちして、若い男どもを躍起にならせたものだ。相手は歩兵聯隊《れんたい》の副官かなにかだった。まるできのうのことのようによく憶《おぼ》えている。男は結婚後三、四箇月のときスパーで決闘して命を落したが、それには芳《かんば》しくない話がからまっているのだ。ケルソーはごろつきで危いことなら何でもやるベルギー人に頼んで自分の娘の夫を公衆の面前で侮辱させたのだ——しかも、金を払ってやらせたというのだ。ごろつきは相手を鳩《はと》かなにかのように刺し殺した。もちろん、これは内密にされたが、それからしばらくのあいだケルソーはクラブで飯を食うのはひとりぼっちだった。娘は連れ戻したということだが、もう二度とケルソーに口をきかなかったそうだ。まったく、よからぬいきさつだ。娘もやっぱり死んでしまった——一年もたたないうちにな。そうか、息子があったのか。それは忘れていた。どんな子だ、その息子は？　母親似だとすれば、きっと美男子のはずだが」

「なかなかの美男子ですよ」とヘンリー卿はそれを認めた。

「ちゃんとしたひとに面倒を見てもらえるといいが」と老紳士は言葉を続けた。「もしケルソーがその子について間違ったことさえしなければ、大金が待ちうけているはずだ。母親も金持だった。セルビーの財産がそっくり祖父《じい》さんのほうから母親の手に転《ころが》りこんだのだからな。その祖父さんというのがだいのケルソー嫌《ぎら》いで、ケルソーのことを下劣な人間だと考えていたが、実際にそうらしい。わしがマドリッドにいた時分、いちどやって来たことがあるが、なんともまったく恥ずかしい想《おも》いをした。女王はたびたびわしに質問するのだ——馬車の馭者《ぎょしゃ》と料金のことでいつも言い争いばかりしている英国の貴族がいるそうだが、ほんとうですか、と。たいへんな評判になったものだ。こっちはひと月というもの宮中に顔だしができなかった。孫にはスペインの馭者どもよりはましな扱いをしてやっただろうな」

「さあ、ぼくにはわかりませんが」とヘンリー卿は答えた。「ともかく、将来は裕福な身分になるでしょう。まだ一人前の年になってはいませんよ。セルビーは自分のものになっているらしい。そう言っていましたから。それから――その母親というのは素晴しく美しかったのですね？」

「マーガレット・デヴァルーはわしの知っているかぎり一番美しい女のひとりだよ、ハリー。その女がいったいどうしてあんなことをしでかす気になったのか、さっぱり見当がつかない。だれでも自分の好きな男を選んで結婚できたのに。カーリントンがすっかり惚《ほ》れこんでいたのだが、女のほうがロマンティックすぎたのだ。そういえば、あの一族の女はみんなロマンティックだった。男のほうはぱっとしなかったが、まったく女どもはたいしたものだった。カーリントンは膝《ひざ》をついて頼みこんだ。自分でわしにそう言ったからな。ところが、あの女はカーリントンを一笑に附してしまったのだ――ロンドン中の女の子が夢中になっている男をな。ところで、ハリー、馬鹿げた結婚といえば、ダートムアがアメリカ女と結婚したがっているとかいう話をおまえの親父《おやじ》から聞いたが、あれは、いったいどうしたことだ？　英国娘じゃ物たらんというわけなのか?」

「いまのところ、アメリカ女と結婚するのがはやりです、叔父さん」

「わしは全世界を敵に廻しても、英国女性を擁護する」ファーモア卿は拳《こぶし》でテーブルを叩《たた》きながら言った。

「軍配はアメリカ女性にあがるでしょう」

「いやいや、敵は長つづきしないという話だ」叔父は呟《つぶや》いた。

「長期の婚約には参ってしまうとしても、障碍《しょうがい》競走には強い。一気にものを掠《かす》め取りますからね。ダートムアにはまず勝目はありますまい」

「その娘の一族はなんというのだ?」と老紳士は不満げに言った。「いったい、家族があるのか?」

ヘンリー卿は首を振った。「アメリカ娘が両親を隠すのは、英国女性が自分の過去を隠すのと同じくらい巧みですからね」腰をあげながら、かれはこう言った。

「さしずめ豚の罐詰《かんづめ》業者といったところか?」

「ダートムアのためにもそうであるように望みます。なにしろ、アメリカでは政治についでいちばん儲《もう》かる商売だそうですから」

「ところで、綺麗《きれい》な女かね?」

「あたかも美人であるかのごとくに振舞っています。アメリカ女性の大半がすることです。そこにあの女たちの魅力の秘密があるのでしょう」

「どうしてあいつらは自分の国にひっこんでいないのだろう。アメリカという国は女性の天国だと言いふらされているのだが」

「ほんとうに女の天国ですよ。だからこそ、女どもはイヴのようにそこから脱出したがっているのだ」とヘンリー卿。「これで失礼します、叔父さん。これ以上お邪魔していては昼飯におくれます。いろいろ教えていただいて、ありがとうございました。ぼくは新しく出来た友達に関しては洗いざらい知っていないと気がすまないし、古くからの友達のことはなにも知りたくないたちなのです」

「昼飯はどこでとる、ハリー？」

「アガサ叔母さんのところです。ぼくとグレイが行きます。グレイは叔母さんの一番新しい御ひいきです」

「なるほど！　叔母さんに会ったら、もうこれ以上は慈善事業の寄附でわしを悩まさないでくれと伝えてくれ。寄附にはうんざりした。善良なるアガサ夫人は、わしにはあれのくだらぬ道楽のために小切手を書くよりほかに能がないと思っているのだ」

「承知しました、叔父さん。その旨《むね》伝えておきましょう。でも、効《き》きめはありますまい。博愛心に富む人間は人道的なセンスをまったく欠いていますからね。それがかれらの第一の特色でしょう」

老紳士は唸《うな》るような声でそれに合槌《あいづち》を打ち、ベルを鳴らして召使いを呼んだ。ヘンリー卿は低い拱廊《きようろう》の通路を通ってバーリントン通りに出ると、そこで足をバークレイ広場の方に向けた。

そうか、ドリアン・グレイの両親にまつわる物語というのはこれだったのか。大雑把《おおざつぱ》な話ではあったが、それは物珍しい、どちらかといえば現代風なロマンスを暗示してかれの心を揺り動かした。狂恋のためにすべてを賭《か》けた美女。兇悪《きようあく》卑劣な犯罪行為によって断ち切られた激しい幸福の数週間。無言の苦悶《くもん》にうち震えた数箇月、そして苦痛のさなかに生れでた子供。母親は死の手に奪いさられ、子供は唯《ただ》一人愛情を知らぬ老人の専横な手に委《ゆだ》ねられる。たしかにそれは興味を唆《そそ》る背景であった。こうしてドリアンはポーズを獲得し、いわば、より完璧《かんぺき》となるのだ。この世に存在する精美なるものの背後には、つねに悲劇的な要素が宿っている。一輪のみすぼらしい花が咲いでるためにも、世界は陣痛を味わわねばならない……昨夜の晩餐《ばんさん》の席のドリアンはじつに魅惑的だった——驚きに眼を見はり、どきどきするような楽しさから脣《くちびる》をかすかに開けたまま、差しむかいの席に坐っていたドリアン、赤い蠟燭《ろうそく》の笠《かさ》が、その顔にあらわれはじめた驚きの色を豊かな薔薇色《ばらいろ》に染めていた。ドリアンと話をするのは、精妙なヴァイオリンを弾くのに似ている。弓のひと触れ、ひと震えに敏感に応《こた》えてくるからだ。……ある影響をひとに及ぼすことにはなんともいえぬ快感がある。それにまさるものはまたとあるまい。自分の魂をだれかの優雅な形姿のなかに投入し、しばらくそこに留らせ、また、自分の知的な見解が情熱と若さの音楽をあらたに伴ってこだましてくるのを聞いたり、あるいは、自分の気質を秘《ひそ》かな液体か不思議な香気のごとく他人に移し伝えることには、真の歓喜がある――たぶん、これこそ、現代のように限られた風俗の時代、快楽といえば下品な肉欲しかなく、目的とて陳腐きわまりないこの時代に残された最大の満足と喜びではなかろうか……かれはまた驚歎《きょうたん》に値する型の人間だ――バジルのアトリエで不思議な邂逅《かいこう》をしたこの若者、すくなくとも驚歎に値する型につくりあげることはできる。優美、それはかれのものであり、少年らしい純白な清純とギリシア時代の古き大理石がとどめていると同様な美、それらもまたかれのものだ。あの少年にたいしてなしえぬことはひとつもない。タイタンのごとき巨人にも、かわいらしい玩具《がんぐ》にも、つくりあげることができるのだ。これほど美しいものが色褪《あ》せる運命にあるとはまったく残念なことだ！……それに、バジルはどうだ？　心理学的にいって、かれはじつに興味のある人間だ！　新しい芸術様式、人生の新しい見かた、それが奇妙にも、まったくそれに気づいていない人間の姿がそばにあるというだけで啓示されたのだ。薄暗い森林に棲《す》み、姿なく野原をあゆむ無言の精霊が、突如として、森の精ドライヤッドのごとく、なに怖《おそ》るることなく姿を現したのだ。その精霊を求める人間の魂のなかに、すばらしき事物をそれのみが透視しうるすばらしき視力の目醒《めざ》めがおこったからだ。単なるものの形や模様がいわば洗煉《せんれん》され、一種の象徴的な価値を帯び、ついにはそれとは別の、より完壁な形式の模様ででもあるかのようになる。しかも、具体的な形状や模様はその完璧な形式の影が現実化したものにすぎないのだ。これはじつに不思議なことだ！　たしかに歴史のなかにはこれに似たことがあったはずだ。このことを最初に分析したのは、あの思想の芸術家プラトンではなかったか？　十四行詩集にも紛《まが》う彩色大理石の彫像のうちにそれを表現したのはあのミケランジェロではなかったか？　だが、現世紀にあっては、これはひとつの不思議にほかならぬのだ……そうだ、あのすばらしい肖像画を描いた画家にたいして、あの若者が無意識のうちに果したと同じ役割を、この自分はドリアン・グレイにたいして演じてみよう。かれを支配すべく努めるのだ――いや、すでに支配はなかばなされた。かれのすばらしい精神をわがものにしてしまおう。この愛と死から生れた若者にはなにか、ひとを惹《ひ》きつけるものがある。

突然かれは足を停め、立ち並ぶ家々を見あげた。そして、叔母の家をだいぶ前に通りすぎたことに気づき、苦笑を洩《も》らしながら、歩を転じた。やや陰気な玄関にはいっていくと、召使頭が、みなはもう食堂にはいっている旨を告げた。ヘンリー卿《きよう》は下男のひとりに帽子とステッキを預け、食堂にはいっていった。

「また遅くなりましたね、ハリー」と叔母がかれにむかって頭を振りながら言った。

かれは手軽な言い訳を述べ、叔母の隣りの空席に腰をおろし、だれが来ているのかを確かめるためにあたりを見廻した。喜びでかすかに頰を上気させながら、ドリアンがテーブルの端からはにかんで会釈《えしやく》をしてよこした。真正面にはハーリー公爵《こうしやく》夫人が坐《すわ》っていた。賞讃《しようさん》にも値するひとのよさと善良な気質をもった淑女で、この女を知っているだれからも好感をもたれ、その大柄な建築物的体軀《たいく》は、公爵夫人でない女の場合には、現代の歴史家から肥満と呼ばれる類《たぐい》のものだった。公爵夫人の右隣りにはサー・トマス・バードンが坐っていた。急進派の国会議員であるかれは、公的生活では党の領袖《りようしゆう》に追随し、私生活では最上の料理番に従い、食事は保守党員と共にし、思想は自由党員と共にするという賢明にしてあまねく知れわたった法則を守っていた。公爵夫人の左隣りの席にはトレッドレイのアースキン氏が坐っている。すくなからぬ魅力と教養をそなえた老紳士ではあるが、めったに口をきかぬという悪癖に陥っている男だ。というのも、アースキン氏自身がアガサ夫人に説明したところによれば、いうべきことは三十歳になるまえに全部しゃべりつくしてしまったからだということだった。ヘンリー卿自身の隣席はアガサ叔母のもっとも古くからの友人のひとりであるヴァンデルー夫人によって占められていた。非の打ちどころのない聖女ではあるが、あまりのみすぼらしさに、製本の悪い讃美歌集を思いおこさせるほどだった。ありがたいことに、この女の向う隣りにはフォーデル卿がいた。物わかりのよい凡庸な中年男で、その味気ないことは下院における大臣の声明そっくりだった。この男をつかまえてヴァンデルー夫人は真剣そのもののような態度で話しこんでいる。ところで、こういった真剣さというものは、ヘンリー卿自身のことばに従えば、真の善人のすべてが陥り、二度と脱《のが》れ出ることのできぬ許し難い過失にほかならぬのである。

「ヘンリー卿、いま、あの気の毒なダートムアの噂《うわさ》をしているところですよ」と言って、公爵夫人はテーブルの向うから卿に楽しげにうなずいて見せた。「あのひと、ほんとうにその魅惑的なお若いかたと結婚する気でしょうか?」

「どうやらその御婦人のほうがかれに求婚するつもりのようです、公爵夫人」

「なんということでしょう!」アガサ夫人は叫んだ。「どうしてもだれかとめなければいけませんね」

「たしかな権威筋から聞いたところによると、その女の父親はアメリカでいうドライ・グッズを売る店（訳注 乾物屋・英国では〈グローサリ＝食料品店〉を用いる）の主人だそうですな」とサー・トマス・バードンが高慢な顔つきで言った。

「叔父は豚の罐詰業者のようなことを言っていましたが、トマスさん」

「ドライ・グッズ！　いったいアメリカではなんのことをドライ・グッズというのでしょう？」公爵夫人はいかにも不審げな様子でその大きな手をあげ、動詞のところを強調して言った。

「アメリカ小説のことです」ヘンリー卿は鶉《うずら》の肉をとりながら答えた。

公爵夫人はとまどった顔つきをしている。

「あのひとの言うことを真にお受けになっては駄目」アガサ夫人が囁《ささや》く。「いつも本気でものなど言いはしませんから」

「アメリカが発見されたときのことですが」と切りだした急進派の議員は、うんざりするような事実の羅列《られつ》を述べはじめ、ひとつの題目を徹底的に論じつくそうとしたがる人間の御多分に洩れず、聴き手を徹底的に疲れさせてしまった。

公爵夫人は溜息《ためいき》をひとつついて、おもむろにかの女だけがもつ会話中断の特権を行使に及んだ。

「アメリカなど発見されなかったらどんなによかったでしょう！　近頃では英国の娘たちにはまったく機会がありませんからね。このうえもなく不公平なことですよ」

「結局のところ、アメリカはまだ発見されていないようですな」とアースキン氏が言った。「たんにその存在が嗅《か》ぎつけられているという程度でしょう」

「そうは言っても、現にそこに住んでいる人の標本をこの眼で見ています」公爵夫人はあいまいに答えた。「それに、たいした美人揃《ぞろ》いだと言わないわけには参りませんね。着こなしもいいし、ドレスは全部パリだそうですね。わたしもそうできたらどんなに嬉《うれ》しいことでしょう」

「善良なアメリカ人は死ぬとパリへ行くそうですな」くすくすと笑いながらサー・トマスが言った。かれは着ふるしのユーモアが詰ったばかげて大きな衣裳箱《いしょうばこ》をかかえこんでいるのだ。

「ほんとに！　で、よくないアメリカ人は死ぬとどこへ行くというのでしょう？」と公爵夫人が質問する。

「アメリカへ行きますよ」ヘンリー卿がつぶやいた。サー・トマスは渋い顔をする。

「どうやら、あなたの甥御《おいご》さんはかの偉大な国にたいして偏見を抱《いだ》いておられるようですな」とアガサ夫人に向って言う。「わたしはアメリカを隅《すみ》から隅まで見て廻りました——そういうことにかけては至って親切な重役の提供してくれた車に乗せてもらいましてね。アメリカに行ってみることは、たいした教育的価値がありますよ」

「しかし、教育を身につけるためにはどうしてもシカゴ見物をしなくてはならぬというわけでもないだろうが」とアースキン氏が悲痛な面持で言った。「アメリカ旅行はどうも気が進まない」

サー・トマスは手を振った。「トレッドレイのアースキン氏は世界を書棚に載せて眺《なが》めておいでになる。われわれ実際家はものごとを本で読むより、実地に見て廻るほうを好むたちです。アメリカ人というのは、それは興味のある国民ですよ。なにしろ、文句なしに合理的な国民だ。それが第一の特色でしょう。アースキンさん、まったくかれらは合理的だ。アメリカ人にはナンセンスというものがまったくありませんからね」

「恐しいことだ！」とヘンリー卿は叫んだ。「わたしは肉体的な暴力なら我慢できるが、理性の暴力には到底、耐えられない。暴力的な合理主義を揮《ふる》うのは不正ですよ。それは知性の足を狙《ねら》って打つようなものだ」

「どうもきみの言うことはわからない」幾分、顔を赤らめてサー・トマスが言った。

「わたしにはわかる、ヘンリー卿」とアースキン氏が微笑を浮べながら言った。

「逆説もそれなりに悪くはないが……」とトマス准《じゅん》男爵は言いかえす。

「いまのは逆説ですか？」アースキン氏が反問した。「わたしはそうは思わない。いや、恐らく逆説だったろう。ともかく、逆説の道こそ真理の道であり、事物の本体を見きわめようとするならば、それに綱渡りを演じさせねばならない。真理が軽業師《かるわざし》になったときはじめて、われわれはそれに判定を与えることができる、というわけだ」

「おやおや！」アガサ夫人が言う。「殿方の議論のしかたといったら！　あたしには何を話していらっしゃるのかさっぱりわからない。ああ、ハリー、あなたにもほんとうに困ります。なぜあなたは大事なドリアン・グレイさんに、イースト・エンドの貧民救済をやめさせようとするのでしょう？　グレイさんはじつに貴重な存在です。あのひとの演奏はみんなが大喜びですもの」

「ぼくはかれがぼくのために演奏してくれるのを望んでいるのです」ヘンリー卿は笑いながらこう言うと、テーブルの端のほうに眼を向けた。ドリアンの輝かしい視線がそれに答えた。

「でも、ホワイトチャペルのひとたちは、それはそれは不幸なのです」アガサ夫人はことばを続けた。

「ぼくはなんにでも共鳴できるが、苦しみにだけは同情できない」肩をすぼめながらヘンリー卿は言った。「それだけは同情できない。あまりにも醜悪で、恐しくて、痛ましすぎる。現代人が抱く、苦痛にたいする同情にはなにかひどく病的なところが感じられます。われわれは人生の色どりや美しさや歓喜にこそ共感すべきであって、その傷については口を閉《とざ》しているにかぎります」

「そうは言っても、イースト・エンドの問題は非常に重大ですな」まじめくさった様子で頭を振りながら、サー・トマスが口をはさんだ。

「お説のとおりです」と若い貴族は答えた。「まず奴隷《どれい》問題といったところです。で、われわれは奴隷の機嫌《きげん》とりをすることによって、その解決を計ろうとしているというわけだ」

政治家のトマスは鋭いまなざしを卿に向けて言った――「では、きみはどのような改革を提案するのです?」

ヘンリー卿は声をあげて笑い、「英国のもので変えたいと思うのは、まずお天気ぐらいのものでしょう」と答えてのけた。「ぼくはもう哲学的瞑想《めいそう》で満足しています。とはいっても、十九世紀が心情の共感能力を乱費して破産したことを考えれば、こんどはどうしても科学に御出陣を願って、あと始末をしてもらわねばなりますまい。感情はひとを迷わせるところが取柄だし、科学は感情的でないのが長所ですから」

「でも、わたしたちの責任はたいそう重大なのです」とヴァンデルー夫人が躊《ため》いながらも勇を鼓して言った。

「ほんとうに重大ですよ」アガサ夫人が合槌《あいづち》を打った。

ヘンリー卿はアースキン氏のほうを見た。「人間は自分のことをあまりにまじめに考えすぎますよ。原罪とはそのことをいうのです。もしも太古の人間が笑いを知っていたならば、歴史はもっと異なったものになっていたでしょう」

「あなたの話を聞いていると、ほんとうに気が安まります」囀《さえず》るように公爵夫人が言う。「あなたの叔母さまのところへくると、いつでもうしろめたい気がしてならなかった、わたしはイースト・エンドのことにはまるで興味を感じないのですもの。もうこれからは顔を赤らめないで叔母さまとおあいできますよ」

「顔を赤らめるのはなかなかお似合いではありませんか、公爵夫人」とヘンリー卿が口をはさむ。

「若いときにはね」公爵夫人は答えた。「わたしのようなお婆《ばあ》さんがぽっと顔を赤らめるなどというのは、よくない兆候です。そうそう、ヘンリー卿、わたしに若返りの秘訣《ひけつ》を教えてくださらない?」

卿はしばらく考えていたが、「まだお若かったころの大失敗をなにか憶《おぼ》えておいでですか」とテーブル越しに夫人を見やりながら反問した。

「それはもう、たくさんありますよ」

「では、もう一度それをやり直すのです」まじめくさった顔で言う。「青春をとり戻したいなら、過去の愚行を繰りかえすにかぎる」

「たいそう嬉しい理論だこと！」夫人が言った。「さっそく実行に移さなくては」

「危険きわまりない理論だ！」サー・トマスのいかめしい唇《くちびる》から発した一言だった。

アガサ夫人も頭を振ってはいたが、やはり楽しそうだった。アースキン氏は黙って耳を傾けている。

「よろしいですか」と卿は語を継いだ。「いまわたしが言ったことこそ人生の偉大な機微なのです。現今では大部分の人間が卑屈な常識のとりことなっている、とりかえしがつかなくなった時はじめて、後悔の種にならないものはただひとつ、自分のあやまちだけであることに思い至るのです」

どっという笑いがテーブルをとりまいた。

かれはこの観念を弄《もてあそ》んでいるうちに、次第に傍若無人となっていった。観念を空中に投げこんで変形させ、手放してはまた捉《とら》え、幻想の変幻自在な色彩を与え、逆説の翼を生えさせるのだった。かれの愚行礼讃《らいさん》はやがてひとつの哲学となって高揚し、

「哲学」それ自体は若返り、「快楽」の奏《かな》でる狂想曲にうかれ、酒によごれた衣と蔦《つた》の環冠《わかぶり》をつけて、バッカスを讃《たた》える女人《によにん》のごとく人生の丘で踊り狂い、バッカスの養父サイリーナスがしらふでいるのをからかうのだった。「事実」はその姿を見ると、森の動物たちのようにあわてふためいて逃げてゆく。「哲学」の白い足は、賢者オーマーの坐《すわ》る大きな葡萄搾《ぶどうしぼ》りを踏みつけ、やがて沸きたつ葡萄の汁がそのあらわな脚《あし》のまわりに紫色に泡《あわ》だつ波となって湧《わ》きあがり、あるいは大桶《おおおけ》の傾斜した黒い側面を真紅の泡となって這《は》いおりはじめる。それは比類のない即興ぶりだった。かれはドリアン・グレイの眼がじっと自分に注がれているのを感じる。この聴衆のなかに、自分がとりこにしたいと思う類《たぐい》の人間がまじっているという意識が、かれの機智《きち》に鋭さを与え、想像に色彩を添えているらしかった。かれのことばは華麗にして奇抜、そして無責任きわまりないものだった。それは聴《き》き手の心をすっかりとりこにしてわれを忘れさせ、聴き手はかれの吹く笛の音に惹《ひ》かれて、笑いながらついてくるのだった。ドリアン・グレイは一瞬のあいだもかれから眼を離さずに、魔法にかけられたもののように坐っている。脣《くちびる》には、次から次へと微笑が泛《うか》び、次第に色の深まる眼のなかには、ただならぬ驚きの表情が宿りはじめていた。

とうとう、現代の衣裳に身を包んだ「現実」が、召使いの形をとって部屋に現れ、公爵《こうしゃく》夫人に馬車が待っている旨《むね》を告げた。夫人は大げさな絶望の身ぶりで両手をねじり、「ああ、ほんとうにうるさいこと！」と叫ぶ。「しかたがない、行きましょう。クラブにいる主人を呼んで、なんだか知らないけれどくだらない会合のあるウイリー会議室まで連れていかなくてはなりません。主人はその議長をやることになったものですから。わたしが遅れようものなら、たいへん怒るにきまっていますし、このボンネットをかぶっていたのでは大騒ぎもできませんよ。これ、あんまり華奢《きゃしゃ》なので、荒々しい言葉ひとつで台なしになってしまいそうですもの。いいえ、アガサの奥さま、どうしてもお暇《いとま》しなくては。ヘンリー卿《きょう》、さようなら、あなたはなかなかすばらしいかたで、そのうえだいぶ、頽廃的《たいはいてき》でいらっしゃる。あなたの御高説にたいしては、ほんとに言うべき言葉が見つかりませんよ。いつかうちにいらっしゃって、一緒に晩餐《ばんさん》を召上ってください。火曜日はいかが？　火曜日はあいておいででしょう？」「奥さまのためならば、だれをさしおいても馳《は》せ参じます」恭々《うやうや》しく一礼しながらヘンリー卿は言った。

「おや！　ほんとうに嬉しいことをおっしゃる、そして、ほんとうによくないおっしゃりかた」と夫人が言った。「では、忘れずにいらしてくださいよ」かの女は身を翻《ひるがえ》して部屋を出ていった。アガサ夫人をはじめ、婦人たちはそのあとを追った。

ヘンリー卿がふたたび腰をおろすと、アースキン氏がテーブルを廻ってそばの席に坐り、かれの腕に手を載せた。

「あなたは何冊もの本になるようなことを惜しげもなくしゃべる。どうして本を書かないのです？」アースキン氏はこう質問した。

「ぼくは読書が大好きなので、著作などする気が起りません、アースキンさん。小説なら書いてみたい——ペルシャ絨毯《じゅうたん》のように美しく、現実ばなれのした小説を。ところが、英国には、新聞と入門書と百科辞典以外のものを読んでくれる読書階級が存在しない。世界中のどこを捜しても、英国人ほど文学の美しさに対して無感覚な国民はないでしょう」

「遺憾ながら、そのとおり」とアースキン氏は答えた。「このわたし自身、以前は文学的野心に燃えていたものですが、とうの昔にあきらめました。ところで、わが親愛なる若き友——こういう呼びかたを許していただけましょうな——いったいあなたが昼食の席上で言ったことは、全部本気で考えておいでのことですか？」

「なにを言ったか、もうきれいさっぱり忘れました」ヘンリー卿は微笑を洩《も》らしながら答えた。「そんなに悪いことを言いましたか？」

「まったくひどすぎた。わたしがおもうにあなたは危険人物だ。で、もしもあの貞淑なる公爵夫人になにごとか起ったならば、第一の責任者はあなたということになる。しかし、わたしはあなたと人生について語ってみたい。わたしと同じ世代の連中は退屈でやりきれぬ。そのうちに、ロンドンにいやけがさしたときにでも、トレッドレイへやって来てください。さいわい、すばらしいバーガンディーの葡萄酒があるから、それをやりながら例の快楽哲学でも聞かせて頂きたい」

「すばらしいでしょうね。トレッドレイに伺えるというのは、たいした特権です。あそこには申し分のない御主人、申し分のない蔵書がありますから」

「いや、あなたに来てもらってはじめて申し分なくなります」と老紳士は丁寧に頭をさげながら言った。「さあこれで、あなたの叔母ぎみにお暇を申さなくては、学術会議へ行かねばなりませんので、もうあそこへ行って、居睡《いねむ》りをする時間です」

「皆さんがですか、アースキンさん？」

「われわれ四十人、四十脚の肘掛椅子《ひじかけいす》を並べて。英国翰林院《かんりんいん》の予行演習です」

ヘンリー卿は声をたてて笑い、椅子から立ちあがった。「ぼくは公園にでも行こうか」大きな声で卿は言った。

かれが部屋を出ようとしたとき、ドリアン・グレイがその腕に手を触れて、「ぼくもつれて行ってください」と囁《ささや》いた。

「しかし、きみはホールウォードに会いに行く約束があるでしょう」とヘンリー卿《きょう》は答えた。

「あなたと一緒に行くほうがいい。そうです、どうしてもあなたと一緒に行かなくては気がすみません。お願いです。そして、一緒にいるあいだ、ずっと話をすると約束してください。あなたのようにすばらしい話をするひとはだれもいません」

「いや！　きょうの分はもうしゃべりつくしてしまった」ヘンリー卿は微笑しながら言った。「いましたいことは、人生を眺めることだけだ。よかったら、ぼくと一緒にいって眺めようではありませんか」

第　四　章

ひと月のちのある午後、ドリアン・グレイはメイフェアのヘンリー卿の家の小ぢんまりした書斎で、豪華な肘掛椅子にもたれていた。この書斎は独特の心ひかれる造りのものだった——上まで張りつめたオリーヴ色の樫《かし》の腰羽目板、クリーム色に彩《いろど》られ、浮彫《うきぼり》のある漆喰《しっくい》の欄間と天井、そして、赤煉瓦《あかれんが》色《いろ》のフェルトの敷物の上には、長い絹のふさのついたペルシャ絨毯《じゅうたん》がいくつか散らばっている。ちいさな繻子《しゅす》木《ぼく》のテーブルの上には、クルディオン作の小像が立ち、その横には「百物語」が一冊おいてあった。ヴァロア王朝のマーガレット女王のためにクローヴィス・イーヴが装釘《そうてい》したもので、女王が自分の紋章として選んだ金色の雛菊《ひなぎく》がちりばめられたようについていた。色まじりのチューリップをいけた大きな青磁の花瓶《かびん》が数箇、炉棚《ろだな》の上に並べられ、窓の鎧戸《よろいど》の鉛張りのちいさな板の隙間《すきま》からは、ロンドンの真夏の杏色《あんずいろ》の日光が流れこんでいた。

ヘンリー卿はまだはいってこない。時間厳守は時間泥棒なりといって、主義上、遅刻を旨としているのだ。そのために、ドリアンはすこしむっとした顔つきで、本棚で見つけた「マノン・レスコー」の豪華挿絵《さしえ》入り版のページを、懶《ものう》げにめくっていた。ルイ十四世時代の時計が固苦しく単調な音をたてているのが気に障《さわ》る。よほど部屋を出ようかとも考えてみたほどだった。

やっとのことで、足音が聞え、扉《とびら》が開く。「大層ごゆっくりですね、ハリー！」ドリアンは呟《つぶや》くように言った。

「失礼ですけれど、ハリーではありません、グレイさん」と甲高《かんだか》い声が答えた。

ドリアンはすばやくふりかえって、立ちあがった。「どうも失礼しました。うっかり……」

「主人が来たのだとお思いになったのでしょう。あたしで済みませんでした。自己紹介をしてもよろしいでしょう。お写真でよく存じあげています。主人はあなたのお写真を十七枚ももっているようですよ」

「十七枚などということはないと思いますが、奥さま」

「それでは十八枚だったのでしょう。それに、せんだっての晩、オペラ座で主人と御一緒だったのをお見かけしました」話しながら、神経質に笑い、とらえどころのない、忘れな草のような眼でじっとかれを見つめている。風変りな女で、そのドレスはいつも、怒りのさなかにデザインし、嵐《あらし》のただなかで着附けをしたという感じだった。たいていはだれかと恋に陥っているのだが、その情熱が報いられたためしがないので、幻影を後生大事に抱き続けている。一心に自分を素晴しく見せようとするが、だらしがないという印象を与えるのが関の山だった。名前はヴィクトリア、教会に足を運ぶことに異常な関心をもつ女だった。

「ローエングリンのときでしょう、奥さま？」

「そう、あのすてきなローエングリンのときでした。あたしはワーグナーの音楽がだれのよりも好き。あんまり賑《にぎ》やかで、演奏のあいだ中しゃべり続けても、ほかのひとに聞かれる心配がありませんもの。たいした取柄ですわ——そうお思いになりません、グレイさん？」

　例の神経質で途切れがちな笑い声が夫人の薄い脣からとびだし、指は鼈甲《べっこう》の長いペーパーナイフをいじりはじめた。

　ドリアンは微笑して首を振った――「残念ながら、ぼくはそうは思いません。ぼくは演奏中はけっして口をききません、すくなくとも、よい音楽のときにはね。もちろん、まずい音楽を聞かされたときには、会話で聞えないようにするのが当然の義務ですが」

「あら！　それはハリーの意見でしょう、グレイさん。あたし、ハリーの意見を聞くのは、いつでもあの人の友達の口をとおしてです。それしか知りようがありませんの。でも、あたしがいい音楽まで嫌《きら》いだなどとお思いにならないでください。大好きですわ、でも、なんとなく恐しいの。いい音楽を聞いていると、ついロマンティックになりすぎますもの。ピアニストでさえあれば単純に崇拝する――時には一遍にふたりもだと、よくハリーがいいます。ピアニストのどういうところがいいのか自分にもわかりませんけれど。外国人だというところがいいのかもしれません。ピアニストはみんな外国人でしょう？　英国で生れたピアニストでさえ、しばらくすると外国人になってしまう、そうではございません？　頭のいいやりかたね。それに、芸術の地位を高めるものですわ。そのために芸術には国境がなくなるのですもの。そうでしょう？あなた、あたしのパーティーへいちどもいらっしゃらない。いらっしゃったことがあって、グレイさん？　是非、いらっしゃってくださらなくては。蘭《らん》にはお金は出せなくても、外国人のためのものいりは惜しみません。外国人がいると、それはお部屋が映《は》えますもの。あら、ハリー、ハリーが参りましたわ！　ハリー、あなたを捜しにここへ来たの、お願いがあるので――でも、なんの用だったかしら――そうしたら、グレイさんがいらっしゃるではありませんか。いままで音楽のことで楽しいおしゃべりをしていました。すっかり意見が同じ。いいえ、すっかり違っていたようですね。でも、グレイさんはなかなか如才のないかた。お目にかかれて、こんな嬉《うれ》しいことはありませんわ」

「それはよかった、ほんとによかった」濃い三日月形の眉《まゆ》をあげて、興ありげに微笑しながら、卿はふたりのほうを見て言った。「遅くなってほんとにすまなかった、ドリアン。ウォーダー街へ古い錦織《にしきおり》を捜しに行ったのだが、値段をきめるのに時間をとってね。近頃の人間ときたら、ものの値段はなんでも知っているが、ものの値打ちはなにも知らないときている」

「残念ですけれど、あたし、出かけなくてはなりません」突然、ヘンリー夫人が例の間の抜けた笑いで、ぎごちない沈黙を破って言った。「公爵夫人と馬車でドライヴする約束ですの。さようなら、グレイさん。ハリー、行ってきますわね。あなた、お食事はそとでしょう？　あたしもそう。もしかしたら、ソーンベリー夫人のところで御一緒になるかもしれません」

「たぶんね」と言って、ヘンリー卿は夫人が出ていったあとの戸を締めた。そそくさと部屋を出ていったときの夫人は雨のなかをひと晩中とび廻っていた極楽鳥といった恰好《かっこう》だった。あとには赤素馨《あかそけい》のかすかな匂《にお》いが残った。卿は巻煙草《まきたばこ》に火を点《つ》けて、長椅子に身を投げた。

「麦藁色《むぎわらいろ》の髪の女とはけっして結婚するものではない、ドリアン」煙草を二三服ふかしたあとで、かれは言った。

「どういうわけで、ハリー？」

「なにしろセンチメンタルだ」

「でも、ぼくはセンチメンタルな人間が好きだ」

「結婚などということはしないに越したことはない、ドリアン。男は疲れたからといって結婚し、女は好奇心に駆られて結婚する、そして、両方とも失望する」

「ぼく、結婚なんかしないでしょう、ヘンリー。結婚するにはあまりに激しすぎる恋をしている。あなたの箴言《しんげん》にそういうのがありましたね。ぼくはそれを実行するのだ——あなたの言うことはなんでも実行するのだ」

「だれと恋をしているのだ？」短い間をおいてヘンリー卿は訊《たず》ねた。

「ある女優とですが」とドリアンは顔を赤らめる。

ヘンリー卿は肩をすぼめた。「ばかに平凡な出だしだ」

「あなただってあのひとをひと目見れば、そんなことを言う気にはならないに違いない」

「だれだい？」

「シビル・ヴェインというのです」

「いちども聞いたことがない」

「だれも聞いたことがないでしょう。でも、いつかはみんながその名を聞くようになるのだ。あのひとは天才です」

「ああ、きみ、女性に天才などあるはずがない。女性とは装飾的な性だ。言うべきことをなにひとつもっていないのに、ともかく魅力ある言いかたをするのが女性というものだ。精神にたいする物質の勝利を象徴しているのが女性だ、あたかも、男性が、道徳にたいする知性の勝利を象徴するようにね」

「ハリー、どうしてそう断言できます？」

「ドリアン、これは真理だよ。ぼくは目下、女性の分析をしているところだ。だから、この点に関してはくわしいと言ってもいい。この問題は思ったほど難解ではない。ぼくの到達した結論は、この世にはふた種類の女しかいないということだ。つまり、見《み》栄《ば》えのしない女と派手な女だ。見栄えのしない女はなかなか役にたつ——もし尊敬すべき人物だという評判をたてられたかったら、見栄えのしない女を夕食に連れてゆけばいいのだ。もう一方の女は非常に魅力的だ。ただし、ひとつだけあやまちを犯している——若々しく見せようとして顔を塗りたてるあやまちをね。われわれのお祖《ば》母《あ》さんたちの頃は才気煥発《かんぱつ》なおしゃべりをしようとして顔を塗りたてたものだった。ルージュとエスプリとが平行していたわけだ。が、いまとなってはみんな過ぎ去ったことだ。女は自分の娘よりも十も若く見えるうちは、完全に満足しきっている。会話にしても、話し相手にしていいような女はロンドン中にやっと五人しかいない。しかも、ふたりは上流社交界にいれてもらえないときている。ところで、きみの天才の話を聞かせてくれないか。知りあってからどのくらいになる？」

「ああ、ハリー、あなたのものの観《み》かたときたら、恐しくなる」

「そんなことは気にしないでいい。知りあってからどのくらいになるの？」

「三週間ぐらいです」

「会ったところは？」

「いま話しましょう、ハリー。でも、あまりけなさないで下さい。結局は、あなたに会わなければ、起らなかったことだから。あなたはぼくのうちに、人生を知りつくそうという激しい欲望を起させた。あなたに会ってからの数日間というもの、なにか得体の知れぬものがぼくの血管にうずいているようだった。公園をぶらついたり、ピカデリー通りを散歩したりしながら、ぼくは行きすがりの人間をひとりひとり眺めては、押えきれぬ好奇心で、いったいこのひとたちはどんな生活を送っているのだろうかと考えた。あるものはぼくの心をうっとりとさせ、また、あるものはぼくをぞっとさせた。空気はなにかいいようのない毒気を含み、ぼくはさまざまな感覚を経験したいという情熱に駆られたのです……それで、ある夕暮の七時ごろ、ぼくは意を決して、冒険に出かけた。数知れぬ人間、下賤《げせん》な罪人、そして、あなたのいうすばらしき罪悪を蔵しているこの灰色の怪物のようなロンドンのなかには、なにかぼくを待ちうけているものがあるにちがいない——こうぼくは感じたのです。数かぎりない空想が頭にうかび、これから危険を冒すのだと考えただけでも心が躍《おど》った。ぼくとあなたがはじめて食事をともにしたあのすばらしい晩、あなたが話してくれたこと、美の探求こそ人生の秘密だと言ったあなたの言葉をぼくは思いだしていた。あのとき自分はなにを期待していたのか、いまでもそれはわからない。ともかく、ぼくはおもてに出て、東に向ってさまよい歩いているうちに、汚《きたな》い街路と黒々として芝生《しばふ》もない広場の迷路のなかに迷いこんでいました。八時半ごろ、ぼくはちいさな芝居小屋の前を通りました。大きなガス灯がゆれて光り、けばけばしいビラが貼《は》ってありました。ぞっとするようなユダヤ人がひとり、ぼくが見たこともないものすごいチョッキを着て、安ものの葉巻を喫《す》いながら入口に立っていました。脂《あぶら》じみた捲毛《まきげ》で、汚れたシャツのまんなかにはばかげて大きなダイヤモンドがぎらついているのです。「席をお取りしましょうか、旦那《だんな》？」そいつはぼくの姿を見るとこう言って、大仰《おおぎょう》にへりくだった身ぶりで帽子を脱ぎました。ぼくにはその男がどことなく面白くおもわれたのです、ハリー。なにしろ怪物のような男だったので。あなたに笑われるにきまっているけれど、ぼくはほんとうに小屋のなかへはいって、舞台脇《わき》の桟敷《さじき》にまる一ギニー払ったのです。いまになっても自分がどうしてあんなことをしたのか見当がつきません。でも、もしぼくがあのときそうしなかったら——ねえ、ハリー、もしそうしなかったら、ぼくは一生にまたとないロマンスをとり逃すところだった。やっぱり笑っている。ひどいなあ！」

「いや、笑ってはいないよ、ドリアン、すくなくともきみを笑っているのではない。

ただ、一生にまたとないロマンスなどとは言わないほうがいい。わが生涯における最初のロマンスとでも言うのだ。きみはいつまでも愛され、きみ自身はいつも恋を恋し続けるだろう。大いなる情熱こそ、無為徒食をつねとする人間の特権なのだ。一国の有閑階級のただひとつの効用がそれだ。怖《おそ》れることはない。きみの前途にはすばらしい事件が待っている。いまのはほんの序の口だ」

「ぼくをそんなに浅薄な人間だと思うのですか？」ドリアン・グレイは怒りに震える声で叫んだ。

「いや、非常にふかみのある人間だと思っている」

「どういう意味です？」

「ねえ、きみ、生涯でいちどしか恋をしない人間こそ浅薄なのだ。こういう連中が忠実と呼び、まことと名づけているものを、ぼくは習慣の惰性とか想像力の欠如とか呼ぶ。感情生活における忠実さというものは、知性の生活における一貫性と同様に、失敗の告白にすぎないのだ。忠実さ！　いつか、これを分析してみる必要がある。忠実さのなかには激しい所有欲がかくれている。なにしろ、この世の中には、他人にひろわれる心配がなかったら、惜しげもなく捨てさることのできるものが無数にあるのだから。いや、きみの話の腰を折る気はない。先を続けるがいい」

「そこでぼくは、ひどく小さい、貸切り桟敷に腰掛けたのですが、すぐ目の前を俗っぽい垂れ幕が遮《さえぎ》っていました。ぼくはカーテンの蔭《かげ》から小屋全体の様子を覗《のぞ》いてみました。けばけばしいつくりで、一面にキューピッドやコーヌコピアで飾られ、まさに三流のウェディング・ケーキといった代物《しろもの》でした。二階とその下の席はいっぱいでしたが、薄ぎたない平土間《ストール》二列はがらんとしていて、特等桟敷《ドレス・サークル》と称しているところにはひとりの客も見えず、女の売子がオレンジやジンジャ・ビアを持って廻り、観客は凄《すさま》じい勢で胡桃《くるみ》を食べていました」

「大英帝国の演劇はなやかなりし頃そっくりというわけか」

「まさにそういったところでしたが、まったく気がめいりそうだった。どうしようかと思案しはじめたら、出し物を書いたビラが眼にはいりました。なんだったと思います、ハリー？」

「そうだな、『間抜け小僧、唖《おし》だが無邪気』といったところだろう。われわれの親父《おやじ》はこういうのが好きだったに違いないからね。ぼくは生きれば生きるほど痛切に感じるのだが、親父たちには満足すべきものも、われわれには不満だらけのものとなる。政治と同様、芸術にしたって、『お祖父《じい》さんはいつも見当はずれ』というわけなのだ」

「ところが、その出し物はわれわれにとっても満足すべきものだったのですよ、ハリー。『ロメオとジュリエット』だったのです。シェイクスピアがこんな惨《みじ》めな穴のような場所で演じられるのを見るのだと思うと、さすがにいい気持はしなかったけれど、同時に、一種の興味も湧《わ》いてきたのです。ともかく第一幕まで待ってみることに決めました。罅《ひび》のはいったピアノの前に若いヘブライ人が坐《すわ》っていましたが、その指揮でオーケストラがあったのです、そのひどいことときたら、ぼくはよっぽど逃げだそうかと思った。やっとのことで幕があき、芝居がはじまりました。ロメオは大柄な初老の男で、眉を黒く塗り、声は嗄《しやが》れた悲劇調、姿はビール樽《だる》そっくり、マーキューシオもそれに劣らずひどいもので、低級な喜劇役者が自作のギャグを聞かせながら演《や》っていました。大衆席の連中には大うけだった。このふたりは背景同様にグロテスクで、その背景がまた、田舎《いなか》の小屋から持って来たような代物でした。ところが、ジュリエットはどうです！　ハリー、こんな少女を想像してください——年は十七になったかならぬか、ちいさな花のような顔と、濃い茶色の髪を編んでめぐらしたかわいいギリシア型の頭、情熱の湧きでる泉のような菫色《すみれいろ》の眼と、薔薇《ばら》の花びらのような脣《くちびる》、ぼくがこれまでに見たこともない美少女だった。あなたはぼくに言ったことがありますね——ペーソスにはちっとも感動させられないが、美しいもの、たんに美しいというだけのものに接すると、おもわず眼がしらが熱くなる、と。そうなのです、ハリー、湧き出る涙でぼくの眼はかすみ、そのひとの姿が見えなくなったほどでした。それに、あの声——あんな声は聞いたこともない。最初のうちは低く、その深みのある豊かな音色のひとつひとつが、こっちの耳に響いてくるようだった。やがてすこし高くなり、フルートか遠くのオーボエのように響き、庭園の場面になると、夜明け前のナイチンゲールの歌声をおもわせるうっとりとした歓喜の調子を帯びました。それから、こんどはヴァイオリンの音色にも似た激情的な調べを奏《かな》でることもありました。声がどんなにひとの心をかきみだすものか、それはあなたも御存じでしょう。あなたの声とシビル・ヴェインの声は、ぼくが永久に忘れることのできないものです。眼を閉じると、ふたりの声が聞えてくる。そして、それぞれ何かを語りかける。ぼくはどっちの声に従ったらいいかわからない。どうしてあのひとを愛してはいけないのです？　ハリー、ぼくはあのひとを愛している。あのひとはぼくにとってこの世にあるすべてだ。くる夜もくる夜も、ぼくはあのひとの芝居を観に行く。あのひとは、ある晩はロザリンドであり、ある晩はイモージェンだ。ぼくは、あのひとがイタリアの暗い墓場のなかで、愛人の脣から毒を吸って死んでいくのを見守り、あるいはまた、ぴったり身にあったズボンをはき、胴着《タブレット》を着、粋《いき》な帽子をかぶった美しい少年の姿で、アーデンの森をさまよい歩くのも見た。気が狂って、罪ある王の前に現れ、うい、き、ょ、うを差しだして身につけろと勧め、味わってごらんと苦い薬草を渡したこともあった。なんの罪もないあのひとのほっそりとした咽喉《のど》を、嫉妬《しっと》に狂う黒い手が圧《お》し潰《つぶ》したこともあった。あらゆる年齢のあのひと、そして、あらゆる衣裳《いしょう》を身にまとったあのひとをぼくは見たのです。ありきたりの女は想像力を刺戟《しげき》しない。その時代の外に出られないからです。どんな魔法もこういう女の姿を変えることはできません。その女心のうちを見ぬくのは、女たちがかぶっているボンネットを見るのと同じくらい簡単だ。正体がすぐにわかってしまう。神秘的なところがまったくない。午前中は馬車で公園のなかを乗り廻し、午後はティー・パーティーでお喋《しゃべ》りに夢中になる。こういう女たちは判で捺《お》したような微笑を泛《うか》べ、当世風な様子をするけれども、まったく白々しいばかりだ。ところが女優はどうだろう！　なんという違いだろう！　ハリー！　どうしてあなたは、女優こそ愛するに値するただひとつのものだと教えてくれなかったのです？」

「女優なら数えきれないほど愛したことがあるからだ、ドリアン」

「そう、毛を染めて、顔を塗りたてた、ぞっとするような連中をでしょう」

「染め毛や厚化粧をした顔をけなすものではない。それにもすばらしい魅力がないこともないのだからね」ヘンリー卿《きょう》は言った。

「ああ、あなたにシビル・ヴェインのことを話さなければよかった」

「いや、話さずにはいられなかったろう、ドリアン。これから一生のあいだ、きみは自分のしたことをなにもかもぼくに話すだろう」

「そうなのです、ハリー、それはほんとうです。あなたには話さずにはいられない。あなたの不思議な感化力がぼくを捉《とら》えているのだ。たとえぼくが犯罪を犯したとしても、やっぱりあなたのところへ来て、告白してしまうでしょう。そして、あなたはぼくを理解してくれる」

「きみのような人間、自分の意のままに輝く人生の日光のような人間は犯罪など犯しはしない、ドリアン。それはともかく、ぼくを讃《ほ》めあげてくれたことにはおおいに感謝するね。ところで、聞きたいのは――ちょっと、マッチを取ってくれないか。ああ、ありがとう――いったい、シビル・ヴェインとは現在のところどんな関係にあるのだ？」

ドリアン・グレイは頬を紅潮させ、眼を焔《ほのお》のようにかがやかせて、さっと立ちあがった。「ハリー、シビル・ヴェインは神聖そのものです！」

「神聖なるものこそ、触れるに値するただひとつのものだ、ドリアン」ヘンリー卿は、一種異様な哀感をこめた声で言った。「だが、どうしてきみは怒らなければならないのだ？　その女だっていつかはきみのものとなるだろうに。恋はつねに自己を欺《あざむ》くことにはじまり、相手を欺くことにおわるものなのだ。それが世にいうロマンスにほかならない。でも、少くとも知ってはいるのだろう?」

「もちろんです。ぼくが劇場に行った最初の晩、例の身ぶるいの起るような老ユダヤ人が、閉幕後、ぼくの桟敷《さじき》へやって来て、舞台裏へ連れていって、あのひとに紹介してやるというのです。ぼくは奴《やつ》に喰ってかかり、ジュリエットは何百年も前に死に、いまその死体はヴェロナの大理石の墓に横たわっていると言ってやった。そのときの奴の呆気《あっけ》にとられた顔つき、ぼくがシャンパンかなにかで酔っぱらっていると思ったらしい」

「そう思うのも無理はないさ」

「それから、あなたは新聞にものを書くひとではありませんかと訊《き》くので、新聞など読んだことがないと答えてやった。奴はそれを聞いてひどくがっかりして、劇評家はぐるになって自分を眼のかたきにしている、劇評家はみんな買収できる奴等だ、こう言ってこぼすのです」

「それがほんとうだとしても、ぼくは驚かないね。だが、その賄賂《わいろ》にしても、劇評家どもの身なりから判断したところでは、たいした額ではないようだ」

「でも、あのユダヤ人は、劇評家は自分の力では手のとどかないものだと思っているらしい」こう言ってドリアンは笑った。「しかし、こんな話をしているうちに、劇場のなかの灯は消え、ぼくは出なければなりませんでした。奴はえらく自慢の葉巻を喫《す》わせたがっていましたが、ぼくはことわった。つぎの晩も、もちろん出かけて行きました。ユダヤ人はぼくの姿を認めると、ばか丁寧なお辞儀をして、いかにもぼくが気前のいい芸術のパトロンだとでもいうような様子をしてみせるのです。奴は鼻もちならない人間だ、シェイクスピアにたいする情熱はなかなかだけれど。誇らしげにこんなことを言っていた、自分は五度も破産したが、それはみな『詩人《バード》』のお蔭なのだって。シェイクスピアのことを、さかんに『詩人』と呼んでいました。そして、破産したことを名誉だと思っている様子だった」

「たしかに名誉にちがいない、ドリアン——しかも、たいした名誉だ。たいていの人間は、生活という散文にあまりの大金を注《つ》ぎ込みすぎて破産してしまう。詩のためにおのれを破滅させてこそ名誉というものだ。ところで、シビル・ヴェイン嬢とはじめて話したのはいつのことだ？」

「三晩目です。あのひとはロザリンドをやっていた。ぼくは出かけて行かずにはいられなかった。あのひとに花を投げてやったら、ぼくのほうを見た、すくなくとも、見たような気がしたのです。あの年とったユダヤ人はしつこく言いはって、どうしてもぼくを舞台裏に連れて行かなければ気がすまないというふうなので、とうとうぼくも承知しました。ぼくが知りあいになりたがらない気持、おかしいと思うでしょうね？」

「いや、そうは思わない」

「どうしてです、ハリー？」

「また、そのうちに話そう。ぼくはいま、その少女のことが知りたいのだ」

「シビルのことですか？　そうですね、とてもはにかんで、しとやかだった。なにか子供みたいなところがあのひとにはあります。ぼくがあのひとの演技にたいする意見を述べたら、かわいらしい驚きかたをして目を大きく見開いていました——自分の才能にぜんぜん気づいていないようなのです。ふたりともすこしあがり気味でした。老いぼれのユダヤ人は、その埃《ほこり》っぽい楽屋の入口のところに立ってにやにや笑いながら、子供みたいに顔を見あわせて立っているぼくたちふたりのことを、なにやかやと喋っていました。奴はぼくのことを『御前』と言ってきかないので、ぼくはそんなものではないということをシビルに教えてやらなくてはなりませんでした。そうしたらあのひとはごく素直に『それより、プリンスのようでいらっしゃる、プリンス・チャーミングとでもお呼びしなくては』と言うのです」

「これはまた、ドリアン、シビル嬢のお世辞もたいしたものだ」

「あなたにはあのひとがわかっていないのです、ハリー。ぼくのことをただ劇中人物としか考えていないのです。あのひとは人生のことを何も知らない。母親と一緒に暮していたのです——最初の晩、赤紫色の部屋着みたいなものを着てキャピュレット夫人の役をやったつやの悪い疲れきった、でもなんとなく昔華《はな》やかだった面影のある女が母親でした」

「そういう面影ならよく見るよ。そういうのを見ると、ぼくは気がめいるのだ」自分の指環《ゆびわ》を眺めまわしながら、ヘンリー卿はつぶやいた。

「ユダヤ人はぼくにその女の身の上話を聞かせようとしたのですが、そんなことには興味がないと言ってことわりました」

「それがあたりまえだ。他人の悲劇というものには、いつもきまってひどく安っぽいところがあるからね」

「シビルという人間だけがぼくには問題なのだ。あのひとがどこから来たかなどということは、ぼくにとって何だろう？ あのかわいい頭の先から足の先まで、あのひとはいいようもなく神々《こうごう》しいばかりだ。生きているかぎり、ぼくは毎晩芝居を見に行く——そして、あのひとはひと晩ごとにすばらしさを増してゆくのだ」

「そのせいだ、きみがこのごろぼくと一緒に晩餐《ばんさん》をとらなくなったのは。なにか風変りなロマンスがありそうだとは思っていたが、やっぱりそうだ。ぼくの予想とはだいぶ趣を異にしているけれど」

「ハリー、ぼくたちは毎日、昼飯か夜食を一緒にしているではありませんか。それに、オペラ座にだって何度か一緒に行ったし」とドリアンは碧《あお》い眼をいぶかしげに大きく見開いて言った。

「きみはいつもひどく遅れて来る」

「ええ、シビルの芝居を見に行かずにはいられないのです」おもわず声が大きくなる、「たとえひと幕だけでも見たいのです。あのひとのそばに行きたくて、いても立ってもいられなくなるのです。そして、あのちいさな象牙《ぞうげ》のからだに隠されているすばらしい魂を思うと、ぼくの胸は畏敬《いけい》の念で一杯になるのだ」

「今夜、一緒に食事をしてくれるだろうね、ドリアン？」

ドリアンは首を振った。「今夜、あのひとはイモージェンになる。あすの晩はジュリエットだ」

「それじゃ、いつシビル・ヴェインになる」

「決してならない」

「それは乾杯ものだ」

「ひどいなあ、そんなことを言って！　あのひとは世界中のヒロインをひとつにしたような人間だ。一個人というだけの存在ではないのだ。笑っていますね。でも、あのひとには天分があるのです。ぼくはあのひとを愛している、だから、あのひとにもぼくを愛させたいのです。あなたは人生の秘密を知りつくしているひとだから、どうしたらシビル・ヴェインの心を捉えてぼくを愛するようにすることができるか教えてください！　ぼくはロメオを嫉妬《しつと》に狂わせたいのだ。世界中の死んだ恋びとたちにふたりの笑い声を聞かせ、悲しみに沈ませてやりたい。ふたりの情熱の息吹《いぶき》でかれらのしかばねを蘇《よみがえ》らせ、なきがらに苦痛を感じさせたいのだ。ああ、ハリー、ほんとうにぼくはあのひとを崇拝しているのだ！」ドリアンはしゃべりながら部屋のなかを行ったり来たりした。頰を熱病患者のように赤くほてらせ、すっかり興奮している。

ヘンリー卿はこういうかれの様子を、一種微妙な快楽を味わいながら見守っている。バジル・ホールウォードのアトリエで会ったあのはにかんだ控えめな少年とはなんという違いようだ！　ドリアンの性質は草花のようにすくすくと伸び、真紅《しんく》に燃える花をつけるに至ったのだ。秘《ひそ》かな隠れ家からかれの魂がそっと抜けだし、欲望がそれを途中で出迎えたのである。

「それできみはどうするつもりなのだ?」だいぶたってからヘンリー卿は言った。

「そのうちあなたとバジルに来てもらって、あのひとの芝居を見てもらいたいのです。もちろん、結果については全然心配していません。あなただってあのひとの天分を認めるにきまってます。そのつぎにぼくたちはユダヤ人の手からあのひとを解放するのだ。三年間も契約で縛られているのです——正確にいえば二年と八箇月ですが。もちろん、ユダヤ人にはいくらか出さねばならないでしょう。そして、全部かたがついたら、どこか山の手《ウエスト・エンド》の劇場を見つけてあのひとをデビューさせるのです。あのひとはぼくを夢中にさせたと同じように、世間を熱狂させるでしょう」

「それは無理な注文だ、ドリアン」

「いいえ、あのひとはきっと成功します。あのひとにはたんなる技術、この上ない芸術感覚のほかに人間としてのよさがあるのです。あなたもよく言ったではありませんか——時代を動かすのは原理などというものではなく、人格の力なのだと」

「で、いつ出かけよう?」

「そうですね——きょうは火曜日だから、あすにしましょう。あしたはジュリエットをやる番だ」

「いいだろう。ブリストルで八時にあおう。ぼくはバジルを呼んで行く」

「八時ではだめです、ハリー。六時半にしてください。開幕前に行っていなくては。第一幕でロメオと会うところを見てもらいたいのです」

「六時半だって！　ひどい時間だ！　まるで肉つきの茶を飲むか、イギリスの小説を読むのと同じくらい月次《つきなみ》だ。七時にするのだな。紳士は七時前には晩餐をとらないものだ。それまでにバジルに会う？　ぼくが手紙でも届けさせておこうか？」

「ああ、バジルといえば、ここ一週間というものぜんぜん会っていない。ぼくもなんて恩知らずだ——あのひとはぼくの肖像画を、自分でデザインしたすばらしい額縁にいれて送ってくれたのに。あの絵はぼくよりもまるひと月若いので少々ねたましい気がするけれども、やっぱり嬉《うれ》しいですね。そうだな、バジルには手紙を出しておいてもらったほうがいい。ぼくひとりではなんとなく会いにくい。あのひとはぼくの気に障《さわ》ることばかりいう。尤《もっと》もらしい忠告をするのだもの」

ヘンリー卿は微笑を泛《うか》べる。「人間というやつは、自分にもっとも必要なものを他人にやってしまうのが好きなものなのだ。それが寛大の泥沼というものだ」

「いや、バジルはこのうえもなくいい人です。ただ、すこしばかり俗物的だけれど。あなたと知りあってから、それがわかってきた」

「バジルという人間は、自分のなかにある魅惑的なものをすべて作品に注ぎこんでしまうのだ。その結果、かれの人生には、偏見と大義名分と常識しか残らぬということになる。ぼくが知っているかぎり、芸術家で人間的に面白いのは、芸術家として駄目なやつだ。立派な芸術家は作品のうちにのみ存在していて、人間としてはつまらないものなのだ。大詩人、真に偉大な詩人はあらゆる人間のなかでもっとも詩的でない。そこへいくと、下級の詩人は文句なしに魅力的だ。かれの書く詩が不出来であるほど、かれという人間は美しく見える。二級の十四行詩集を出したことがあるというだけで、その詩人はまったく魅力的な人間となる。そういう詩人は、自分では書くことのできない詩を、身をもって生活しているのだ。ところが、一方の詩人は、勇気がないために身をもって実現することのできない詩を、紙の上に書きつらねているというわけだ」

「ほんとにそういうものだろうか、ハリー」ドリアンは、テーブルの上に立っている金の蓋《ふた》のついた大きな罎《びん》からハンカチに香水をふりかけながら言った。「でも、あなたが言うのだから、ほんとうなのでしょう。では、これで失礼します。イモージェンが待っていますから。あしたのことを忘れないでください。さようなら」

ドリアンが部屋を出てゆくと、ヘンリー卿《きょう》の重たげな瞼《まぶた》が垂れ、心の中をいろいろな想念がかけめぐりはじめる。ドリアン・グレイほどかれの興味を唆《そそ》った人間はすくない。ところが、その若者がだれかほかの人間を狂熱的に慕っているということも、すこしも怒りや嫉《ねた》みの苦痛をかれの胸に呼びおこしはしない。むしろかれはそれを楽しんでいる。それによって若者はますます興味深い研究対象となったのだ。かれはつねづね自然科学の方法に魅せられていたが、自然科学にしてもありふれた研究題目には興味もなければ満足もできなかった。そこでまずかれは、自分を解剖分析してみることからはじめた——もちろん、最後には他人の分析にまで発展した。人間生活——これこそ考察に値するただひとつのものだ。それにくらべれば、いかなるものも無価値であった。もちろん、苦痛と悦楽の奇妙にいりまじった人生を観察する際に、ひとはガラスのマスクをかぶることもならず、硫黄《いおう》のガスに脳を冒され、奇怪な妄想《もうそう》とゆがんだ夢想とで想像力が濁らされるのを避けることはできない。世には、それがどんなものであるかを知るためには、どうしてもそれに冒されてみなければならぬいとも微妙な害毒がある。かかってみてはじめてその性質が理解できるような異様な疾病《しっぺい》があるのだ。しかしながら、それによってひとびとの得る報償はじつに莫大《ばくだい》なものだ！　世界全体がまたとなくすばらしいものとなってあらわれるのだ！　情念の奇妙にして冷酷な論理、そして感情に彩《いろど》られた理性のすがたを眼にとめ、情念と理性の出あう地点と分離する地点、調和する地点と衝突する地点を知ること——そこにはこの上ない喜びがある。その代価がいかに高かろうと、なんの問題があろう。ひとつの感覚を得るためなら、いかなる代償も高すぎはしないのだ。

かれにはわかっていた――ドリアン・グレイの魂がこの純白な少女に惹《ひ》かれ、その前にぬかずくようになったのも、ひとえにかれのことば、音楽のように語られた音楽のようなことばのゆえであるということが。こう思うと、かれの茶色い瑪瑙《めのう》のような眼には満足のきらめきがあらわれるのだった。ドリアンという人間の大半はこの自分の手にかかる創造物なのだ。自分はかれを早熟にした。それにはすくなからぬ意義がある。おおかたの人間は、人生がその秘密を解きあかしてくれるまで待っている。ところが、少数の選ばれた者にとっては、ヴェールがぬぎさられる前に、人生の神秘が明かにされる。これも芸術の力というものだ。とくに、情念と知性とをじかにとり扱う文学の力でもある。が、ばあいによっては、複雑な人格を有する人間が文学に代って芸術の役目を果し、独自のひとつの芸術作品と化することもある。詩や彫刻や絵画に傑作があるごとく、「人生」そのものにも鏤骨《るこつ》の傑作が存在する。

そうだ、ドリアンは早熟なのだ。まだ春だというのに収穫《とりいれ》をはじめたのだ。若さの鼓動と激情がかれのうちにあった、しかし、かれはその自分を意識しはじめている。ドリアンはすばらしい観察対象だ。あの美しい顔と、あの美しい魂をもったドリアンこそ驚歎《きょうたん》の眼で眺められるべきものではないか。最後にどうなろうと、どのような結末を運命が用意していようと、それは問題ではない。かれは野外劇や芝居に登場する人物の優雅な姿にも似て、その歓《よろこ》びこそ遠く離れたものとおもわれながら、その悲哀は見るものの美的感覚をゆり動かし、その傷は真紅の薔薇《ばら》をおもわせるような存在なのだ。

魂と肉体、肉体と魂——じつに神秘そのものではないか！　魂にも獣性があり、肉体にも霊的な瞬間がある。感覚も浄化されうるし、知性が頽廃《たいはい》することもある。どこに肉体的衝動がおわり、どこに精神的衝動がはじまるかを、誰が指摘しうるだろう？　一般心理学者たちの独断的な定義のいかに浅薄なることか！　それら学派の主張のうち、ひとつを選ぶことの難しさ！　魂とは肉体という罪の家に坐《ざ》する影にすぎぬのであろうか？　それとも、ジョルダーノ・ブルーノの考えたごとく、肉体こそ魂のなかにあるものなのか？　精神と物質との分離はひとつの神秘であり、同時に、その調和もまた神秘である。

心理学を極度に発展させて、生命のちいさな源泉のひとつひとつが手にとるようにわかるほど絶対的な科学にすることが可能であろうか——卿はこの問題について考えはじめる。実際には、だれも自分というものを正しく理解してはいない。ましてや、他人を理解するのはなお難しい。経験には倫理的価値といったものは皆無なのだ。ひとはおのれのあやまちを経験と呼んでいるにすぎない。一般にモラリストたちは経験を一種の警告と見做《みな》し、人格形成のうえに倫理的な役割を果していると主張する。そして、経験こそ従うべきものと避けるべきものとを教示してくれる基準なりとしてそれを讃美《さんび》する。しかし、経験にはすこしの原動力もありはしないのだ。良心と同様、経験は積極的な動因を欠く。経験が実証していることはただ、未来は過去と異なるところがなく、人間は、かつていちどだけ犯した罪――しかもいやいや犯した罪を、今後は喜びいさんで幾たびも犯し続けるだろうということにすぎない。

ただ実験的方法によってのみ、情念の科学的分析が可能であるということがかれには明瞭《めいりよう》であった。そして、ドリアン・グレイこそお誂《あつら》えの題材であり、豊かな実の多い結果を約束しているようにおもわれた。かれが突然シビル・ヴェインにたいして抱《いだ》きはじめた熱狂的な恋慕の情は、少からず興味ある心理学的現象であった。もちろん、ドリアンの好奇心が大いに手伝っていることには疑問の余地がない――好奇心と新しい経験を求める欲望とである。しかし、それは単純な情熱ではなく、むしろ非常に複雑なものだった。思春期の少年につきものの官能的な本能が、ドリアンの場合には想像力の働きによって変形され、当人にはなにか官能とは遠く隔ったものに思われ、ただでさえ危険な本能は、この歪《ゆが》みによってますます危険なものと化していたのである。人間にもっとも強く君臨する情念は、人間がその素性に関して自己欺瞞《ぎまん》を行っている情念にほかならない。それに反して、はっきり意識された動機というものは、いちばん力の弱い動機である。他人を実験台にのせているつもりの当人が、じつはみずからを実験材料に供しているということはありがちなことだ。

ヘンリー卿がこんなことを夢想しながら坐《すわ》っていると、ドアをノックする音が聞え、下僕がはいって来て、もう晩餐《ばんさん》のために着替えをする時刻だと知らせた。かれは立ちあがって窓からおもてを見る。夕陽が向い側の家々の高い窓を緋色《ひいろ》がかった金色に染めている。硝子《ガラス》が熱せられた金属板のように映《は》え輝いているのだ。上を見れば、空は色褪《あ》せた薔薇《ばら》のようだった。かれは友人の若々しい焔《ほのお》のように彩られた生命を想《おも》い、前途にはいかなる結末が待っているのだろうかと思いめぐらすのだった。

十二時半頃帰宅すると、玄関のテーブルの上の一通の電報が眼についた。開けてみると、ドリアン・グレイからのものだった。シビル・ヴェインと婚約した旨《むね》を告げるしらせだった。

第五章

「おかあさん、おかあさん、あたしほんとうに幸福なの！」少女は、しなびて疲れきった様子の女の膝《ひざ》に顔を埋めて、こう囁《ささや》いた。女は、おもてからしつこく射《さ》しこむ日光に背を向けて、この薄汚《うすぎたな》い部屋にあるたったひとつの肘掛椅子《ひじかけいす》に腰掛けていた。「ほんとうに幸福！」同じことばを繰り返す。「おかあさんだって幸福でしょう！」

ヴェイン夫人はおもわず身をたじろがせ、蒼鉛《そうえん》に冒されたような白い瘠《や》せた両手を娘の頭に置く。「幸福！　あたしはね、シビル、おまえの芝居を見ているときだけが幸福なのだよ。おまえは自分の芝居のことだけ考えていればいいの。アイザックスさんはあたしたちにとてもよくしておくれだし、それに、あのひとにはお金を借りているからね」

少女は頭をあげて、不満そうに口をとがらせた。「お金ですって、おかあさん？　お金がどうしたというの？　愛情のほうが大切だわ」

「アイザックスさんは、借金をきれいにし、ジェイムズにちゃんとした身なりをさせてやるために、五十ポンドの前貸をしておくれだ、それを忘れてはいけないよ、シビル。五十ポンドといえば大金なのだから。アイザックスさんはほんとうに親切にしておくれだからね」

「あのひとは紳士ではありません、おかあさん、あのひとがあたしに話しかけるときの口ぶりときたら胸がむかむかするわ」こういい棄《す》てると、娘は立ちあがって、窓の方に歩いて行った。

「あのひとがいなかったら、あたしたちはどうやって生活できたろうね」初老の母親は短気そうに答える。

シビル・ヴェインは頭をのけぞらせて、大声で笑う。「でも、もうあのひとがいなくても大丈夫よ、おかあさん。こんどはプリンス・チャーミングがあたしたちの生活の支配者になるの」それだけ言うと、少女は押し黙ってしまった。薔薇が少女の血のなかで踊り、頰に赤い影を落した。はげしい息が、花びらのような脣《くちびる》を押し開く。脣は小刻みに震えている。情熱をのせた南風が少女をかすめ、そのドレスの優美な襞《ひだ》を揺り動かした。「あたしはあのひとを愛している」ただひとこと、少女はこう言った。「お馬鹿《ばか》さん！　お馬鹿さん！」という繰り返しが返事だった。まがいの宝石をつけた、曲った指の振れ動くのが、このことばにグロテスクな感じを与える。

少女はもういちど笑った。籠《かご》に閉じこめられた鳥の歓喜の調べがその声にこもっている。少女の眼はそのメロディーを捉《とら》え、輝くまなざしでそれに応《こた》えたかとおもうと、秘密を隠そうとでもするように、しばらく閉じられた。そして、ふたたび開かれたときには、夢の靄《もや》はすっかり晴れあがっていた。薄い脣をした「智慧」が古ぼけた椅子に坐って少女に話しかけ、それとなく分別を教え諭《さと》し、あの「常識」という名の著者の書いた「臆病《おくびょう》の書」から引用して聞かせるのだった。少女は耳を藉《か》さなかった。情熱の牢獄《ろうごく》のなかで、少女は自由の身であった。少女のプリンス、プリンス・チャーミングがいっしょにいてくれるのだ。少女は「思い出」に呼びかけて、かれを再現してもらい、魂を送ってかれを捜させ、ついに連れ戻させたのだ。かれの接吻《せっぷん》がふたたび口の上に熱く燃え、瞼はかれの息で温かった。

すると「智慧」は方法を変え、さぐりをいれて相手の素性を知るようにと唆《そそのか》した。その青年は金持かもしれない。そうだとすれば、結婚ということが考えられてもいい。少女の耳朶《みみたぶ》に世智の波があたって砕け、奸智《かんち》の矢が身をかすめて過ぎた。少女は、薄い脣がさかんに動いているのを見て微笑《ほほえ》んだ。

突然、少女はなにか言わねばならぬ必要を感じた。喧《やかま》しいことばのなかの沈黙がたまらなかったのである。「おかあさん、あのひとはどうしてあたしをこんなに愛しているの？　あたしがあのひとを愛するのはなぜだかわかる。『愛』の神はこんなかしらと思わせるようなかただから、あたしはあのひとを愛しているの。でも、あのひとはいったいあたしのどこが気にいっているのかしら。あたしはあのひとにはふさわしくない。でも――ああ、上手に言えないけれど――あたしはあのひとにはとても似合わないと思いながら、いじけた気持にはならないの。誇らしい気持、とても誇らしい気持だわ。おかあさん、おかあさんもあたしがプリンス・チャーミングを愛しているようにおとうさんを愛していた？」

老女の頬は、粗《あら》い白粉《おしろい》の下で蒼《あお》ざめ、かさかさに乾《かわ》いた脣は苦痛の発作で小刻みに震えた。シビルは駆けよって両腕を母の首にまわし、接吻した。「許して、おかあさん、おとうさんのことを話されるのはつらいのね。でも、それはおかあさんがおとうさんをそれはそれは愛していたからだわ。そんな悲しそうな顔をしないで。二十年前のおかあさんと同じように、きょうのあたしは幸福なの。ああ、いつまでも幸福でいたい！」

「いいかい、おまえはまだ恋のことを考える年ごろではありません。だいいち、おまえはそのひとのことで何をお知りだい？　名前さえお知りでないのだろう。なにもかもほんとうに不都合だよ。それに、ジェイムズがオーストラリアに出かけたりするので、あたしには考えなければならないことが山ほどあるというときなのだから、おまえにも、もっと分別のあるところを見せてもらいたかったね。でも、さっきも言ったとおり、もしそのひとが金持だったら――」

「ああ！　おかあさん、おかあさん、あたしの幸福をこわさないで！」

ヴェイン夫人はそういう少女にちらりと一瞥《いちべつ》を与え、舞台俳優にとって第二の天性となりがちなわざとらしい芝居がかった身ぶりでシビルを両腕にかかえた。そのとき、ドアが開いて茶色の髪の毛をばさばささせた若者が部屋にはいって来た。ずんぐりした体つきで、手足は大きく、身のこなしが何となく不様《ぶざま》だった。姉ほどの育ちのよさが感じられず、どう見ても肉親とはおもわれない。ヴェイン夫人は若者にじっと眼を注ぎ、微笑をさらに深めた。頭のなかで、息子を一堂に会したものものしい観客に見立てる。これは素晴しい見せ場だ、と感じたのだ。

「ぼくにもすこしは接吻をとっておいてくれよ、シビル」と若者はわる気のない不平をならす。

「あら！　でも、あなたは接吻をされるのが嫌《きら》いでしょう、ジム」シビルは声高《こわだか》に言った。「あなたは熊《くま》みたいにがさつだもの」言うが早いか、少女は一気に部屋を横切って、かれを抱きしめた。

ジェイムズ・ヴェインは姉の顔に愛情のこもったまなざしを注ぐ。「一緒に散歩に行ってくれないか、シビル。もう二度と、このいやなロンドンを見ることはないだろうからね。まったく、こんな町、見たくもない」

「そんなひどいことを言うものではありません」小声で言いながら、ヴェイン夫人は、けばけばしい舞台衣裳《いしよう》を歎息とともに取りあげ、それにつぎを当てはじめた。息子がこの見せ場に加わらないので失望しているのだ、協力してくれれば、この場の芝居のような美しさが完璧《かんぺき》になったろうに。

「どうしていけないのです、おかあさん。ぼくはほんとうにそう思っているのです」

「そんなことを言われると、あたしは苦しい。いい身分になってオーストラリアから帰って来てくれるものとあたしは信じているのだよ。植民地には社交界というようなものがぜんぜんないはずだから、財産が出来たら、帰国してロンドンで世間に自分の存在を主張するのだね」

「社交界ですって！」若者は呟《つぶや》いた。「そんなもののことは知りたくもない。ぼくは金を儲《もう》けて、おかあさんとシビルを舞台に立たなくてもいいようにしたいのだ。ぼくは芝居稼業《かぎよう》は嫌いだ」

「ああ、ジム！」とシビルは笑いながら言う。「ずいぶんひどいことをいう！　でも、ほんとうにあたしと散歩してくれるの？　すてきだわ！　だれかお友達にお別れの挨《あい》撈《さつ》に行くのではないかと思っていた——あの見てくれの悪いパイプをくれたトム・ハーディか、それをあんたが喫《す》うのをからかうネッド・ラングトンのところにでも行くのかと思った。最後の午後をあたしといっしょにすごしてくれるなんて、ほんとにやさしい。どこへ行きましょう？ ハイド・パークがいいわ」

「ぼくの身なりが貧弱すぎる」とジェイムズは顔をしかめながら答えた。「高級な連中だけがハイド・パークに行くのさ」

「馬鹿なことをおっしゃい、ジム」弟の袖《そで》をなでながら、シビルは囁いた。

ジェイムズはしばらくためらっていたが、「それじゃ行こう。でも、着替えにあんまり手間どらないでくれ」と承知した。シビルは踊るように部屋を出て行った。二階へ駆けあがりながら歌う声が聞えてくる。ちいさな足が二階の床の上をぱたぱたと音をたてて歩く。

ジェイムズは部屋のなかを二三度、行ったりきたりしたのち、椅子に腰掛けている身動きしない人物に向ってきいた。「おかあさん、ぼくの持って行くもの、準備できている？」

「すっかりできていますよ、ジェイムズ」針仕事から眼を離さずに母は答えた。過去数箇月というもの、女はこの粗野であらっぽい息子とふたりきりでいると、どうしても気が落ちつかなかった。二人の眼が合うと、女のうちにひそむあさはかな心が乱されるのだった。息子がなにかを疑っているのではないかという気がしてならなかった。ジェイムズはそれ以上ひとことも発せず、母はその沈黙に耐えられなかった。そして愚痴をこぼしはじめた。女は攻撃によって自己防衛を完《まっと》うする、そして、唐突で奇妙な降伏によって攻撃をしかける。「ジェイムズ、おまえは水夫生活に満足しなくてはいけません」女は言った。「自分で選んだ道だということを忘れないように。弁護士の事務所にでもはいれたかもしれないのだからね。弁護士はなかなか立派な階級で、田舎《いなか》では、一流家庭の食事にも招かれるのに」

「ぼくは事務所が嫌いだ、事務員も嫌いだ」ジェイムズが答える。「でも、おかあさんの言ったことはほんとうだ。ぼくは自分の人生を選んだのだ。ただひとこと言い残しておくけど、シビルに気をつけてください。もしものことが起らないように、気をつけてやってください」

「ジェイムズ、ずいぶんおかしなものの言いかただね。言われるまでもなく、あたしはシビルには気をつけています」

「ひとの噂《うわさ》では、毎晩、劇場へ来る紳士があるそうですね、シビルに話しに楽屋にはいりこむというけれど、それはいいことだろうか？　おかあさんはどう思っているのです?」

「それはおまえにはわからないことなのだよ、ジェイムズ。この商売ではひとさまの御贔屓《ごひいき》を受けるのはあたりまえのことで、あたしだっていちどきに花束をいくつももらったことがよくあった。演技がほんとうに理解されたときには、そういうことになるものだよ。シビルの場合は、あの子が本気で想っているかどうかいまのところではなんともいえないけれど、問題の青年がちゃんとした紳士だということはたしかだね。いつでも親切にしてくれるし、金持らしい様子のひとだよ。送ってくる花も綺麗《きれい》だし」

「でも、名前さえ知っていないのでしょう?」とげとげしい口調で若者は詰問《きつもん》した。

「知ってはいませんよ」落ちつきはらった表情で母は答えた。「本名はまだあかしてくれないのだよ。ずいぶんロマンティックなひともあるものだね。貴族なのかもしれない」

ジェイムズ・ヴェインは脣を嚙《か》みしめた。「シビルから眼を離さないで、おかあさん」声高にいった。「頼みますよ」

「おかしなことは言わないでおくれ。シビルにはいつだってちゃんと気をつけていますよ。もちろん、相手の紳士が金持なら、婚約してならない理由はなにもないはずだよ。あのひとは貴族にまちがいない。どう見ても貴族としか思われないもの。シビルにとっては上々の結婚ということになるかもしれない。惚《ほ》れ惚《ぼ》れするような夫婦が出来あがる、きっと。あの青年の顔つきの綺麗なことときたら、だれだって眼を瞠《みは》るほどだから」

若者はなにごとかをひとりで呟きながら、がさつな指で窓ガラスを叩《たた》いている。そして、なにか言おうとして後に向き直ったとき、ドアが開いてシビルが駆けこんで来た。

「なんて深刻な顔をしているの！」少女は叫んだ。「いったいどうしたっていうの？」

「なんでもない」ジェイムズが答えた。「人間には、たまには深刻にならなくてはならないときがある。行ってきます、おかあさん。夕飯は五時に食べます。シャツ以外はもう荷造りが済んでいますから、心配しないでいいですよ」

「行っておいで」こう答えて、女は無理に威厳をよそおいながら、頭を軽くさげた。女は息子が自分にむかって使った語調が気がかりでならず、息子の表情にもなにかこの女を不安にさせるものがあった。

「接吻して、おかあさん」と少女が言った。花のような脣が皺《しわ》だらけの頬に触れ、その霜を温める。

「かわいい子！　おお、かわいい子！」架空の桟敷席《さじきせき》を求めて眼を天井に向けながら、ヴェイン夫人は叫んだ。

「さあ行こう、シビル」ジェイムズの声はいらだたしげだった。母親の気取りが、かれには厭《いと》わしかったのだ。

ふたりは、風に吹きさらされた日光のちらつくなかへ出て、淋《さび》しいユーストン街をゆっくりと歩いて行った。からだにぴったりしない粗末な服を着て、驚くほど上品で洗煉《せんれん》された感じの少女と連れだっているこの無愛想な暗い若者に、通行人たちはいぶかしげな視線を投げかける。つまらぬ庭師が薔薇《ばら》を抱いて歩いているといった様子だった。

ジムは他人の好奇に満ちた視線を感じるたびに顔を顰《しか》めた。天才には晩年に訪れ、平凡な人間には一生つきまとうところの、他人からじろじろ眺められたくないという気持がかれにはあった。しかし、シビルは自分がかもしだしている効果を意識してはいなかった。愛情がその唇の上に笑いとなって震えている。少女の想《おも》いはプリンス・チャーミングのうえにあった。そして、心のなかのかれへの想いをつのらせるために、口先ではすこしもかれに触れず、ジムが乗組むはずの船のことや、むこうできっと発見する黄金のことや、赤いシャツを着た山賊の手から金持のひとり娘の命を救ってやるときのことなど、とりとめもなく喋《しゃべ》りつづけた。ジムはいつまでも水夫や積荷監督なんかでいはしない。ええ、駄目！　船乗の生活はそれは悲惨だもの。考えてもごらんなさい、ぼろ船に閉じこめられたまま、うねりくるう波に襲われ、マストは暗い風に吹きさらされ、帆が千切れて長いリボンとなってひゅうひゅう鳴るのをじっと聞いている有様を！　だからジムは、メルボルンに着いたら、さっさと船をおり、船長に丁寧な別れの挨拶《あいさつ》を告げて、金鉱地帯へ出かけるの、一週間もしないうちに大きな純金の塊、だれもまだ見つけたことのないような大きな金塊に出あって、六人の騎馬巡査に護衛された荷車で海岸に運びだすのよ。途中、三度も山賊の襲撃を受けるけれど、結局、山賊は沢山の死体を残して逃げてしまう。でも、やっぱり金鉱地帯ゆきはだめ。金の産地はひどい所で、男どもは飲んだくれ、酒場で射《う》ちあいをやり、きたないことばを口にするわ。それよりも、ジムは感じのいい羊飼いになるの。そしてある晩、馬に乗って家に帰る途中、美しいお金持の跡取り娘が黒い馬に乗った盗人にさらわれてゆくのを見つけ、追跡してその女のひとを救いだすのだわ。もちろん、そのひとはジムが好きになり、ジムもそのひとを愛するようになって、ふたりは結婚して英国に帰り、ロンドンで大きな屋敷に住むようになるの。ジムの将来には、ほんとうに楽しいことが待ちうけている。でも、親切にしてあげなくてはいけないわ、癇癪《かんしゃく》を起したり、金を無駄費《むだづか》いしたりしてはだめ。あたしはジムよりひとつしか年うえでないけれど、人生のことはずっとよく知っているのよ。それから、便船ごとに手紙をくれることと、寝る前にはかならずお祈りを捧《ささ》げること。神様はたいそうお情け深いのよ、そしてジムの身のうえを見守ってくださるのよ。あたしもジムのためにお祈りをするわ。そして、二三年もしたら、ジムはお金持で幸福になって帰ってくるの、と、こんな調子で少女は喋《しゃべ》りつづけた。

弟はむっつりとした表情で聴《き》いていたが、返事をしなかった。母国を離れることで胸がいっぱいだったのだ。

しかし、かれを憂鬱《ゆううつ》がらせ、不機嫌《ふきげん》にする原因はそれだけではなかった。ジムは人生の経験こそ浅かったが、それでも、シビルの立場がいかにもあぶなげであることを強く感じていたのだ。姉に言い寄っているその若くて伊達《だて》な男が姉のためによいはずはない。その男は紳士だというが、ジムにはそれが気に食わないのだ。自分にも得体の知れぬ不思議な種族本能によってジムはその男を嫌った、得体が知れぬという理由でますます強くかれの心を支配する種族本能によって。ジムはまた、母親の浅はかな心と虚栄に気づいていて、それがシビルとシビルの幸福とのために非常に危険であることを知っていた。子供というものは最初のうちは親を愛し、成長するにしたがって、親を裁くようになる——ときには許すこともあるが。

　俺の母親！　ジムの心のなかには、母に訊《たず》ねてみたいあることがわだかまっていた。もう何箇月ものあいだ、じっとそのことばかり考えつめていたのだった。劇場でふと耳にしたことば、ある晩、楽屋口で待っていたかれの耳にはいった嘲笑《ちょうしょう》の囁《ささや》きが、かれの心のなかに堰《せき》を切ったように次から次へと怖《おそろ》しい想念を流しこんだのである。かれはそのひとことを、鞭《むち》で顔面を打たれたときのことのように憶《おぼ》えていた。かれは眉《まゆ》をきゅっと顰《しか》め、苦痛にひきつらせながら下脣《したくちびる》を嚙む。

「あたしの言うことをぜんぜん聞いてくれないのね、ジム」シビルが言う。「せっかく、あなたの未来の素晴しいプランを立ててあげているのに、なんとか言ってもいいでしょう」

「どんなことを言わせたいのだ？」

「もちろん、あなたはばかな真似《まね》もしないし、あたしたちのことも忘れない、って」

少女は相手に微笑《ほほえ》みかけながら答えた。

　ジムは肩をすぼめる。「ぼくがきみのことを忘れるよりも、きみのほうこそ、ぼくを忘れることになりそうだ」

　少女はさっと顔を赤らめる。「それ、どういう意味、ジム？」

「なんだか、新しい友達ができたそうじゃないか。いったいだれだい？　どうしてそのことをいままで黙っていた？　その男は姉さんのためになるひとじゃない」

「やめて、ジム」姉は叫んだ。「あのひとのことをとやかく言わないで。あたしはあのひとを愛しているのですもの」

「だって、名前さえ知らないだろう。いったい、だれなのだい？　ぼくにだって知る権利がある」

「あのひとはプリンス・チャーミングというの。いい名前でしょう？　まあ、お馬鹿《ばか》さん！　この名前、どうしても憶えておいてくれなくては。ジムだって、ひと眼見れば、世のなかで一番すばらしいひとだと思うにきまっている。いつかきっと会えるわね——オーストラリアから帰ってきたときに。あなたはあのひとが大好きになる。だれだって好きになるのよ、そしてあたしも——あたしは——愛している。今晩、劇場に来てもらえるといいのだけれど。あのひとが見にくるはずだし、あたしはジュリエットをやるの。ねえ、あたしはどんなジュリエットをやるかしら？　ジム、考えてもみて、恋をしている女優のやるジュリエットを！　しかも、恋びとが客席にいるの！　そのひとを喜ばせるためにやるジュリエット！　もしかしたら、一座のひとたち、びっくりしてしまうでしょう、でなければうっとり見とれてしまう。恋をすることは自分の限界を超《こ》えることだもの。あのこわいアイザックス爺《じい》さん、酒場へ行って飲んだくれの連中に『天才だ、天才だ』と言ってはしゃぐだろうな。あのひとはいままで、あたしの演技を教義かなにかのようにみなに説教してきたけど、今夜はそれを啓示だとふれまわるわ。そんな予感がする。そして、みんなそれはあのひと、プリンス・チャーミング、すばらしきわが恋びと、恩寵《おんちよう》多きわが神のたまもの。でも、あのひとにくらべると、あたしは貧乏。貧乏？　でも、それがどうしたというの？　貧乏が戸口から忍びよっても、愛は窓から鳥のように飛んでくる。昔の諺《ことわざ》など書き直さなくては。みんな冬に出来た諺で、いまはもう夏だもの——いいえ、あたしにとっては春、青い空に花の舞う春だわ」

「あの男は紳士なんだよ」弟は不機嫌に言った。

「プリンスよ！」少女は歌うように叫ぶ。「それ以上なにを欲しがるの？」

「きみを奴隷《どれい》にしたがっているのだ、その男は」

「自由の身でいるなど、考えただけで身震いがする」

「その男に用心して欲しいな」

「あのひとを見れば、だれでもあのひとを崇拝する、あのひとを知れば、だれでもあのひとを信頼する」

「シビル、きみはその男のことで頭が変になっているのだ」

少女は声をたてて笑い、弟の腕をとる。「まあ、ジムったら百もとしを取ったお爺さんみたいな口をきくのね。いつかはジムだって恋をする。そのときになれば、恋ってどんなものかわかってもらえるだろうけれど。そんな顰《しか》め面《つら》するのよして。自分は遠くへ行ってしまうが、あとに残る姉はいままで一番幸福なのだと思えば、嬉《うれ》しくなるのがほんとうよ。ふたりとも、いままで辛《つら》い暮しだった、それはそれは辛くて苦しかった。でも、それももうおしまい。ジムは新しい世界へ旅立とうとしているし、あたしは新しい世界を発見したのだもの。椅子《いす》がふたつあるわ——腰掛けて、おしゃれさんたちの通るのを眺めましょう」

ふたりは衆人環視のなかで席に着く。道を隔てたチューリップの花壇が真赤に映《は》えて、いくつもの火の環《わ》が顫《ふる》えているようだった。いちはつの香粉が雲となったのではないかとおもわせるような白い埃《ほこり》が、重苦しい空気のなかに浮んでいる。派手な色彩のパラソルが、巨大な蝶《ちょう》のように舞いながら浮き沈みしていた。

少女は弟に、自分のこと、自分の抱負や将来の予想について喋らせた。弟は、てきぱきしない重苦しい口調で喋る。ふたりはトランプをするひとが数取り板をやりとりするように互いにことばをかわしていた。シビルの気分は重かった。自分の歓《よろこ》びを弟に伝えることができないのだ。むっとした口もとを曲げるかすかな微笑だけが、弟から得られるただひとつの反応だった。暫《しばら》くすると、少女は黙りこくってしまった。と、突然、金髪と笑いに綻《ほころ》びた脣とが少女の眼に映り、幌《ほろ》なしの馬車にふたりの婦人と同乗したドリアン・グレイが通りすぎて行った。

少女はすばやく立ちあがり、「あそこに！」と叫んだ。

「だれが？」ジム・ヴェインがきく。

「プリンス・チャーミング」ヴィクトリア型の馬車を眼で追いながら、少女は答えた。

若者は跳《と》びあがるように身をおこすと、少女の腕を荒々しく摑《つか》んだ。「教えてくれ。どれだ。指差してくれ。どうしても見ておきたい！」と夢中で叫ぶ。が、ちょうどそのとき、バーウイック公爵《こうしゃく》の四頭立ての馬車があいだを遮《さえぎ》り、それが通りすぎた時には、ドリアンを乗せた馬車は公園のそとに走り去っていた。

「行ってしまった」淋しげに呟《つぶや》くシビル。「あなたにあのひとを見せたかった」

「ほんとうだ。あの男がきみをひどい目に遭《あ》わせたら、どんなことがあってもぼくは奴《やつ》を殺さなければならないからな」

少女はぞっとして弟の顔を見た。若者はその言葉をもういちど繰り返す。短剣のように空気を切り裂くそのことば。周囲のひとたちは呆気《あっけ》にとられていた。少女の傍《そば》に立っていた婦人はくすくすと笑った。

「行きましょう、ジム、さあ」少女は囁く。ひとごみのなかを縫っていく姉を追って、若者はむっつりと歩いて行った。いま自分が言ったことばに、かれは満足だった。

アキレス像のそばまで来ると、少女はくるりと向きなおった。その眼のなかには憐《あわれ》みがこもっていたが、脣の上には笑いとなって現れた。少女は弟に向って頭を横に振る。「あなたはお馬鹿さん、ジム、大変なお馬鹿さんよ。いつも虫のいどころが悪い坊やといったところだわ。どうしてあんな怖しいことが言えるの？　自分でもなにを言っているのかわかっていないのでしょう。ただ、やきもちばかりやいて、ひとの気持なんかわかってくれない。ああ、あなたが恋をしてくれたら！　愛はひとを善良にするのですもの、それに、さっき言ったことはひどくいけないことだわ」

「ぼくは十六だ」弟は答える。「自分のしていることぐらいわかっている。おかあさんは姉さんの助けになるひとじゃない。どういうふうに気をつけたらいいか、わかってはいないのだ。いまになったら、もうちっともオーストラリアなんかへ行きたくない。なにもかも抛《ほう》り出してしまいたいくらいだ。契約にサインさえしてなければなあ」

「ねえ、ジム、そんなに深刻がらないで。まるで、おかあさんが得意になってやるばかげたメロドラマの主人公みたい。あなたと議論するつもりはないわ。あたしはあのひとをこの眼で見たの。ああ！　それはとても幸福なこと。言い争いはやめましょう。あなたが、あたしの愛しているひとを傷つけるようなことをするはずがない、そうでしょう？」

「きみがその人間を愛しているかぎりは、多分ね」不機嫌な答えだった。

「あたしは永久に愛するわ！」少女は叫ぶ。

「で、その男は？」

「やっぱり永久に！」

「そのほうが奴《やつ》の身のためだ」

少女はおもわず身を引いた。が、すぐに笑いだし、手を弟の腕に置いた。弟はまだほんの子供なのだ。

マーブル・アーチでふたりは乗合馬車を呼びとめ、ユーストン通りにあるふたりの見すぼらしい家の近くまで乗って行った。もう五時を過ぎていた、シビルは出演前二時間、横になってやすまねばならなかった。ジムは姉にいつもどおりやすむようにと言ってきかなかった。どうせ別れるなら母親のいないところで別れたいと若者は言った。母親がいあわせれば、芝居がかった場面になるに決っている、そんなことが大嫌いだったのだ。

シビルの部屋でふたりは最後の別れをつげた。弟の胸には嫉妬《しっと》が宿っていた。自分と姉とのあいだに割り込んだ――としかかれには思われない――見知らぬ男にたいする荒々しい兇暴《きょうぼう》な憎悪《ぞうお》が燃えていた。が、姉の両腕が自分の首に巻きつき、指が髪の毛を撫《な》ではじめると、さすがに心が和《やわ》らぎ、姉に心からの接吻《せっぷん》をするのだった。階下へおりてゆくかれの眼には涙がきらめいていた。

母親は階下で待っていた。そして、かれがはいってゆくと、くるのが遅いと言ってぶつぶつこぼした。かれは返事をしないで、貧弱な食事の席に着く。蠅《はえ》がテーブルのまわりをぶんぶん飛び、汚れたテーブルクロスの上を這《は》いまわっている。乗合馬車の重い響や辻《つじ》馬車のがたがた通りすぎる音にまじって、自分に残された最後の数分を、ひとつひとつ食いつぶしてゆく物憂《ものう》げな声がかれの耳に聞えていた。

しばらくたって、かれは皿を押しやり、頭を両手にかかえこむ。俺にだって知る権利がある。もし俺の想像どおりだとすれば、もっと前に話があってもよかったはずだ、とかれは考える。押し黙っている息子を母親は蒼《あお》ざめた表情で怖《おそ》る怖る見守る。母親の唇から言葉が機械的にこぼれ落ち、ぼろぼろのレースのハンカチが指のあいだで小刻みに顫《ふる》える。時計が六時を打つと、若者は立ちあがって扉《とびら》まで行き、そこでぐるりと向き直って、母親に視線を投げかける。ふたりの眼があった。かれは母親の眼のうちに赦《ゆる》しを乞《こ》う哀願の色が濃く泛《うか》んでいるのを見てとった。それがかれの癇《かん》にさわった。

「おかあさん、訊《き》きたいことがあるのです」と口をきった。母親の眼は部屋のなかをあてどもなく見まわしている。返事はなかった。「ほんとのことを教えてください。ぼくにだって知る権利がある。おとうさんとは結婚していたのですか？」

母親は深い溜息《ためいき》を吐《つ》いた。安堵《あんど》の溜息だった。怖しい瞬間、何週間、いや何箇月間ものあいだ、昼に夜に怖れ続けてきた瞬間がついにやって来たのだった、だが、女にはすこしもそれが恐しくなかった。いや、ある程度の失望感さえあった。ぶしつけであからさまな息子の質問にたいしては、同じくあからさまな返答がされなければならない。徐々にクライマックスの場面に高調してゆく代りに、いきなりひどくがさつな場面が展開されているのだ。まるで、へたな下稽古《したげいこ》そっくりだ、と女はおもった。

「していなかったよ」答えながら女は、人生はなんという苛酷《かこく》なまでに単純なものだろうとおもう。

「では、おとうさんは悪党だったわけか？」拳《こぶし》を固めて息子は叫んだ。

母親は首を横に振った。「あのひとは自由な立場ではなかったのだ。あたしたちはほんとうに愛しあっていた。あのひとが生きてさえいたら、あたしたちの暮しをみてくれたにちがいない。あんまりおとうさんの悪口をいうのではないよ。なんと言ってもおまえのおとうさんなのだし、りっぱな紳士だったのだから。ほんとにいい身分のひとだった」

呪詛《じゅそ》のことばが息子の口をついて出た。「ぼくは自分のことなんかどうでもいい。だけど、シビルにだけは——あいつは紳士だ、そうでしょう、相手の男は。すくなくともそういう噂《うわさ》でしょう？　おまけに、なんでも身分がいいときている」

しばらくのあいだ、母親は烈《はげ》しい屈辱感に圧倒された。頭は低くたれたままだった。女は顫える手で眼を拭《ぬぐ》う。「シビルにはあたしという母親がいる」と呟いた。「けれども、あたしにはなかった」

息子はさすがに胸をつかれ、母親の傍によって、かがみこんで接吻をする。「おとうさんのことを訊いて、おかあさんに辛い想いをさせたとしたら、御免なさい」かれは言った。「でも、どうしても訊いておきたかったのです。もう行かなくてはならない。さようなら。ただ、おかあさんが面倒をみてやれる子供はもうひとりしかいないということだけは忘れないでください。それに、もしあの男が姉さんをひどい目に遭わせたら、それこそどんなことがあっても、ぼくは奴の素性《すじょう》をあばいて、居所をつきとめ、虫けらのように殺してしまうから。誓ってそうするとも」

この大袈裟《おおげさ》で愚かしい嚇《おど》し文句、それに伴う気負った身振り、正気の沙汰《さた》とはおもわれぬメロドラマじみた口調のお蔭《かげ》で、母親には人生が生き生きとしたものに見えてきた。こういう雰囲気《ふんいき》が女にはぴったりときた。呼吸まで楽になり、ここ数箇月というもの感じたことがなかった息子への讃美《さんび》の念をあらたにするのだった。そして、いつまでも同じ情緒的な雰囲気でこの場面を続けたいと思っていたが、無残にも息子がそれを遮った。トランクを下に運んだり、マフラーを捜したりする用が残っていたのだ。下宿の雑役人がせわしなく部屋を出たりはいったりする。辻馬車の馭者《ぎょしゃ》と値段の掛合いもしなければならない。最後の時間がこうしたくだらぬ些細《ささい》なことによって使いはたされてしまうのだ。馬車に乗った息子が去ってゆくのを、窓でぼろぼろのレースのハンカチを振りながら見送るときも、女はふたたび頭をもたげる失望の念を禁じることができなかった。またと得がたいチャンスが無駄に過ぎさってしまったのだ。それに気づいた母親は、シビルに向って、あたしが面倒をみてやることのできる子供はとうとうひとりだけになってしまった、これからのあたしの生活はどんなに味気ないものになるだろう、といって辛うじて自分を慰めるのだった。女の頭には息子の言ったこの科白《せりふ》が残っていた。これが気にいったのだ。だが、かれの嚇し文句についてのは黙っていた。たしかにあれは迫力のある劇的な科白だった。いつかみんなでそれを思いだして、笑う日がくるだろう、こんなふうに女は考えていた。

第六章

「ニュースを聞いたか、バジル?」その晩、料理屋ブリストルの、三人分の晩餐《ばんさん》の用意ができているこぢんまりした一室にホールウォードが案内されてはいってきたとき、待っていたヘンリー卿《きょう》がまず口をきった。

「いや、聞いていない、ハリー」と画家は帽子と外套《がいとう》を、頭をさげている給仕に渡しながら答えた。「なんのニュースだ? まさか政治のことではあるまい。ぼくは政治には興味がない。下院議員には絵になるような人間はひとりもいないからな――もっとも、白く塗りたてれば、あらが消えて、すこしは見なおせる連中も相当いるが」

「ドリアン・グレイが婚約をしたのだ」相手の顔色をじっとうかがいながら、卿は言った。

ホールウォードははっとしたが、つぎに顔を顰《しか》めた。「ドリアンが婚約したって!」とおもわず声を出す。「まさか!」

「掛値なしの事実だ」

「相手はだれだ？」

「どこかの女優かなにかだということだ」

「信じられない。ドリアンはそんな馬鹿《ばか》なまねをする人間ではない」

「利口だからこそ、ときたま馬鹿なまねをしでかさずにはいられないのだ、バジル」

「結婚ともなれば、ときたましでかすというわけにはいくまい、ハリー」

「アメリカ以外ではね」熱のない口調でヘンリー卿が答える。「だが、いまぼくは、結婚したとは言わなかった。結婚の約束をしたと言ったまでだ。これはたいしたちがいだよ。たとえば、ぼくは自分が結婚しているということはじつに明瞭《めいりょう》に記憶しているが、婚約のほうの記憶はまったくないからね。ひょっとすると、婚約などしたことがなかったのではないかという気さえする」

「それはそうだが、ドリアンの生れや身分や財産を考えてみたらいい。そんな身分の低い女と結婚するのは、どうしてもばかげたことだ」

「きみがどうしてもその女と結婚させたいという気なら、そう言ってやるといい、バジル。意地にもそのとおりにするだろうからね。人間が途方もなく馬鹿げた行為をしでかすのは、つねにもっとも高貴な動機によってだからな」

「願わくは、その女が善良であってくれるように、ねえ、ハリー。ドリアンがどこかのくだらぬ女にひっかかって、堕落したり、かれの知性がだいなしになったりするのは御免だ」

「善良どころか、もっとましだ——その女は美人ときている」オレンジ・ビターズいりのヴェルモットをすすりながら、ヘンリー卿は呟《つぶや》く。「ドリアンの話では美人だということだ、そういう点に関しては、かれの観察はまず間違いなしとみていいだろう。きみが描いた肖像画のお蔭で、他人の容貌《ようぼう》風姿にたいするドリアンの鑑識眼はだいぶ肥えたからね。あの肖像画はいろいろないい結果を齎《もたら》したが、これもそのひとつだ。ところで、ぼくたちは今晩その娘にお眼にかかるはずだ——もし、あの坊やが約束を忘れていないとすればだが」

「本気か？」

「本気だとも、バジル。これ以上本気になることがあるなどとは、考えただけで気が滅入《めい》る」

「でも、まさかきみは賛成ではあるまい、ハリー？」脣《くちびる》を噛《か》んで、部屋のなかを往《い》ったり来たりしながら画家が訊いた。「どう考えても、賛成できる道理がない。どうせ、ちょっとのぼせあがったというくらいのところだろうから」

「ぼくはいかなることに関しても、賛成、不賛成はきめない主義だ。人生にたいしてそういうはっきりした態度を執るのはばかげている。自分の道徳的偏見を吹聴《ふいちょう》するためにこの世に送られてきたわけでもあるまいし。ぼくは俗人の言うことはぜんぜん意に介しない、魅力的な人間のすることには喙《くちばし》をいれない。いちどこっちが惚《ほ》れこんだ人間なら、その人間がどんな行為で自己を表現しようと、すべてぼくには好ましいのだ。ドリアン・グレイが、ジュリエットを演じる美少女に惚れて、結婚を申しこむ。どこがいけないと言うのだろう？　たとえローマの淫婦《いんぷ》メッサリーナと結婚しようとも、そのためにドリアンという人間がつまらなくなるわけではない。もちろん、ぼくは結婚の讃美者じゃない。結婚の欠点は、じつは、結婚によって人間が利己的でなくなることだ。だいたい利己的でない人間は無味乾燥で個性に乏しい。だが、いっぽう、結婚によってますます複雑の度を加える気質の人間もあるわけだ。こういう人間は生来の自己中心主義を棄《す》てないで、さらに別の自我をそれにつけ加える。そして、ひとり分以上の人生をもたざるをえなくなり、ますます高度に有機化されてゆくわけだ。ぼくが思うに、高度の有機化こそ人間存在の目的なのだ。いや、そればかりではない、経験というものにはすべて価値があり、いかに結婚反対を叫ぼうとも、結婚がひとつの経験であることにはちがいない。だから、ぼくの希望としては、ドリアンがその娘

てしまうと面白いのだ。すばらしい研究対象になるよ」

「きみは内心、そう思ってはいないのだ、ハリー、きみ自身にだってそれがわかっている。ドリアン・グレイの人生が台なしになれば、だれよりもきみ自身が悲しむのだ。きみは口では偽悪家ぶっているが、本性はもっと善良だ」

ヘンリー卿は声をあげて笑った。「だれでも他人のことをよく思いたがるのは、じつは、自分のことが心配だからだ。楽天主義の根柢《こんてい》にあるものは単なる恐怖心だ。ひとは自己の利益となりそうな徳をもった隣人をつかまえて、その徳を讃《ほ》め、自分は寛大なのだと考える。預金の借りこしができるようにと銀行家を讃美する。自分の財布が無難であるようにという願いから追いはぎの長所を述べたてる。ぼくがさっきいったことはぜんぶ本気さ。ぼくは楽天主義というものをおおいに軽蔑《けいべつ》しているのだ。ところで、人生が台なしになるという点だが、成長を停められた人生だけが台なしになった人生というわけだ。人間の性質を台なしにしたいと思うなら、それを矯正しさえすればいい。それから、結婚だ、もちろんぼくだってくだらぬと思う、結婚以外にも、もっと興味に富んだ男女関係がいろいろあるからね。ぼくはそっちのほうをおおいに奨励したいね。なにしろ当世向きという魅力がある。ああ、噂《うわさ》をすれば影だ、ドリアンがやって来た。ぼくよりは詳しい話が聞けるだろう」

「ハリー、バジル、ふたりともおめでとうを言ってくれなくては」繻子裏《しゅす》の肩覆《かたおお》いのある外套《がいとう》を脱いで、順々に握手をしながら若者が言った。「こんなに幸福だったことはない。もちろん、不意にやってきたのだけれど。ほんとうに楽しいことは、そういうものなのだ。これこそぼくが捜し求めてきたものという気がする」かれの顔は興奮と悦《よろこ》びで赤くほてり、またとなく美しく見えた。

「いつまでも幸福であってもらいたいな、ドリアン」ホールウォードは言った。「だが、婚約を知らせてくれなかったことは赦《ゆる》せない。ハリーには知らせたくせに」

「食事に遅れたことも赦せないね」とヘンリー卿は若者の肩に手をのせ、笑いながら言った。「さあ、席につこう、そして、まず、ここの新しい料理番の腕前を拝見してから、きみの詳しい話を聞こうではないか」

「話といっても、たいしたものではないけれど」三人がちいさな円テーブルにつくと、ドリアンが言った。「ただこういうわけです。ハリー、きのうあなたと別れたあと、ぼくは着替えをして、あなたに紹介してもらったルーパート街の小さなイタリア料理店で食事をし、八時に劇場へ行きました。シビルはロザリンドをやっていました。もちろん、舞台装置は見られたものではない、オルランドーもお話になりません。でも、シビルときたら！　ほんとに見せたかった！　男の子の服装で現れたときのあのひとはまったくすばらしかった。肉桂色《にっけいいろ》の袖《そで》のついた苔色《こけいろ》がかったヴェルヴェットの上着を着、十字に留められた茶色のすんなりした靴下をはき、宝石で留めた鷹《たか》の羽がついているかわいい緑色の帽子をかぶり、くすんだ赤い裏をつけた頭巾《ずきん》つきのマントをはおるシビル。あのときほどあのひとが美しく見えたことはない。バジル、あなたの画室にあるタナグラの像にも劣らない細やかな優雅さだった。髪の毛は、蒼白《あおじろ》い薔薇《ばら》をとり巻く濃い緑の葉のように、あのひとの顔をふさふさとかこんでいました。そして、その芝居——それは今夜、見てください。生れながらの芸術家とはあのひとのことです。ぼくはあのうすぎたない桟敷《さじき》に坐《すわ》ったまま、恍惚《こうこつ》として見とれ、自分が十九世紀のロンドンにいることなどすっかり忘れて、だれも見たことのない森のなかで、恋びととふたりきりでいるのだという錯覚に襲われました。芝居がおわったあと、ぼくは舞台裏へ行って、あのひとと話をしました。一緒に坐っているとき、急にあのひとの眼のなかに、いままで見たことのない光が現れ、ぼくの唇は惹《ひ》かれるようにあのひとの唇に近づき、ふたりは接吻《せっぷん》を交《かわ》しました。そのときの気持、口では言いあらわせません。まるで、ぼくの全生命が薔薇色を帯びた歓喜の一点に凝集したように思われました。あのひとは全身を顫《ふる》わせ、純白の水仙のようにゆれていましたが、急に膝《ひざ》まずいたかとおもうと、ぼくの手に接吻を浴せました。こんな話をするのはよくないとわかっているけれど、やっぱり話さずにはいられない。もちろん、ぼくらの婚約は内密です。あのひとは母親にさえ黙っているのです。ぼくの後見人たちが知ったら、なんというだろう？　ラッドリー卿が憤慨するにちがいない。でも、平気です。もう一年もたたないうちにぼくは成年になる——そうなれば、自分の好きなことができるのだ。ねえ、バジル、ぼくは間違ってはいなかったでしょう、詩のなかから恋びとを連れだし、シェイクスピアの劇のなかに妻を発見したぼくのやりかたは正しいとは思いませんか？　シェイクスピアが喋《しゃべ》りかたを教えた脣が、その秘密をぼくの耳のなかに囁《ささや》いたのです。ぼくは、わが身のまわりにロザリンドの腕を感じ、ジュリエットの口に接吻したのだ」

「うん、ドリアン、どうやら間違ってはいないようだ」ホールウォードはゆっくりと答えた。

「きょうもそのひとに会ったのか？」とヘンリー卿。

ドリアン・グレイは首を横に振る。「アーデンの森で別れたまま——こんどはヴェロナの果樹園で会います」

ヘンリー卿は物思わしげな様子でシャンパンを啜《すす》っている。「で、きみは結婚という言葉をどの瞬間に使ったのだ？　それに答えてそのひとは何と言った？　もっとも、そんなことはみんな忘れてしまっただろうが」

「ハリー、ぼくはそういうことを商人の取引のように扱いたくなかったから、正式の申し込みはしなかった。ただ、愛していますと言ったら、あのひとは、あたしはあなたの妻にはふさわしくないというのです。ふさわしくない！　ぼくにとって、あのひとにくらべれば、全宇宙は無も同然だ！」

「女というものはたいした実際家だ」ヘンリー卿が呟《つぶや》く。「われわれ男よりよほど実際的だ。こういう場合、われわれはたいてい結婚について何か言うことなど忘れているが、女はちゃんとそれを思いおこさせる」

ホールウォードは卿の腕に手をおいて言った。「そんなことを言うものではない、ハリー。ドリアンが困っている。ドリアンはほかの連中とはちがうのだ。ひとに惨《みじ》めな思いをさせることなどできないのだ。かれの立派な性質がそれを許すはずがない」

ヘンリー卿はテーブルごしに相手を見やって、「ドリアンはぼくの言ったことで困りなどしない」と答える。「ぼくが質問したのは、至極もっともな理由からだ、どんな質問をしても赦される唯一《ゆいいつ》の理由、つまり、単なる好奇心さ。ぼくの理論はこうだ――求婚するのはいつでも女性のほうであって、われわれ男性ではない。もちろん、中産階級の場合は例外だ、中産階級というのは、だいたいからしてモダーンでないからね」

ドリアン・グレイは首をのけぞらせ、声をたてて笑った。「ハリー、ほんとうにあなたにあっては敵《かな》わない。でも、ぼくはなんとも思いません。あなたには腹のたてようがないもの。ひと目シビル・ヴェインを見てくれれば、あのひとにひどい仕打ができるような男は、畜生にも劣る冷血漢だということがわかってもらえるでしょう。いったい、だれが自分の愛するものを辱《はずか》しめてやろうなどと思うだろう？　ぼくはシビル・ヴェインを愛している。あのひとを金の台座にのせて、ぼくのものであるその婦人を世界中が崇拝するのを見たいのだ。結婚とはなんだろう？　取消すことのできない誓いです。あなたは取消すことができないというので結婚を愚弄《ぐろう》する。でも、それだけはやめてください。ぼくがいま願っているのはその取消不能の誓いなのですから。あのひとの信頼がぼくを忠実にし、あのひとの確信がぼくを善良にするのです。あのひとと一緒のとき、ぼくはあなたが教えてくれたことすべてにたいして不信を感じます。ぼくは、あなたが考えているぼくとはちがった人間になるのです。ぼくは変身し、シビル・ヴェインの手のひと触れによって、あなたという人間も、よこしまで魅力的で、有毒で楽しいあなたの理論も、みんな忘れてしまうのです」

「で、その理論というのは……？」サラダを取りながらヘンリー卿《きょう》が訊《き》いた。

「人生論、恋愛論、快楽論、つまり、あなたの理論なにもかもです、ハリー」

「理論を作ってやってもいいのは快楽ぐらいのものだ」ゆっくりした流麗な声音で卿が答えた。「それにしても、ぼくは自分の理論をぼくが作ったものだと主張できそうもない。自然こそ、その作者なのだ。快楽は自然が行うテストであり、自然の与える許可証だ。人間は幸福なときには、きまって善良だが、善良だからといって、つねに幸福とはかぎらないからね」

「しかし、きみのいう善良とはどういう意味だろう？」バジル・ホールウォードが声をあげて言った。

「そうです」とドリアンが合槌《あいづち》をいれる。かれは椅子《いす》の背にもたれ、テーブルの中央に群《むら》り活《が》けられている紫のアイリスごしにヘンリー卿を見据えている。「どういう意味ですか、その善良というのは？」

「善良だということは、自分自身との調和状態にあるという意味だ」細くとがった青白い指で盃《さかずき》の細い脚にさわりながら卿は言った。「不和とはやむをえず他人と同調することだ。大切なのは自分の生活だ。やかましやかピューリタンにでもなろうというのならば、隣人の生きかたについて自分の道徳上の見解をきこえよがしに吹聴するのもよかろうが、じっさいのところ、他人の生活など自分にとっては用のないものなのだ。だいいち、個人主義のほうがはるかに高い目標をもっているではないか。現代では、時代の標準を受けいれることが道徳的だとされているが、ぼくの考えでは、教養ある人間が時代の標準を甘んじて受けいれるなどということは、もっともはなはだしき不道徳的行為だ」

「でも、もし自分のためだけを思って生きたとしたら、怖《おそろ》しい代価を支払わねばならぬわけだろう?」と画家が問題をもちだした。

「まさにそのとおり、現今ではあらゆることに対して、法外な代価がふきかけられる。で、貧乏人の真の悲劇は、かれらには自分を押える以外に何の余裕もないということではないだろうか。美しき罪は、美しき物と同じく、金持の特権なのだ」

「金以外のもので贖《あがな》わねばならぬことだってある」

「金以外というと、なんだろう、バジル?」

「いうまでもなく、悔恨とか苦悩とか……つまり、自分が堕落したという意識だ」

ヘンリー卿は肩をすぼめる。「いいかい、きみ、中世の芸術はたしかに魅力的だ。だが、中世的感情は時代おくれだ。もちろん、フィクションにおいてならそれを使うのもいい。ところが、フィクションで使うことのできる素材というやつは、現実では使われなくなったものにかぎられていることを忘れないでほしいね。いいかい、洗煉《せんれん》された人間は快楽を後悔しないのにひきかえ、洗煉されていない人間は快楽のなんたるかを知らないのだ」

「ぼくは知っている」とドリアン・グレイが言う。「快楽とはだれかを愛することだ」

「だれかに愛されるよりはずっとましだ」果物をおもちゃにしながら卿は答える。「愛されるのは厄介このうえもない。人間が神を扱うのと同じ流儀で、女性はわれわれ男性を扱うのだからね。女性は男性を崇拝し、そのあげく、なにか自分たちのためになることをしてくれと言っては、いつも男性を悩ましている」

「しかし、女性が要求するものは、女性がまず男性に与えておいたものだとぼくは思う」と若者は演説口調で呟いた。「女性がまず男の心に愛を植えつける。だから、当然それを取戻す権利が女にはある」

「確かにその通りだ、ドリアン」ホールウォードが言う。

「確かなことなどこの世にありはしない」とヘンリー卿。

「しかし、これだけは確かだ」せきこんだドリアンが口をいれる。「あなただって認めないわけにはいかないでしょう、ハリー、女性が自己の生涯の最上の時期を男性に捧《ささ》げてしまうということを」

「まあね、だが、せっかく捧げてくれたものを、こだしに取戻したがるのもまた女性だからね。問題はそこなのだ。あるフランス人が機智《きち》たっぷりにこう言った――女性は男性に傑作を造ろうという意欲を起させる、が、それをなしとげる邪魔をするのも女性にほかならぬ、とね」

「ハリー、あなたは怖しいひとだ！　どうしてあなたがこんなに好きなのか、自分でもわからない」

「きみはいつまでもぼくが好きだろう、ドリアン」とかれは答える。「ふたりとも、コーヒーはどう？　給仕、コーヒーを頼む、それから、フィーヌ・シャンペインと煙草《たばこ》をすこし。いや、煙草はいい、ぼくが持っている。バジル、葉巻なんか喫《す》うのはやめたほうがいい。喫うなら巻煙草にかぎる。巻煙草こそ完全な快楽を与えてくれる理想的なものだ。なんとも言えずうまくて、おまけに、これで十分だという満喫感がない。これ以上に望ましいことはあるまい？　そうだ、ドリアン、きみはいつまでもぼくが好きだろう。ぼくという人間は、きみにとっては、きみが勇気がないばかりに犯すことのできなかったあらゆる罪の象徴だからね」

「出鱈目《でたらめ》を言わないでください、ハリー！」若者はこう叫んで、給仕がテーブルの上に置いていった火を吐く竜の型をした銀製のケースからマッチをとりだした。「それよりも、はやく劇場へ行きましょう。シビルが舞台に現れれば、あなただって人生にたいする新しい理想を感じます。いままでのあなたが知らなかったなにものかが、シビルによって象徴されるのだ」

「ぼくはすべてを知りつくした人間だ」眼に倦怠《けんたい》の色を泛《うか》べながらヘンリー卿は言った。「だが、新しい感情にたいしては、いつでも受けいれる用意がある。と言っても、やはり、ぼくにとって新しい感情などあるとは思われない。でも、きみのそのすばらしいひとにぼくが感動しないとはかぎらない。芝居は大好きだからね。現実生活よりはるかに現実的だ。さあ、行こう。ドリアン、きみはぼくと一緒だ。済まないが、バジル、ぼくの馬車にはふたりしか乗れないのだ。別の馬車でついて来てくれないか」

三人は立ちあがって、外套《がいとう》を着た。コーヒーは立ったままで飲んだ。画家は無言のまま、なにごとか想《おも》いにふけっている。憂鬱《ゆううつ》がかれを襲っていたのである。この結婚はかれには耐えがたかった。が、同時に、それでもほかのことにくらべれば、まだましだともおもわれた。数分後、三人は揃《そろ》って階段をおりた。画家は予定どおりひとりだけ別の馬車に乗り、先を走ってゆくちいさなブルーアム型の馬車から洩《も》れる光をじっと見つめていた。言いようのない喪失感がかれの心を襲った。自分にとって、もはや過去のドリアン・グレイは存在しないのだ。人生がふたりのあいだを遮《さえぎ》ってしまった――と感じるのだった。かれの眼の色は深みを増し、おもての煌々《こうこう》と輝く雑沓《ざっとう》した街路が霞《かす》んでうつる。馬車が劇場の前に停ったとき、かれは、いちどきに幾つも老《ふ》けてしまったような気持だった。

第七章

どうした風の吹きまわしか、その夜、劇場は大入り満員だった。入口でかれらを出迎えた肥《ふと》ったユダヤ人の支配人は、すっかり顔を綻《ほころ》ばせて、しつこいにやにや笑いを泛べていた。かれは宝石をはめたぶよぶよの手を振りまわし、ありったけの大声で喋《しゃべ》りながら、慇懃《いんぎん》無礼ともいうべき物腰で、三人を桟敷《さじき》まで案内した。ドリアン・グレイは今夜のかれがとくに気に喰わなかった。ミランダを捜しに来て、キャリバンにめぐりあったような気持だった。それにひきかえ、ヘンリー卿はなかなかこのユダヤ人が気に入った。すくなくともその旨《むね》を公言し、どうしてもかれと握手して、まぎれもなき天才を発見し、一詩人のために破産するに至った人物と会うことは誇りであると挨拶《あいさつ》すると言ってきかなかった。ホールウォードは平土間にいるひとびとの顔を眺めて面白がっている。場内の熱気は怖しく重苦しく、太陽のように巨大な灯が黄色い焰《ほのお》の花弁をつけたダリアの化物のごとく煌々と輝いている。天井桟敷の若者たちは上着もチョッキも脱いで、それを横の壁にかけ、劇場の端から他の端にいる仲間に話しかけ、傍に坐《すわ》っているけばけばしい娘とオレンジを分けあっている。平土間では女たちが大声で笑っている。怖しく甲高《かんだか》い調子外《はず》れの声である。コルクの栓《せん》を抜くぽん、ぽん、という音がバーの方から聞えてくる。

「自分の神を見つけるにしては、これはまたなんというところだ！」ヘンリー卿は言った。

「そうです！」とドリアン・グレイがそれに答える。「ぼくがあのひとを発見したのはここだし、あのひとはあらゆる生きものより遥《はる》かに神聖です。あのひとが芝居をすれば、あなたはすべてを忘れてしまうにちがいない。がさつな顔つきと野卑な身振りのこの俗悪な連中も、あのひとが舞台に現れると、まったくの別人となって、ひとことも喋らずにあのひとを見守るのです。そして、あのひとの意のままに泣いたり笑ったりする。あのひとはみんなにヴァイオリンのような感応力を帯びさせ、みんなを霊化してしまう、そのために、あの連中も自分と一つ血や肉をもつ存在だという気がしてくるほどです」

「自分と一つ血や肉をもつ！　希《ねが》わくはそんな事にならぬように！」天井桟敷の連中

をオペラ・グラスで眺《なが》めていたヘンリー卿が言った。

「ヘンリーの言うことなど気にかけるな、ドリアン」と画家が言う。「ぼくにはきみの言うことがよくわかる。ぼくはその娘を信じている。きみが愛する人間でさえあれば、きっとすばらしいにちがいない、きみの話のような感じの娘なら、まちがいなく立派で気高いだろう。同時代の人間を霊化する——たしかにそれはなし甲斐《がい》のあることだ。いままで魂をもたずに生きてきたものたちに、もしその娘が魂を与え、これまで不潔で醜悪な生活を送ってきた連中の心に美的な感覚を芽生《めば》えさせ、その利己的な関心を取り除いて、自分のものでもない悲しみにたいして涙を流すようにさせると言うなら、たしかにその女はきみの崇拝、いや全世界の崇拝を受けるに値する。きみたちの結婚は極めて正しい。最初はそうは思わなかったが、いまではぼくはそれを認める。神々がきみのためにシビル・ヴェインをお造りになったのだ。そのひとなくしてはきみは不完全なのだ」

「ありがとう、バジル」とドリアン・グレイは答えて、相手の手を握りしめた。「わかってもらえるだろうとは前から思っていました。ハリーは怖しい皮肉屋で、ぼくをぞっとさせる。ああ、オーケストラがはじまった。聞かれたものではないけれど、五分とは続かないから大丈夫。すると幕があいて、あのひとが現れます——ぼくが全生涯を捧げようとしている娘、いや現にぼくのうちの善良なるものすべてを与えてしまったそのひとが現れる」

十五分ののち、異常な拍手の渦巻に迎えられて、シビル・ヴェインが舞台に登場した。そう、たしかに美しい娘だ――これまでに眼にしたもっとも綺麗《きれい》な女の部類にはいる、とヘンリー卿は思った。少女のはにかみ勝ちな上品さと、なにかに驚いているような眼つきには、どこか仔鹿《こじか》を思わせるものがあった。銀の鏡に映った薔薇《ばら》の影のようなかすかな紅味《あかみ》が、大入り満員の熱狂した観客を見やる少女の頬にさす。少女は二三歩退いたが、そのとき脣《くちびる》が顫《ふる》えているかのようだった。バジル・ホールウォードは跳《と》びあがるように席から立つと、拍手しはじめた。夢のなかにでもいるかのように身動きひとつせぬドリアンは、少女にじっと視線を注ぐ。ヘンリー卿は双眼鏡を覗《のぞ》きながら、しきりに「すてき、すてき！」とつぶやいている。

場面はキャピュレット家の広間で、巡礼の衣裳《いしょう》をつけたロメオが、マーキューシオやそのほかの友人たちとはいってきたところだった。楽隊とでも言ったほうがぴったりする楽士達が数節の音楽をかき鳴らすと舞踏がはじまった。ぶざまで貧弱な衣裳の俳優たちにたちまじって、シビル・ヴェインはどこか優美な別世界からやって来たもののように動きまわった。踊るそのからだは、あたかも水中でゆらめく草花のように揺れ動く。咽喉《のど》の線は白百合《しらゆり》の曲線であり、手は冷い象牙《ぞうげ》かと思われた。
とはいえ、少女は妙に張りがなかった。眼がロメオのうえに注がれても、歓喜の表情はすこしも現れない。

　巡礼のおかた、それでは御自分のみ手にあまりのなされかたというもの
　このように礼儀深いまことのしるしをお示しくださいますとは
　巡礼の手が触れるのは聖者さまだけ
　　手と手の巡りあいは、聖なる巡礼の口づけと申しますから――

という台詞《せりふ》を少女は、そのすぐあとに続く短い対話と一緒に言わねばならない、それがいかにもわざとらしい口振りで喋《しゃべ》られるのだ。声こそまたとなく美しかったが、調子という点では完全に誤っていた。音色も正しくない、そのため、この詩句の生命は根こそぎ奪われ、この場の情熱も白々しいものとなってしまった。
　じっと少女を見つめるドリアン・グレイの顔は次第に蒼白《そうはく》となっていった。かれはとまどい、不安になった。友人はふたりとも黙りこんでいる。ふたりの眼には少女はまったくの能無し役者としか映らなかった。ふたりはひどく失望していたのだ。

だが、だれがやるにしても、ジュリエットのほんとうのよしあしは第二幕の露台の場面で決るというのがふたりの気持だった。ふたりはそれを待っていた。あの場面でやり損じれば、少女には一点の見どころもないわけだ。

月光を浴びて現れたときの少女は魅惑的だった。それは否定するわけにはいかない。が、その大仰《おおぎょう》な芝居は我慢のならぬもので、しかもそれは悪くなるいっぽうだった。身振りは滑稽《こっけい》なほどわざとらしくなり、どの台詞もアクセントが強すぎた。あの美しい一節――

ご存じのように、夜の帳《とばり》がこうしてあたしの顔を覆《おお》うています
さもなければ、乙女の羞《はじ》らいがこの頬を染めましょう
さきほどからあのようなことを申しあげたりして――

さえも、二流の朗読法教師に暗誦《あんしょう》を習った女生徒そっくりの痛々しい正確さで朗誦《ろうしょう》されるのだった。いよいよ露台に身をのりだして、

おめにかかるのは嬉《うれ》しゅうございますが

今宵《こよい》の約束は嬉しゅうございませぬ
あまり性急で、無分別で、だしぬけに過ぎます
まるで稲妻のよう、すぐ消えてしまう
あ、稲妻が、といい終らぬうちに。では、おやすみなさい！
この恋の蕾《つぼみ》も、実りの夏の風を吸いこんで
美しい花と咲きますよう、このつぎお会いするときまでに——

というすばらしい台詞を述べる段になっても、まるでそのことばが少女にとってなんの意味もないかのような白々しい口調だった。神経質になって、あがってしまったからではない。いや、あがるどころか、少女はこのうえなく落着き払っていた。要するに演技がまずいのだ。少女は完全に落第だった。

平土間や天井桟敷の無教育な観客さえこの芝居に興味を失って、落着きなくざわめき、大声で話しあったり、口笛を吹いたりしはじめた。特等桟敷の後側に立っていたユダヤ人の支配人はすっかり怒って足を踏みならし、悪態をついている。ただひとり平然としているのは、当の少女だけだった。

第二幕がおわると猛烈な非難の嵐《あらし》が巻き起った。ヘンリー卿《きょう》は席を立って外套《がいとう》を着

た。「たいした美人だね、ドリアン。だが、役者としてはなっていない。さあ、行こう」

「最後まで観《み》るつもりです」若者は痛恨のこもったこわばった声で答えた。「ひと晩、すっかりむだにさせてすみませんでした、ハリー。ふたりにお詫《わ》びします」

「いやドリアン、ヴェインさんはからだの工合が悪いのじゃないかな」とホールウォードがドリアンのことばを遮《さえぎ》って言う。「いつかまた別の晩に来てみよう」

「ぼくもあのひとの病気のせいだったらと思うのですが、でも、どうしてもただ無感覚に冷えきっているとしか思われません。前とはすっかり変ってしまった。ゆうべは偉大な芸術家だったのに、今夜のあのひとときたら、ただのありふれた能無し女優だ」

「自分が愛しているひとのことをそんな風に言うものではない、ドリアン。『愛』は『芸術』よりもすばらしいのだ」

「愛も芸術もともに模倣の一つの型にすぎないさ」とヘンリー卿。「ともかく帰ろう。ドリアン、もうこれ以上ここに居ても仕様があるまい。下手な芝居を観るのは道徳上よろしくない。それに、まさかきみは自分の妻が芝居をするのを希望しているわけではあるまいからね。だとすれば、たとえあの女が木偶《でく》の坊みたいなジュリエットを演じたとしても、そんなことは問題ではないじゃないか？　なんと言ってもあの女は美しいのだし、それにもしあの女が実生活についても演技同様の知識しかもっていないとしたら、ゆくさき、なかなか愉快なことになるだろう。真に魅惑的な人間というのは二種類しかない——つまり、すべてを完全に知りつくしている人間と、まったくなんにも知ってはいない人間だ。やめたやめた、そんな悲痛な顔をするのは！　いつまでも若さを保つ秘訣《ひけつ》は、けっして不似合な感情を抱《いだ》かないでいることだ。バジルやぼくと一緒にクラブに来たらどう？　巻煙草《まきたばこ》でも喫《す》いながらシビル・ヴェインの美貌《びぼう》に乾杯しようではないか。あの女は美しい。それ以上きみはなにを望もうというのだ？」

「行ってください、ハリー」と若者は叫んだ。「ひとりになりたいのだ。バジル、きみも行ってくれ。ああ！　あなたたちにはぼくの心臓がはり裂けそうなのがわからないのか？」熱い涙が眼に溢《あふ》れ、脣が顫《ふる》えている。かれは桟敷の後側に駆け寄り、壁に身をもたせ、両手で顔を覆った。

「帰ろう、バジル」とヘンリー卿が妙に優しい声音で言った。ふたりの青年は連れだって出て行った。

そのすぐあと、脚光が煌々《こうこう》と灯《とも》り、第三幕の幕があいた。ドリアン・グレイは自分の席に引き返した。青ざめ、傲然《ごうぜん》とし、しかも冷淡な表情だった。芝居はのろのろと進行し、いつ果てるともしれなかった。観客も半分までが重い靴で床を鳴らし、声高に笑いながら出て行った。芝居はまったくの失敗だった。最後の幕は殆《ほとん》どからっぽになった客席に向って演ぜられた。嘲笑《ちょうしょう》と幾人かの発するうなり声のうちに幕が降りた。

閉幕と同時に、ドリアン・グレイは舞台裏へ駆けつけ、楽屋にとびこんだ。そこには少女が勝ち誇った表情を泛《うか》べて、ただひとり立っていた。その眼は微妙な焔《ほのお》できらきら輝き、全身を光彩が覆っている。開かれた脣は、その脣だけが知っているある秘密を想《おも》って微笑《ほほえ》んでいる。

かれがはいってゆくと、少女はかれに眼を向けた。すると、限りない歓喜の表情がありありとその体を包んだ。「なんという下手な芝居を今夜のあたしはしたのでしょう、ドリアン！」と少女は叫ぶ。

「ひどかった！」度肝《どぎも》を抜かれたドリアンはまじまじと相手を見ながら答えた。「ひどかった！　お話にならない。からだの工合でも悪かったの？　あの芝居がどんなだったかきみにはなにもわかっていない。どんな苦しみをぼくが味わったか、なんにもきみにはわかっていないのだ」

少女はにこりと微笑んで、「ドリアン」とかれの名を長くひきのばした音楽的な声で呼んだ——まるでかれの名が少女の口の赤い花弁にとっては蜜《みつ》よりも甘美であるかのように。「ドリアン、あなただったらわかってくださってもよかったはずだわ。でも、もうおわかりでしょう？」

「わかるって、なにを？」腹立たしげにかれはたずねた。

「あたしが今夜あんなに下手だったわけが。そしてこれからはいつも下手で、二度と立派な芝居をすることがないというわけが」

かれは肩をすぼめた。「きみは病気だよ、きっと。病気のときには芝居をしては駄目だ。自分を物笑いの種にするだけだ。ぼくの友達はすっかり退屈していたし、ぼくだってうんざりしてしまった」

そう言うかれのことばも、シビルの耳には聞えていないかのようだった。少女は歓喜のために変身し、高潮した幸福感がその全身を支配しているのだった。

「ドリアン、ドリアン」少女は叫ぶ。「あなたを知る前は、演技こそあたしの生活のただひとつの現実だった。あたしが生きていたのは芝居小屋のなかだけだった。それをあたしはみんなほんとうだと思っていた。あたしはある晩はロザリンドだったかとおもうと、つぎの晩にはポーシャになっていた。ベアトリスの歓喜はあたしの歓喜、コーデリアの悲しみもまたあたしのものだった。なにもかも信じて疑わなかったの。

あたしと一緒に芝居をしたつまらないひとたちまでが、あたしには神さまのように思えたわ。ペンキで塗りたてられた背景があたしの世界だった。あたしはただ物の影だけしか知らずにいて、その影を現実だと思っていた。そこへあなたが現れたの――ああ、あたしの愛する美しい方！――そしてあなたはあたしの魂を牢獄《ろうごく》から解放してくれた。現実とはほんとうはどういうものであるかを教えてくれたの。今夜こそ、あたしは生れてはじめて、自分がいままで演じていた空《むな》しいお芝居の空虚、嘘《うそ》偽り、くだらなさといったものを見抜いたのだわ。今夜はじめてあたしは気づいた、あのロメオだって醜い老人がお化粧をけばけばしく塗りたてているのだし、果樹園に降りそそぐ月光だってうそだし、背景もくだらない、あたしの言う台詞だって現実のものではない、あたし自身の言葉、あたしの言いたい言葉ではないのだ、ということに気づいたの。それよりももっと高いものを、あなたはあたしにもってきてくださった、すべての芸術がその影にすぎないあるものをもってきてくださった。現実の愛とはどんなものであるかを理解できるようにしてくださった。あたしの愛《いと》しい愛しいひと！　プリンス・チャーミング！　人生のプリンス！　ありもしない影にはもうあきあき。あなたにくらべれば、ありとあらゆる芸術があたしにとって無意味なの。お芝居のあやつり人形とあたしとどんな関係があるというの？　今夜舞台に出たとき、なぜすべてがあたしのうちから消えうせてしまったのかわからなかった。これからすばらしい芝居をするのだ、そう思っていたの。ところがぜんぜん駄目だということがわかったわ。急にすべての意味が魂にひらめいたの。いったんそれがわかると、なんともいえないすばらしい気持だった。見物がしっ、しっ、としっているのを聞いて、あたしは微笑んだわ。あのひとたちに、あたしたちのような愛がどうしてわかるでしょう？　連れていって、ドリアン――ほんとにふたりだけになれるところへ連れていって。舞台は嫌《きら》い。自分で感じない情熱なら猿真似《さるまね》もできるでしょうけれど、わが身を焔のように焼きつくす情熱は真似などできない。ああ、ドリアン、ドリアン、どういう意味なのかもうわかってくださったわね？　たとえあたしにそれができたとしても、愛のお芝居をするのは冒瀆《ぼうとく》だわ。あなたのお蔭《かげ》でそれがわかったの」

かれは長椅子《ながいす》に身を投げだし、顔をそむけて呟《つぶや》いた。「きみはぼくの愛を殺してしまった」

少女は、けげんそうにかれを見ていたが、声をたててわらいだした。かれは返事をしなかった。少女はかれの傍に近寄り、ちいさな指でかれの髪を撫《な》でた。それから膝《ひざ》まずいてかれの両手を自分の脣《くちびる》に押しあてたが、かれはそれを引っこめてしまった。戦慄《せんりつ》がかれの全身をとおりすぎる。

と、かれは、つと立ち上り戸口のところまで行って、叫んだ、「そうなのだ、きみはぼくの愛を殺してしまった。以前のきみはぼくの想像力をかきたてた。ところが、いまのきみはぼくの好奇心を動かしさえしない。なんの反応も起させないのだ。ぼくがきみを愛していたのは、きみがすばらしかったからだ、きみに天才と知性があり、大詩人たちの夢を現実のものとし、芸術の影に形と実体を与えたからだ。きみはそれを全部棄《す》ててしまった。きみは浅はかで愚かだ。ああ、きみを愛するなんて、ぼくはなんて気違いじみていたのだろう！　なんてばかだったのだ！　ぼくにとって、きみはもうなんでもない。二度ときみの顔を見たくない。きみのことはもう一切考えまい。きみの名を口にするのも御免だ。以前のきみがぼくにとってどんな存在だったか、きみにはわかるまい。そうなのだ、前には……ああ、考えてもやりきれない！　いっそのこと、最初から会わなければよかったのだ。きみはぼくの一生のロマンスを台なしにしてしまった。恋愛が自分の芸術を駄目にするというきみは、恋愛のことなどなにも知っていないのだ！　芸術なしのきみは無だ。ぼくはきみを有名にし、栄光と壮大を与えたかったのだ。全世界がきみを崇拝し、きみはぼくの家名をなのるはずだった。ところが、いまのきみはなんだ？　顔だけきれいな三流女優じゃないか」

少女の顔は青ざめ、全身がわなわなと顫《ふる》えていた。両手を固く握りしめ、声は咽喉《のど》にひっかかっているかのようだった。「本気ではないのでしょう、ドリアン？」呟くようにきく。「お芝居しているのね」

「芝居だって！　芝居はきみに委《まか》せるよ。なにしろ名優だから」とかれは憎々しげに答える。

少女は膝まずいていた身を起し、苦痛のために痛ましい表情を顔に泛べ、部屋を横ぎってかれの傍へ行った。そしてかれの腕に手を置き、かれの眼をまじまじと見つめる。かれは相手のからだを押しのけ、「触《さわ》らないでくれ！」と叫んだ。

低い呻《うめ》きが少女の口から洩《も》れ、そのからだはかれの足もとにくずれ、そのまま踏みにじられた花のように動かなかった。「ドリアン、ドリアン、あたしを置いていかないで！」低く囁《ささや》く。「いい芝居をしないで、ごめんなさい。あなたのことばかり考えていたものだから。でも、あたしやってみます――一所懸命やってみます。あんまり急にやって来たのですもの、あなたを慕う気持が。もしあなたがあたしに接吻《せっぷん》していなかったら――もしあたしたちが接吻していなかったら、こんな気持をあたしは知らなかったでしょう。あたしの愛《いと》しいひと、もういちど接吻して。あたしを置いていかないで。とても耐えられない。ああ、お願いだから行ってしまわないで。きっとあたしの弟が……いいえ、気にすることはない。あれは本気ではなかったのだわ。ふざけて言ったこと……でも、あなたは、ああ！　ほんとにあなたは今夜のことを許してくださらないの？　あたしこれから一所懸命やって、上手になるようにするわ。あたしが世のなかのどんなものよりもあなたを愛しているからといって、そんなにつらくあたらないで。それに、あたしがあなたの気に障《さわ》ったのはたった一遍きりでしょう。でも、あなたの言うことは正しいわ、ドリアン。あたしはもっと芸術家らしいところを示さなくてはいけなかったのだわ。ほんとにあたし馬鹿《ばか》だった、でも、どうしようもなかったの。ああ、行かないで、行かないで」烈《はげ》しい嗚咽《おえつ》の発作が少女の息をつまらせた。少女は傷つけられた品物のように床にうずくまった、ドリアン・グレイはその美しい眼差《まなざ》しで少女を見おろしていたが、彫り刻まれたような脣は侮蔑《ぶべつ》の情をたたえて微妙に歪《ゆが》んでいた。もはや自分が愛情を感じなくなった相手の感情には、つねにどことなく滑稽《こっけい》なところがあるものだ。この場合のシビル・ヴェインもかれにとって馬鹿馬鹿しいほどメロドラマじみて見えるのだった。少女の涙と啜《すす》り泣きはかれを焦《いら》だたせるばかりだった。

「ぼくは行くよ」最後に、落着き払ってはっきりした声でかれは言った。「残酷なことは嫌いだが、もう二度ときみには会いたくない。きみはぼくを失望させたのだ」

少女はただ泣くばかりで、ひとことの返事もせず、その代りにかれの傍《そば》ににじり寄った。小さな両手があてどもなく伸び、かれを捜し求めているかのようだった。かれはくるりと向きを変え、部屋を出た。間もなくかれは劇場のそとへ出ていた。

どこを目指して歩いたのか自分にもわからなかった。薄あかりに照された街路をさまよい、黒い翳《かげ》のたれこめた、無気味なアーチの下の通りをぬけ、怪しげな家の前を通りすぎたことは記憶していた。嗄《しゃが》れ声の女たちが、耳障《みみざわ》りな笑い声をあげてかれの背後から呼びかけた。酔漢が悪態をつき、巨怪な猿のように独りごとを呟きながらよろよろ通りすぎていった。また、気味の悪い子供たちが戸口の階段にうずくまっているのを見たし、中庭から聞える悲鳴や罵言《ばげん》も耳にした。

そろそろ夜が明けようとするころ、かれは自分がコヴェント・ガーデンの近くに来ていることを知った。夜の帳《とばり》があがり、ほんのりと赤らんだ空は、やがて、まんまるな真珠の空洞となっていった。大きな荷車がなん台も、ひと影のない磨きあげられたような街路をからからとゆっくり通ってゆく。ぎっしりつまれた百合《ゆり》は揺れるたびに首をふり、あたりの空気はその香りでむせかえるばかりだ。百合の美しさがかれの苦痛に鎮静剤を齎《もたら》すかと思われた。かれは荷車について市場のなかへはいり、男達が荷をおろすのを眺めた。白い仕事着の男が桜桃をいくつかくれた。礼を言いながら、どうしてこの男は代金を拒むのかとかれはいぶかった。桜桃をぼんやり口に運ぶ。真夜中にもぎとられたもので、月の冷たさが滲《し》みこんでいた。枝で編んだ籠《かご》に縞《しま》のチューリップや黄と赤の薔薇《ばら》をいれて担《かつ》いだ少年たちが、長い列を作ってかれの前を通り、うず高く積みあげられた野菜の硬玉のような緑の山のあいだを縫って往《ゆ》く。灰色の支柱が日に晒《さら》されて色あせた柱廊の下には、だらしのない身なりの帽子もかぶらぬ娘たちがひと群、せり売りのおわるのを待ってぶらぶらしている。広場のコーヒー店の扉《とびら》のあたりに群がるものもある。荷車を曳《ひ》く鈍重な馬が、ごつごつした石につまずいて辷《すべ》り、足を踏みならし、軀《からだ》につけた鈴や馬具を揺り動かす。積みあげられた袋の上でごろ寝している馭者《ぎょしゃ》もある。虹色《にじいろ》の頸《くび》、桃色の脚《あし》をした鳩《はと》が、種子をついばみながらあたりを走り廻っている。

しばらくして、かれは辻《つじ》馬車を呼びとめ、家路《いえじ》についた。玄関の階段でしばらく立ち停り、静まりかえった広場を眺《なが》める。どこの家の窓もぴったり鎧戸《よろいど》がおろされてうつろな表情をたたえ、けばけばしい日除《ひよ》けだけがひときわ目立っている。空はすでにまじりけのないオパール色となり、家々の屋根は空を背景に銀色に輝いた。向い側の煙突から細い一条《ひとすじ》の煙が立ち昇り、紫色のリボンのようによじれながら、青貝色の空に消えてゆく。

樫《かし》の鏡板を嵌《は》めた玄関の大広間の天井にさがっている大きな金箔《きんぱく》張りのヴェニス・

ランプ——これは昔ヴェニスの総督の飾り船から分捕ったものだ——そのランプのなかには三つの口からゆらゆらと燃えでる灯がまだ消えずにおり、白い火の縁がついた青色の薄い花弁かとも思われた。かれは灯を消し、帽子と外套《がいとう》をテーブルの上に投げだすと、書斎を通りぬけて寝室の扉に向った。寝室は一階にある八角形の大部屋で、最近、贅沢《ぜいたく》にたいする嗜好《しこう》を覚えてまもないかれは、自分でこの部屋の飾りつけをすませたばかりだった。壁には、セルビー・ロイヤルの別荘のふだん使わぬ屋根裏でみつけたルネッサンス時代の珍しい綴織《つづれおり》の絵がかかっている。扉の把手《とって》を廻していると き、ふとかれの眼が、バジル・ホールウォードの描いた肖像画にとまった。なにかはっとしたようにかれは身を引いた。そして、いぶかしげな様子でそのまま部屋の奥へはいった。上衣《うわぎ》の釦穴《ボタンあな》から飾り花を取りさってからも、なにか戸まどっている様子であった。が、ついにかれは戻って来て、絵のところへ行き、よく調べてみた。クリーム色の絹の日除けを通してはいってくる薄暗い間接光に照しだされたその顔は、幾分、前とは変っているようにかれには思われた。表情が以前とは違うのだ。口もとに残酷な感じを帯びた、とでも言えよう。まったく不思議なこともあるものだ。

かれはくるりと向き直って、窓に近づき日除けをあげた。燦然《さんぜん》たる朝の陽光がどっと部屋一面に溢《あふ》れ、夢幻的な影を薄暗い隅に追いやった。影はそこで顫えたままじっとしている。が、さっき見た肖像画の顔に泛《うか》ぶ得体の知れぬ表情は依然として消えさらぬばかりか、かえって強まってさえいた。顫え動く強烈な日光が口の辺《あた》りの残忍な線をまざまざとかれに見せつけた。なにか怖《おそろ》しい悪事を犯した直後、覗《のぞ》きこんだ鏡に映っている自分の顔のようにはっきりしている。

おもわずたじろいだかれは、ヘンリー卿《きょう》からの贈り物のひとつである象牙《ぞうげ》のキューピッドの枠《わく》にはまった楕円形《だえんけい》の鏡をテーブルから取りあげ、いそいでその磨きあげられた表面を覗きこんだ。肖像画にあらわれているような線は一本もなく、かれの赤い脣はすこしも歪《ゆが》んでいなかった。いったいこれはどうしたわけなのだ？

かれは眼をこすり、絵の傍に近寄り、もういちど調べてみた。現実の絵そのものを見ても、なんの変化の兆候もない。それでいて、全体の表情が趣きを変えていることは疑う余地がないのである。かれの錯覚ではない。怖しいほど明白な事実だった。

かれは椅子に身を投げかけ、考えはじめた。突然かれの脳裡《のうり》に、この絵が完成した日にバジルのアトリエで言った自分のことばがひらめいた。そうだ、はっきり憶《おぼ》えている。あのとき自分は、自分の軀《からだ》はいつまでも若さを保ち、この肖像画が年をとってくれればいいという気違い染《じ》みた願いをおもわず口にしたのだ。自分の美しさは汚《けが》れることなく、代りに画布に描かれた顔が自分の激情や罪の重荷を背負ってくれて、描かれた似姿が苦悩と想念の皺《しわ》で刻まれ、自分はいつまでも、あのとき漸《ようや》く意識しはじめたばかりの若さの微妙な新鮮さと美しさとをすべて留《とど》めておきたいものだ、と願をかけたのだ。ほんとうにこの願いがかなえられたのであろうか？　そんなことは不可能だ。考えてみるだけでも奇怪なことだ。とはいうものの、かれの眼前には口もとに残酷な感じをうかべた絵が厳然として控えているのだ。

残酷？　いったい自分は残酷だったろうか？　あれはあくまでもあの娘のせいだ、自分には責任はないはずだ。自分はあの娘を偉大な芸術家と想像し、偉大と考えたからこそ愛情を捧《ささ》げたのだ。それなのにあいつは俺を失望させた。浅はかで取るに足らぬ女だった。そうは思うものの、自分の足もとで幼児のように泣き崩れていた少女の姿を思いだすと、さすがに涯《はて》しない悔恨の情がかれを襲う。自分はあのとき、どんなに無感覚な冷酷さであの女を眺めていたことか。どうして自分はこんな人間なのだ？　なぜこのような魂が与えられたのだ？　だが、俺だって苦しかったのだ。あの芝居が演じられていた魔の三時間、俺は数百年の苦痛を、いや永劫《えいごう》の責め苦を味わったのだ。俺の生命《いのち》だってあの女の生命と同じ値打ちがある。たとえ俺があの女の一生を傷つけたにせよ、あの女もまた俺の一瞬間を損《そこ》ねたのではないか。それに、だいたい女というものは男よりも悲しみに耐えるのに適している。女は感情一本槍《やり》で生きる。考えるとしても、自分の感情のことしか考えない。恋びとをつくるにしたところで、ただ泣いたりわめいたりのひと騒ぎをする相手を見つけるためでしかない。ヘンリー卿がそう言っていたが、かれは女性のなんたるかを知りつくしているひとだ。シビル・ヴェインのことでくよくよする必要がどこにあろう？　あの女は、もはや自分にとって無も同然なのだ。

ところで、あの絵は？　どう説明したらいいのだろう？　あの絵は俺の人生の秘密を抱《いだ》き、俺の歴史を物語っている。俺に自分の美しさを愛せよと教えたのもあれだ。すると、あれは俺に自分の魂を忌《い》み嫌《きら》えと教えたがっているのか？　自分は二度とあれを観《み》る気があるだろうか？

いや違う、あれはただ錯乱した感覚が作り出した幻想にすぎぬ。あの怖しかった一夜が残していった亡霊にすぎぬ。突然、かれの脳裡《のうり》を、人を狂気に駆りやるあの微小な真紅の斑点《はんてん》がかすめたに過ぎぬのだ。絵は変ってなどいないのだ。そんなふうに考えるのは馬鹿げきっている。

だが、絵は依然として、歪みのはいった美しい顔と残忍な微笑でかれを見据えている。輝かしい髪の毛は早朝の陽光を受けてひかっている。碧《あお》い眼がかれの眼とぴたりとあう。自分にたいしてでなく、自分のこの似姿にたいする涯《はて》しない哀憐《あいれん》の情が襲ってくる。既にこの絵は変貌《へんぼう》を遂げ、今後もさらに変化してゆくのだ。その金髪は枯れて白髪と化し、紅《あか》と白の薔薇も死んでいってしまうのだ。自分がひとつ罪を犯すたびごとに、あらたな汚点が現れて、その美しさを穢《けが》し、台なしにするのだ。だが、罪など犯すものか。変化しようとしまいと、この絵は俺にとって良心の象徴となるのだ。誘惑に負けてなるものか。もう二度とヘンリー卿には会うまい――すくなくとも、いつかバジル・ホールウォードの庭で俺の心のうちに不可能なるものへの情熱をはじめて湧《わ》きたたせたあの微妙で有毒なかれの説には耳をかすまい。シビル・ヴェインのもとへ戻って、和解をし、結婚してもう一度あの女を愛するように努めよう。そうするのが俺のつとめだ。あの女は俺よりももっと苦しんだに違いない。可哀想《かわいそう》に！　俺はあの女にわがままで残酷だった。俺をとらえていたあの女の魅力も、ふたたび戻ってくることだろう。ふたりは一緒に幸福になるのだ。あの女と共にする俺の生活は、美しく純真なものとなるだろう。

かれは椅子《いす》から立ちあがると、身を顫《ふる》わせて絵に一瞥《いちべつ》を与えながら、その正面に大きな衝立《ついたて》を引き寄せた。「なんという怖しいことだ！」こうひとりで呟《つぶや》きつつ、かれは部屋を横ぎって窓辺《まどべ》に行き、窓をあけた。そして、芝生へ出ると、深く息を吸った。爽《さわ》やかな朝の空気が陰鬱《いんうつ》な情念をなにもかも吹きとばしてしまうようだった。シビルのことしか頭になかった。愛情のかすかなこだまが、ふたたび舞い戻ってくる。少女の名前を繰り返し何度も口にしてみる。しっとりと露に濡《ぬ》れた庭で歌う鳥たちまでが、少女のことを花に語りきかせているかのようだ。

第八章

目が醒《さ》めたときは、すでに正午をずっと廻っていた。主人が起きたかを見に、何回となく、召使いが忍び足で部屋にはいって来たが、どうして自分の若い主人がこんなに遅くまで睡《ねむ》っているのか、かれには不思議でならなかった。それでも、とうとう呼《よび》鈴《りん》が鳴った、召使いのヴィクターは一杯の茶とひと山の手紙を古いセーヴル焼の陶器の小盆にのせて、静かに部屋にはいり、三つの高い窓の前にかかっている、ほのあかるい青い裏地のついたオリーヴ色の繻子《しゆす》のカーテンを引きあけた。

「今朝はたいへんよくおやすみでいらっしゃいました」と微笑《ほほえ》みながらかれは言った。

「もう何時だろう、ヴィクター？」ねむそうな声でドリアン・グレイは訊《き》く。

「一時十五分でございます、旦那《だんな》さま」

ずいぶん遅い！　かれは身を起すと、幾口か茶を啜《すす》り、それから手紙をひっくり返してみた。一通はヘンリー卿からで、今朝、持参されたものだった。一瞬どうしようかとためらったが、結局それは脇《わき》に置いた。ほかの手紙をかれは気がなさそうに開いた。中味は、晩餐《ばんさん》の招待状とか展覧会の内見の切符とか慈善演奏会のプログラムとかいったいつもと変らぬカードばかりで、それは社交シーズンの続くかぎり毎朝のように人気のある青年のうえに降りそそぐ類《たぐい》のものだった。なかに一通、かなり金額の張った勘定書があった。それはルイ十五世時代の浮彫した銀製の化粧道具セットの請求書だった。全くの時代遅れで、現代は不必要なものをこそ唯一《ゆいいつ》の必需品とするのだと理解しない後見人たちに、この勘定書をまわす勇気がかれにはまだなかったのだ。そのほかに、ジャーミン街の金融業者から来たすこぶる鄭重《ていちょう》な言葉づかいの案内書が数通あった。いかなる金額でも御用命次第速刻御都合致します、利率もきわめて穏当でございますというのがその趣意であった。

およそ十分もして、かれは床を離れ、絹の刺繍《ししゅう》のついたカシミヤのこった化粧着をはおると、縞瑪瑙《オニックス》を敷きつめた浴室に行った。冷い水が長い睡りから醒めたばかりのかれを爽快《そうかい》な気分にした。前夜の経験はすっかり忘れてしまったかのようであった。ある不思議な悲劇にひと役買ったのだという朦朧《もうろう》とした記憶が一二度戻っては来たものの、それも、夢のように現実ばなれのしたものであった。

身支度を整えおわると、かれは書斎にはいり、開かれた窓ぎわに置かれたちいさな円テーブルの上に用意してあった軽いフランス風の朝食の席についた。なんともいえぬよい日和《ひより》であった。ほの暖い空気は香料で満ち満ちているようだ。蜂《はち》が一匹飛びこんだかとおもうと、かれの眼の前にある、硫黄色《いおういろ》の薔薇をぎっしりいけた青竜の鉢《はち》の周囲をぶんぶん飛び廻りはじめた。このうえない幸福感にかれは浸っていた。

と、ふいにかれは、肖像画の前に自分で置いた衝立《ついたて》に目をとめて、おもわずどきっとなった。

「お寒いのではございませんか？」持って来たオムレツをテーブルに置きながら召使いが訊く。「窓をおしめ致《いた》しましょうか？」

ドリアンは首を振り、「いや、寒くない」と呟くように答えた。

あれはすべてほんとうのことだったろうか？　肖像画は実際に変化したのだろうか？　それとも、本来ならば歓喜の表情があるべきところに悪の表情を認めたのも、ただ自分の幻想であったのだろうか？　どう考えても、絵が描いてあるだけの画布が変化するはずがないではないか？　馬鹿馬鹿《ばかばか》しいにもほどがある。いつかバジルに聞かせるいい話の種となるだろう。バジルはそれを聞いて微笑むにちがいない。

だがしかし、あのときの記憶はいまもなお、じつに生き生きとかれの脳裡《のうり》にこびりついているではないか！　まず薄明るい光ですかし眺め、つぎにさんさんと降りそそぐ朝の陽光でははっきりと眼にした、あの歪《ゆが》んだ口にただよう残酷さ。召使いが部屋を出て行くのさえかれには怖しかった。ひとりきりになれば、いやでもあの肖像画を調べずにはいられまい。それを確認するのがかれには怖しかったのだ。コーヒーと巻《まき》煙草《たばこ》を運んで、召使いがいよいよ背を向けて立ち去ろうとしたとき、行かないでくれと命じたい烈《はげ》しい衝動にかれは駆られた。召使いが部屋を出て、扉がまさにしまろうとしたとき、かれは相手を呼び戻した。召使いは言いつけを待って立っている。ドリアンはちらとその顔を観た。「だれが来ても、居ないと言ってくれ、ヴィクター」歎《たん》息《そく》まじりに言う。召使いは一礼して引きさがった。

かれはテーブルから立ちあがり、巻煙草に火を点《つ》けると、衝立の正面にある豪華なクッションつきの長椅子に身をなげだした。衝立は古いもので、ルイ十四世時代のかなり派手な模様を刻み、細工してある金色のスペイン革で出来ていた。それをかれは物珍しげに眺めまわしながら、いままでに、この衝立がひとりの人間の一生の秘密を隠したことがあっただろうか、と考えるのだった。

結局、脇《わき》にどかしておいたほうがいいのではないか？　いや、あのままにしておこう。見極めたところで、どうなるわけでもない。あれが事実だとすれば、怖しいことだし、また、事実でなかったとすれば、くよくよ思い煩《わずら》う必要がないわけだ。だが、もし、運命もしくは運命よりも怖しい偶然のきっかけによって、自分以外の他人の眼がこの衝立の蔭《かげ》を覗き、あの身の毛もよだつ変化を認めたら、どうしたらいいだろう？　バジル・ホールウォードがやって来て、自分の描いた絵を観たいと言いだしたら、俺はどうしたらいいのか？　バジルはきっとそう言うにきまっている。そうだ、どうしてもいますぐに調べておかねば。たとえどんな結果になろうとも、どっちつかずのこの恐しい懐疑の状態よりはましなのだ。

かれは起きあがり、両方の扉に鍵《かぎ》をかけた。自分の恥辱の仮面を観るにしても、せめてひとりだけで観たかったのだ。かれは衝立を脇にどけ、自分自身に向きあった。だが、やはり事実だったのだ。肖像画は変貌していた。

のちのち、つねにすくなからぬ奇異の念をもって思いだしたことだが、かれはそのとき、まずこの肖像画を殆《ほとん》ど科学的な関心をもって凝視したのだった。こんな変化を信じることは、とうていかれにはできなかった。だが、それはあくまでも事実なのだ。いったい、画布の上で形態と色彩を帯びているこの化学的な原子と、自分のうちなる魂とのあいだに、なにか微妙な相関が存在するのであろうか？　魂が考えることを原子が実現し、魂の夢を原子が現実化しているとでもいうのだろうか？　それとも、なにか別の、もっと怖しい理由があるのだろうか？　かれは身を顫わせ、恐怖を感じる。長椅子のところまで戻って横になり、寒けのするような恐怖を憶《おぼ》えながら絵を凝視する。

しかし、この絵はひとつだけ自分のためになることをしてくれた、とかれは考える。自分がシビル・ヴェインにたいしていかに不当で残酷な仕打ちをしたかということを、この絵のお蔭で知ることができたのだ。その償いをするのにはまだそれほど遅すぎはしない。シビルが自分の妻になるのはいまでも可能なのだ。自分の現実ばなれのした利己的な愛も、きっとある高次の感化力に負け、高貴な情熱となって生れかわるだろう、バジル・ホールウォードが描いたあの肖像画も、自分の生涯の指針となり、自分にとっては、ある人間における清浄無垢《むく》、また他のある人間における良心、そしてすべての人間における神にたいする畏怖《いふ》、といった欠くべからざるものとなるだろう。悔恨には鎮静剤がある、それは良心を鎮《しず》めて睡らせてしまう麻薬だ。ところが、ここにあるものは罪悪による堕落の歴然たる象徴なのだ。ひとびとがみずからの魂の上に招く破滅の不断のしるしがここにあるのだ。

時計が三時を打ち、四時をまわり、四時半を告げるダブル・チャイムが鳴ったが、ドリアン・グレイは動こうともしなかった。かれは人生の真紅の糸をたぐり集めて、それをひとつの模様に織りなそうとしているところだった。現在の自分があてどもなくさまよっている情熱の血ばしった迷路をなんとか脱出しようと試みているのだった。なにをなし、なにを考えたらよいのか、かれにはわからなかった。それでも、最後にかれはテーブルのところへ行き、かつて自分の愛していた少女へ熱情こめた手紙を書いた。少女の赦《ゆる》しを乞《こ》い、おのれの狂気の沙汰《さた》を責める手紙であった。烈しい悲歎のことば、そしてそれよりも烈しい苦痛のことばを、かれは何枚となく書き連ねた。われとわが身を責めることには一種の悦楽がある。人間が自己非難をするとき、自分以外のだれも自分を責める権利がないと感じる。人間の罪状を消滅してくれるものは、牧師ではなく、告白なのだ。手紙を書きおえてしまうと、ドリアンはすでに自分が赦されたように感じた。

突然、ドアがノックされて、ヘンリー卿《きよう》の声が聞えてきた。「ドリアン、どうしても会いたいのだ。すぐいれてくれないか。きみがこんな風に閉じこもっているのはとても堪《たま》らない」

最初のうちドリアンは返事をせず、そのまま、じっとしていた。ノックは依然続き、ますます烈しくなった。そうだ、ヘンリー卿をいれて、自分がこれから歩もうとしている新しい生活を説明したほうがいい。必要とあれば口論も辞せず、しかたがなければ絶交もしよう。かれは跳びあがるように立って、手早く絵の前に衝立を引き寄せてから、扉の鍵をあけた。

「まったく気の毒だった、ドリアン」はいるなり卿は言った。「でも、あまり深刻に考えることはない」

「シビル・ヴェインのことですか？」と若者は訊《き》き返す。

「もちろんそうだとも」ヘンリー卿はふかぶかと椅子に身を沈め、黄色い手袋をゆっくり外《はず》しながら答える。

「ある意味ではたしかに怖《おそろ》しいことだが、結局あれはきみのせいではない。聞いておきたいのだが、きみはあの芝居がおわってから楽屋へ行ってあの女に会ったのか？」

「ええ、会いました」

「そうだろうと思っていた。あの女を相手にひと騒ぎやったのだろう？」

「ぼくはむごい仕打ちをした。ハリー——ほんとにむごかった。でも、いまはもうなんともありません。いままでに起ったことどれひとつにたいしても後悔していません。あのお蔭でぼくは自分というものをずっとよく知ることができるようになったのです」

「ああ、ドリアン、きみがそういう見かたをしているのは嬉《うれ》しい！　ぼくはきみがおそらく悔恨に打ちひしがれて、そのすばらしい捲毛《まきげ》をかきむしっているのではないかと心配していたのだ」

「そんな段階はもう克服しました」ドリアンは頭を横に振りながら微笑して言った。「いまはもうすっかり幸福です。まず第一に、良心とはどんなものであるかを知りました。良心とはあなたがおっしゃったようなものではありません。人間のうちにあるもっとも聖なるものが良心です。もうこれ以上それを嘲笑《ちようしよう》なさることは止《や》めてくださいーーすくなくともぼくの前では。ぼくは善良になりたい。ぼくは自分の魂が醜悪なものであるという考えに耐えられない」

「倫理の美的基盤として、なかなか魅力があるよ、ドリアン！　おめでとうを言わせてもらおう。が、いったいどうやってその新生活の第一歩を踏みだすのだ？」

「シビル・ヴェインと結婚して」

「シビル・ヴェインと結婚して！」ヘンリー卿はつと立ちあがり、相手を不審と驚きのいりまじった眼で見ながら叫んだ。「だが、いったいきみはーー」

「ええ、あなたがなにを言いたいかよくわかっています、ハリー。また結婚についてなにかひどい警句をひねろうというのでしょう。言わないでください。そういったことは今後一切ぼくの前では口にしないでください。二日前、ぼくはシビルに結婚してくれと頼みました。この約束を破るつもりはありません。シビルはぼくの妻になるのだ！」

「妻だって！　ドリアン！……きみはぼくの手紙を受けとらなかったのか？　けさぼくはきみに手紙を書き、うちの召使いにわざわざ持たせてよこしたはずだが」

「あなたの手紙？　ああ、そういえば思いだした。まだ読んでないのです、ハリー。どうせぼくの気に喰わぬことが書いてあるのだろうと思ったものですから。あなたは自作の警句で人生をずたずたに切りさいてしまうひとだ」

「では、きみはなにも知らないのか？」

「いったいなんのことです？」

ヘンリー卿は部屋を横切ると、ドリアン・グレイの脇に腰をおろし、ドリアンの両手をとって、かたく握りしめた。「ドリアン、あの手紙は――驚いてはいけないよ――あれはシビル・ヴェインが死んだことを知らせる手紙だったのだ」

苦悩の叫びが若者の脣《くちびる》から洩《も》れた。かれはいきなり立ちあがると、ヘンリー卿の手から自分の手を振りほどいた。「死んだ！　シビルが死んだって！　そんなはずがない！　恐しい嘘《うそ》だ！　どうしてそんなことが言えるのです？」

「いや、嘘じゃない、ドリアン」厳粛な口調で卿は言う。「どの朝刊にも載っている。

だから、ぼくが行くまではだれにも会うなと書いておいたのだ。当然検屍《けんし》があるだろうが、きみはその巻き添えになっては駄目だ。パリなら、こんなことも人気の種になるだろうが、ロンドンの人間ときたら偏見屋ぞろいだからね。ロンドンでは、醜聞によって社交界にデビューするのは御法度《ごはっと》だ。醜聞は晩年の人生に興趣を添えるために保存しておくべきだ。劇場の連中はきみの名を知らないだろうね！　知らなければ、それでいい。きみがあの女の楽屋部屋へ行くのをだれも見なかったろうか？　これは重要な点だ」

ドリアンは暫《しばら》くのあいだ返事をしなかった。怖しさで呆然《ぼうぜん》としていたのである。それでも、ついにかれは息を殺してどもりながら言った──「ハリー、検屍があるとか言いましたね。それはどういう意味なのです？　まさかシビルは──？　ああ！　ハリー、ぼくはたまらない！　でも、いいから早く、何もかもすぐ話してください」

「世間には事故だと発表してあるだろうが、ぼくは事故じゃないと思うね。どうやらこんなことじゃないかな──十二時半ごろ、母親と一緒に劇場を出ようとしたのだが、そのときあの女は二階に忘れ物をしたといって引き返した。みんなは暫く待っていたが、本人はいつまで経《た》ってもおりてこない。結局あの女は死体となって自分の化粧室に横たわっていたのだ。劇場の連中がよく使うなにか怖しい薬品をあやまって飲んでいた。それがなんだったかぼくにはわからないが、ともかく青酸か白鉛がなかにはいっていたことは事実だ。ぼくは青酸ではないかと思っている——すぐに死んだところを見ると、どうも青酸らしい」

「ハリー、ハリー、怖しいことだ!」若者は叫んだ。

「うん、たしかに悲劇だ、だが、きみはこの事件に巻きこまれてはいけない。スタンダード紙によると、あの女は十七歳だということだ。もっと若いかとさえ思っていたが。まったく子供子供していて、演技のことも殆ど知らない様子だったからな。ドリアン、この事件で神経を焦《いら》だたせてはいけない。一緒に行って食事をしよう。そのあとでオペラ座を覗《のぞ》きに行こう。今夜はパッティの出番だし、友人もみんなくるだろう。きみはぼくの妹の桟敷《さじき》にくればいい。気のきいた女友達が一緒に来ているはずだ」

「ぼくはシビル・ヴェインを殺してしまったのだ」なかばひとりごとのようにドリアン・グレイは言った。「ナイフであのひとのかわいい咽喉《のど》を切ったも同様なのだ。それなのに薔薇《ばら》の美しさはすこしも減りはしない。鳥も以前と変らぬ幸福な歌を庭で歌っている。そして、ぼくも今夜はあなたと食事を共にして、その足でオペラ座へ行き、そのあとでまたどこかで夜食をたべる。人生はなんて劇的なのだろう。もしこれを本で読んだならば、おそらく涙を流したことだろう。ところがいざそれが現実に起り、しかも自分の身に起ったとなると、それはなぜか涙を流すには勿体《もったい》ないほどすばらしいものと思われるのだ。ぼくが生れてはじめて激しい気持を籠《こ》めて書いたラヴ・レターがここにある。不思議だ――生れてはじめての激しい気持を籠めたラヴ・レターが死んだ娘へ宛《あ》てたものだなんて、ほんとに不思議なことだ。いったい、あの死者と呼ばれる蒼白《あおじろ》い無言のひとびとに感覚があるのだろうか？　シビルはものを感じたり、知ったり、聴いたりすることができるのだろうか？　ハリー、かつてぼくはシビルをどんなに愛していたことだろう？　もう何年も昔のことのようだ。あのひとはぼくにとってすべてだった。そこへあの怖しい夜、ほんとにそれは昨夜のことだったのだろうか――あのひとがあんな下手な芝居をし、ぼくの胸が張り裂けようとしたあの夜がやって来たのだ。あのひとはそのわけを全部説明してくれた。それはとても痛ましいものだった。だのに、ぼくはすこしも感動しなかった。ずいぶん浅はかな女だと思うだけだった。ところが、突然あることが起って、ぼくは恐怖のどん底に落ちこんだ。どんなことか言うわけにはいかないけれど、ともかくそれは怖しいことだった。そこでぼくはあのひとのもとへ戻ろうと決心した。自分はよくないことをしたのだという気がしたのだ。そしたら、あのひとは死んでいた。ああ、神さま、神さま！　ぼくはいったいどうすればいいのだ、ハリー？　ぼくの身にふりかかっている危険をあなたは知らない。ぼくをまともにしておいてくれるものはなんにもないのだ。シビルが居たら、ぼくはまともになれたのに。自殺なんかする権利はなかったのだ。あのひとは自分のことしか考えていなかったのだ」

「ドリアン」とヘンリー卿はケースから巻煙草《まきたばこ》をとりだし、金属製のマッチ入れを出しながら答えた。「女が男の性根をたたき直すことのできるただひとつの方法は、男が人生にたいする興味を全部なくしてしまうほど男を退屈がらせることだけだ。もしきみがあの娘と結婚していたら、きみはひどく悲惨な目に遭《あ》っていたことだろう。もちろんきみはあの女に親切にするだろう。だいたい人間というものは、自分でなんとも思っていない相手には親切をつくすものだからね。だが、あの女はすぐに、きみがあの女にまったく無関心であるのを見ぬいてしまうことだろう。女というものは、ひとたび自分の夫が冷淡であることを知ると、怖しくだらしなくなるか、さもなければ、どこかよその夫が買ってくれる粋《いき》な帽子をかぶりだすか、そのどっちかにきまっているのだ。きみたちの結婚の身分違いということについてはなにも言うまい。そのまま結婚したら目もあてられぬことになっていただろうが。もちろん、ぼくはそれを認めなかっただろう。いいかね、とにかくきみたちの結婚は完全な失敗に終ったにちがいないのだ」

「たしかにそうだったでしょう」若者は怖しく蒼ざめた面持で部屋のなかを往《い》ったり来たりしながら呟《つぶや》いた。「でも、ぼくはそうするのが自分の義務だと考えたのです。この怖しい悲劇のために、ぼくが正しいことを実行できなくなったのは、ぼくのせいではない。あなたがいつか言ったことば、善良な決意というものにはつねにひとつの宿命がつきまとっている——つまり、よき決心がなされるのは、いつもきまって時すでに遅くなってからのことだ、というのが思いだされます。たしかにぼくの決心は遅すぎた」

「立派な決意というものは、科学法則に容喙《ようかい》しようとする無駄な試みにすぎない。その動機は虚栄だし、その成果は皆無だ。もちろん、それによって人間は、弱者にとっていくらかの魅力がある豪華で無益な感情を味わうことができはするが、結局、ただそれだけの取柄しかないのだ。よき決意などというものは、一文の預金もしていない銀行の小切手を振り出すようなものだ」

「ハリー」とドリアン・グレイは近寄ってかれの隣りに腰をおろしながら言った。「どうしてぼくはこの悲劇を、自分で感じたいと望んでいるほど痛切に感じることができないのだろう？　自分はそれほど薄情な男だとは思っていないのだけれど。あなたはぼくを薄情だと思いますか？」

「きみはここ二週間というもの、あんまりばかげたことばかりしてきたのだから、とても自分を薄情者だなどと呼ぶ資格はないね、ドリアン」ヘンリー卿《きょう》は例の甘美でメランコリックな微笑をうかべながら答えた。

若者は顔を顰《しか》め、「そんな解釈はありがたくありませんね、ハリー」と言い返す。「でも、薄情ではないと思ってくれるのはありがたい。ぼくはけっしてそんな人間ではないのだ。それは自分にもわかっている。それなのに、やっぱり、今度のことは、ぼくに当然与えるべき烈《はげ》しい感動を与えないということを認めないわけにはいかない。なんというか、ただすばらしい芝居のすばらしい終末、そんなものとしか思われないのです。それにはギリシア悲劇のもつあの怖しいばかりの美がすべてそなわっているし、現にぼくはそこで大役を演じたのだけれど、それでもぼくは傷ひとつ負ってはいない」

「それは興味ある問題だ」相手の若者の潜在意識的な自己中心主義《エゴティズム》を弄《もてあそ》ぶことに、言いようのない快感を覚えはじめたヘンリー卿はこう言った。「きわめて興味ある問題だ。その真相はこんなところではないだろうか。人生の現実的悲劇はいとも非芸術的なやり方で起る。そして、そのがさつな暴威、まったくの不統一、意味とスタイルとの欠如によって人間を傷つける。卑俗さにあてられるのと同じように人間はそれにあてられるのだ。そこでわれわれは、それが純然たる暴力行為であるという感じを受けて、あくまでもそれに反抗する。だが、ときには美の芸術的要素をもつ悲劇と出遭うこともないわけではない。その場合、もしこの美の要素がほんものならば、その悲劇全体は人間の戯曲感覚に訴えかけてくる。すると、われわれはもはや自分が出演者ではなく、観客となっていることに不意に気づく。というより、ひとりで俳優と観客の両方になっているわけだが、こうしてわれわれはおのれの姿を眺め、その光景のすばらしさに陶然とする、というわけだ。ところで、いまのきみの場合だが、真相はどの辺にあるのだろう？　ある女がきみを恋い慕って自殺した。ぼくもそんな経験をしてみたいものだ。そうしたらぼくは今後死ぬまで恋を恋する男となっているだろう。かつてぼくを愛していた女たち――といっても大勢居るわけではないが――その女たちは、ぼくの女にたいする気持、あるいは女のぼくにたいする気持がなんでもなくなってしまってからも、執拗《しつよう》に生き続けている。みんな強情で退屈な人間になってしまい、ぼくと出遭えばすぐさま思い出話にふける。女性の驚くべき記憶力！　じつに怖《おそ》るべきものだ！　しかもそれはなんというひどい知性の沈滞を暴露していることだろう！　人生の色香を吸収するのはいい、が、その一つ一つを記憶しては駄目だ。一々の細部というやつはつねに俗悪だからね」

「ぼくは庭にけしの種を蒔《ま》かなくてはなりませんね」とドリアンは溜息《ためいき》まじりに言う。「その必要はあるまい」と相手は言い返す。「人生はいつもその手にけしの花を持っている。もちろん、ときには、いつまでも尾を引く事件もないわけではない。ぼくはかつて、そのシーズンのあいだじゅう、菫《すみれ》以外は身につけなかったことがある。それは、永久に死にたえることがないとおもわれたあるロマンスにたいする一種の芸術的な喪章だったのだ。だが、結局はこのロマンスも死んでしまった。なにが原因だったか忘れたが。おそらく相手の女がぼくのために全世界を犠牲にするつもりだと言いだしたからだったろう。女がこのことばを口にする瞬間というものは、いつも怖《おそろ》しいものだ。永遠なるものにたいする恐怖で男の胸は一杯になってしまう。ところが——驚くなかれ、一週間ほど前、ハンプシャー夫人の家の晩餐《ばんさん》の席で、ぼくは問題の婦人の隣りに腰かけているではないか。その女はかつての出来事を一部始終繰り返し、過去を掘りおこし、未来をこづきまわさないでは気がすまないのだ。ぼくは自分のロマンスを水仙の花壇にとうに埋めてしまっていた。それをこの女は曳《ひ》きずりあげ、あなたのお蔭《かげ》であたしの一生は台なしですと言いだす始末さ。だが、その女が驚くばかり多量の御馳走《ごちそう》を召しあがったからには、ぼくはなんらの心配も感じなかった、ということは是非言い添えておかねばなるまい。それはともかく、なんと無粋な女もあったものだろう。過去の魅力は、それが過去であるということにしかない。ところが、女性は芝居の幕がおりてしまっても、まだ結末が来たのだということに気づかず、かならず、もうひと幕の追加を要求し、芝居の興味が完全に過ぎさってしまっても、すぐにその継続を要求する。女性に好きなようにやらせておけば、どんな喜劇も悲劇的結末を告げ、ありとあらゆる悲劇は茶番劇におわることだろう。女には人を魅する美しさがあるにはちがいないが、美意識そのものは全く欠けている。きみはぼくよりずっと運がいい。正直な話、ぼくがこれまでに知った女のひとりだって、シビル・ヴェインがきみのためにしたようなことを、ぼくのためにしてくれはしなかったからね。ありきたりの女はいつでも自分で自分を慰めるものだ。感傷的な色に夢中になることによって自己を慰める女もある。だから紅紫色のものを身にまとっている女を信用してはいけない——年が幾つだろうと絶対に信用してはいけない。三十五を超《こ》えているのに、ピンクのリボンが好きだというような女も信用できない。そういう連中はきまって曰《いわ》くつきの過去をもっているのだから。また、自分の夫の長所を不意に発見することにすくなからぬ慰めを感じるのもいる。この連中は自分の結婚生活の無上なる幸福を他人の鼻先でこれ見よがしにひけらかす——まるでそれがもっとも魅力的な罪悪ででもあるかのように見せびらかすのだ。宗教に慰めてもらう女もある。ある女から聞いたことだが、宗教的な秘儀には愛戯の魅力が全部含められているそうじゃないか。ぼくにもそれはよくわかる。第一、おまえは罪びとなのだと言われるほど、人間の虚栄心を満足させるものはないからね。良心はすべての人間を自己中心主義者たらしめるのだ。そう、女性が現代生活のうちに見いだす慰安の種には際限がない。まったく、一番重要なやつをぼくはまだ言っていないくらいだからね」

「なんですか、それは、ハリー?」と若者はものうげに訊《き》く。

「例の見えすいた気安めさ。自分を崇拝してくれる男に逃げられたとき、だれかよその女の崇拝者を横どりするというやつだ。よき社交界にあっては、それで女の不面目も糊塗《こと》できるというものだ。だが、ドリアン、シビル・ヴェインはそこらで会う女とはなんという違いようだ! ぼくにとっては、あの女の死にはどことなく美しいところがある。こんな驚異が現実に起る時代に生を享《う》けたことに感謝するね。たとえばロマンスだとか情熱だとか恋愛だとかいったような遊戯の現実性を信じたくなる」

「ぼくは怖しいほどあのひとに残酷だった。あなたはそれを忘れている」

「むしろ女は残酷なことが好きなのだ——なによりも徹底的な残忍さが好きなのだよ。女はすばらしい原始本能の持主だ。男は女を解放してやった、が、女は依然として主人を捜し求める奴隷《どれい》なのだ。支配されることが好きなのだ。きみはまさに立派だったとぼくは信じて疑わない。ぼくはまだいちどもきみが本気で怒ったところを見たことがないが、そのとき、きみがどんなにすばらしかったか想像はできる。それに、一昨日きみが言ったことは、そのときにはとりとめもない空想としか思われなかったが、いまとなってみると、まったくほんとうのことだということがわかる。あの一言はすべてを解く鍵《かぎ》なのだ」

「何を言いました、ハリー？」

「きみはぼくに言ったじゃないか——シビル・ヴェインは自分にとって、ありとあらゆるロマンスのヒロインだ、ある晩にはデズデモーナだったかとおもえば、つぎの夜にはオフィーリアであり、ジュリエットとして死んだかと見れば、イモージェンとなって甦《よみがえ》る、とね」

「もう二度と甦りはしないのだ」両手で顔を覆《おお》って若者は呟いた。

「そう、もう甦りはしない。あの女は最後の役を演じおえたのだ。だが、あの安ぴかの化粧室で起った寂しい死を、きみはあくまでもジェイムズ一世時代の悲劇の妖気《ようき》ただよう一断片として考えるべきだ——ウェッブスターとか、フォードとか、サイリル・ターナーの劇のすばらしき一場面だと考えるにかぎる。あの少女はほんとうに生きてはいなかった、だから、ほんとうに死んだわけではない。すくなくともきみにとっては、あの女はつねに夢であり、シェイクスピアの劇のなかを次から次へとただよいうつり、そのなかに現れて劇を美しくした亡霊にすぎない、それを吹けばシェイクスピアの音楽が豊かさを増し、歓喜をつのらせる一管の葦笛《あしぶえ》だったのだ。が、ひとたび、この女が現実生活に触れるやいなや、現実生活は損《そこな》われ、女自身も傷を負い、その結果、女は世を去った。オフィーリアを悼《いた》むのだ。頸《くび》を絞められて死んだコーデリアのために頭に灰をかぶるがいい。ブラバンショーの娘が死んだことにたいして天に向って号泣するのだ。が、シビル・ヴェインのために無駄な涙を流してはいけない。この女は、これらのヒロインよりも現実性がすくないのだ」

しんとした沈黙が続く。部屋のなかは夕闇《ゆうやみ》が次第に深まってゆく。音もなく、銀色の足をした影が庭から忍びいり、事物の色は懶《ものう》げに褪《あ》せ消える。

暫《しば》くたって、ドリアン・グレイは顔をあげた。「あなたはぼくに代ってぼくの精神状態を説明してくれた、ハリー」安堵《あんど》の溜息にも似た息づかいで、かれは呟く。「あなたがいま言ったことは自分でも感じていたけれど、なんとなく怖しくて、自分に向ってそれを表現することができないでいたのです。あなたはほんとうによくぼくという人間を知りつくしている！　でも、もう二度と今度の事件を話題にするのはやめましょう。それはすばらしい経験だった。ただ、それだけのことです。ぼくの前途に、こんなすばらしいことがもう一度起るかどうかわからない」

「きみの前途には、ありとあらゆることが待ちうけている、ドリアン。素晴しい美男子のきみにできないことはひとつもありはしないのだ」

「でも、ハリー、もしぼくが萎《しな》び、年をとり、皺《しわ》だらけとなったら、そのときにはどうなるのだろう？」

「うん、そのときには」とヘンリー卿は腰をあげながら言った――「そのときには、ドリアン、きみは戦って自分の勝利を手に入れなければならなくなるだろう。が、目下のところは、勝利はひとりでにきみのもとにやってくる。どうしてもきみはいつまでも美しくなくてはだめだ。現代人は賢明となるにはあまりにも多くの本を読み、美しくあるためにはあまりにも余計に考えごとをしすぎる。さあ、きみがいてくれなくては困る。そろそろ着替えをして、クラブへ馬車で出かけよう。もう遅いくらいだ」

「オペラ座で落ちあいましょう、ハリー。あんまり疲れているので、なんにも食べたくありませんから。妹さんの桟敷《さじき》は何番ですか？」

「たしか二十七番だと思った。特別席だ。扉に妹の名前がかかっている。だが、一緒に食事ができないのは残念だな」

「どうも気が進まないので」ドリアンはぼんやりした様子で言う。「でも、さっきのお話は、ほんとうにありがとう。たしかにあなたはぼくの最良の友人です。あなたほどぼくを理解してくれたひとはありません」

「いや、ぼくたちのつきあいはまだほんの序の口だ、ドリアン」とヘンリー卿は相手の手を握りながら言った。「さようなら。九時半前に会えるといいが。パッティが歌うことを忘れないように」

卿が出ていって、扉が締まると、ドリアン・グレイは呼鈴を押した。数分ののちにヴィクターがランプを持って現れ、窓掛けをおろした。ドリアンはかれが去るのをもどかしげに待っている。この男はどんなことにも涯《はて》しない時間をかけるように思われた。

召使いが部屋を出てゆくと、すぐにかれは衝立《ついたて》の傍に走り寄り、それを脇《わき》へ引きのけた、肖像画にはあれ以上の変化は認められない。肖像画はドリアン自身が知るよりも前にすでにシビル・ヴェインの死の知らせを受けていたのである。肖像画は人生の出来事が起ると同時にすぐそれを感知するのだ。この口もとの美しい線を歪《ゆが》めさせている邪悪な残酷さは、シビルが、なにかは知らぬが、ともかくあの毒薬を服《の》んだその瞬間に現れたに相違ない。それとも、肖像画はことの結果には無関心で、ただ魂のうちに去来するものをのみ感得するのだろうか？　ドリアンはどちらがほんとうであろうかと思いまどい、いつか、この自分の眼の前で変化が起るのを見とどけようと考えた。そう考えているうちにも身顫《みぶる》いがかれを襲うのであった。

かわいそうなシビル！　なんというロマンスであったろう！　あの女は舞台の上でしばしば死を演じた。そのうちに本物の死があの女に触れ、この世から連れ去ってしまった。あの女はその怖しい最後の場面をいかに演じただろうか？　いや、そんなはずはない、まさに息絶えんとするとき、あの女はかれを呪《のろ》っただろうか？　いや、そんなはずはない。少女はかれにたいする愛ゆえに死んだのであり、愛こそはいまやかれにとってつねに聖なる儀式なのだ。あの女はおのが生命を犠牲にすることによって、すべてを償ったのだ。あの怖《おそろ》しい夜、劇場であの女のために味わった辛《つら》い経験は、もう二度と考えまい。あの女のことを考えるとすれば、それは、愛の至高なる実在を示すために世界の檜舞台《ひのきぶたい》の上に送られたすばらしき悲劇的人物としてなのだ。すばらしき悲劇的人物か？　少女の子供のように無邪気な顔つきと、かわいい夢見るような素振りと、内気におののくような優美さを思いだすにつけても、涙がひとりでにこみあげてくる。かれは手早く涙を払いのけ、もう一度、肖像画に眼をやった。

いよいよどちらかを選ばねばならぬ時が来た、とかれは感じた。いや、すでに選択はなされたのではないか？　そう、人生がかれに代ってすでに決定をくだしたのだ

――人生とかれ自身の人生にたいする無限の好奇心とがすでにそれを決定してしまったのだ。永遠の若さ、涯しなき情熱、微妙にして隠微な快楽、烈《はげ》しい歓喜と、さらに烈しい罪悪、こういったものすべてをかれは自分のものにするのだ。そして、肖像画がかれの恥辱の重荷を背負うことになったのだ。ただそれだけのことなのだ。

画布の上の美しい顔の前途に待ちうけている冒瀆《ぼうとく》を考えると、おもわず苦痛の情がかれの全身を襲った。ある時かれはナーシサス気どりで、いまとなってはこのうえもなく残忍な微笑をかれに向けているこの彩《いろど》られた脣《くちびる》に接吻《せっぷん》をした――というより接吻のふりをしたことがあった。毎朝のようにかれは肖像画の前に坐《すわ》って、その美しさを讃嘆《さんたん》し、殆《ほとん》ど心からそれに惚《ほ》れこんだ。それなのに、いまやこの絵は、かれがひとつの気分のとりことなるたびごとに変化を加えてゆくのだろうか？　醜怪で厭《いと》わしいものとなりはて、鍵のかかった部屋にひと眼を憚《はばか》って隠され、かつてはしばしばその波うつようなすばらしい髪の毛に触れて、金色に映《は》えさせた日光の届かぬ所へしまいこまれてしまうのだろうか？　残念だ、どう考えても残念なことだ！

一瞬のあいだ、かれは、自分とこの絵とのあいだにある怖しい感応関係が消滅してしまうように祈ろうかと考えた。この絵は祈りに応《こた》えて姿を変えた。それならば、やはり祈りに応えて変らぬままでいるかもしれない。だが、すこしでも「人生」に就いて知っているものならば、いったいだれが、いつまでも若さを保つことのできる願ってもないチャンスをおめおめと取り逃すであろうか？　そのチャンスがいかに荒唐無稽《こうとうむけい》なものであろうと、また、そのためにいかなる運命的な結末が待ちかまえていようと、そんなことは問題ではない。第一、この絵はほんとうにかれの力で左右できるものだろうか？　身替りが行われたのは、ほんとうに祈りのせいだったろうか？　このことすべての蔭にはある不思議な科学的理由が潜んでいるのではあるまいか？　もし思念が生きている有機体に影響を及ぼすことができるならば、同時に思念は死物である無機体にも影響を及ぼすこともできるのではないか？　いや、たとえ思念や意識された欲望が参加せずとも、人間の外部にある事物が人間の気分や情熱と一体になって同じ震動を行い、原子と原子とが、不思議な感応力の秘《ひそ》かな愛のうちに互いに呼びあうこともありうるのではないか？　だが、なんであれ理由は重要ではない。自分はもう二度と祈りによって怖《おそ》るべき力を験《ため》すことはしまい。もしこの絵が変ることになっているならば、それはただ変るまでだ。それだけのことだ。それを深く追究する理由がどこにある？

というのは、真の快楽はそれを見ることにあるのだから。かれは自分の心の動きに従って行い、心の秘密の地点にまで立ちいることができるのだ。この肖像画はかれにとってはもっとも魔術的な鏡となるのだ。この絵はこれまでかれ自身の肉体をかれに開示したように、今後はかれ自身の魂を開示するであろう。そして、この絵に冬が訪れるときにも、かれ自身は、まさに夏に移らんとする顫えがちな春にあることだろう。その顔から血の気がひいて、活気のない鉛色の眼が覗《のぞ》いている、あおざめた白堊《はくあ》の仮面が残ったときにも、かれは依然として少年時代の輝くばかりの魅力をたたえていることだろう。かれの美貌《びぼう》の花は一輪といえども色褪《いろあ》せることなく、かれの生命の脈搏《みゃくはく》も、いささかも弱まりはしないだろう。ギリシアの神々のごとく逞《たくま》しく、敏捷《びんしょう》で、歓喜に満ち溢《あふ》れていることだろう。画布に彩《いろど》られた似姿にどんなことがふりかかろうと、それがどうしたというのだ。自分は安全なのだ。重要なことはそれだけだ。

かれは衝立を絵の前に元どおりに引き寄せた。そのとき、かれの顔には微笑が泛《うか》んだ。つぎにかれは召使いが待っている寝室に行った。一時間ののち、かれはオペラ座に姿を現した。ヘンリー卿《きょう》はすでに自分の椅子《いす》にもたれかかっていた。

第　九　章

翌朝、ドリアンが朝食の席についていると、バジル・ホールウォードが部屋に案内された来た。

「やっときみが見つかってよかった、ドリアン」とバジルは重い口調で言った。「昨夜、訪ねて来たが、オペラ座へ行ったという話だった。もちろん、そんなはずはないとわかっていたが。それにしても、ひとことほんとの行先を告げて行って貰《もら》いたかったな。ぼくは怖しい一夜を過したのだ、悲劇のすぐあとにまた新しい悲劇が起りはしないかと、そればかり心配だった。きみが最初にあの知らせを聞いたとき、ぼくに電報を寄こしてくれたってよかったはずだ。ぼくは偶然クラブで読んだ『グローブ紙』の遅い版であれを見た。そして、すぐここに駆けつけて来た、きみが居ないと知って、まったく惨《みじ》めな気持だった。ぼくが今度の事件でどんなに胸を痛めているか、口では言いあらわせない。きみだってどんなに苦しいことだろう。だが、いったいきみはどこに行っていたのだ？　母親に会いに行ったのかい？　ぼくはよっぽど母親のところへきみのあとを追って行こうかと考えた。新聞にその住所が載っていたからね。たしかユーストン通りだったね？　行ってみようかとは思ったのだが、ぼくが行ったって悲しみが軽くなるわけでもない、邪魔だてをしてもはじまるまいと思い直したよ。可《か》哀想《わいそう》に！　母親はどんな気持でいることだろう。それも、たったひとりの子供に死なれるなんて！　なんと言っていた？」

「バジル、ぼくにどうしてそれがわかるだろう？」ドリアン・グレイはこう呟《つぶや》きながら、細かい金色の気泡《きほう》が閉じこめられているヴェニス産のグラスから黄色い葡萄酒《ぶどうしゅ》を啜《すす》った。いかにも退屈げな様子だった。「ぼくはオペラ座に行っていたのだ。きみもくればよかったのに。ハリーの妹のグエンドリン夫人にはじめて会った。あのひとの桟敷《さじき》に坐ったのだ。魅力満点のひとだ。それに、パッティの歌もすばらしかった。頼むからいやな話をもちださないでくれ。どんなことでも、話題にしないかぎり、それは起らなかったも同然なのだ。ハリーのいうように、事物に現実性を与えるのは単なる表現なのだ。それに、シビルはけっしてあの女のひとりっ子ではなかったということは知らせておきたいな。ほかに息子がいる、きっとすてきな男だろう。でも、舞台には無関係な男だ。たしか水夫か何かのはずだ。さあ、こんどはきみのことを話してくれ、いまどんな絵を描いている？」

「オペラ座へ行ったというのだね？」ホールウォードはきわめてゆっくりと、張りつめた苦痛をこめた口調で言った。「きみは、シビル・ヴェインがどこかの薄ぎたない下宿で屍《しかばね》となって横たわっている最中にオペラ座に行っていたというのか？　きみは、自分が愛していた少女が墓にはいって安らかに眠る前に、もうほかの女が魅力的だの、パッティの歌がすばらしかったのと、ずけずけぼくに話すことができるのだね？　いいかい、きみ、あのひとのあのちいさな白い肉体には怖しいことが待ちうけているのだぞ！」

「やめてくれ、バジル！　そんな話は聞きたくない！」ドリアンは立ちあがって叫んだ。「もっともらしい説教などしないでくれ。すんでしまったことはどうにもならない。過去は過去なのだ」

「きみはきのうのことを過去と呼ぶのか？」

「現実の時間の経過とこれとどんな関係があるというのだ？　ひとつの感情を振り払うのに何年もかかるのは、くだらぬ人間だけだ。みずからの主人である人間は、自由に悦《よろこ》びを創《つく》りあげることができるし、また、それと同じに、容易に悲しみに終止符を打つこともできるのだ。ぼくは自分の感情のとりこにはなりたくない。逆に、感情を利用し、享楽《きょうらく》し、支配したいのだ」

「ドリアン、なんという怖しいことをいう！　なにかの原因で、きみという人間はまるで変ってしまった。外観こそ、毎日ぼくのアトリエにきて、肖像画のモデルになったあのすばらしい少年と寸分違わない。しかし、あの頃のきみは単純で、自然で、愛情のこまやかな人間だった。世界広しといえども、きみほど無垢《むく》な人間は他《ほか》にあるまいとさえ思われた。ところが、いまはどうだ、いったいきみはどうしたというのだ？

きみの話しぶりを聞いていると、まるできみには心が、憐《あわれ》みが一かけらもないようだ。なにもかもハリーの感化だな。それに違いない」

若者はさっと顔を赤らめ、窓辺にゆくと、しばらくのあいだ、烈しく太陽が照りつけ、緑のちらつく庭をじっと見やっていた。「ぼくはハリーにはずいぶん世話になっている、バジル」やがてドリアンは口をきった。「きみ以上の恩を感じている。きみがぼくに教えたことは、ただ自惚《うぬぼ》れだけだ」

「ぼくはそれにたいする罰を受けている、ドリアン——いま受けずとも、いつかかならず受けることだろう」

「どういう意味かぼくにはわからない、バジル」振り向きながらドリアンが言った。「ぼくにはきみが求めているものがわからない。きみはいったいなにを求めているのだ?」

「ぼくがいつも絵をかいたあのドリアン・グレイだ」と悲しげに画家は答える。

「バジル」若者は相手に近づき、その肩に手を置いて言った——「きみがくるのは遅すぎた。きのうぼくがシビル・ヴェインの自殺をはじめて知ったとき……」

「自殺だって! ああ、それはたしかなのか?」ドリアンの顔を恐怖の眼差《まなざ》しで見あげながらホールウォードは叫んだ。

「バジル！　まさかきみはあれがありきたりの間違いだったと考えているのじゃないだろうね？　もちろん、あの女は自殺したのだ」

年上の男は顔を両手に埋め、「ああ、怖しいことだ」と呟いた、その背筋を戦慄《せんりつ》が走る。

「いや違う」ドリアン・グレイが答える――「すこしも怖しいことはない。あれは現代の大ロマン悲劇のひとつなのだ。だいたい、俳優などというものはもっとも平々凡々たる日常生活を送っている。かれらは善き夫であり、貞節な妻であり、そうでなくとも、退屈な存在なのだ。ぼくのいう意味がわかるだろう――例の中流階級的な美徳とか、そういった類《たぐい》のもののことだ。ところが、シビルはなんという違いようだったろう！　あの女は自分のこのうえもなくすばらしい悲劇を身をもって生きた。ヒロインでなかったことは一瞬もなかった。あの女が最後に舞台に出た夜、ちょうどそれはきみがあの女を見た夜だが、あのときあの女は愛の現実を知ったばかりに下手な演技をした。そして、愛の非現実性を知ったとき、あの女は、ジュリエットの死もこうかと思わせるように死んでいった。芸術の世界へと消えていったのだ。あの女には、どことなく殉教者めいたところがある。あの女の死には殉教の痛々しい無益さが、その徒労の美がすべてそなわっている。だが、さっきのぼくの言葉から、ぼくが苦しまなかったとは考えてくれては困る。もし、きみがきのうのある時刻、五時半か、六時少し前頃にでも来ていたら、涙に濡《ぬ》れたぼくの姿を見ただろう。あの知らせをもって、ちょうどここに来たハリーでさえ、ぼくがどんなに苦しんでいたか想像もつかないくらいだった。ぼくは苦しんだ。そのうちに、苦しみはどこともなく消えていった。ぼくは同じ感情を幾度も繰り返すことができない。ぼくにかぎらない、だれだってできはしない。感傷家なら別だがね。それにしてもきみはあんまりひどすぎる。きみはわざわざここまでぼくを慰めに来てくれた。その御親切は有難いよ。ところが、来てみたら、ぼくはもう慰められてすっかり落ちついている。そこできみは癇癪《かんしゃく》を起す。まるで同情屋じゃないか！　きみを見ていると、ハリーが話してくれたある慈善家を思いだすよ。その男はある不満の種を是正するか、不公平な法律を改訂するか——よくは憶《おぼ》えていないが、ともかくそんなことのために二十年という歳月をそっくり費した、その努力がついに成功したとき、かれがなによりも痛切に感じたのは失望だった。もうなにもすることがなく、死ぬほど退屈して、しまいにはまたとない人間嫌《ぎら》いになってしまったというのだ。それに第一、バジル、もしきみがほんとうにぼくを慰めるつもりなら、むしろぼくがいままでの事件をきれいさっぱり忘れるように、あるいは、それを正しい芸術的角度から眺《なが》めるように教えてくれるべきだ。よく芸術の慰めということを書いたのはゴーチエじゃなかったかな？　ある日ぼくはきみのアトリエで犢《とく》皮紙《ひし》のカヴァーのついたちいさな本を取りあげて頁《ページ》をめくっていたら、ふとその楽しい文句が眼にとまったことを憶えている。ぼくは、ふたりで連れだってマーローに行ったとき、きみが話してくれたあの青年とは違うのだ。黄色の繻子《しゅす》は、人生のあらゆる悲惨な目に遭《あ》っている人間の心も慰めてくれると口ぐせのように言っていたあの青年とは違うのだ。もちろんぼくは、人間が手で触れ、いじることのできる美しい事物を愛してはいる。古い錦織《にしきお》り、緑色の青銅の像、漆器、彫り刻まれた象牙《ぞうげ》、精美な環境、贅沢《ぜいたく》、豪壮、こういったものから生れでる、あるいはすくなくともそこに啓示される芸術気質《かたぎ》のほうがぼくにとってはもっと貴重なのだ。ハリーがいうように、自分自身の人生の傍観者となることは、人生の苦しみから逃《のが》れることだ。ぼくがきみにたいしてこんな話しかたをするのにきみは度肝《どぎも》を抜かれているだろう。ぼくが最近どんな成長をとげたか、きみにはまだわかっていない。きみが知っていたぼくはまだほんの子供だった。だが、いまのぼくはおとなだ。新しい情熱と、新しい思想と、新しい観念の持主だ。ぼくは別人になった、が、それだからといって、きみがぼくを以前よりも好かなくなるという手はない。たしかにぼくは変った、が、きみはいつまでもぼくの友達であってほしい。もちろん、ぼくはハリーが大好きだ。でも、ぼくにはハリーよりもきみのほうが善良だということがわかっている。かれより強いとはいえない――きみはあまりに人生を怖れているからね――けれど、かれよりも善人であることは間違いない。かつてぼくたちふたりは一緒にどんなに幸福だったことだろう。バジル、どうかぼくを見棄《みす》てないでくれ。ぼくと言い争うこともしないでくれ。ぼくは、このとおりあるがままのぼくなのだ。それ以上なにも言うことはないよ」

画家は不思議な感動を受けた。この若者はかれにとって無限に親しみ深い存在であり、その人格はかれの芸術の一大転機となったものにほかならなかった。もうこれ以上ドリアンを叱責《しっせき》しようという気にはなれなかった。結局のところ、ドリアンの冷淡さは、すぐに消滅してしまうひとつの気分にすぎぬのかもしれない。ドリアンにはすくなからぬ善良さと高貴さがあるのだ。

「ドリアン、わかったよ」やがて悲しげな微笑を泛《うか》べながらかれは口をきった――「これからは二度とこの怖《おそ》しい事件についてきみの前でしゃべるまい。ただ、この事件に関聯《かんれん》してきみの名が出るようなことはあるまいね。今日の午後、検屍《けんし》があるはずだが、きみは召喚されているのかい?」

ドリアンは頸《くび》を横に振ったが、「検屍」という言葉を耳にすると、困惑の色が顔をかすめた。すべてこういう類のものには、野卑で俗悪なところがあるものだ。「ぼくの名前は知ってはいない」かれはこう答えた。

「でも、あのひとは知っていただろう?」

「洗礼名だけは知っていたが、それにしても、あのひとはだれにも打ち明けなかったに違いない。いつか、あのひとは、みんながぼくの名を知りたがっているけれど、いつも、ぼくの名はプリンス・チャーミングと答えていると言っていたから。なんて美しい心情だろう。ぼくにシビルの絵を描いてほしい、バジル。ぼくは何回かの接吻《せっぷん》と僅《わず》かばかりのとぎれとぎれの悲痛なことばの記憶だけでなしに、あのひとについてそれ以上のものを持っていたい」

「もしそれできみが喜ぶなら、なんとかやってみよう、ドリアン。だが、きみだって、もう一度ぼくのところへ来てモデルになってくれなくては困る。きみなしでは、ぼくはとてもやってゆけない」

「ぼくはもう二度ときみのモデルになれないのだ。どうしても駄目なのだ!」後ずさりしながらドリアンは叫んだ。

画家はそういう相手を凝視した。「いったいどうしたというのだ」ときく。「ぼくが描いたきみの絵が気にいらないとでもいうのか? 絵はどこだ? なぜ絵の前に衝立《ついたて》を置いたのだ？ ちょっと見せてくれ。あれはぼくの会心の作だ。頼むから衝立をどけてくれ、ドリアン。ぼくの作品をあんな風に隠すなんてきみの召使いも恥知らずな奴《やつ》だ。はいって来たとき、なんだか部屋の様子が違うと思ったら、この始末だ」

「召使いの知ったことじゃない、バジル。まさかきみは、部屋の中の配置まで召使いにさせているなどと考えはしまい？ ときには花ぐらい活《い》けてゆくが、それ以上はなにもさせない。あれはぼく自身がやったことだ。肖像画には日光があんまり強すぎるのだもの」

「強すぎるって！ そんなはずは絶対にない。そこはあの絵にはお誂《あつら》えの場所だもの。いいから、まあ見せてくれ」こう言いながらホールウォードは部屋の隅《すみ》に歩み寄った。

あっという恐怖の叫びがドリアン・グレイの口を突いて出た、かれは画家と衝立のあいだに躍《おど》りこんだ。「バジル」まっさおな顔色のドリアンが言った――「見ては駄目だ。どうしても見てもらいたくない」

「自分の作品を見てはいけないというのか！ まさか本気ではないだろう。なぜ見てはいけないのだい？」笑いながらホールウォードが言う。

「どうしても見ようというなら、バジル、ぼくは自分の名誉にかけて誓う、今後一生涯、きみとはけっして話をしないから。ぼくはまったく本気なのだ。その理由は説明しない、きみも説明を要求しないでくれ。だが、ともかく、もしきみがこの衝立にちょっとでも触れようものなら、ぼくらふたりの関係はおしまいだということは忘れないでくれ」

ホールウォードは雷に打たれたようなショックを受けた。すっかり仰天してドリアン・グレイの顔を見る。いまだかつてこんなドリアンを見たことがなかった。ドリアンは怒りのために文字通り蒼白《そうはく》になっている。手は固く握りしめ、瞳孔《どうこう》は青い焔《ほのお》の円盤かとおもわれた。全身がわなわなと顫《ふる》えている。

「ドリアン！」

「なにも言わないでくれ！」

「だが、いったいどうしたというのだ？　もちろん、きみが厭《いや》だというなら、絵を見るのはよそう」やや冷やかにこう言うと、画家は踵《きびす》をめぐらし、窓の方に歩いて行った。「だが、どう考えても、ぼく自身の作品を見てはならぬというのは馬鹿《ばか》げている。しかも、あれを今秋パリの展覧会に出品しようとしている矢先なのに。展覧会の前にニスの上塗りをもう一度やっておかなければならないから、どうせいつかは見なくてはならないのだ、今日ではなぜ悪いのだ？」

「展覧会に出品するって？　本気なのか？」と叫ぶドリアン・グレイの背筋には、日頃感じたこともないような戦慄《せんりつ》が走った。かれの秘密はいまや世間の眼にさらされようとしているのか？　世人はかれの人生の神秘を、呆《あき》れかえって眺めようというのか？　そんなことがあってたまるものか。どうすべきかはわからないが、ともかく、すぐになんとか手をうたなければならない。

「そうだ。まさかきみがそれに反対するとは思わないね。ジョルジ・プティがぼくの作品の一番出来のいいのを全部集めて、セーズ街で特別展覧会をやることになっている。展覧会は十月の第一週に幕をあける。きみの肖像画も僅かひと月ほどだが留守になるわけだ。そのぐらいの期間なら、手放したっていいだろう。実際の話、きみだってロンドンから離れていることだろうし、それに、いつも衝立の蔭《かげ》に隠しておくのでは、たいして愛着を感じているはずがないからな」

ドリアン・グレイは手を額にあてた。額には玉の汗がしっとりとにじんでいる。怖しい危険に足を突きこむ寸前のような気持だった。「ひと月前には、この絵はけっして展覧会に出さないと言ったじゃないか」と大声で言う。「どうして気が変ったのだ？　きみのように筋を通すことに汲々《きゅうきゅう》としている人間だって、結局はほかの連中同様にむら気なのだな。きみなんかの気分はどっちかといえば無意味だというだけの違いだ。きみはあのとき、えらく厳粛な口調で、この世にどんなことが起ろうとも、あの絵はけっして展覧会に出さぬと言いきったはずだ、まさかそのことばを忘れたわけではないだろう。ハリーにもまったく同じことを言ったはずだ」かれは突然言葉をきったが、その眼には一条《ひとすじ》の光がさしこんできた。いつかヘンリー卿《きょう》がなかば本気で、なかば冗談に言った言葉を思いだしたのだ。いつかヘンリー卿は言った――「滅多にない経験をしたいと思うなら、バジルがなぜきみの肖像画を展覧会に出したがらないのか、そのわけをバジルに話させてみるがいい。かれはそのわけを打ち明けたが、それはぼくにとってまさしく啓示だったね」と。そうだ、バジルにはバジルの秘密があるのかもしれない。ひとつバジルに訊《き》いてみよう。

「バジル」すぐ身近に寄り、相手の顔をまともに見ながらかれは言った――「ぼくらは互いに秘密をもっている。きみの秘密を教えてくれれば、ぼくも自分の秘密を打ち明けよう。どういうわけできみはぼくの肖像画を展覧会に出すのを拒んだのだ？」

画家はわれ知らず全身を顫わせた。「ドリアン、その理由を言えば、きみはきっと以前ほどぼくを好かなくなるだろうし、ぼくを笑い物にするにきまっている。ぼくはきみに嫌われるのはいやだ、笑われるのも我慢できない。もしきみがどうしても絵を見ては駄目だというなら、ぼくはおとなしく引きさがる。本物のきみをいつでも見ることができるのだから。ぼくの最高の傑作を世間の眼から隠したいというのがきみの望みなら、ぼくはそれでも満足だ。どんな名声や評判よりも、ぼくにはきみの友情のほうが貴重なのだ」

「いや、バジル、是非そのわけを言ってくれ」ドリアンは執拗《しつよう》に言った。「ぼくには知る権利があると思う」ドリアンの恐怖感はすでに消え去り、代って好奇心がかれを支配していた。なんとかしてバジル・ホールウォードの秘密を握ってやろう、そうかれは決心していたのだ。

「まあ、互いに腰を落ちつけよう、ドリアン」と困惑した表情で画家は言った。「まあ、坐《すわ》ろう。そして、ひとつだけぼくの質問に答えてくれ。きみはあの絵のなかになにか不思議な点を認めなかったかい？　最初はさほど注意を惹《ひ》かないでいたが、ふいにきみの眼にありありと映った、というようなものがなかったか？」

「バジル！」顫える手で椅子《いす》の腕木を握りしめ、相手を狂暴な驚きの眼差《まなざ》しで見据えながらドリアンは叫んだ。

「やっぱりそうだ。なにも言わないで。ぼくの話がおわるまで黙っていてくれ。ドリアン、ぼくがはじめてきみと会った瞬間から、きみという人間はぼくにまたとない異常な影響を及ぼした。ぼくは魂も頭脳も才能も、悉《ことごと》くきみによって支配されてしまったのだ。われわれ芸術家の心には、見えざる理想の追憶があたかも精美な夢のように去来し続けるのだが、きみはぼくにとってまさしくその理想の権化《ごんげ》となったのだ。ぼくはきみを崇拝した。きみが話し相手にする人間をすべて嫉妬《しっと》した。ぼくはきみを独占したかったのだ。きみと一緒にいるときだけが幸福だった。きみがぼくから離れているときも、きみは依然としてぼくの芸術のうちに存在した――もちろん、ぼくはこれについてひとこともきみに話さなかった。どう考えてもそれは不可能だった。たとえ話したとしても、きみは理解してくれなかったに相違ない。ぼく自身だって理解できなかった。ぼくが知っていたことはただ、自分は完璧《かんぺき》なるものをこの眼でしかと見たということと、世界はぼくの眼にすばらしきものとして映るようになったということだけだ。それはあまりにすばらしすぎたのかもしれない――というのは、このような狂信的な崇拝には、あくまでも崇拝の対象を保持することの危険ばかりか、それを失う危険もまた多分に存在しているからだ……何週間かがすぎたが、ぼくのきみに対する熱中は深まるばかりだった。そこにあらたな事態が展開した。それまでぼくは華麗な鎧《よろい》に身を固めたパリスの姿として、あるいは狩人《かりゅうど》のマントを着、磨きあげられた猪槍《ししやり》を携えたアドニスとしてきみを描いてきた。きみは、ずっしりと重たげな蓮《はす》の花を頭にかざし、アドリアンの屋形船《やかたぶね》の舳《へさき》に坐《ざ》して、緑色に濁ったナイル河を見渡し、あるいは、ギリシアの森林の静かな池に身をのりだして、その静まりかえった銀色の水面に映る自分の顔のすばらしさに見惚《みと》れたのだ。そして、こういったものこそ、芸術の真にあるべき姿なのだ、それは無意識的で理想的、かつ超絶的でなければならない。ところがある日、それこそ運命の日だったといまでもときどき思うのだが、その日ぼくはきみのあるがままの姿をすばらしい肖像画に描いてみようと意を決した、死んだ古代の衣裳《いしょう》でなく、現にいま着ている着物をき、現に生きている今のきみを描こうと決心したのだ。はたしてそれは手法としての写実主義であったか、それとも、ぼくの眼前に煙霧もヴェイルもとおさずにじかに姿を現したきみ自身の人間のすばらしさであったかは、ぼくにもわからない。しかし、肖像画を描いているうちに、絵具のどのひとかけらも、どの薄膜も、ぼくの秘密をあらわしているかのように思われてきた。他人に自分の偶像崇拝が感づかれるのではないかとぼくは心配になってきた。ドリアン、ぼくはあまりに多くのことをこの絵に語らせすぎたのではないか、あまりに多くの自分をそれに注ぎこみすぎたのではないかと感じたのだ。この絵はけっして展覧会には出すまいと決心したのはそのときだった。きみはいくぶん当惑していたが、それにしても、この絵がぼくにとってどんなに貴重なものだったか、きみにはまだわかっていなかった。この話を打ち明けられたハリーは、ぼくを笑った。だが、ぼくはなんとも感じなかった。いよいよ絵が完成して、ぼくがひとりきりで絵と並んで坐ったとき、ぼくは自分の考えが間違っていないと感じた――さて、それから数日ののち、問題の絵はぼくのアトリエから姿を消したが、その絵がぼくの眼の前にあることから生じる耐えがたいばかりの魅力から脱するやいなや、以前ぼくがその絵のうちになにかしらを読みとった――きみがずばぬけた美男で、ぼくにそれを描出する力があるということ以外のなにかを認めたと想像したことがばからしく思われてきたのだ。いまでさえ、作品を創造するにあたって感じる情熱が、出来あがった作品のうちに示されると考えるのは、じつはあやまりだという気がしてならない。芸術は、われわれが想像する以上に抽象的なものなのだ。形状と色彩がわれわれに告げるものは、あくまでも形状と色彩だけだ。芸術は芸術家を顕《あらわ》すよりも遙《はる》かに完全に芸術家を隠すものだ、しばしばぼくはそう感じる。こんなわけで、こんどパリから展覧会の申し込みを受けたとき、ぼくはきみの肖像画を出品作品中の中心にしようと決意したのだ。まさかきみがそれを拒むとは思わなかった。いまとなってみれば、きみの言い分こそ尤《もっと》もだとおもう。あの絵はひとには見せられないのだ。ドリアン、どうか、いまぼくが言ったことで気を悪くしないでくれ。前にハリーにも言ったことだが、きみはひとから崇拝されるように生れついた人間なのだ」

ドリアン・グレイは長い息を吸いこんだ。血の気が頬に戻り、微笑が口辺にただよった。危機は去ったのだ。ここ暫《しばら》くのあいだ、かれの身は安全なのだ。と同時に、この尋常ならざる告白を自分にした画家にたいして、ドリアンは限りなき憐《あわれ》みを感ぜぬわけにはいかなかった。そして、自分も一友人の人格にこれほど支配されることがあるだろうかと考えるのだった。ヘンリー卿は非常に危険な人物としての魅力をそなえてはいる。だが、結局はそれだけのことで、かれは、真の好感を寄せるにはあまりに才気ばしり、あまりに皮肉であった。いったい、自分の心に不思議な偶像崇拝の念を満たしてくれるような人物があるだろうか？ それは人生がのちのかれのためにとっておいてあるものの一つなのであろうか？

「ドリアン」とホールウォードが言う――「きみが肖像画のうちにそれを認めたというのは、ぼくには容易ならざることに思われるのだ。ほんとうに見たのかい？」

「うむ、なにかを見た」ドリアンは答えた――「まったく不思議ななにかを見たのだ」

「では、もうぼくがそれを見てもかまわないだろう？」

ドリアンは頭を横に振った。「それだけはねだらないで、バジル。あの絵の前にきみを立たせることは、どうしてもできない」

「いつかは見せてもらえるだろうね？」

「いや、駄目だ」

「そう、多分きみの言うことは正しいかもしれない。では、これで失敬する、ドリアン。きみは、ぼくの芸術に真の影響を及ぼしたたったひとりの人間だ。ぼくがいままでに創《つく》った作品で立派なものがあるとすれば、それはすべてきみのお蔭だ。ああ、ぼくがどんな想《おも》いでさっきの話をきみに打ち明けたか、きみにはわかるまい」

「バジル」ドリアンが言った——「いったい、きみはなにを打ち明けたのだろう？ただ、ぼくをあまり崇拝しすぎたというきみの気持だけではないか？　そんなのはお世辞にもならない」

「お世辞のつもりで言ったのではない。告白だったのだ。すっかり打ち明けたいま、ぼくはなにかが自分からぬけでてしまった気がする。自分が抱《いだ》いている崇拝の念を言葉で表現するのはいけないことなのかもしれない」

「きみの告白には失望したね」

「なぜだ、いったいきみはなにを期待していたのだ、え、ドリアン？　まさかきみは、なにかほかのものをあの絵のなかに見たのではあるまいね？　ほかにはなにも見えなかったのだろうね？」

「うん、なにもなかった。どうしてそんなことを訊《き》くのだ？　だけど、崇拝だなどということをあんまり口にしないほうがいいよ。くだらないことだ。きみとぼくとは友達だ、バジル、そして、いつまでも友達でいなくてはならないのだ」

「きみにはハリーがいる」悲しげに画家が言う。

「うん、ハリーか!」笑いを含んだ声で若者は叫んだ。「ハリーは昼間は信じられそうもないことを言いふらすのに費し、夜は夜でまさかと思うようなことを実行している。ああいう生活をぼくもしてみたいと思うな。でも、いざ苦境に陥ったときには、ハリーのもとに駆けつけたいとは思わない。やっぱり、きみのところにころがりこむだろう、バジル」

「またぼくのモデルになってくれるか?」

「とんでもない!」

「きみはその拒絶で、画家としてのぼくの人生を台なしにするのだ、ドリアン。一生のうちに二度理想のものに巡《めぐ》りあう人間はまずない。たった一度出あう人間だって、そうざらにあるものではない」

「わけは言えないが、ぼくはもう二度ときみのモデルになれない。肖像画というものには、なにかしら運命的なところがある。肖像画にはそれ自身の生命があるのだ。お茶を飲みにぐらいは行こう。それだって結構楽しいじゃないか」

「まあ、きみにはそのほうが楽しいのだろう」いかにも残念そうにホールウォードは呟《つぶや》く。「ともかく失敬する。もういちどあの絵を見せてもらいたかったのだが、残念だ。だが、それもやむをえない。きみの気持もよくわかる」

客が出て行ってしまうと、ドリアン・グレイはひとりで微笑を洩《も》らす。可哀想《かわいそう》なバジル！　かれはほんとうの理由については殆《ほとん》どなにも知らないのだ！　しかも、あの男に迫られて自分の秘密をあかしてしまう代りに、殆ど偶然のきっかけから、相手の秘密を握ることに成功したとは、なんと奇妙なことだろう！　あの不思議な告白によって、どんなに多くのことが自分にわかったことか！　あの画家のたわいない嫉妬《しっと》の発作、熱烈な献身、大袈裟《おおげさ》な称讃《しょうさん》、そして腑《ふ》におちぬ沈黙——すべてこういうものの謎《なぞ》が、いまようやく解けて、ドリアンはかれを気の毒に思った。これほどロマンスの色濃い友情には、なにかしら悲劇的な要素があるようにおもわれるのだった。

ふっと溜息《ためいき》を吐《つ》いてベルを鳴らす。どんな手数をかけても肖像画はひと目の届かぬところに移さなければならない。いまのようにあやうく発見されそうになる危険を、もう二度と冒してはならないのだ。友人がだれでもはいってこられる部屋に、たとえ一時間でもこの絵を置きっぱなしにしたのは、自分ながら正気の沙汰《さた》とは思われなかった。

第十章

はいってきた召使いをドリアンはじっと眺め、この男は衝立《ついたて》の蔭《かげ》を覗《のぞ》いてみようと思ったことがあるだろうかと考えた。召使いはいっこうに無感覚で、ドリアンの指図《さしず》を待っている。ドリアンは巻煙草《まきたばこ》に火を点《つ》け、鏡のところまで歩いて行って覗きこんだ。ヴィクターの顔がはっきり映っている。動揺ひとつ示さぬ奴隷《どれい》の仮面そっくりである。大丈夫、あいつは心配ない。だが、用心するにこしたことはない――こうかれは考えた。

非常にゆっくりとした口調でドリアンはかれに、家政婦を呼んでくるようにいいつけ、さらに、額縁屋《がくぶちや》に行って、店のものをふたりすぐよこすようにと命じた。部屋を出て行く召使いの眼がふと衝立のほうに注がれたような気がしたが、かれの錯覚だろうか？

数分後、黒い絹のドレスを着、古風な糸編みの指なし手袋を皺《しわ》だらけの手にはめたリーフ夫人がせかせかと書斎にはいってきた。かれは夫人に勉強部屋の鍵《かぎ》を出すように言った。

「あの古い勉強部屋ですか、ドリアンさま?」夫人は大声で言う。「それはそれは大層な埃《ほこり》です。あなたがおはいりになる前に、きちんとしないことには。それはもう、御覧になれるような部屋ではありません。ほんとうでございますよ」

「きちんとしてなんかもらいたくないよ、リーフ。鍵さえあればいいのだ」

「よろしゅうございますか、ドリアン様、あの部屋に足を踏みいれようものなら、からだじゅう蜘蛛《くも》の巣だらけになってしまいますよ。大旦那《おおだんな》さまがおなくなりになってから、もうかれこれ五年というもの締めきったままですから」

祖父のことが話に出ると、ドリアンは身がちぢまる想《おも》いだった。祖父にはいやな想い出があるのだ。「そんなこと、どうでもいいよ」とドリアンは答える。「ちょっと部屋の様子を見ておきたいだけだ。いいから鍵をくれ」

「はい、これでございます」危っかしげに顫《ふる》える手つきで鍵束をまさぐりながら老夫人が言った。「これでございます。いますぐ束からはずしますから。でも、まさかあの部屋にお住みになるおつもりではございませんでしょうね――ここならほんとうに居心地がよろしいのですから」

「まさか」とかれは焦《いら》だたしげに叫ぶ。「ありがとう、リーフ。用はそれだけだ」

女はしばらくのあいだ部屋を去らずになにやかやと家事についてしゃべりつづける。

ドリアンは溜息をついて、自分でいいと思ったとおりにとり計らえといいつけた。女は顔じゅうを笑いにほころばせて出て行った。

扉《とびら》が締るとドリアンは鍵をポケットに収め、部屋を見廻した。かれの眼は、どっしりと金糸で刺繍《ししゅう》した大きな紫色の繻子《しゅす》の椅子《いす》覆《おお》いに注がれる。それは祖父がボロニア近くの修道院で見つけた十七世紀後期のヴェニス産の上物だった。そうだ、あれならあの怖《おそろ》しい代物《しろもの》をくるむに丁度いい。おそらくあれは死者の棺を覆うのにたびたび使われたことだろう。こんどは、死の腐敗そのものよりもなお悪性な独自の腐敗を行うものを隠すことになったのだ――多くの恐怖を生み、しかもけっして死滅することのないものを隠すのだ。屍《しかばね》を蛆《うじ》が食い荒すと同様に、画布に描かれたあの似姿をかれの罪業《ざいごう》が食いつぶすのだ。罪業は肖像画の美をむしばみ、その優美さを食い破るのだ。肖像画を穢《けが》れさせ、恥辱のものと化せしめるのだ。しかも、それでもなお当の肖像画は生き続けることだろう。いつまでも生き続けることだろう。

かれの全身はわなわなと顫え、一瞬間、どうして自分はバジルに肖像画を隠したがる真の理由を打ち明けなかったのかと悔んだ。打ち明けていれば、自分がヘンリー卿《きょう》の影響力に抵抗し、さらに、その感化よりもなお害毒の多い、自分自身の気質からくる影響力を排除するために、バジルはおおいに力となってくれたことだろう。バジルが自分にたいして抱《いだ》いている愛情——それこそまぎれなき愛情なのだ——その愛情には、高貴で知的ならざるものは一切含まれていないのだ。バジルの愛は、感覚から生れ、感覚が疲れれば死滅してしまう単に肉体的な美の称讃ではない。ミケランジェロやモンテーニュやヴィンケルマン、さてはシェイクスピアそのひとが知っていたような愛なのだ。そうだ、バジルはこの俺を救うことができたのだ。だが、もはや遅すぎる。過去を無きものにすることはつねに可能だ。後悔、否定あるいは忘却《ぼうきゃく》がそれを行ってくれる。だが、未来はどうしても避けられない。ドリアンのうちには多くの情熱が潜んでいて、それはいつか怖《おそ》るべきはけ口を見つけ、その悪徳の影を現実のものと化せしめるだろう。

かれは長椅子の上から紫と金の大きな織物を取りあげると、それを両手にだいて衝立の蔭にはいって行った。画布の上の顔は前よりもさらに悪相になっただろうか？　どうやら変化はないように見えたが、かれの嫌悪《けんお》の情はより強まっていた。金髪、碧《へき》眼《がん》、薔薇《ばら》のように赤い脣《くちびる》——なにもかも元のままだった。変ったのはただ表情だけだ。表情は残忍さをうかべて身の毛もよだつほどである。この表情のうちにかれが読みとる非難もしくは譴責《けんせき》に較《くら》べれば、シビル・ヴェインのことに関してバジルが発した小言はまたなんと皮相なものであろうか！　なんとバジルの叱責《しっせき》は皮相で、しかもとるに足りぬものであろうか！　まさしくドリアン自身の魂そのものが画布からかれを見詰め、裁きの庭に喚《よ》びよせているのだ。苦痛の表情がかれの顔を覆った。かれはさっと豪華な棺衣を絵にかぶせる。と同時にドアがノックされた。召使いが部屋にはいるのと、かれが衝立の蔭から出たのとは同時だった。

「額縁屋が参りました、旦那さま」

この男を一刻も早く追い払わなくては、とドリアンは思った。肖像画の行先をこいつに知らせてはならぬのだ。やつにはどこか油断ならぬところがあり、思慮ありげな裏切者の眼をしている。書きもの机の前に腰をおろして、ドリアンはヘンリー卿宛《あて》になにか読む物をよこしてくれるようにと頼むと同時に、今夜八時十五分に会うことになっているのを忘れないようにという意味の手紙を走り書きした。

「待っていて、返事をもらってきてくれ」とかれは手紙を手渡しながら言った――「それから、来た連中をここへとおしてくれ」

二三分もするとまたノックの音がして、南オードレイ街の有名な額縁メーカーであるハバード氏自身が、やや武骨な若い助手をひとり連れてはいって来た。ハバード氏は血色のよい、赤い頬髭《ほおひげ》をはやした小柄な男で、その芸術にたいする讃美の念は、かれと取引する芸術家の大部分が抜きさしならぬ貧困者であるという事実によってすくなからず弱められていた。かれは滅多に店のそとに出ることはなかった。客が自分のところへ来るのを待つというのがかれの信条だった。とはいえ、ドリアンは、つねに特別扱いだった。ドリアンのひと柄には、だれもが惹《ひ》かれる魅力があった。ドリアンは、見ているだけでも快い人間であった。

「どんな御用でございましょう、グレイさま」雀斑《そばかす》だらけの肥《ふと》った手をもみながらかれは言った。「わたくし自身参上する光栄を得たいとおもって参った次第です。ちょうど、それは見事な額縁を手にいれましたので、売りに出ていたのを見つけたのですが、古いフロレンス物で、フォントヒルから来たものに間違いないと見当をつけております。宗教的な絵をいれるにお誂《あつら》えむきでございます、グレイさま」

「わざわざ出むいてもらって済まなかったね、ハバードさん。そのうちにきっと店に寄ってその額縁を見せてもらおう——といっても、このところは宗教美術にはあんまり興味がないのだが。ところで今日は、ただ絵を一枚一番上の部屋まで運んでもらおうと思っただけなのだ。割合重い絵なものだから、それできみの店のものをふたりほど借りようと考えたのだ」

「お安い御用でございますとも、グレイさま。どんなことでもお役にたてば嬉《うれ》しく存じます。お話の絵はどれでしょうか？」

「これだ」ドリアンは衝立を押しのけながら答えた。「これをカヴァーもなにもかもそっくりそのままで動かせるかね？　階段を昇る途中で傷をつけられたくないのだ」

「なに、造作ありません」愛想のいい額縁屋はこう言いながら、すぐさま助手の手を藉《か》りて、絵を吊《つる》してある長い真鍮《しんちゆう》の鎖から絵を取りはずしにかかった。「ところで、これをどこに運びこむのでしょうか、グレイさま？」

「ぼくが先に立って案内するから、あとについてきてくれ。いや、それよりもきみたちが先に行ったほうがいいかな。気の毒だが屋根裏まで運んでもらわなくてはなるまい。正面の階段から昇ろう、あのほうが広いからね」

かれはふたりが出られるように扉をあけておさえてやった。そして、三人は玄関の広間に出て、階段を昇りはじめた。額縁が凝っているために、絵がひどくかさばる、そのためドリアンは、紳士がすこしでも実際的なことをするのを嫌《きら》う商人気質《かたぎ》をもったハバード氏が追従《ついしよう》的におよしなさいというのもきかず、ときおり手を出してふたりを助けてやった。

「ちょっとした荷物ですな、旦那様」と一番上の踊り場に着いたとき、小男の額縁屋が息も切れ切れに言い、汗で光る額をふいた。

「だいぶ重いようだな」ドリアンはこう呟《つぶや》きながら、今後かれの一生の秘密をしまいこみ、世人の眼からかれの魂を隠すことになる部屋の扉を鍵《かぎ》であけるのだった。

ここ四年以上というもの、かれはこの部屋に足を踏みいれたことがなかった――まず子供の時分に遊び部屋として使い、やや成長してからは勉強部屋として利用していた頃以来、いちどもはいったことのない場所だった。大きな、均勢のよくとれた部屋で、ケルソー卿を名のった最後の人物が、ちいさな孫のドリアン用にと特に造らせたものだった。孫が不思議なくらい母親に似ていたことや、そのほか種々の理由から、かれはいつも孫を毛嫌いし、身辺から離れた場所に置きたがったのだ。部屋は以前とは殆ど変っていないようにドリアンには思われた。空想をほしいままにして彩色された鏡板と、すでに光沢を失った金箔《きんぱく》つきの刳《く》り形《がた》とをもった大きなイタリア製の金櫃《かねびつ》がまだあったが、それは子供の頃ドリアンがなかに身を沈めて隠れた品物だった。頁《ページ》の角の折れたかれの教科書がぎっしり詰った繻子《しゆす》木《ぼく》造りの本箱もある。そのうしろの壁には、ぼろぼろのフランドル産の綴織《タペストリー》が昔のままかかっている。その模様は、すでに色褪《いろあ》せた王と妃《きさき》が庭でチェスに興じている傍《そば》を、馬に跨《またが》った鷹匠《たかじよう》の一隊が、籠《こ》手《て》をはめた手頸《てくび》に頭巾《ずきん》をかぶせた鷹をのせて通りすぎてゆく図であった。かれはこれを細大洩《もら》さず記憶していた。部屋を見廻すかれの心に、孤独だった少年時代の一瞬一瞬が甦《よみがえ》ってくる。自分の幼少の頃の生活の一点の曇りもない純真さが思いだされるにつけても、あの不吉な肖像画を隠すのがほかならぬこの部屋であることを怖しく感じるのだった。もう二度と還《かえ》らぬあの頃、自分の前途を待ちうける運命について、考えたことが、いったいどれほどあっただろうか！

しかし、この家のなかには、この部屋ほど穿鑿《せんさく》ずきのひと眼を避けるに適した場所はないのだ。鍵はかれが肌身離さず持っており、他人はだれひとりはいることができない。紫色の棺衣の内側で、画布に描かれた顔は次第に非情さを増し、ふやけ、そして穢《けが》れてゆくことができるのだ。それがどうしたというのだ？　だれも見ることはできぬはずだ。かれ自身だって見ることはないだろう。自分の魂が腐ってゆく怖しいさまを見守らねばならぬという理由がどこにある。自分はいつまでも若さを保つ――それだけで十分ではないか。それに、ことによったら、結局は自分の性質がもっと立派なものにならないともかぎらぬではないか？　前途にはただ恥辱あるのみときまっているわけでもあるまい。永い一生のうちには、かれがどんな愛にめぐりあわぬともかぎらぬし、その愛によってかれが浄化され、現在すでにかれの霊と肉のなかにうごめきはじめているらしい罪悪のかずかず――まさしくその神秘さによって精妙な味と魅力とが生じる得体の知れぬ罪悪――から守られることになるかもしれぬ。いつの日か、あの残忍な表情が感性に富んだ真紅の口辺から消えうせ、晴れて天下にバジル・ホールウォード一生の傑作を公開することができるようになるかもしれぬ。いや、そんなことはありえない。刻一刻、一週間また一週間と画布の上の似姿は老《ふ》けてゆくのだ。たとえ罪悪ゆえの醜悪さは避けることができようとも、年齢が齎《もたら》す醜悪さは厳然と控えているのだ。頬はくぼみ、たるんでくるだろう。黄色い小皺《こじわ》が、次第に輝きの衰える眼のまわりにいつとはなしに忍び寄り、眼は見るからに怖しい様相を呈するだろう。頭髪も光沢を失い、口は薄馬鹿《うすばか》のように半びらきとなり、だらりと脣がたれさがり、ありきたりの老人の口と同じ恰好《かっこう》になることだろう。咽喉《のど》には皺が寄り、手は冷えきって青い静脈が見え、胴はねじくれるであろう。幼年時代、かれにひどく厳格だった祖父がそうだったのをよく憶《おぼ》えている。なんとしても、あの絵は隠されねばならぬ。どうにも仕様がないのだ。

「部屋のなかにいれてください、ハバードさん」ドリアンは振り向きざま懶《ものう》げに言った。「永く待たせて悪かった。ちょっとほかのことを考えていたものだから」

「息ぬきのできるのはいつでもありがたいことです、グレイさま」と、まだ息の途切れがちな額縁屋は答えた。「どこに置きましょうか？」

「そうだな、どこでもいい。ここでいいだろう。壁に掛けなくてもいい。そこの壁に立てかけておいてもらえば結構だ。ああ、ありがとう」

「この絵を拝見できましょうか？」

ドリアンははっとした。「きみの興味を惹《ひ》くような代物《しろもの》じゃないよ、ハバードさん」とかれは相手にじっと眼を注ぎながら言った。もしハバードが、自分の一生の秘密を覆い隠している豪華な掛布をめくりあげようとしたら、すぐさま躍《おど》りかかって床の上に組み伏せてしまおうとドリアンは身構えた。「もうこれ以上手数をかける用はないよ。わざわざ出むいてくれて、ほんとうにありがとう」

「いやいや、どう致《いた》しまして、グレイさま。いつでもどんな御用命にも応じます」こう言って、ハバード氏は重たげな足どりで階段をおりて行った。あとをついてゆく助手は、きめの荒い不器量な顔に内気そうな讃嘆《さんたん》の表情を泛《うか》べながらドリアンのほうを振り返って見た。これほどすばらしい人物をかれはいまだかつて見たことがなかったのである。

ふたりの足音が遠ざかって消えてしまうと、ドリアンは扉に錠をさし、鍵をポケットに収めた。もうこれでひと安心だ。あの怖るべき代物を眼にするものはもうだれもいないのだ。自分以外には、自分のあの恥辱を見る眼はどこにもないのだ。

書斎に着いてみると、ちょうど五時を廻ったところで、すでに茶が運んであった。一面に青貝をちりばめた黒い香木の小卓――これはドリアンの後見人の妻ラッドリー夫人からの贈り物だ。この女は病気を職業としている美人で、この冬をカイロですごしたのだ。さて、その小卓の上にはヘンリー卿《きょう》からの手紙がのっており、その脇《わき》には、幾分カヴァーが破れ、縁がよごれた黄色い紙で装幀《そうてい》された一冊の本が置いてある。茶盆の上にはセント・ジェイムズ紙の第三版がのっている。ヴィクターが帰宅したことはあきらかだった。はたしてヴィクターは家を出ようとする額縁屋の連中と玄関のところで出会い、いったいなにをしていたのかを訊《き》きただしはしなかったろうかと、ドリアンは気になった。ヴィクターはきっと絵がなくなったことに気づくだろう――いや、すでに茶器を置きに来たときにそれに気づいたに相違ない。衝立《ついたて》は元の場所に戻してないし、さっきまで絵がかかっていた壁ががらんとむきだしになっているのは一目瞭然《りようぜん》だった。ことによったら、いつかの晩、ドリアンはヴィクターが忍び足で階段を昇ってゆき、あの部屋の扉をこじあけようとしているのを見つけることになるかもしれない。自分の家にスパイがいるのは怖《おそろ》しいことではないか。こっそり手紙を読んだり、会話を盗み聴きしたり、住所つきの名刺を拾ったり、さては、枕《まくら》の下からしなびた一輪の花とか、もみくしゃになったレースの一片を見つけて来たりした召使いのため、一生、強請《ゆす》られとおした富豪があるそうだ。

かれはひとつ溜息《ためいき》をつき、まず茶をついでからヘンリー卿の手紙をあけた。内容は、夕刊とドリアンの気にいりそうな本を届ける、八時十五分にはクラブに行く、という旨《むね》だけであった。かれはセント・ジェイムズ紙を気乗り薄そうに開いて、ざっと眼をとおす。と、第五頁の一角に赤鉛筆の印のついた箇所があるのが眼にとまった。その印はつぎの記事に注意を向けるためのものだった。

「女優の死体検視行わる——今朝ホクストン通りのベル・タヴァーンで、同警察区の検屍官《けんしかん》ダンビー氏による女優シビル・ヴェインの死体検視が行われた。かの女は最近ホルボーンのロイヤル劇場に出演中だった若手の女優である。結果は事故死と判断された。故人の母親に対してはすくなからぬ同情が示された。かの女は、みずから証言したときにも、また故人の死体解剖を行ったビレル博士の証言中にも、非常に興奮していた」

ドリアンは顔を顰《しか》め、新聞をふたつに引き裂くと、部屋を横切って行ってそれを投げ棄《す》てた。まったく醜悪だ！　そして、醜悪さのために、ものごとがじつに怖《おそ》るべき現実味を帯びるではないか！　かれはこの記事を届けてよこしたヘンリー卿にたいしていささか腹がたった。しかも、赤鉛筆で印までつけておくとは馬鹿馬鹿しいにもほどがある。ヴィクターに読まれてしまったかもしれぬではないか？　それくらいの英語の知識はかれも十分もっている。

　ヴィクターはきっとあれを読んだにちがいない、そして、これはなにかあるぞと疑いをもちはじめていることだろう。だが、それがどうしたというのだ。ドリアン・グレイとシビル・ヴェインの死とどんな関係があるというのだ？　心配するには及ばない。ドリアン・グレイがこの女を殺したわけではあるまい。

　かれの眼はヘンリー卿がよこした黄色い本の上にとまった。なんの本かな、とかれは考えながら、真珠色の八角形の小卓に近寄った。この小卓を見るたびに、いつもかれは、これはエジプトあたりの蜜蜂《みつばち》の珍種が造る銀色の巣のようだと思うのだった。さて、この小卓から本をとりあげると、かれは肘掛椅子《ひじかけいす》にふかぶかと身を沈ませ、頁《ページ》をめくりはじめた。数分もするとかれはすっかり本に惹《ひ》きこまれていた。これほど不思議な本は読んだことがなかった。あたかも、世のあらゆる罪悪が、精妙な衣をまとい、妙《たえ》なるフリュートの音につれてかれの眼前を黙劇のように通りすぎてゆくような気持だった。いままではぼんやりとした夢にすぎなかったものが、突如として現実と化したのである。夢想だにしなかったことさえも、やがて徐々にその姿を現すのだった。

それはこれといった筋のない小説で、登場人物はただひとりであった。要するに、あるパリの青年の心理学的研究書といったところだ。この青年は一生を費して、ほかならぬ十九世紀のさなかにあって、十九世紀以外のあらゆる世紀に属する情念と思想形態とをひとつ残らず実現し、いわば、世界精神が経過してきた多種多様な気分を自己の体験において総括しようと試みる。それも、ひとが愚かにも美徳と呼んでいる克己自制を、また、賢人がいまなお罪と呼んでいるところの本能的な背徳をも、単にその技巧的な美の故《ゆえ》に愛しようというのだ。この小説の文体は不思議な珠玉のごとき文体で、なまなましい実感と曖昧《あいまい》さとをあわせもち、隠語や古代のいいまわし、専門用語や念いりな釈義《パラフレイズ》がふんだんに見られた。フランス象徴派の秀《すぐ》れた芸術家の作品には、こういう特色をもったものがすくなくない。また、蘭《らん》を思わせるような怪奇で隠微な色彩を帯びた隠喩《いんゆ》がいくつも含まれていた。感覚の生活が神秘哲学の用語で描写されているのである。これを読むものはだれしも、いったいこれは中世期の聖者の霊的恍惚境《こうこつきょう》を書いたものなのか、それとも、現代に生きる罪びとの病的きわまりない告白の書なのかと思いまどわざるをえぬであろう。なにはともあれ有害な書物であった。あたかも香の強烈な匂《にお》いがこの本の頁にまつわりつき、頭脳を濁らせているかのようだった。精妙に行われる複雑な繰り返しや展開を多く伴った文章の語調、その音楽の精緻《せいち》な単調さといったものだけでも、章から章へと読み進むドリアンの心のなかには、はや一種の幻想、夢想の疾病《しっぺい》が生れるのだった。こうして夢心地のうちにさまようドリアンは、日が暮れかけて、あたりには夜の影が忍び寄っているのにも気づかなかった。

一点の雲もなく、星がただひとつ燦然《さんぜん》ときらめいている青銅色の空が、窓からほのかな光を投げかける。かれはそのうすあかりを頼りに、これ以上はどうしても読めないというときまで読み続けた。もう遅い事を何度も召使いに注意されてから、かれは漸《よう》く立ちあがり、隣りの部屋にはいり、いつもベッドの脇に立っているちいさなフロレンス製の卓上に本を置き、晩餐《ばんさん》のための着替えをした。

クラブに着かぬうちに時刻ははや九時になろうとしていた。クラブでは、ヘンリー卿がただひとりで、いかにも退屈しきった様子で控えの間に坐《すわ》っていた。

「お待たせしてすみません」とドリアンは言った――「でも、ほんとのところ、これもあなたがいけないのです。届けてくださった本にあんまり夢中になったので、つい時間のたつのも忘れてしまったのです」

「そうだろうね――あの本はきみの気にいるだろうと思っていたよ」と今夜の主人役である卿は椅子から立ちあがりながら答えた。

「ぼくは気にいったとは言いませんよ。夢中になったとは言ったけれど。たいへんな違いですよ、これは」

「ほう、どうやらそれに気がついたね?」とヘンリー卿は呟《つぶや》くように言う。ふたりはすぐ食堂にはいっていった。

第十一章

それから数年というもの、ドリアン・グレイはこの本の影響から脱することができなかった。いや、より正確にいえば、かれはその影響を脱しようとは努めなかったのだ。かれはパリから大型の初版本を九冊も取り寄せ、それぞれ違った色のカヴァーをつけさせた。どうかすると殆《ほとん》ど自制が不可能となったかとも思われる自分の多様な気分や、天性の移ろいやすい空想に、その時々に合致させようとしたのだ。ロマン主義的な性情と科学的な気質とが不思議にまじりあったこの驚嘆すべき主人公のパリの青年は、ドリアンにとって、いわばかれ自身の前身ともいうべきものとなった。いや、この本全体が、かれが生れる前に書かれたかれ自身の伝記であるかのようにさえ思われたのだ。

ある点では、この小説の現実ばなれのした主人公よりもかれのほうが幸運だった。かれは、このパリの青年の生涯のごく早い時期に現れた鏡や磨《みが》きあげられた金属の表面や静止した水面にたいするあるグロテスクな恐怖をすこしも知らなかった――知らねばならぬ理由はなにひとつなかった。この恐怖は、かつては非常に際《きわ》だっていた美《び》貌《ぼう》が突如衰えはじめたことに起因していたのだ。かれはこの本の後半を、殆ど残酷なまでの歓《よろこ》びをもって読んだ――快楽にはかならず残酷さがまじっているように、おそらく、いかなる歓喜にも残酷さが含まれているにちがいない。後半は、他人や世間の持っているもののなかでもっとも価値あるものだと考えていた当のものを、自分が失ってしまった人間の悲痛と絶望とが、やや誇張されてはいるが真に悲劇的な筆致で描かれているのだった。

かれのほうが幸運だというわけは、バジル・ホールウォードをはじめとして、多くのひとびとを魅了したかれのすばらしい美貌は、どうやら永久にかれから消えさることがないように思われるからだった。かれの評判を貶《おと》すようなひどい悪口を耳にしたひとでさえ――じじつ、かれの生活ぶりについての奇妙な噂《うわさ》がロンドン社交界のひとびとの口から口へと秘《ひそ》かに伝わり、クラブの話題となったことがすくなくなかった――こういう噂を聞いたひとでさえ、ひと眼本人の姿を見れば、かれの名誉を傷つけるようなことはなにひとつ信じることができなかった。かれにはつねに、世の悪風に染まぬようみずからを浄《きよ》く保っている人間の風貌があった。野卑な話に耽《ふけ》っているものたちも、ドリアン・グレイが部屋にはいってくれば、ぴたりと話をやめた。かれの純真無垢《むく》な顔つきには、なにかしら、こういった連中にたいする暗黙の非難が含まれているのだ。ただかれが傍《そば》にいるというだけで、ひとびとの心中には、みずから穢《けが》しさった純情の記憶が甦《よみがえ》るのだった。ドリアンほどの魅力と優美さとをもった青年が、汚辱と官能の時代にあって、すこしもその悪風に染らずにいることが、かれらには不思議でならなかった。

かれの友人、というより勝手に友人だときめこんでいる連中のあいだに、妙な取沙汰《ざた》の種を提供する謎《なぞ》めいた長期間の雲隠れから帰宅するとすぐ、ドリアンはしばしば例の鍵《かぎ》の固くかかった部屋にひそかに赴《おもむ》いて、肌身離さず持っている鍵で扉をあけ、バジル・ホールウォードが描いた肖像画の前に、鏡を片手に立ち、画布上の次第に老いこんでゆく悪相と、磨きあげられた鏡から自分に笑い返している美青年の顔とを交互に見くらべるのだった。両者の際だった対比は、かれの快感をそそった。かれはますますおのれの美貌に惚《ほ》れこみ、同時に、ますますおのれの魂の堕落に興味を覚えるようになった。皺《しわ》の寄った額に焼印のごとく現れ、厚ぼったい官能的な口辺にただよう醜悪な筋を、かれは眼を皿のようにして、ときにはグロテスクな歓喜をさえ感じつつ眺めては、いったい罪の徴候と忍びよる年波と、そのどちらがより怖しいのだろうかと考えた。そして、きめの荒いむくんだ肖像画の手の横に自分の白い手を置いて、にやりと笑うのだった。かれは絵の畸形《きけい》なからだつきと、力を失ってゆく手足に嘲笑《ちょうしょう》を浴せた。

なんともいえぬ香気のただよう自室や、偽名や変装を使ってよく出かけていった港附近のいかがわしい酒場のうすぎたない一室で、夜、睡《ねむ》りもやらず身を横たえているようなとき、ふとかれは、みずから招来した魂の破滅について考えることがあった。それにつけても感じる憐憫《れんびん》の情は、それがまったく利己的な憐《あわれ》みであるという理由によってますます痛切なものとなった。しかし、こうした瞬間は稀《まれ》にしかなかった。ヘンリー卿《きょう》によってはじめて眼を醒《さ》まされたかれの人生にたいする好奇心は、満足すればするほど、ますます強くなってゆくようにおもわれた。知識が豊富になればなるほど、知識欲はますます旺盛《おうせい》となった。餌《えさ》を与えるにつれて、いよいよ貪欲《どんよく》さを増す空腹であった。

それでも、かれはけっして無鉄砲ではなかった——すくなくとも対社会的には向う見ずな真似《まね》はしなかった。冬のあいだは月に一度か二度、社交シーズンの続いているうちは毎水曜日、かれは美しい自宅を世間のひとに開放し、当代きっての名音楽家を呼んで、そのすばらしい妙技で客を恍惚境《こうこつきょう》へと誘った。かれが主催する少人数の晩餐《ばんさん》会《かい》――そのとりきめはいつもヘンリー卿が手伝ってくれたのだが――それは、招待客の選択と席の位置どりに注意がゆき届いているのをはじめ、テーブルの飾りつけに示されたこまやかな趣味のよさなどで、ひとびとのあいだに定評があった。テーブルの飾りつけを例にとれば、微妙な調和で活《い》けられた異国種の花、刺繍《ししゅう》つきのクロス、古風な金器や銀器といったものだった。それればかりか、多くのひとびとは、ことに青年は、自分たちがイートンやオックスフォードの学生時代に夢みていたタイプの具象化をドリアン・グレイそのひとのうちに見た、いや、見たと思った。それは、学者のもつ真の教養と、一般人としての優美と卓越と完璧《かんぺき》な礼儀とを兼ねそなえたタイプだった。かれこそ、ダンテのいう「美への崇拝によって自己を完璧たらしめる」べく努めた人間のひとりであると、かれらには思われた。ゴーチエと同様、かれもまた、「可視的な世界が実在している」人間なのだ。

そして、かれにとっては人生こそあらゆる芸術のなかで第一のものであり、もっとも偉大なものだった。すべての芸術は、ただこの人生という最高の芸術にたいする予備行為でしかないように思われた。まったく荒唐無稽《こうとうむけい》なものが、寸時のあいだ世界を風靡《ふうび》するようになる流行と、美のまぎれもない現代性をそれなりの方法によって主張しようと試みるダンディズムとは、いうまでもなくかれの心を捉《とら》えていた。かれの身なりや、しばしばかれが好んで用いた特殊なきどったスタイルは、メイフェアの舞踏会やペル・メル・クラブの窓辺《まどべ》に現れる洒落気《しゃれっけ》の多い青年に、すくなからぬ影響を与えていた。かれらは、ドリアンの一挙一動を模倣し、かれ自身にしてみればちょっとしたおしゃれにすぎないのだが、その趣味のよさが偶然醸《かも》しだす魅力をなんとか真似ようと苦心するのだった。

というわけは、もちろんかれは成年となると同時に自分に与えられた地位を受けいれるのに躊躇《ちゅうちょ》しなかったし、じじつ、自分こそ、帝政ローマのネロ時代に出た「サテイリコン」の作者の現代版となるかもしれぬと考え、なんともいえぬ快感を覚えもしたが、心の奥底ではやはり、単なる「趣味の判定家」となって、宝石のつけかた、ネクタイの結びかた、ステッキのつきかたに関する指南役となるだけでは満足できなかった。どうしてもかれは、合理的な哲学と整然たる原理とをもった新人生観を創《つく》りあげ、感覚の霊化という点にその人生観のもっとも高い実現目標を見いだそうと努めずにはいられなかったのだ。

感覚崇拝はしばしば非難を浴せられてきた、その非難にはかなり正当なところもあった。というのも、人間がおのれ自身よりも力の強いと思われる情念や感覚、人間よりも低級な有機体に見うけられる情念や感覚に恐怖を感じる自然本能をもっているからにほかならない。しかし、ドリアン・グレイからみれば、感覚の正しい姿が理解されたことはいまだかつてなく、感覚はいつまでも未開で動物的なままの姿をとどめているとしか思われなかった。感覚が依然として未開であるのも、元をただせば、世の人間がそれを、繊細な美的本能を主調とする新しき精神主義の要素と化することに目標を置く代りに、かえってそれを苦痛によって飢えさせて、人間に隷属《れいぞく》させ、完全に抹殺《まっさつ》してしまったからだ。人類の歴史をふり返って見るにつけ、かれは容易ならぬ損失感に襲われるのだった。あまりにも多くのものが放棄された！——しかも、それは殆ど無意味な否定だ！　その代りに、恐怖ゆえの狂気染《じ》みた気ままな拒絶や、見るに耐えぬ自己虐待《ぎゃくたい》と自己否定とが行われ、その結果はといえば、人間が無智《むち》であるために逃《のが》れようともがいた空想にすぎぬ頽廃《たいはい》よりも遥《はる》かに怖《おそろ》しい頽廃が待ちうけていたのだ。「自然」が中世の隠遁者《いんとんしゃ》を沙漠《さばく》に駆りやって、野獣どもと一緒に餌を漁《あさ》らせ、野獣を友として生活するようにしむけたのは、なんとすばらしい自然の皮肉であろう！

そうだ、まさしくヘンリー卿が預言《よげん》したごとく、生命の再創造を行い、奇妙にも現代において復活しつつある、かの厳格一点張りのやぼな清教主義から生命を救う新へドニズムが誕生しなければならぬ。新へドニズムは、もちろん知性にも仕えねばならぬが、だからといって、情念の体験をいささかなりとも犠牲にするごとき説や体系を受けいれてはならない。新へドニズムの目的は、まさしく体験そのものになることを措《お》いてほかになく、苦かろうが甘かろうが、体験の結果は問題ではないのだ。感覚を鈍麻させる禁欲主義などは、やはり感覚を麻痺《まひ》させる俗悪な放蕩《ほうとう》と同様、この新へドニズムの関知するところではない。それ自体がすでにひとつの瞬間であるこの人生、そのうちに去来する瞬間瞬間に自己を集中させることを新へドニズムは教えるのだ。

思わず死を願わずにはいられぬような夢のない一夜、あるいは恐怖とゆがんだ歓喜とに満たされた一夜をすごして、夜明け前に眼醒《めざ》めたという経験をもたぬものはすくないであろう。それは、頭脳の密室のなかを、現実そのものよりも怖しい亡霊と、グロテスクなるものすべてに潜んでゴシック芸術に永遠の活力を与えるあの旺盛《おうせい》な生命力をもつ本能とが駆けめぐる夜である。ゴシック芸術こそ、夢想の疾病に悩まされた心をもつ人間の芸術であるといえよう。やがて、次第次第に白い指がカーテンのあいだから忍びいり、それは顫《ふる》えおののいているかのように見える。無言の影は、黒々とした夢幻的な形となって部屋の片隅《かたすみ》にそっと退きうずくまる。窓の外には、鳥が樹の葉のあいだをかさこそと飛びかう音、職場に出かける勤め人の足音、丘から吹きおろし、静まりかえった家のまわりを、眠っている人間をおこすのは気がひけるが紫色の洞窟《どうくつ》から睡りを呼びださずにはいられないといった様子で、なんども往《い》ったり来たりする風の溜息《ためいき》と啜《すす》り泣きが聞える。ほの暗いヴェールが一枚また一枚とはがされ、徐々に事物の形と色あいがうかびあがり、われわれは、暁によって世界が昔そのままの型に創りあげられてゆくのをまんじりともせず見守る。ほのあかるい鏡がその模倣の生命を取り戻す。焔《ほのお》の消えた蠟燭《ろうそく》は、昨夜と同じ場所に立ち、かたわらには、自分が勉強していた読みかけの本や、舞踏会で胸につけていたピンつきの花や、読むのが怖しくてそのままにしてある手紙、あるいは何度も何度も繰り返し読んだ手紙が置いてある。なにひとつ変ってはいないようだ。夢のような夜の黒影のなかから、馴染《なじみ》深い現実の世界がふたたびうかびあがってくる。いったん中絶した生活を、ふたたびわれわれはその中絶したところからはじめなければならぬのだ——そう思うと、きまりきった習慣のいつも変らぬ冗漫な繰り返しのなかで、今日もまた活動を続けねばならぬのかという烈《はげ》しい嫌忌《けんき》の念が全身を襲ってくる。時としては、朝眼を醒ましてみると、一夜の暗黒のうちに世界が人間の気にいるようにすっかり面目をあらたにし、事物という事物が清新な形状と色彩を帯びて様相を一変し、以前とは異なった秘密を宿し、さらに、過去もまったく存在をやめる、すくなくとも義務感とか後悔といった意識的な形においてはもはや存在しない――喜びの記憶でさえ悲痛が伴い、快楽の思い出にも苦痛がつきまとうものだ――そういった新世界が自分を迎えくれることを狂おしいばかりの憧憬《どうけい》をもって期待することもあろう。

ドリアンにとって、こういう新世界の創造こそ、人生の真の目的――すくなくとも真の目的のひとつ――だと思われるのだった。こうしてかれは、清新にして快適、かつロマンスに不可欠な神秘の要素をもつ感覚を捜し求めるおりに、しばしば、自分の本性とは縁もゆかりもないとわかっている思想をみずから採用し、その精妙な影響に心を委《ゆだ》ね、いわばその色香を吸収し、おのれの知的好奇心を満足させてしまうと、さっさとそれを棄《す》てるのだった。そのときの不思議な冷淡さは、けっして真に熱情的な気質と相容《あいい》れぬものでないどころか、現代心理学のある一派の説に従えば、まさしくその熱情の条件にほかならぬことがすくなくないということである。

ドリアンがローマ・カソリック教会にはいろうとしているという噂《うわさ》がひろまったことがある、たしかにカソリックの儀式はかれにとって大きな魅力であった。古代世界の犠牲の儀式よりもさらに凄絶《せいぜつ》なカソリックの連日の犠牲の祭式は、その諸要素の原始的な単純さと、その象徴しようとする人間悲劇の永遠なる悲哀感によってのみならず、感覚的なるものを一切否定するときの壮麗さによってもまた、かれの心を烈しく感動させたのだった。ドリアンは、敷きつめられた冷たい大理石に膝《ひざ》まずいて、花模様のあるごわごわした僧衣をまとった司祭が、白い手でゆっくりと聖龕《せいがん》の帷《とばり》を開いたり、ひとびとにあれこそ「パニス・ケレスティス」——天使のパン——だとおもわせるつやのない聖餅《せいばつ》をいれたランプ型の宝石をちりばめた聖体顕示台を高々とさしあげたり、クリスト受難の衣を身につけて、聖餅《せいべい》を割っては杯のなかにいれたり、おのれの罪ゆえに烈しく胸を叩《たた》いたりする有様をじっと見守るのが楽しみだった。レースと緋《ひ》の衣を着けた厳粛な面持の少年たちが、あたかも大きな金の花のように高々と振りまわす、ゆらゆらと香煙の立ち昇る香炉にも、いうにいわれぬ魅力があった。外へ出る途中、かれはよく驚異の念をもって黒い懺《ざん》悔《げ》室《しつ》を見やっては、自分もあの薄暗い部屋のなかに坐《すわ》って、男や女たちが自分の偽らざる生活の告白を磨《す》りへらされた格子《こうし》ごしに囁《ささや》くのを聴いてみたいものだと思うのだった。

とはいえ、ドリアンはけっして、信条とか体系といったものを正式に承認することによって自分の知性の発達を停止させたり、ほんの一夜の逗留《とうりゅう》や、星影ひとつなく、新月もまだ陣痛のさなかにあるといった夜の数時間をすごすにしか適しない宿を、自分の定住の家と間違えたりするあやまちには陥らなかった。日常茶飯事《さはんじ》を神秘と化する不思議な力をもった神秘主義と、つねにそれにつきそうかと思われる微妙な反道徳主義とは、ある一時期のあいだかれの心に感銘を与えはした、が、他の時期にはドイツにおけるダーウィン主義運動の唯物論《ゆいぶつろん》的な学説にも傾き、人間の思考や情念の発源点を脳髄の真珠のごとき細胞や身体の白色の神経に見いだすことに特別の快感を覚え、病的にせよ健康にせよ、あるいは正常たると害《そこな》われたるとを問わず、ある肉体条件によってのみ精神の活動が左右されているのだとする概念に喜びを感じるのだった。とはいえ、すでに述べたとおり、いかなる人生論といえども、かれにとって、人生そのものと較《くら》べれば、なんらの価値もなく思われた。行動と実験とから切り離されたならば、どんな知的思索もいかに無味乾燥なものと化するかということを、かれは痛切に感じていたのだ。魂のみならず、感覚にもまた啓示せらるべき霊的な神秘が宿っていることを、かれは知っていたのだ。

こうしてかれは、香水とその製法の秘密を研究しようと、強烈な香りの油を蒸溜《じょうりゅう》したり、東洋産の匂《にお》いの強いゴムを焼いたりした。いかなる精神的気分も、かならずその対応物を官能の生活のうちにもっていることを見てとったかれは、両者間の真の関係を発見すべく研究に着手したが、その際かれが疑問に思ったのは、いったい乳香に含まれたどんな成分が人間を神秘家たらしめるのか、人間の欲情をかきたてる竜涎香《りゅうぜんこう》の成分はなにか、過去のロマンスの記憶を喚《よ》び醒す菫《すみれ》にはなにが含まれているのか、麝香《じゃこう》が頭脳を濁らせるのはなぜか、想像力を穢《けが》すシャムパクの正体はなにかといった問題だった。かれがしばしば目標としたことは、真の香心理学を創《つく》りあげ、甘美な匂いを発する樹の根や、花粉をいただいた香りの強い花や、芳香性の樹脂《パーム》、黒ずんだ香木、胸をむかつかせる甘松香、狂気を起させるホヴェニアの樹、魂の憂愁を吹きとばすことができると噂されているろかい——すべてこういったものの影響力を評価することだった。

　またあるときは、かれはすべてをあげて音楽にうちこみ、朱と金で彩色された天井とオリーヴ色の漆で塗った壁のある、格子造りの細長い部屋のなかで、奇妙な音楽会を開いたものだった。熱狂したジプシーがちいさなチターから荒々しい音楽を叩きだしたり、黄色いショールをつけたチュニス人が、いとも厳粛な様子でばかでかい琵琶《びわ》の張りつめた絃《げん》を掻《か》きならしているかとおもえば、いっぽうでは歯をむきだして笑っているニグロが単調なリズムで銅鼓を叩いており、真紅の敷物の上には、ターバンを頭に巻いた痩身《そうしん》のインド人があぐらをかいて、細長い蘆笛《あしぶえ》か真鍮《しんちゅう》の笛を吹きならし、大きな頭巾《ずきん》のような鎌首《かまくび》のある蛇《へび》や、角をもった怖しい蝮《まむし》を自由に操《あやつ》っている——いや、操っているごとくよそおうのだった。シューベルトの優雅さ、ショパンの甘美な悲哀、そしてベートーヴェンの力強い和音すら、かれの耳を素どおりしてしまうようなとき、野蛮な音楽の耳をつんざく音程や甲高《かんだか》い不協和音に、かれはかえって感動を覚えたのである。かれは世界各地から、滅亡した国家の墓地や、西洋文明との接触に耐えていまだに命脈を保っている数すくない蛮族のあいだで発見された奇妙このうえもない楽器をとり寄せ、好んでそれに手を触れては鳴らしてみるのだった。たとえばジュルパリスというリオ・ネグロ・インディアンの楽器をもっていた、それは女人が見てはならぬものとされ、青年でさえも断食《だんじき》を行い、鞭《むち》で打たれるまでは見てならぬという代物《しろもの》だった。そのほかにも、鳥の鳴声のような鋭い音を発するペルー人の焼物の壺《つぼ》や、アルフォンソ・ド・オヴァルがチリーで聞いたと同じ人骨の笛や、一種独特の甘美なしらべを奏《かな》でる響のいい緑色の碧玉《へきぎょく》――これはクースコ附近でとれるのだが――こういったものをもっている、さらに、振るとからころと鳴る、小石のいっぱい詰った彩色された胡蘆《ころ》、息を吹きこむ代りに吸って音をだすメキシコの細長いクラリン、一日中高い樹の上にいる見張りがこれを鳴らし、九哩《マイル》むこうまで届くというアマゾン族の耳をつんざくようなテュール、植物の乳状の液から採る弾力に富むゴムを塗った撥《ばち》で叩き鳴らす、木製の震動舌が二枚ついたテポナック、葡萄《ぶどう》のように房状につるされたアズテック人のヨットル鈴、大蛇の皮が張ってある巨大な円筒形の太鼓――これはバーナル・ディアズがコルテスと共にメキシコの寺院にはいったときに見たのと同じもので、そのもの悲しげな音色については、ディアズの真に迫った描写が残っている——などをもっていた。これらの楽器の珍奇な性格にドリアンはすっかり心を魅せられ、自然のみならず、芸術にもまた獣的な形状と醜怪な声音《こわね》をもった怪物があるのだという考えに、一種異様な喜びを感じるのだった。ところが、暫《しばら》くするうちに、かれはそれにも倦《あ》き、ときにはひとりで、場合によってはハリーと連れだってオペラ座の自分専用の桟敷《さじき》に坐り、「タンホイザー」の楽曲に恍惚《こうこつ》とした耳を傾けては、この大芸術作品の序曲のうちに、自分自身の魂の悲劇が表現されているのだと感じるのだった。

かとおもえば、あるときは宝石の研究に手を染め、仮装舞踏会に、五百六十箇もの真珠をちりばめた衣裳《いしょう》に身を包んで、フランスの提督アンヌ・ド・ジョアイユーズとして出場したこともあった。宝石の趣味は何年ものあいだかれをとりこにしていた——というより、一生のあいだかれを離れたことがなかった。かれはよくまる一日を費して、自分が蒐集《しゅうしゅう》したさまざまの宝石をケースに収めたり、やり直したりしたものだが、そのなかには、ランプの光にあてると赤色に変るオリーヴ色の金緑玉とか、針金のような細い銀筋のとおったサイモフェインだとか、ふすたしゅうの実のような色をした橄欖石《かんらんせき》、薔薇色《ばらいろ》や鮮黄色の黄玉、ぴかぴかと四筋の光を放つ星をもった、焔のように紅《あか》い紅玉、まっ赤な肉桂石《にっけい》、オレンジと菫《すみれ》に彩《いろど》られた鋼玉、ルビーとサファイアの層が交互に積みかさなっている紫水晶といった宝石があった。日長石の銅金色、月長石の真珠をおもわせる純白、そして乳白色のオパールの乱れ散った虹色《にじいろ》をかれはこよなく愛していた。また、ずばぬけて大きく、色も並はずれて豊富なエメラルドを三箇アムステルダムから取り寄せたし、あらゆる宝石狂の羨望《せんぼう》の的である年代の古いトルコ玉ももっていた。

かれはまた、宝石に関するすばらしい物語を見つけだした。アルフォンソの「聖職者訓育《クレリカリス・ディスチプリナ》」のなかには、風信子石《ヒヤシンス》の眼をもった蛇の話が書いてある。アレグザンダ大王のロマンティックな歴史書には、このエマシアの征服者がヨルダンの谷で「頸輪型《くびわがた》をしたエメラルドが背に生えている」蛇を見つけたいい伝えが記されている。フィロストラトスの語るところによれば、竜の脳中に宝石があり、「金の文字と真紅《しんく》の衣を見せると」、この怪物はたちどころに魔術にかかって睡《ねむ》りにおち、たやすく斬《き》り殺すことができるということだ。また大煉金術家《だいれんきんじゅつか》ピエール・ド・ボニファスの言によると、ダイヤモンドは人間の姿をかき消し、インド産の瑪瑙《めのう》は人間を雄弁家たらしめたという。肉紅玉髄は怒りを鎮《しず》め、風信子石は睡けを喚《よ》び、紫水晶は酒気を追い払い、柘榴石《ざくろいし》は悪魔除《よ》けとなり、水腫石は月の色を奪い、透明石膏《せっこう》は月の満ち欠けに応じて膨脹収縮《ぼうちょうしゅうしゅく》し、盗賊を発見する甜瓜石《メロセウス》は、ただ仔山羊《こやぎ》の血によってのみ影響を受けたといわれる。レオナルドス・カミルスは、殺されて間もない蟾蜍《ひきがえる》の脳中から取りだされた白い宝石を見たが、それは一種の解毒剤《げどくざい》として使われた。アラビアに棲《す》む鹿《しか》の心臓のなかから発見された牛黄《ごおう》には、ペストを治癒《ちゆ》する魔力があった。アラビアの鳥の巣には清浄石があり、デモクリトスの言によれば、この宝石を身につけるものはいかなる火難をも逃《のが》れることができるということだった。

セイロンの王は戴冠式《たいかんしき》のときに、手に大きなルビーをもって馬に跨《また》がり、市中を行進した。教皇ヨハネの宮殿の門は、「なんぴとも宮殿内に毒物を持ちこみえぬよう、角ある蛇の角を嵌《は》めこんだ紅玉髄で造られ」ていた。同じ宮殿の破風《はふ》には、「柘榴石をはめこんだ二個の金の林檎《りんご》」がつけられ、昼は金が輝き、夜は柘榴石が光彩を放つようにしてあった。ロッジの奇談「アメリカの真珠雲母《うんも》」には、女王の私室では、「世界のあらゆる貞淑な婦人が銀に浮彫りされ、貴橄欖石、柘榴石、サファイア、翠緑玉《すいりょく》などの美しい鏡を覗《のぞ》いている」のが見られると記してある。マルコ・ポーロはジパングの土民が死人の口に薔薇色《ばらいろ》の真珠をいれる光景を目撃した。また、ある海の怪物は、自分の恋い焦《こ》がれた真珠が潜水夫に持っていかれ、プロゼス王に献上されたのを憤《いきどお》り、その盗賊を殺し、以後七箇月というもの、真珠を失ったことを悼《いた》み悲しんだ。この王は、のちに匈奴《フンヌ》におびきだされて大きな坑《あな》のなかにまよいこみ、そのとき真珠を投げ棄ててしまった。皇帝アナスタシウスはこの真珠の発見者に金貨五百貫を賞金として与えることを布告したが、結局、その行方は二度と知れなかった――とプロコピウスの物語は述べている。また、マラバーの王はあるヴェニス人に三百四箇の真珠を連ねた数珠《じゅず》を見せたが、その真珠のひとつひとつは、王が崇拝している神をあらわしているとのことだった。

ブラントームによれば、アレグザンダ六世の息子ヴァレンティノア公がフランスのルイ十二世を訪れたとき、公の馬には金箔《きんぱく》の飾りが施され、その帽子には燦然《さんぜん》ときらめくルビーが二列つけてあったという。イングランドのチャールズ王は、四百二十一箇のダイヤモンドをちりばめた鐙《あぶみ》をつけて馬を駆り、リチャード二世は、価《あたい》三万マークといわれる紅玉つきの上衣《うわぎ》をもっていたという、また、ホールの記述によると、戴冠式を目前に控えたヘンリー八世は、ロンドン塔に赴《おもむ》くに際して、「金の浮彫細工が施された短い上衣を着、ダイヤモンドをはじめとする豪華な宝石で飾りたてた胸当てを当て、頸《くび》のまわりには、大きな紅玉の飾り帯をつけていた」ということだ。ジェイムズ一世の寵臣《ちょうしん》たちは、金の細線細工がついたエメラルドの耳飾りをしていたし、エドワード二世はピアーズ・ゲイヴィストンに、風信子石をちりばめた銅金の鎧《よろい》をひと揃《そろ》いと、トルコ玉をはめ、黄金の薔薇模様のついたカラーと、真珠を散らした兜《かぶと》とを賜った。ヘンリー二世は肘《ひじ》まで届く宝石つきの手袋をはめていたし、かれがもっていた鷹狩用《たかがりよう》の籠手《こて》には、十二のルビーと五十二の上質の大真珠が縫いこんであった。一族中で最後のブルゴーニュ公だった勇胆公シャルルの公爵冠《こうしゃくかん》は梨形《なしがた》の真珠で飾られ、サファイアがところ狭しとちりばめられていた。

かつては人生がこんなにもすばらしかったのか！　その豪華な装飾！　贅沢《ぜいたく》の限りをつくした当時のさまは、たとえ読むだけでも無上の喜びだった。

宝石の次にかれが関心を注いだのは刺繍《ししゅう》であり、ヨーロッパの北方諸国の冷えきった部屋において壁画の役割を果している綴織《タペストリー》だった。なんでも手を染めたことには瞬間的に無我夢中になるという特殊の才能をもっているかれは、この問題を探究してゆくにつれて、「時間」が美しき事物に齎《もたら》す破滅のことを思っては、悲痛に近い感情を抱くのだった。すくなくともかれ自身は時間の齎す破滅を逃れることができるのだ。夏は幾たびか去来し、黄水仙は咲き誇ってはまた萎《しぼ》み、恐怖の夜は同じ恥辱の物語を繰り返しても、かれは変らぬ姿をとどめるのだ。何度冬をすごそうと、かれの顔は損《そこな》われず、かれの花のごとき青春は穢《けが》れることがない。が、物質的なものとなると、なんという違いようだろう！　いったい物質はいずこへと消え去ったのだ？　女神アテネを喜ばすために日焼けした少女らが造ったあのクロッカス色をした衣——それには巨人どもと戦う神々の絵が描かれてあったのだ——あの衣はいまどこにあるのだ？いったい、ネロがローマの円形闘技場《コロシュウム》の上に張りめぐらしたあの巨大な天幕、星のきらめく天空と、金の手綱《たづな》をつけた白馬が曳《ひ》く戦車を操《あやつ》るアポロとを描いたあの紫色の大きな帆布はいまどこにあるというのだ？ 饗宴《きょうえん》に必要なかぎりのありとあらゆる珍味と料理を描いた、太陽神の司祭のためのあの珍しい食卓のナプキン、三百匹の黄金の蜂《はち》があらわされていたチルペリック王の屍衣《しい》、ポンッス司教の憤激を招いた荒唐無稽《こうとうむけい》な衣——それには「獅子《しし》、豹《ひょう》、熊《くま》、犬、森林、岩塊、狩人《かりゅうど》、そのほか画家が自然から写しとることのできるかぎりのもの」が描かれていた——そしてまた、オルレアンのシャルルが着ていた上衣——その袖《そで》には、「奥がたよ、予は歓喜のきわみにこそ」という一句ではじまる歌の詞《ことば》が刺繍され、その伴奏音楽の符は金糸で縫いつけられ、当時は四角い形をしていた音符のひとつひとつは、四つの真珠で形どられていた——すべてこういった珍しい布地をひと眼でも見たいものだとかれは憧《あこが》れを燃やすのだった。さらに、ブルゴーニュの王妃ジャンヌの使用に供するためにランスの宮殿内に造られた部屋のことを読んだが、その装飾は、「王の紋章であしらわれた千三百二十一羽の鸚鵡《おうむ》の刺繍と、同じく王妃の紋章で飾られた羽をもつ五百六十一匹の蝶《ちょう》とからなり、すべて金糸で造られている」ということだ。カトリーヌ・ド・メディシスは、三日月と日輪とを点々とちりばめた黒い天鵞絨《ビロード》で、我が身のための喪の床を造らせた。そのカーテンは緞子《どんす》で、金と銀の地に樹の葉の環《わ》飾りや花環が浮びあがり、真珠で縁が飾ってあった。それが置かれた部屋は、王妃の図案になる、銀の布地に黒い天鵞絨の断片をしつらえた壁掛けが何列もかけてあった。ルイ十四世は、自室に高さ十五呎《フィート》もある金糸で刺繡した女身像をもっていた。ポーランド王ソビエスキーの堂々たるベッドは、コーランの経文《きょうもん》をトルコ玉で刺繡したスミルナの金襴《きんらん》で出来ており、その脚《あし》は銀めっきをし、美事な浮彫りが施され、宝石をちりばめ七宝《しっぽう》をかけた大きなメダルがところ狭しとはめこまれていた。それは、ウイーンの郊外に屯《たむろ》していたトルコ軍の営地から奪い取って来たもので、その顫《ふる》えるような黄金の天蓋《てんがい》のもとに、かつてはマホメットの軍旗が立っていたこともあったのだ。

さて、ドリアンはまる一年というもの、見つけだしうる限りのもっとも秀《すぐ》れた織物や刺繡の標本を蒐集《しゅうしゅう》することに苦心した。集めることができたものには、美事な金糸の掌形細工が施され、自由自在に色を変える玉虫の羽を一面に縫いつけた凝ったデリーのモスリン、その透明さゆえに東洋では「空気の織物」とか「流れゆく水」とか「夕露」といった名で知られているダッカの紗《しゃ》、ジャヴァ産の珍奇な模様つきの布地、中国製の精緻《せいち》をきわめた黄色の壁掛け、黄褐色の繻子《しゆす》か派手な青絹のカヴァーに百合《ゆり》の花や鳥や人物が描きだされている書物、ハンガリー編みのレースの面紗、シシリーの錦織《にしきおり》とスペイン産のかたい天鵞絨、コーカサスに住むジョージア人の、金貨を使った細工、緑がかった金に美事な羽のある鳥が描かれた日本の袱紗《ふくさ》などがあった。

教会の儀式に関係のあるものなら、ひとつとしてかれの興味を惹《ひ》かぬものはなかった。なかでも法衣にたいするかれの執心はひとかたでなかった。かれの家の西側の廊にずらりと並んだ細長い杉製の櫃《ひつ》のなかには、まさしくクリストの花嫁そのものの珍しく美しい標本がいくつもしまいこまれていた。クリストの花嫁は、みずから求める受難に疲れはて、おのが手で加える苦痛に傷ついた蒼白《あおじろ》き瘦身《そうしん》を覆《おお》い隠すことができるように、紫の衣と宝石とこまやかな地のリンネルを身につけねばならぬのだ。また、かれは真紅の絹と金糸の緞子《どんす》で出来た豪華な長袍《ちょうほう》をもっていたが、それには、六枚の花びらをもつ花模様のなかにあしらわれた金色の柘榴の模様が繰り返され、最後には両側に種真珠で造られたパインアップルの図案がついていた。金襴の袈裟《けさ》は、聖処女の伝記の各場面をあらわした幾つかの四角い画面に分けられ、聖処女の戴冠の場面は、頭巾《ずきん》の上に色つきの絹で描かれていた。これは十五世紀にイタリアで造られたものだ。もうひとつの長袍は、緑色の天鵞絨で造られ、アカンサスの葉がハート型にいくつも並んだ刺繍が施され、この葉模様からは長い茎のついた白い花が突きだし、花の細部は銀糸と色水晶とで際《きわ》だった細工が施されている。留め金には、金糸で浮彫細工された天使の頭がついており、袈裟は赤と金の絹の菱形《ひしがた》模様に織りだされ、聖セバスティアンをはじめとする多くの聖者や殉教者の円形の肖像メダルがちりばめられていた。琥《こ》珀《はく》色《いろ》の絹や青絹、金襴や黄色の絹緞子や金布で造られた袖なしの外衣もあったが、これにはクリスト受難の磔刑《たっけい》の図があらわされ、獅子や孔雀《くじゃく》などの姿が刺繍されていた。チューリップと海豚《いるか》と紋章の百合の花がついた、白繻子と薄紅の絹緞子とで出来た袍衣もあったし、真紅の天鵞絨と青いリンネルで造った祭壇の前覆《おお》い、数知れぬ聖《せい》餐《さん》布、聖餐杯の覆い、ヴェロニカのきれもあった。このような品々が用いられる神秘的な祭儀には、なにかしらかれの想像力をかきたてる要素があったのだ。

かれがこれらに熱中したのも、こういう宝物、華麗な屋敷内に集めたすべてのものが、かれにとって忘却《ぼうきゃく》の手段となり、時にはそれ以上とても耐えられぬ烈《はげ》しい恐怖から一時的にせよ逃《のが》れる方法となってくれたからにほかならない。少年時代の多くを過したあの錠のおりた淋《さび》しい部屋の壁に、かれは、自分の生活の堕落の真相をまざまざと見せつける、あの変貌《へんぼう》する怖《おそ》るべき肖像画をみずからの手でかけ、その前面には紫と金の棺衣を覆いとしてかけたのだ。かれは何週間もその部屋に入らぬことがあった。

そういうとき、かれはあの醜怪な絵を忘れ、軽やかな心、すばらしき歓喜、ただ生きることにたいする無我夢中の情熱といったものを取り戻すのだった。と、不意にかれは夜半家をこっそりぬけ出し、ブルー・ゲイト・フィールズ附近のあやしげな家に行く、来る日も来る日もそこに逗留《とうりゅう》し、最後に追いだされるまで帰ろうとしないのだ。そこから帰宅すると、例の絵の前に坐《すわ》る。時にはこの絵と自分自身とが厭《いと》わしくてならなかった、が、時にはその半分までは罪悪が魅力である個性主義の誇りに胸をふくらませ、本来ならばかれ自身が負うはずの重荷を負わねばならぬこの畸形《きけい》な影に、秘《ひそ》かな喜悦をたたえた微笑を向けることもあった。

数年ののちには、かれは長い期間英国を離れていることに耐えられなくなり、ヘンリー卿《きょう》と共有していたトルーヴィルの別荘も、たびたび一緒に冬を過したことのある、アルジェールの、小さな白壁の家も手放してしまった。自分の人生のこんなにも大きな部分となっている絵から離れ難く、また、あの部屋の扉に入念に何本ものかんぬきをかけておいたとはいえ、留守中にだれが忍びいらないともかぎらぬという懸念《けねん》もあったのだ。

あの絵がたとえだれかに見られたとしても、秘密が露見することはあるまい。もちろん、あの肖像画は、その醜悪な顔面のうち側にドリアンそっくりの相貌を依然として宿してはいる、だからといって、それだけでは他人はなにも感づくまい。それを見てかれを嘲《あざけ》るものがあったなら、かれは逆に相手を笑ってやろう。あれは自分が描いたものではないのだ。いかにあれが下劣で恥辱的に見えようが、かれにとってそれがどうしたというのだ？　たとえかれが秘密を打ち明けたところで、他人は信じまい。

そう考えてはみても、やはり怖《おそろ》しさに変りはなかった。ノッティンガムシャーの大邸宅に滞在して、自分の主な友人である同じ階級の貴族仲間の青年をもてなし、その放埒《ほうらつ》な贅沢《ぜいたく》と豪奢《ごうしゃ》で眼も眩《くら》むばかりの暮しぶりによって、田舎《いなか》のひとびとを驚かせている最中、かれは突然、客を置きざりにして、ロンドンにとって返し、もしや扉がいじられはしなかったか、あの絵がまだそこにあるだろうかを確かめようとした。もし盗まれたとしたら？　そう考えるだけでも、怖しさに全身が肌《はだ》寒くなった。そうなったら、自分の秘密は世間に知られてしまうにちがいない。もう、うすうす感づかれているかもしれぬのだ。

なぜなら、かれの魅力のとりことなっている人間も多かったが、同時に、かれに不信を抱《いだ》いているものもすくなくなかったからだ。たとえば、かれの生れからも、また社会的地位からも、当然、十分に会員となる資格のあるウエスト・エンドのあるクラブで、あやうく入会を拒絶されそうになったこともある。また、噂《うわさ》によると、チャーチル・クラブの喫煙室にある友人に連れられてはいって行ったとき、バーウィック公爵ともうひとりの紳士とが、これ見よがしな態度で立ちあがり、部屋を出ていったということだった。かれが二十五歳をすぎてからは、かれに関する妙な噂がしきりとたつようになった。ホワイトチャペルのはずれにある賤《いや》しい魔窟《まくつ》で外国の船員と言い争いをしているところを見かけたとか、盗賊や贋金《にせがね》づくりとつきあって、その職業の秘密を知っているとかという話が口から口へと伝わった。かれの風変りな雲隠れはいよいよ悪名を高め、社交界にふたたび姿を現すと、ひとびとは部屋の片隅《かたすみ》でひそひそと囁《ささや》きあい、冷笑を泛《うか》べて傍を通りすぎ、あるいは、どうしても秘密を嗅《か》ぎだしてやるぞといった、探るような冷い眼でかれを見やるのだった。

こういった無礼な態度や、軽蔑《けいべつ》してやろうという試みにたいしては、もちろんかれは一顧の注意も払わなかった。かれのあけ放しの快活な態度、人をひきつけるういういしい微笑、いつまでも消え去りそうにないすばらしい若さのもつ限りない優美さ、これらのものは、それだけで十分、かれの身辺に流布《るふ》されている中傷——ひとはそれを中傷と呼んだ——にたいする解答だ、というのが大方のひとの意見だった。が、いっぽう、かれと至極懇意だったものの一部が、やがてかれを避けたがるようになったらしいということもいわれた。熱狂的な崇拝をかれに寄せ、かれのためとあれば、あらゆる社会的非難をものともせず、因襲を無視することも辞しなかった女性も、ドリアン・グレイが部屋にはいってくると、おもわず恥か怖れのために蒼白《そうはく》になるのが見られた。

しかし、これほどひとが囁きあう悪評も、多くのひとの眼には、かえってかれの不思議な魔力をいやがうえにも増すばかりだった。かれの巨額の資産は安全を保障する一要素だったのだ。社会、すくなくとも文明社会は、富裕で魅力的な人間の障碍《しょうがい》となるようなことはなにも信じようとしない。文明社会は、精神よりも様式のほうが重要だという事実を本能的に感じとっている、たとえもっとも高貴な気品であっても、名コックを雇っていることに較《くら》べれば、はるかに価値がすくないという意見を抱いているのだ。実際の話、不手際《ふてぎわ》な料理や不味《まず》い酒を客にふるまう主人が、私生活では一点の非の打ちどころもない人間だと聞かされたところで、たいして客の気が休まるものではあるまい。冷えかかった料理を出したことにたいしては、その主人のいかなる徳性をもってしても償いえないのだ、とは、いつかこの問題を論議したときにヘンリー卿がいったことだが、いかにも卿の見解にはもっともな点が多い。というのも、よき社会の規範というものは、芸術の規範と異ならない――すくなくとも、異なってはならぬものなのだ。形式こそ、よき社会にとって絶対不可欠のものだ。儀式のもつ尊厳と現実ばなれを有し、ロマンティックな芝居に登場する不まじめな人物と、かような芝居を楽しいものにする機智《きち》や美とをひとつに結びつけることが必要である。不まじめとは、ひとがいうほど怖しいものだろうか？　俺はそうは思わない。不まじめとは、それによって人間がおのれの人格を深めることのできる一方法にすぎぬのだ。

いずれにせよ、以上のようなものがドリアン・グレイの意見だった。人間の自我《エゴ》は単純で永続的であり、信頼するに足り、一定の本質をもっていると考える人間の浅はかな心理を、かれはいつも不思議に思う。かれにとって、人間とは、無数の生活と無数の感覚とをもち、思想と情念のいとも不可思議な遺産をうちに秘め、死者の異様な疾病《しっぺい》に肉体を冒された複雑多様な存在なのだ。かれは、田舎の屋敷にある暗い寒々とした画廊を歩きまわって、かれの血管の中をいまもその血が流れているひとびとの肖像を眺めるのが楽しみだった。見るがいい、これはフィリップ・ハーバートの肖像だ。フィリップは、フランシス・オスボーンの「エリザベス女王とジェイムズ王の治世に関する覚え書」によると、「その美貌ゆえに宮廷の愛顧を得たものの、美貌は永くはかれにつきあわなかった」とある。自分が時おり経験しているのはハーバートの青年時代の生活の繰り返しなのだろうか？　ある不思議な病菌が肉体から他の肉体へ転々とはいまわったあげく、ついにこの自分の魂に達したのか？　自分の生活をこれほど変えてしまったあの気違いじみた願をバジル・ホールウォードのアトリエで突然、しかもこれといった理由なしに口にしたのも、ハーバートのあの崩れさった美貌をうすうす感じていたためなのか？　こんどは、金糸で刺繍《ししゅう》された赤い胴衣《ダブレット》と、宝石をちりばめた外衣とを着、金で縁どられた襞襟《ひだえり》と袖帯とをつけたサー・アンソニー・シェラードが、足もとに自分の銀と黒の甲冑《かっちゅう》を積み重ねてつっ立っている。この男が残した遺産はいったいなにか？　ナポリのジョヴァンナの愛人であったこの男は、自分になにか罪悪と恥辱の遺産を伝えているのだろうか？　この俺の行為も、元をただせば、この死んだ男が敢《あ》えて実現しえなかった夢にすぎぬのか？　次は、色の褪《あ》せゆく画布から、紗の頭巾《ずきん》を冠《かぶ》り、真珠色の胸あてをつけ、切れ目をつけた薄紅色の袖のある服を着たエリザベス・デヴァルー夫人が微笑《ほほえ》んでいる。左手には一輪の花が握られ、右手には白と淡紅色の花を七宝で描いた頸飾《くびかざ》りをしっかりと摑《つか》んでいる。すぐ傍《そば》のテーブルには一台のマンドリンと一個の林檎《りんご》が置いてある。先のとがったちいさな靴には、大きな緑色の薔薇《ばら》結びの飾りがついている。自分はこの女の一生と、その愛人たちにまつわる奇怪な物語を知っているが、この女の気質の一部は自分にもあるのだろうか？　この卵型をした重たげな瞼《まぶた》の眼は、なにかもの問いたげにこちらを見ているではないか。頭髪に粉をふりかけ、風変りな化粧裂《ぎれ》をはおったジョージ・ウィロビーはどうだ？　じつに邪悪な容貌ではないか！　顔は陰険で黒ずみ、その淫《みだ》らな唇《くちびる》は侮蔑《ぶべつ》をたたえて歪《ゆが》んでいる。精妙なレースの袖襞《そでひだ》が、指輪をいくつもつけた黄色い痩《や》せ細った手をなかば覆い隠している。ジョージは十八世紀のイタリアかぶれの伊達《だて》男で、青年時代にはフェラーズ卿の友人であった。摂政《せつしよう》殿下御乱行時代のお相手をつとめ、殿下とフィッツハーバード夫人の秘密結婚式の立会人のひとりだった二代目ベックナム卿はどうか？　茶褐色の捲毛《まきげ》といい、不遜《ふそん》なポーズといい、なんと昂然《こうぜん》たる美男子であろう！　かれは遺産としてどんな情熱を残していったろう？　世間はかれを不埒《ふらち》な人間と看做《みな》していた。かれは有名な政治クラブであるカールトン・ハウスで行われたばか騒ぎの音頭《おんど》取りであり、その胸にはガーター勲章が燦然《さんぜん》と光っている。その隣りにはかれの妻の肖像がかかっている。黒い服を着た、蒼《あお》ざめた面持の唇の薄い女。この女の血もまた自分の体内に脈搏《う》っているのだ。すべてはなんと不思議に思われることか！　最後にハミルトン夫人型の顔をし、葡萄色《ぶどういろ》がかった濡《ぬ》れた唇をした自分の母がいる、この母から譲り受けたものがなんであるかは承知だ。それは自分の美貌であり、他人の美貌に対する熱烈な憧《あこが》れなのだ。母は、バッカス神に仕える女司祭のようなゆったりした衣を着て、こっちに笑いかけている。手にもった杯からは紫の液がしたたっている。肌色の部分こそ色褪せてはいるが、眼は依然としてそのすばらしい色の深みと輝きとを保っている。その眼は、どこまでも自分のあとを追ってくるようではないか。

しかし、人間の先祖は、本人の血族ばかりでなく、文学のうちにも存在しているのだ。いや、タイプと気質という点ではこのほうが近いに相違ない。その数もすくなくなく、影響力にしても、血族の先祖よりは完全に自覚することができる。ドリアン・グレイは、人間の全歴史はかれ自身の生活の記録にすぎぬと感じることがしばしばあった——と言っても、かれの行為や環境という意味での生活ではなく、現実のかれに代ってかれの想像力が創《つく》りあげた生活、かれの頭脳と情念の生活なのだ。次々に世界の舞台上を通りすぎ、罪悪をしてかくもすばらしきものと化せしめ、悪徳にかくも微妙な味わいを附したひとびとの怪奇な姿、それをかれはひとり残らず知っているような気がするのだった。ある神秘によって、かれらの生活がそのままかれ自身の生活であったように思われてならなかったのだ。

ドリアンの生活に大なる影響を及ぼしたあのすばらしい小説の主人公もまた、これと同じ奇妙な想念を知っていた。その第七章でかれは物語っている——雷撃に打たれぬように月桂冠《げっけいかん》を戴《いただ》き、キャプリの庭に座してティベリウスのごとくエレファンティスの恥ずべき書を読み耽《ふけ》り、その間、侏儒《しゅじゅ》と孔雀《くじゃく》がかれの周囲を濶歩《かっぽ》し、笛吹くものが、香炉を打ち振るものを嘲弄《ちょうろう》していた旨《むね》を。そしてまた、カリグラとなって、緑色のシャツを着た騎手と厩《うまや》のなかで酒宴をともにし、宝石をちりばめた帯飾りを額につけた馬と一緒に象牙《ぞうげ》の秣桶《まぐさおけ》で夕食をたべ、あるいはドミシアンとなって、人生からあらゆるものを許された人間を襲うあの倦怠《けんたい》、ある怖るべき「生の倦怠《アイディアム・ヴァイティ》」にさいなまれて、大理石の鏡が並ぶ廊下をさまよい、自分の命を絶たんとする短剣が映ってはおらぬかと憔悴《しょうすい》しきった眼をあたりに配ったこともあり、あるいはまた、透きとおったエメラルドをとおして闘技場の血に彩《いろど》られた殺戮《さつりく》の光景を眺め、続いて、銀の蹄《ひづめ》をつけた騾馬《らば》の曳《ひ》く真珠色と紫色の轎《かご》に乗せられて、柘榴《ざくろ》並木の大路を黄金の屋敷へと向い、その途上、通りすぎるかれに対してひとびとがネロ皇帝万歳と叫ぶのを耳にしたこともあり、さらに、エラガバルスとなって、顔に絵具を塗り、女たちの群がるなかに糸巻棒を振りまわし、カルタゴから「月」を連れきたって、「太陽」と神秘的な結婚をさせたこともあった。

ドリアンは繰り返し繰り返しこの幻想的な章と、それに続く二つの章を読んだ。第八章と第九章には、「悪徳」と「血」と「倦怠」とによって怪人もしくは狂人と化したひとびとの怖しくも美しい姿が、あたかも不思議な綴織《タペストリー》か、あるいは精巧な七宝焼きに描きだされた絵のように表現されていた。たとえば、妻を斬殺《ざんさつ》して、唇に真紅の毒薬を塗り、妻の恋人がその死骸《しがい》を愛撫《あいぶ》して死を吸いとるようにしむけたミラノの公爵《こうしやく》フィリッポ、虚栄心のあまり「美しきもの《フォルモーサス》」の称号を僭称《せんしよう》せんと躍起になったポール二世として知られるヴェニス人ピエトロ・バルビ――かれの宝冠は二十万フロリンの価値をもっていたが、それとてある怖しい罪の代償によって獲得されたものだった。生き身の人間を狩るために猟犬を用いたギアン・マリア子爵《ししやく》、かれが殺害されたとき、かれを愛した淫売婦《いんばいふ》はその死骸に薔薇の花を一面にまいたという。「兄弟殺し」の神と共に白馬に跨《またが》り、ペロットーの血にまみれたマントを着るボルジア。シクスタス四世の子息であり寵愛《ちようあい》の的であったフロレンスの青年枢機《すうき》大司教ピエトロ・リアーリオ――かれの美貌《びぼう》に匹敵するものは、ただかれの放蕩《ほうとう》あるのみといわれ、アラゴンのレオノーラを引見するのに、森の女精《ニンフ》と半人半馬獣《セントール》が群をなしている白と真紅《しんく》の絹の大天幕を使い、あるいは、その饗宴《きようえん》の席にガニミードやハイラスのごとく侍《はべ》らすため、一少年を金で飾りたてたという。死の光景を見ることによってのみ癒《いや》される憂鬱《ゆううつ》にさいなまれたエゼリン――かれは、ほかの人間が赤い葡萄酒にこがれると同様に赤き血に恋いこがれた男、世間の噂《うわさ》によれば悪魔の子であり、自分の魂を賭《か》けて父なる悪魔と骰子《さいころ》で勝負したとき、相手の眼をごまかしたほどの悪党であった。ふざけて「無垢《イノセント》」と自分を名づけたジアムバティスタ・チボー――かれの麻痺《まひ》した血管には、あるユダヤ人の医者が三人の少年の血を注射したという。イソッタの愛人であり、リミニの領主、その似姿はローマにおいて神と人類との敵として焼き棄《す》てられたというシギスモンド・マラテスタ——かれはナプキンでポリセナを絞殺《こうさつ》し、エメラルドの杯に毒を盛ってジネヴラ・デステに飲ませ、淫《みだ》らな激情を讃《たた》えんものと、クリスト教の礼拝のために異教的な礼拝堂を建立《こんりゅう》した。あまりに熱狂的な愛を兄の妻に寄せていたため、ある癩病《らいびょう》患者から間もなく気違いになるだろうと警告を受けたチャールズ六世——かれが脳を冒され、気が変になったとき、それを鎮静することのできたものは、「愛」と「死」と「狂気」の象徴が描かれたサラセンの骨牌《カルタ》だけだった。飾りのついた短い上着をまとい、宝石をちりばめた帽子を冠り、あかんさすのごとき捲毛をもったグリフォネット・バーリオーニ——かれはアストレをその花嫁もろとも刺し通し、小姓とともにいるシモネットを一緒に斬《き》り殺した、しかも、その端麗な容姿のため、ペルギアの黄色い広場に仆《たお》れたかれの死体を見たひとびとは、かれを憎んだものすら涙を禁じえず、かれを呪《のろ》ったアタランタもその冥福《めいふく》を祈ったという。

これらのひとびとの姿には、なにか身の毛もよだつ魅力があった。かれらは夜はドリアンの目《ま》のあたりに現れ、昼は昼でかれの想像を悩ますのだった。ルネッサンス時代には不思議な毒殺法が知られている——兜《かぶと》と火を点《つ》けた松明《たいまつ》とを使う方法、刺繡《ししゅう》いりの手袋と宝石つきの扇とを用いる毒殺法、金箔《きんぱく》つきの香料箱や琥珀《こはく》の鎖による毒殺法がそうだ。ところが、ドリアン・グレイは一巻の書物によって毒されたのだった。悪というものも所詮《しょせん》は、自分が抱《いだ》いている美の概念を実現する一手段にすぎぬと思う瞬間が、ドリアンには一度ならずあったのだ。

第十二章

のちになってたびたび思いだしたように、それはかれの三十八歳の誕生日の前日、十一月九日のことだった。

かれはヘンリー卿《きょう》の邸《やしき》で晩餐《ばんさん》を済ませたのち、十一時頃歩いて家路《いえじ》についた。その夜は冷えこみがひどく、霧が深かったので、かれは重い毛皮の外套《がいとう》に身を包んでいた。グロヴナー広場と南オードレイ通りの交わる角で、霧のなかをひとりの男がすれちがった。その男は鼠色《ねずみいろ》のアルスター外套の襟《えり》を立て、足早に歩いていた。手には鞄《かばん》を持っている。ドリアンはその人物に見覚えがあった。バジル・ホールウォードだったのだ。自分でも説明できぬ得体の知れぬ恐怖感が襲ってきた。かれは相手に気づかぬふりをして、そのまま自分の邸目指して足を早めた。

ところが、ホールウォードもかれを見たのだ。まず歩道の上に立ち停り、続いて急ぎ足で自分のあとを追ってくる相手の足音をドリアンは聞いた。一分もたたぬうちに相手の手はドリアンの腕にかかっていた。

「ドリアン！ ほんとに運がよかった！ 九時からずっときみの書斎で待っていたのだ。しまいには、疲れている召使いが気の毒だったので、帰りぎわに、いいからもう寝ろと言ってやったよ。真夜中の汽車でパリに発《た》つので、その前にぜひきみに会っておきたかったのだ。いますれちがったとき、ぼくはてっきりきみだな――いや、きみの外套だなと思った。でも、確信はなかったね。きみはぼくがわからなかったのかい？」

「なにしろこの霧だからね、バジル。これではグロヴナー広場だって見当がつかない。ぼくの家もたしかこの辺のはずなのだが、それもまったく自信がないくらいだ。きみが出かけてしまうとは残念だ、なにしろ長いこと会わなかったのだから。でも、すぐにまた帰ってくるのだろう？」

「いや、半年ほど英国を離れていようかと思う。パリでアトリエを借りて、いま考えている大きなやつを完成するまで閉じこもるつもりだ。ところで、話したいのはぼくのことじゃない。さあ、きみの家に着いたぞ。ちょっと邪魔をさせてくれ。是非言っておきたいことがあるのだ」

「それはどうも御親切に。でも、汽車に遅れないだろうね?」ドリアンは玄関前の階段をのぼり、鍵《かぎ》で扉《とびら》をあけながら熱のない口調で言った。

霧をとおしてかすかに洩《も》れるランプの光を頼りに、ホールウォードは時計に眼をやる。「時間はたっぷりある」とかれは答えた。「汽車は十二時十五分、いまはまだ十一時だ。実をいうと、さっきはクラブへきみを捜しに行く途中だったのだ。御覧のとおり、重い物は先に送ってしまったから、手荷物で暇どることもないだろう。持ち物は一切この鞄にいれてある、ヴィクトリア停車場まで楽に二十分で行けるだろう」

ドリアンはそういう相手の顔を見て、微笑を泛《うか》べた。「流行画家たるものが、またなんという旅行姿だ! グラッドストーン旅行鞄にアルスター外套ときた! まあ、はいったらどう? 霧がはいりこんでくるからね。だが、まじめくさった話は御免だな。現今ではいかなることもまじめではない——すくなくとも、まじめであってはならないからね」

ホールウォードは首を横に振りながら家のなかにはいり、ドリアンのあとについて書斎にはいった。大きな炉には薪《まき》の火があかあかと燃えている。ランプには灯がともり、寄木《よせぎ》細工の小卓の上には、蓋《ふた》の開かれたオランダ製の銀の酒器が一揃《そろ》い、炭酸水のサイフォンやカットグラスの大コップと一緒に立っている。

「御覧のとおり、きみの召使いのお蔭《かげ》でぼくはたいへん居心地がよかったよ。極上の金口の巻煙草《まきたばこ》をはじめ、なんでも望み次第だった。まったく客のもてなしかたを心得た男だな。前に雇っていたフランス人よりずっといい。ところで、あのフランス人はどうした？」

ドリアンは肩をすぼめる。「ラッドリー夫人のところの女中と結婚したようだ。細君をパリに連れて行ってイギリス人のドレスメーカーという触れこみで商売させているらしい。あっちでは目下イギリス熱が大流行だという話だ。あのフランス人もずいぶんくだらぬことをしたものさ。だが、きみはどう思うかしれないが、そんなに悪い召使いでもなかった。どうも虫が好かなかったが、非の打ちどころはなかったね。人間というものは時にはくだらぬ考えを抱《いだ》くものだ。あの男もなかなか忠実に尽してくれたし、出て行くときにはまったく悲しそうだった。炭酸水で薄めてブランデイをもう一杯どうだ――それとも白葡萄酒《しろぶどうしゅ》をセルツァソーダで割ろうか？　ぼくはいつもこいつをやるのだが。きっと隣りの部屋にあるはずだ」

「ありがとう――だが、ぼくはもうなにも要《い》らない」と画家は帽子と外套を脱ぎ、それを部屋の片隅《かたすみ》に置いた鞄の上に投げかけながら言った。「さあ、ドリアン、ひとつまじめな話をしたいのだ。そんな顰《しか》め面《つら》をしないでくれ。ますます話がしにくくなるじゃないか」

「話って、いったいなんだい？」ソファに身を投げかけながら、ドリアンは気短かな声を張りあげて言った。「まさか、ぼくのことではあるまいね。今夜はぼく自身に倦《あ》き倦きしている。だれかほかの人間になりたいところだ」

「ところが、きみのことなのだ」と深みのある厳粛な声でホールウォードが答える――「しかも、面とむかってそれを言わなくてはならないのだ。ものの半時間とはかかるまいが」

ドリアンは溜息《ためいき》をつき、巻煙草に火を点ける。「半時間だって！」と呟《つぶや》く。

「それぐらいの時間はきみにしてもたいした迷惑ではあるまいし、ぼくの話だって、きみを思えばこそなのだ。いいかい、いまロンドンではきみの一身に関する怖《おそろ》しい噂《うわさ》が言いふらされている、きみはそれを知っておいたほうがいいだろうと思ったのだ」

「そんな噂のことはなにも知りたくないな。他人の醜聞は大好きだが、いざ自分の醜聞となると、さっぱり興味が湧《わ》かない。自分の醜聞には目新《まあたら》しさという魅力が欠けているからね」

「いや、是が非でも関心をもってもらわなくては困る。紳士というものはすべて自分の評判を気にするものだ。まさかきみは他人がきみのことを下劣な堕落者呼ばわりするのを望んではいまい。むろん、きみには社会的地位も財産もみんな揃《そろ》っている。だが、地位や富がすべてではない。いや、ぼくはけっしてその噂を信じているわけではない。すくなくとも、こうしてきみを見ていると、あんな噂は信じられない。罪はひとの顔にありありと現れるものだ。いくら隠そうとしても無駄だ。『秘められたる罪』などというが、そんなものは存在しない。ひとりの哀れな人間に罪があるとすれば、その罪は、かれの口の線、瞼《まぶた》のたれさがり、あるいは手の形にさえ現れるのだ。名前は言わぬが、きみも知っているある男だ、去年ぼくのところに肖像画を描いてもらいにやって来たことがある。それ以前は一度も会ったことがないし、噂も、その後はだいぶ聞いたが、当時はなにひとつ耳にしていなかった。奴《やつ》は法外な礼金を出すと言ったが、ぼくは断った。奴の指の形になにかいやらしいところがあったのだ。いまとなってみれば、あのときのぼくの直感はあたっていたというわけだ。奴の生活はひどいものらしいからな、ところが、ドリアン、問題のきみだが、そのきみの純真無垢《むく》な明るい顔つきや、すこしも穢《けが》れをつけぬすばらしい若さをこうして見ていると、どうしてもきみの悪評を信じるわけにはいかなくなる。といっても、ぼくがきみと会うことは滅多にないし、最近きみはアトリエにも現れないので、きみから遠のいていて、世間の奴らが囁《ささや》きあっている怖しい噂話を聞いても、ぼくはなんともいうことができないのだ。ドリアン、きみがクラブの部屋にはいると、バーウィック公爵《こうしゃく》のようなひとが出て行ってしまうのは、いったいどうしたわけなのだ？　ロンドンに住む紳士の多くがきみの家を訪れもせず、自分の家にきみを招待もしないのはなぜなのだ？　きみはステイヴレイ卿《きょう》の友人だったろう。ぼくは先週、晩餐《ばんさん》の席で卿に会った。そのとき、きみがダッドレイの展覧会に貸した豆絵のことから、偶然きみの名前が出た。ステイヴレイが脣《くちびる》を歪《ゆが》めて言うには、きみの趣味は最高級に芸術的かもしれぬが、きみという人間は、純な心の娘が知っていいようなものでも、貞節な婦人が同じ部屋に同席してもかまわぬようなものでもないというのだ。ぼくは自分はそのドリアンの友人だがと言って、ステイヴレイがそういうわけを訊《き》き質《ただ》した。かれはそれに答えた――衆人環視のなかできみの話を素っぱぬいたのだ。怖しい話だった！　いったい、きみと交際する人間がみな破滅してしまうのは、どうしたわけなのだ？　近衛聯隊《このえれんたい》の若者で自殺した男がいる、きみはあの男の親友だったじゃないか。ヘンリー・アシュトン卿は汚名をきて英国を去らねばならなかったが、かれもまたきみとは切っても切れぬ仲だったはずだ。それに、アドリアン・シングルトンのあの怖《おそ》るべき最期《さいご》はどうだ？　ケント卿のひとり息子のその後はどうなった？　昨日父親にセント・ジェイムズ通りで会ったが、かれは恥と悲しみでうちひしがれた様子をしていた。若きパース公にしても同じだ。いったい、かれはいまどんな生活を送っている？　かれと交際する紳士はひとりもいないじゃないか？」

「やめてくれ、バジル。きみは自分で知りもしないことを喋《しゃべ》っている」とドリアン・グレイは、脣を嚙《か》みながら、限りない軽蔑《けいべつ》の調子をこめた声で言った。「ぼくが部屋にはいって行くとバーウィックが席を外《はず》すのはなぜだというのだね。その理由は、ぼくがかれの生活についてなにもかも知っているからだ――けっして、かれがぼくの生活を知っているからじゃない。ああいう血をもった人間が、どうして潔白な生活を送れるだろう？　きみはまたヘンリー・アシュトンとパース青年のことを質問したが、いったいこのぼくがかれらに悪徳や放蕩《ほうとう》を教えたとでもいうのか？　ケントの馬鹿《ばか》息子が淫売婦《いんばいふ》を夜ごとの妻としているとしたって、それがぼくとどんなつながりがあるというのだ？　たとえアドリアン・シングルトンが友人の名を小切手に書いたとしても、ぼくは奴の保証人ではあるまい？　だいたい英国人はお喋りすぎるのだ。中流階級の連中ときたら、お粗末な晩餐の席上で自分の道徳的偏見を吹聴《ふいちょう》し、かれらのいわゆる上流人の放埒《ほうらつ》な生活についてひそひそと話をかわす、それで結構自分も気の利《き》いた社交界にいる気になり、中傷したはずのひとびとと親しい間柄だと思いこもうとする。英国では、名声と頭脳の持主だというだけのことで、凡人どもはひとり残らず悪口を浴せかけてくる。ところが、様子だけはいかにもしかつめらしいこういった連中だって、どんな生活を送っているか知れたものではない。バジル、きみは英国が偽善者の発祥地であることを忘れているのだ」

「ドリアン」ホールウォードの声は大きかった――「そんなことは問題ではない。英国がひどいことも、英国の社交界が完全に間違ったものであることも承知だ。だからこそ、ぼくはきみに立派な人間になってもらいたいのだ。きみはいままで立派だったとは言えない。人物を判断する際に、その人物が友人仲間に及ぼす影響を基準とすることは当然だろう。きみの友人はだれもかれも誇りを失い、善良と純潔にたいする感覚をなくしてしまうではないか。きみが友人の心に気違いじみた快楽にたいする欲望を植えつけたのだ。かれらはどん底まで落ちこんだ。それもきみが導いたのだ。そうだ、きみは友人たちをどん底につき落しておきながら、平気で微笑を泛《うか》べる――ほら、いまも現に笑っているではないか。だが、その微笑の蔭にはもっとひどいものが潜んでいる。ハリーときみとは切っても切れぬ仲のはずだ。たとえそれだけの理由でも、きみはハリーの妹の名を物笑いの種にしてはならなかったのだ」

「気をつけてくれ、バジル。少し口が過ぎる」

「いや、ぼくはどうしても喋る。きみもおとなしく聴《き》くがいい。是が非でも聴いてもらいたいのだ。きみがグエンドリン夫人とはじめて会ったとき、夫人はまだただの一度も醜聞の種にされたことがないひとだった。ところが、現在、ロンドン広しといえども、あのひとと一緒にハイド・パークを馬車でドライヴしようというちゃんとした女がひとりだっているだろうか？　子供達でさえ、夫人と一緒に暮すことを禁じられているくらいだ。まだほかにも噂がある――きみが明けがた怪しげな家からこっそり出てきた姿を見かけたとか、ロンドンでも一番ひどい魔窟《まくつ》に忍んで行く変装したきみを見たとかいったとりざただ。いったい、それはほんとうなのか？　ほんとうだなどということがあっていいものだろうか？　最初の頃は、そんなことを聞いても笑って済ませた。が、いまでは、聞くたびにぞっと身顫《みぶる》いがする。きみの田舎《いなか》の家はどうなっている、そこでの生活はどうなのだ？　ドリアン、どんな噂がたっているか、きみは知るまい。ぼくはきみに説教などしたくないとは言わぬ。ハリーはいつかこんなことを言った――瞬間的に素人《しろうと》牧師となる人間は、かならず、まず説教などするつもりはないがと言ってから、前言をひるがえして説教を始めるとね。だが、ぼくはきみに説教したいのだ。世間から尊敬されるような生活をきみにしてもらいたいのだ。汚《けが》れのない名と、潔白な経歴の持主であってもらいたい。つきあい仲間のあの怖るべき連中と手を切ってもらいたいのだ。そんな風に肩をすぼめるのはよしてくれ。そんな冷淡な顔つきはやめてくれ。きみはすばらしい影響力をもっている。それを悪いほうでなく、ひとを善導する感化力にするのだ。ひとの噂では、きみはきみと親しくなる人間をひとり残らず堕落させ、ただきみがその家にはいっただけで、かならずなにか不祥事が起るという。それがほんとうかどうかぼくにはわからない。わかるはずがない。だが、ともかくそういう噂がきみの身の上について言われている。もう疑う余地のないようなことも耳にしている。グロースター卿はぼくのオックスフォード時代の親友だ、かれはぼくに一通の手紙を見せてくれた。奥さんがメントーンの別荘でただひとり息をひきとる寸前にかれ宛《あ》てに書いたものだった。それは、ぼくがいままでに読んだもっとも怖るべき告白の手記だった、そのなかにきみの名が引きあいに出されているではないか。ぼくは言ってやった――途方もない話だ、ぼくはドリアンを知っている、ドリアンはこんなことのできる人間ではない、と。だが、きみを知っている？　はたしてぼくがきみを知っているかどうかそれは疑問だ。この疑問に答えるためには、ぼくはまずきみの魂を覗《のぞ》き見ねばなるまい」

「ぼくの魂を見る！」ドリアン・グレイはソファから立ちあがり、不安で顔を蒼白《そうはく》にして呟《つぶや》いた。

「そうだ」重々しく答えるホールウォードの声には深い哀調がこもっている――「きみの魂を見たい。だが、それは神のみがなしうることだ」

年若い男の唇から痛烈な嘲笑《ちようしよう》がほとばしりでる。「ぼくの魂なら今夜その眼に見せてやる！」テーブルのランプを鷲摑《わしづか》みにして叫んだ。「さあ、行こう、ほかでもない、きみの手でかかれた作品だ。きみがそれを見てはならぬという法はあるまい。そうしたければ、あとで世間に吹聴するのも御自由だ。だれもきみの言うことを信じはしまいがね。たとえ信じたとしても、世間はかえってぼくをもっと好きになるにちがいない。なるほどきみは現代についてくどくどと述べたてるかもしれないが、現代人気質《かたぎ》については、ぼくのほうがよく知っている。さあ、行こう。堕落に関するお喋りはもうこれで十分だ。こんどは、堕落と実地に顔をあわせるのだ」

かれが発する言葉のひとつひとつには、荒れ狂った誇りがこめられていた。かれは子供っぽい不遜《ふそん》な仕草で足を床に踏みつける。いよいよ他人が自分の秘密を知るのだ、自分の恥行《ちこう》の根源である肖像画を描いた当人が、今後死ぬまで、自分が重ねてきた悪行の怖しい記憶を重荷として担《にな》い続けねばならなくなるのだ、そう思うと、ドリアンは怖しい歓喜が湧《わ》き起ってくるのを感じるのだった。

「そうだ」相手に近寄って、その厳しい眼をまじまじと見つめながら、かれはことばを続ける、「ぼくの魂をお眼にかけようというわけだ。ただ神のみが見うるときみが思っているその魂とやらをお見せしよう」

ホールウォードはおもわずあとずさる。「それは冒瀆《ぼうとく》だ、ドリアン！」と叫ぶ。「そんなことを口にするものじゃない。恐しい言葉だ、なんの意味もない言葉だ」

「そう思うのか！」ドリアンはまた笑い声をあげる。

「いや、知っているのだ。ぼくがさっききみに言ったこと、みんなきみを思えばこそだ。ぼくがいつもきみの忠実な友人であったことはきみも知っているはずだ」

「さわらないでくれ。言いたいことを全部言ってしまったらどうだ」

歪みきった苦しげな表情が画家の顔をさっと覆《おお》う。かれはちょっとのあいだ話をやめる。と、烈《はげ》しい憐《あわれ》みの情が襲ってきた。いずれにせよ自分にはドリアン・グレイの生活を覗きこむどんな権利があるというのだ？　もしドリアンが噂の十分の一ほどのことをしたとしても、ドリアンは非常な煩悶《はんもん》をしたにちがいないのだ！　かれはすっと立ちあがり、煖炉《だんろ》の傍に歩み寄ると、そこに立ちすくんだまま、霜のような灰を着けて燃える薪を眺め、ゆらめく焔《ほのお》の芯《しん》にじっと見いった。

「きみの話を待っているのだ、バジル」鋭い切れるような声で若者は言う。

バジルはうしろに向き直り、「ぼくの言いたいことはこうだ」と叫ぶ。「いいか、きみに加えられている怖しい非難に対するなんらかの返答をぼくは聞きたいのだ。あんな噂は徹頭徹尾嘘《うそ》だと言ってくれさえすれば、ぼくはそれを信じるだろう。違うと言ってくれ、ドリアン、違うと言うのだ！　ぼくの苦しみがわからないのか？　ああ、自分は悪人で、堕落しきった恥ずべき人間だ、などと言わないでくれ」

ドリアン・グレイは微笑を泛《うか》べる。その脣は軽蔑で歪んでいた。「上へ行こう、バジル」と静かに言う。「ぼくは毎日自分の生活の日誌をつけているのだ、それは、その部屋の外にはけっして出ないのだ、一緒に来てくれるなら、見せよう」

「きみの望みとあれば、一緒に行こう、ドリアン。もう汽車には間にあわない。そんなことはどうでもいい。あす立てばいい。だが、今夜ものを読むのは御免だ。ぼくがほしいのは、さっきの質問に対する簡単明瞭《めいりょう》な答えだけだ」

「それは上の部屋でこたえる。ここでは言えないのだ。読むのにたいして時間がかかるものじゃない」

第十三章

かれは部屋を出て、階段を昇りはじめる。そのすぐあとをバジル・ホールウォードがついてゆく。夜中にはだれでもが本能的にするように、ふたりは足音を忍ばせて歩いた。ランプが壁と階段の上に夢幻的な影を投げかけている。吹きはじめたばかりの風が窓をがたがたと震えさせる。

一番上の踊り場に着くと、ドリアンはランプを床に置き、鍵《かぎ》を取りだしてそれを錠のなかで廻した。「どうしても知りたいと言うのだね、バジル？」低い声でかれは訊《き》く。

「そうだ」

「それはありがたい」微笑を泛べながら答える。そして、やや甲高《かんだか》い声でつけたす――「ぼくの身についてすべてを知る資格があるのは世界中できみひとりだ。きみは自分で考えている以上にぼくの人生と関係があるのだ」言いおわると、かれはランプを手に持って、扉をあけ、なかにはいってゆく。冷い空気の流れがふたりの肌をかすめ、ランプの光が一瞬、陰気な橙色《だいだいいろ》の焔となってぱっと輝いた。おもわずかれはぞっとする。「はいったら、ドアを締めてくれ」テーブルにランプを置きながら低い声で言う。

ホールウォードはいぶかしげな表情であたりを見まわした。もう何年もひとの住んだ気配のない部屋である。色褪《いろあ》せたフランドル産の綴織《タペストリー》、覆いのかかった絵、古いイタリア製の金櫃《かねびつ》、それに殆《ほとん》どからっぽの本箱——一脚の椅子《いす》と机とを除けば、その四つがこの部屋にあるすべてのものらしい。炉の飾り棚に立っている燃えさしの蠟燭《ろうそく》にドリアンが火を点《つ》けているあいだ、バジルは部屋一面が埃《ほこり》に覆われ、絨毯《じゅうたん》は穴だらけであるのを眼にとめた。壁板の蔭《かげ》では鼠《ねずみ》がごそごそとはいまわり、あたりには湿っぽい黴《かび》の匂《にお》いが漂っていた。

「きみは、魂を見ることのできるものは神のみだと言うのだな、バジル？　その覆いをどければ、きみはぼくの魂を見るのだ」

その声は冷やかで残酷だった。「きみは気が狂ったのだ、ドリアン、さもなければ、これはきみのお芝居だ」と顔を顰《しか》めながらホールウォードは呟《つぶや》く。

「こわいのか？　それなら、ぼくが取ってやる」言うなり、かれは覆いを留め棒からひきちぎり、床に叩《たた》きつけた。

薄暗い光をとおして画布上の怖《おそろ》しい顔が自分ににたりと笑いかけるのを見た画家の唇《くちびる》から、あっという恐怖の叫びがほとばしる。その絵の表情には、なにかしら胸をむかつかせるようなところがある。なんということだ！　これはほかならぬドリアン・グレイの顔ではないか！　なんとも言いようのない凄味《すごみ》のある相好《そうごう》にも拘《かかわ》らず、ドリアンのすばらしい美貌《びぼう》はまだ完全には損《そこな》われていなかった。薄くなりはじめた頭髪にはいまだに金髪がまじり、淫《みだ》らな口にもいくらかの赤味が残っている。どんより濁った眼にも昔日《せきじつ》の美しい碧味《あおみ》が名残《なご》りをとどめ、整った鼻孔や柔軟な咽喉《のど》もとに見られた高雅な曲線も、まだすっかり消えさってはいなかった。間違いなくドリアンなのだ。いったい、これはだれのしわざなのだ？　どうやら、筆捌《ふでさば》きはバジル自身のものであり、額縁もかれ自身のデザインらしい。いや、そんな馬鹿《ばか》なことはない、そう打ち消しつつも、バジルはなお気懸《きが》りであった。かれは燃えている蠟燭を摑《つか》んで絵の傍に掲げた。画面の左の隅《すみ》を見ると、長い字で書かれた朱色も鮮かな自分の署名がついているではないか。

　これは自分の作品をもじった不法な代物《しろもの》、唾棄《だき》すべき不埒《ふらち》な諷刺《ふうし》画だ。自分はこんな絵を描いた覚えはない。だが、これはやはり俺の絵だ。自分の絵に間違いないと知ったバジルは、全身の血が一瞬にして焰から鈍い氷に変ってしまったような気持だった。俺がこの手で描いた絵！　いったい、これはどうしたことなのだ？　なぜ変ってしまったのだ？　かれは振り返って、病人のような眼でドリアン・グレイの顔を見る。口はひきつり、舌は干あがって一語も発することができぬような気持。手で額をぬぐう。ねっとりと汗がにじみ出ている。

　相手の若者は煖炉の飾り棚に身をもたせかけ、なにもかも忘れて名優の演じる芝居に見惚《みと》れるひとの顔に泛《うか》ぶあの不思議な表情で、じっとバジルを見守っている。そこには真の悲しみも、真の歓《よろこ》びもない。あるのはただ観客の情熱のみであり、しいて探せば、眼にちらつく勝利の色が認められるくらいのものであった。かれは上着から飾りの花をはずして、匂いを嗅《か》いでいる――というより、嗅ぐふりをしていた。

「いったいどうしたわけだ？」ついにホールウォードが叫んだ。かれの耳には、そういう自分の声が甲高く奇妙に響いた。

「もう何年も前、ぼくがまだ子供だったとき」ドリアン・グレイは手に握った花を押し潰《つぶ》しながら言う――「きみはぼくと会って、ぼくをおだてあげ、ぼくに自分の美しさを自慢することを教えた。ある日、きみはぼくをきみの友人に引きあわせた、その男はぼくに青春の驚異を説明し、きみはきみで、ぼくの肖像画を完成して美の驚異というものにぼくの眼を開かせた。おもわず理性を失った狂気の瞬間――いまでさえ、ぼくはその瞬間をくやんでいるかどうかわからぬが――その瞬間、ぼくはある願をかけた――きみだったら祈ったと言うだろうが……」

「憶《おぼ》えている！　はっきり憶えている！　だが、そんなことはありえない。この部屋は湿気が強い。だから黴が画布に喰いこんだのだ。ぼくの使った絵具に、なにかたちの悪い毒性の鉱物が混っていたのだ。どう考えても、こんなことはありえない」

「この世に何がありえないだろう」呟きながら若者は窓辺《まどべ》に行き、霧で彩《いろど》られた冷えきったガラスに額をもたせかける。

「きみは肖像画を滅茶滅茶《めちゃめちゃ》にしたと言ったはずだ」

「間違いだった。肖像画がぼくを滅茶滅茶にしたのだ」

「これがぼくのかいた絵だとは信じられない」

「そこにきみの理想像が見えないのか？」ドリアンの語調は辛辣《しんらつ》だった。

「きみの言うぼくの理想像は……」

「きみがかつて言った理想像さ」

「あのなかには、一点の邪悪も恥辱もなかった。きみはぼくにとって、もう二度と会うことができぬような理想像だった。が、これは色情狂の怪物の顔ではないか」

「ぼくの魂の顔だ」

「ああ、なんという代物をぼくは崇拝してきたのだ！　これは悪魔の眼をしている」

「人間だれでも天国と地獄を自分のうちにもっているのだ、バジル」絶望の身振り烈《はげ》しくドリアンは叫ぶ。

ホールウォードはふたたび肖像画に向きなおり、じっと眼を注ぐ。「ああ、もしこれがほんとうだとすれば」叫ぶようにかれは言う――「もしこれがきみの生活の真の姿であるとすれば、きみという男は、きみの悪口を叩いている連中が想像している以上の悪人だ！」かれはもう一度蠟燭を画布の傍《そば》に近づけ、念いりに点検した。絵の表面は全然手を加えられた形跡がなく、バジルが仕上げたときのままだった。明らかに、この穢《きたな》らしさと醜怪さは内側から生じたにちがいない。うちなる生命のある不可思議な刺戟《しげき》によって、罪悪の業病《ごうびょう》が徐々にこれを喰いつくしてゆくのだ。水びたしの墓に埋められた死骸《しがい》の腐敗といえども、これほど怖《おそ》るべきものではあるまい。

バジルの手が震え、蠟燭は燭台《しょくだい》から床に落ちて、そのままぶつぶつと燃え続けた。かれは足をその上にのせて踏み消す。やがてテーブルの脇《わき》に立っているぐらつきがちな椅子に身を投げかけ、両手で顔を覆《おお》った。

「ああ、ドリアン、なんという教訓だ！　なんという怖しい教訓だ！」返事はなかったが、窓辺の若者の啜《すす》り泣く声が聞えてきた。「ドリアン、祈るのだ」呟くように言う。「子供のころ教えられた祈りはどんな言葉だった？『われらを誘惑に導きたもうことなかれ。われらが罪を赦《ゆる》し、われらが不義を洗い潔《きよ》めたまえ』一緒に称《とな》えよう。きみの傲慢《ごうまん》な祈りは聞きとどけられた。きみの改悛《かいしゅん》の祈りも聞きとどけられるだろう。ぼくはあまりにきみを崇拝しすぎたのだ。そのためいま罰を受けている。きみは自分を崇拝しすぎた。ぼくらはふたりとも罰せられているのだ」

ドリアン・グレイはゆっくりとうしろを向き、涙でかすんだ眼でバジルを見やる。

「もう遅すぎるのだ、バジル」どもるような声だった。

「いつでも遅すぎるということはない、ドリアン。膝《ひざ》まずいて、祈りのことばを思いだしてみよう。こんな句があったろう――『汝《なんじ》の罪真紅のごとくなりとも、われそをば雪のごとく純白と化せん』」

「そういう言葉も、いまのぼくにとってはなんの意味もない」

「いけない！　そんなことを言うな。きみはもういやというほどの罪業《ざいごう》を重ねたのだ。ああ、いったいきみは、こっちを横眼で見ているあの忌《いま》わしい姿が見えないのか？」

ドリアン・グレイはちらりと絵を見やる――と、不意に、バジル・ホールウォードにたいする抑えがたい憎悪《ぞうお》が襲ってきた。画布に描かれた像が吹きこみ、そのにやりと笑いをたたえている脣がかれの耳に囁《ささや》いたかのようだった。追いつめられた動物の感じる荒れ狂った情熱がかれのうちに湧《わ》きはじめ、いまだかつて何者にも感じたことのない烈しさで、テーブルの前に坐《すわ》っている男を憎み嫌ったのだ。狂暴な眼つきであたりを見まわす。真向うの彩色された箱の上にきらりと光っているものがある。かれの眼がそれに注がれた。かれはそれがなんであるかを知っている。いつぞや、紐《ひも》を切るために下から持って来て、そのまま忘れていったナイフだった。かれはゆっくりとそれに近づく。途中、バジルのすぐ横を通りすぎる。バジルの背後に達するやいなや、かれはかたくナイフを摑《つか》み、くるりと向き直る。ホールウォードは椅子からいまにも立ちあがりそうな気配だ。さっと躍《おど》りかかったドリアンは、耳のすぐうしろの大静脈めがけてナイフを深々と打ちこみ、同時に相手の頭をテーブルの上に押し潰し、さらに何度も何度もナイフを突き刺した。

窒息したような呻《うめ》きと、血にむせぶ人間の怖しい声が聞えた。伸びきった腕がみたび痙攣《けいれん》しながら持ちあがり、指をこわばらせた不気味な手を宙に振りまわす。ドリアンは、さらにふた突きしたが、もはや相手は身動きしなかった。なにかが床の上にぽたりぽたりと落ちはじめた。かれは依然、相手の頭を圧《おさ》えつけたまま、しばらく待った。それから、ナイフをテーブルの上に投げだし、じっと耳を澄ます。

聞えるものは、すり切れた絨毯《じゅうたん》の上に落ちるぽたりぽたりという音のみであった。扉をあけて、踊り場に出てみる。家中はひっそりと静まりかえっている。起きているものはだれもいない。しばらくのあいだ、かれは欄干によりかかって、闇黒《あんこく》のたち騒ぐ井戸のような階段を覗《のぞ》きこんでいた。それから、鍵を取り出すと、部屋にとって返し、内側から固く錠をさした。

例のものは依然、椅子に腰かけたままの姿勢で、たれさがった頭、丸まった背、長い怪奇な腕でテーブルの上に苦しげにうつぶせになっている。頸部《けいぶ》に残る赤いずたずたの裂傷と、テーブルの上に次第に拡《ひろ》がってゆく黒いかたまりのような液体とがなかったならば、この男はただ睡《ねむ》っているとしかおもわれなかっただろう。

あっと言う間にすべてが終ってしまった！　かれの気持は妙に落ちついていた。窓辺に行って、ガラス戸を開き、バルコニーに出てみる。風はあたりの霧を吹き払い、夜空は、あたかも幾千の金の瞳《ひとみ》をちりばめた巨大な孔雀《くじやく》の尾を思わせた。下を見ると、巡回中の警官が、手に持った角燈《かくとう》の発する長い光線を静まりかえった家々の戸口にちらつかせながら通りすぎてゆくところだった。客を漁《あさ》る辻《つじ》馬車の真紅の灯が、町角できらめいたと見る間に消え去った。ショールをはためかせた女が、よろけるようにゆっくりと手摺《てすり》に摑《つか》まって歩いてゆく。ときおり足を停めては、うしろをすかし見ている。と、嗄《しやが》れた声で歌いはじめた。警官がやって来て、なにごとか女に言う。女は笑いながら、そそくさと立ち去る。身を切るような疾風が広場を吹きすぎる。ガスランプの灯がちらちらと揺れ、青味を帯びる、葉を落した樹《き》が黒い鉄のような枝を左右に揺り動かす。かれはおもわず身顫《みぶる》いをし、部屋にはいって窓を締めた。

扉まで行くと、鍵をまわし、扉をあけた。殺された男には一瞥《いちべつ》も与えなかった。なによりも、この現状を見て見ぬふりをすることが万事をうまく切り抜ける秘訣《ひけつ》なのだという気持だった。自分の不幸の原因だったあの宿命的な肖像画を描いた友は息をひきとったのだ。それだけで十分ではないか。

そのとき、かれはランプのことを思いだした。あのランプはムーア人の造った、どちらかといえば風変りな代物で、磨きあげられた鋼鉄のアラベスク模様がはめこまれ、荒削《あらけず》りなトルコ玉がちりばめられたいぶし銀の工芸品だった。おそらく召使いは、これが見えなくなったことに感づいて、うるさく質問するだろう。かれは一瞬ためらったが、結局ひき返し、テーブルからランプを取りあげた。こんどは死骸を見ぬわけにはいかなかった。怖しいほどじっとしている！　その長い手の怖しいばかりの白さ！　凄惨《せいさん》な蠟《ろう》人形を眼《ま》のあたりに見る想《おも》いだ。

部屋の外に出て、扉の錠をさすと、かれは足音を忍ばせて階段をおりて行った。足もとでは板が軋《きし》り、悲鳴かと聞えた。かれは途中なん度も立ち停り、待った。だが、すべては静まりかえっていた。自分の足音にすぎなかったのである。

書斎に着くと、隅に置かれた鞄《かばん》と外套《がいとう》がまず眼についた。あれはどこかに隠さねばなるまい。かれは壁板のなかにある秘密の戸棚を鍵であけた。それはいつも自分の奇妙な変装用具をしまって置く場所だった。その戸棚にかれは鞄と外套をいれる。あとで燃すのは簡単だ。かれは時計を取りだしてみる。二時二十分前だった。

かれは腰をおろし、考えこんだ。毎年——いや、毎月と言っていい——英国では、おのれの所業のためにひとが絞首刑《こうしゅけい》に処せられている。荒れ狂った殺気が満ち、赤い星が地球にあまりに接近しすぎた……だが、俺に不利な証拠はなにもあがりはしまい。バジル・ホールウォードは十一時に家を出た。かれが二度目にはいったのを見かけたものはだれもいない。召使いの大半はセルビー・ロイヤルに行っている。かれの身のまわりを世話する召使いは床に就いている……パリ！　そうだ、バジルは予定どおり真夜中の列車でパリへ去ったのだ。バジルは妙な癖で自分のことをなかなかひとに打ちあけぬところがあるから、疑念が抱《いだ》かれるまでには数箇月の余裕があるだろう。数箇月！　それまでには、とっくに証拠という証拠を抹殺《まっさつ》してしまうことができる。

突然、ある考えがひらめいた。かれは毛皮の外套と帽子をつけ、玄関の広間に出て行った。と、かれは棒立ちになった。おもての鋪道《ほどう》をゆく警官のゆっくりした重い足音が聞え、角燈の閃光《せんこう》が窓に映るのが見えたのだ。かれはじっと息をころして待った。

ややあって、かれは閂《かんぬき》をはずし、おもてに忍びだし、そっと扉を締めた。それから呼鈴《よびりん》を鳴らしはじめた。五分もすると、着物を半分だけつけて睡たげな様子の召使いが現れた。

「起して済まなかった、フランシス」なかにはいりながら言った——「鍵を持って出るのを忘れたものでね。いま何時だろう?」

「二時十分すぎです。旦那様《だんな》」と柱時計を見ながら眩《まぶ》しそうな眼をして答えた。

「二時十分すぎだって? ずいぶん遅くなったものだな! あすは九時に起してくれ。ちょっとしておかなければならぬことがあるから」

「かしこまりました」

「今夜はだれも訪《たず》ねてこなかったかね?」

「ホールウォード様がおこしでした。十一時までここにおいででしたが、汽車に間にあうようにとお帰りになりました」

「ほう、それは会えなくて残念なことをした。なにか伝言はなかったかね?」

「別にございませんでしたが、なんですか、クラブで旦那様にお会いになれなかったら、パリからお手紙を出すとおっしゃっておいででした」

「そうか、いや、それだけで結構、フランシス。あす九時に起すのを忘れないでな」

「かしこまりました」

男はスリッパーを曳《ひ》きずるようにして廊下を歩いて行った。

ドリアン・グレイはテーブルの上に帽子と外套を置き、書斎にはいった。それから十五分というもの、かれは脣《くちびる》を嚙《か》みしめ、考えごとをしながら、部屋のなかを往《ゆ》きつ戻りつ歩きまわった。それから、書棚から紳士録《ブルー・ブック》を取りだすと、その頁《ページ》をめくりはじめた。「アラン・キャムベル――メイフェア、ハートフォード街一五二番地」そうだ、これが自分の必要とする人物なのだ。

第十四章

翌朝、九時になると、召使いが盆に一杯のチョコレートを載せて部屋にはいり、窓の鎧戸《よろいど》をあけた。ドリアンは右を下にし、片手を頬の下に敷いてすやすやと睡《ねむ》っていた。遊びか勉強に疲れはてた少年といった様子だった。

召使いが二度も肩に手を触れてから、やっとかれは睡りから醒《さ》めた。眼をあけるドリアンの脣にはかすかな微笑がただよった。なにか心地よい夢にひたっていたというような微笑だった。が、かれは全然、夢を見なかった。快い映像にも、苦痛な悪夢にも乱されぬ静穏な一夜を送ったのだ。青年は特にこれといった理由がないのに微笑する。青年の主な魅力のひとつはそこにあるのだ。

かれは寝がえりを打ち、肘《ひじ》をついてチョコレートを啜《すす》りはじめる。柔い十一月の日《ひ》射《ざ》しが部屋に流れこむ。空はあかるく、大気には快い暖かさがただよっている。五月の朝のようだ。

徐々に前夜の出来事が血にまみれた足を忍ばせながらかれの頭にはいりこみ、怖《おそろ》しいほど明瞭《めいりよう》な形を帯びて組立てられてゆく。昨夜の苦悩が思い出されて身がすくむ。するとすると、一瞬、バジル・ホールウォードにたいする不思議なまでの嫌悪感《けんおかん》、自分を駆りやって、椅子《いす》に坐っているバジルを殺させたあのときと同じ嫌悪の情がふたたび襲いかかり、かれの全身は激情で冷くなった。あの死人はまだあそこに坐ったままだ。しかも、いまは日の光に照らされていることだろう。なんという怖しいことだ！このように醜怪なことは夜の闇《やみ》にこそ似つかわしいかもしれないが、日中にはまったく不向きだ。

昨夜の体験をいつまでもくよくよ反芻《はんすう》していたならば、きっと病気になるか、発狂するかしてしまうだろう。この世には、実行するよりも思いだすことに魅力のある罪がある——それは、情念よりも自尊心を満足せしめ、情念が感覚に齎《もたら》すことのできるいかなる歓喜よりもすばらしい歓喜の法悦を知性に与える不思議な勝利感である。だが、いま感じているのはそれとは違う。この感情は即刻、心から追い払わねばならぬ。阿片《あへん》で麻痺《まひ》させ、こっちが絞め殺される前に、一刻もはやく絞め殺してしまわねばならぬものなのだ。

時計が九時半を打つと、かれは手で額をぬぐい、急いで起きあがり、いつもよりも入念に服を着た。特にネクタイとネクタイピンを選ぶのには注意を払い、指環《ゆびわ》も、あれこれと何度もはめ直した。さらに朝食にも永い時間をかけ、種々様々の料理を味わい、セルビーに行っている召使いたちに造ってやろうと思う新しい仕着せのことを召使いに話したり、手紙に眼をとおしたりした。かれがおもわず微笑を洩《も》らした手紙もあった。うんざりさせられたものも三通ほどあった。また、一通は何度も読み直したあとで、迷惑げな表情をかすかに泛《うか》べながら破り棄《す》てた。「怖《おそ》るべきかな、女性の記憶！」とはヘンリー卿《きょう》もよくぞ言ったものだ。

一杯のブラックコーヒーを飲みおえると、かれはナプキンでゆっくりと脣を拭《ふ》き、召使いにしばらく待つように合図してから、テーブルの前に行って腰をかけ、手紙を二通したためた。その一通をかれは自分のポケットに収め、他の一通を召使いに手渡した。

「これをひとつハートフォード街一五二番の家に届けてくれ、フランシス。もしキャムベル氏がロンドンを離れている場合には、その住所を聞いてきてくれ」

ひとりきりになると、かれは早速、巻煙草《まきたばこ》に火を点《つ》け、一枚の紙の上にスケッチを書きはじめた。最初は花を、次には建物を、最後には人間の顔を描いた。と、突然かれは、自分が描く顔はどれもこれもバジル・ホールウォードに奇妙に似かよったところがあるのに気づいた。顔を顰《しか》め、席を立って本箱の前に行き、手あたり次第に一冊の本を取りだす。いやでも考えねばならぬときがくるまでは、起ったことに就いて一切考えまいとかれは心に決めていたのだ。

ソファに伸び伸びと横たわったドリアンは、手にした本の扉《とびら》を見た。それはゴーチエの「七宝と浮彫玉」だった。ジャックマールの版画《エッチング》がついた日本紙製のシャルパンティエ版である。装幀《そうてい》は黄緑色のレザーで、点々と柘榴《ざくろ》をあしらった金色の格子縞《こうしじま》模様が施されている。それはアドリアン・シングルトンから贈られた本だった。頁《ページ》をめくってゆくうちに、ふと、ラスネアの手を歌った詩に眼がとまった。赤っぽい産毛《うぶげ》と「牧神の指」のある、「いまだその罪を罰せられざる殺人者の」冷やかな黄色い手。かれはおもわずぞっと身を顫《ふる》わせて、自分の白く細長い指をちらと見やり、そのまま読みすごしたが、やがて例のヴェニスを歌った美しい句のところへきた――

もりあがる調べにのりて
胸より滴《したた》るは真珠の雫《しずく》
アドリア海のヴィーナス号は

波に生れぬ、その肌《はだ》は紅と白
紺碧《こんぺき》の波に浮ぶ
円屋根の清きかたどり
似たるかな、円き咽喉《のど》に
恋の吐息《といき》にふとふくらむ、円き咽喉に

小舟岸に至りて我は降り立つ
纜《ともづな》を杙《くい》に投げかけ
薔薇色《ばらいろ》の家のおもて
大理石のきざはしの上に

なんという精妙さだ！　読み進むにつれ、あたかも銀色の舳《へさき》をもち、裾《すそ》を曳《ひ》く帷《とばり》を張りめぐらした黒いゴンドラに坐《すわ》り、淡い紅と真珠に彩《いろど》られた町の緑の水路をすべってゆくような気持に襲われるではないか。この詩句そのものが、リドの島々に漕《こ》ぎ出るひとをどこまでも追うあのトルコ玉のような青さの直線のように見えるのだった。

突如として閃《ひらめ》く句の色彩に、かれは、蜂《はち》の巣のような窓をもつ高い鐘楼の周囲を飛びかい、あるいは埃《ほこり》にまみれた薄暗い拱廊《きようろう》を凜々《りり》しい優美さで歩きまわるあのオパール色と虹色《にじいろ》の咽喉をした鳥の輝きを想い泛べた。眼をなかば閉じ、頭をうしろにもたせかけて、かれは繰り返し口ずさんだ——

薔薇色の家のおもて

大理石のきざはしの上に

ヴェニスのすべてはこの二行に尽されていた。かれはヴェニスで過した秋を思いだし、狂おしくも楽しい愚行に自分を駆りやったすばらしい恋の回想に耽《ふけ》る。ロマンスはどこにもある。が、ヴェニスこそ、オックスフォード同様、ロマンスにふさわしい背景をとどめており、真にロマンティックな人間にとっては、背景がすべてである——すくなくとも、殆《ほとん》どすべてなのだ。あのときバジルもしばらく一緒だったが、かれはチントレットにすっかり夢中になっていた。可哀想《かわいそう》なバジル！　じつに怖しい死にかただった！

溜息《ためいき》を洩らし、ふたたび本を取りあげて、忘れようと努める。メッカ参りの回教徒が坐って琥珀《こはく》の数珠《じゆず》をかぞえ、ターバンを巻いた商人が総《ふさ》のついた長いパイプを喫《す》い、厳粛な面持で話しあっているスミルナのちいさなコーヒー店を出たりはいったりして飛びかう燕《つばめ》のことを読んだ。コンコルド広場のオベリスクに就《つ》いての件《くだり》も読んだ——日も照らぬ淋《さび》しい場所に流謫《るたく》の生活を送るこのオベリスクは、花崗岩《かこうがん》の涙を流しては、蓮《はす》の花の咲き乱れる熱きナイルのほとりに帰りたがる。ナイルのほとりには、スフィンクスも、薔薇のごとく赤い朱鷺《とき》も、金色の爪《つめ》をした白い兀鷹《はげたか》も、湯気の立つ緑色の泥沼を這《は》いまわる緑柱玉色のちいさな眼をした鰐《わに》もいる。かれはさらに、接吻《せっぷん》の跡もなまなましい大理石から音楽を聯想《れんそう》して、ゴーチエが最低音部《コントラルト》の声になぞらえるあの珍奇な像、ルーヴル博物館の斑石《まだらいし》の室にうずくまるあの「美しき怪物《モンストル・シャルマン》」に就いて物語る章句を幾度も反芻《はんすう》しはじめるのだった。しかし、やがて本はかれの手から落ちた。かれは落ちつきを失い、烈《はげ》しい恐怖の発作に襲われる。もしアラン・キャムベルが国内にいなかったらどうしよう？　アランが帰国するまでには何日も間があるだろう。いや、ことによったら、かれはここへ来るのを承知しないかもしれぬ。その場合にはどうする？　一瞬といえどもおろそかにはできぬのだ。ふたりは五年前には親友だった——切っても切れぬほどの仲だった。それが急に疎遠《そえん》になってしまった。昨今、社交界で顔をあわせることがあっても、微笑《ほほえ》みかけるのはドリアン・グレイのほうだけで、アラン・キャムベルは笑顔《えがお》ひとつ見せなかった。

アランはきわめて頭脳明晰《めいせき》な青年だった——とはいえ、かれは視覚的芸術に対する鑑賞眼に欠けていたし、いくらかでも詩の美しさに対する感覚があるとすれば、それはすべてドリアンから得たものであった。なんといってもかれの知的な情熱は科学に集中されていた。ケンブリッジに在学中、かれは多くの時間を実験室内で費し、かれの学年の自然科学優等試験には優秀な成績を収めた。いまでも化学の研究に没頭し、自分専用の実験室をもち、一日中そこに閉じこもっては母親の気をもませているのだった。母親はかれが議員に立候補することを念願としており、漠然《ばくぜん》と、化学者とは処方箋《しょほうせん》を書く薬屋だと考えていたのである。ところで、かれはなかなかの音楽家で、素人《しろうと》離れをして、ヴァイオリンやピアノを巧みに弾いた。まったくのところ、かれとドリアン・グレイをはじめて結びつけたのは音楽にほかならなかった——音楽と、ドリアンが自由自在に発揮し、しばしば無意識に発揮した不思議な魅力、このふたつにほかならなかった。ふたりはバークシァ夫人の邸《やしき》でルビンシュタインの独奏会があった夜、はじめて会い、それからというもの、オペラ座をはじめ、よい音楽が演奏される場所にはかならず連れ添ったふたりの姿が見られるようになった。ふたりの親しい間柄は十八箇月続いた。キャムベルはいつでもセルビー・ロイヤルかグロヴナー広場にいりびたっていた。かれにとってもまた、ドリアン・グレイは人生におけるあらゆる驚異と魅惑を体現した人物だと思われた。ふたりのあいだにいさかいが起きたのかどうかを知るものはだれひとりいなかったが、突然、ふたりは顔をあわせることがあっても殆《ほとん》ど口をきかなくなったという噂《うわさ》がたち、キャムベルはドリアン・グレイが出席しているパーティからはいつでも早く引きあげるようだと噂された。キャムベルはたしかに変った——しばしば妙に陰気になり、音楽を聞くのさえ厭《いと》わしい様子をし、自分で演奏することもなくなり、せがまれた場合には、いま科学に熱中しているので練習する暇がないという口実でことわった。だが、これは嘘《うそ》ではなかった。日を経るにつれてかれはますます生物学に惹《ひ》かれ、ある珍しい実験に関聯《かんれん》してかれの名が科学雑誌に出たことも一度か二度あった。

いまドリアン・グレイが待ちうけているのはこの男だった。かれはしきりに時計に眼をやる。一分また一分と時がたつにつれ、かれの気持は烈《はげ》しく動揺してゆく。ついに立ちあがったかれは、あたかも檻《おり》にいれられた美しき生きもののごとく、部屋のなかを往《ゆ》きつ戻りつする、ひっそりと大股《おおまた》に。手は不思議なほど冷たかった。

緊張は耐えがたいばかりとなった。「時」は鉛のような重い足どりでのそのそと這《は》っているようだ——しかも、かれは激しい風に押しまくられてある黒い断崖《だんがい》の突端に近づいているというのに。そこで自分を待ちうけているものがなんであるか、かれは知っていた——知っていたばかりではない、それがありありと眼に見えていたのだ。かれは身顫《みぶる》いをし、頭脳から視覚を奪いさり、眼玉を窩《あな》のなかに追いやってしまわんばかりに、湿った手で燃える瞼《まぶた》を押しつけた。が、それも無駄だった。頭脳には頭脳が貪《むさぼ》りたべる糧《かて》がある、恐怖ゆえにグロテスクなものと化した想像力、生物のごとく苦痛によってねじくれ、歪《ゆが》みきった想像力は、台上の醜い操《あやつ》り人形そっくりに踊り狂い、様々に相好《そうごう》を変える仮面をとおしてにたりと笑いかけるのだ。と、不意に、かれの「時」が停止する。そうだ、この盲目の微《かす》かに息づく存在はもはや這い進むことをやめる、身の毛もよだつ想念は、「時」が死んだいま、すばやくその前面に立って走り、醜怪な未来を墓から曳《ひ》きずりだして自分に見せるのだ。かれはまじまじとその未来を眺める。その怖《おそろ》しさにかれは石になってしまいそうだった。

ついに扉が開き、召使いがはいってきた。かれは生気のない眼を向ける。

「キャムベル様がおこしでございます」と召使いが言う。

からからに乾いたかれの脣《くちびる》から安堵《あんど》の溜息《ためいき》がほっと洩れ、頰には血の気がのぼってきた。

「すぐ来て頂くようにお伝えしろ、フランシス」自分がふたたび自分に戻ったという感じがした。ひるんだ気持はすっかり消えさっていた。

召使いは一礼して引きさがり、そのあとすぐにアラン・キャムベルがはいってきた。きわめてきびしい面持で、顔色はやや蒼《あお》ざめ、まっ黒な髪の毛と濃い眉毛《まゆげ》がその蒼さをますます際《きわ》だたせている。

「アラン！　よく来てくれたね！　ほんとうにありがとう」

「もう二度ときみの家には足を踏みいれまいと思っていたのだ、グレイ。だが、生きるか死ぬかの問題だというからやって来た」かれの声はこわばって冷かった。ゆっくりと慎重な喋《しゃべ》りかただった。ドリアンに注がれた烈しい探るような眼差《まなざし》には軽蔑《けいべつ》の色が泛《うか》んでいる。手はアストラカンの外套《がいとう》につっこんだままで、自分を迎えるドリアンの身振りにも一顧も与えぬ態度だった。

「そうなのだ、アラン、生死の問題なのだ――しかも、ひとりだけの問題ではないのだ。まあ、坐ってくれ」

キャムベルはテーブルの傍の椅子《いす》に腰かけ、ドリアンは相手の正面に席をとる。ふたりの眼があった。ドリアンの眼には無限の憐《あわれ》みがこもっていた。自分がこれからしようとしていることの怖しさを、かれは知っていたのだ。

一瞬、緊張した沈黙が続いたあと、かれは身をのりだし、自分が呼び寄せた相手の男の顔にあらわれる反応を確かめながら静かな語調で言った――「アラン、この家の一番上の錠をおろした部屋――そこにはぼくだけしかはいれないのだが――そこでひとりの死人がテーブルの前に坐っている。死んでから十時間になる。まあ、待って、それに、そんな眼でぼくを見ないでくれ。それが誰で、なぜ、どうやって死んだのかは、きみには関係のない事柄だ。きみにしてもらいたいことは――」

「やめろ、グレイ。もうそれ以上知りたくない。いまきみが言ったことが事実かどうかはぼくの知ったことではない。きみの生活にかかわりあいになるのははっきり断る。きみの怖しい秘密は自分だけのものにしておくのだな。ぼくにはなんの関心もない」

「アラン、是非関心をもってもらいたいのだ。特にこんどの秘密には関心をもってくれ。きみには全く済まぬと思っているよ、アラン。でも、ぼくにはどうにもならないのだ。きみだけがぼくを救うことのできる人間だ。きみをこの事件に曳きずりこまぬわけにはいかないのだ。ほかに手がないのだ。アラン、きみは科学者だ。化学とか、そういった類《たぐい》のことをよく知っている。色々な実験もやっている。きみにしてもらいたいのは、上の部屋にある例のやつを抹殺《まっさつ》することなのだ――一点の痕跡《こんせき》も残らぬように始末してもらいたいのだ。あいつが家にはいるところを見かけたものはひとりもいない。それに、あいつはいまパリにいることになっている。あいつの失踪《しっそう》が発覚するまでには数箇月の余裕がある。で、その失踪が問題となったときに、あいつの痕跡がここで発見されては困るのだ。アラン、きみはあいつのからだと持物一切を、ひと握りの灰に変えて、ぼくが空中に撒《ま》きちらせるようにしてもらいたいのだ」

「きみは気が狂っている、ドリアン」

「ああ！　ドリアンと呼んでくれるのを待っていたのだ」

「きみは気が狂ったのだ――ぼくがきみを助けるために、指一本でも動かすと考えるなんて正気の沙汰《さた》じゃない。こんな怖しい告白をするなんて気が狂っている。なんにしろ、この事件にはかかわりあいになるつもりはない。まさかきみは、きみのためにぼくが自分の評判を危険にさらすようなこともすると思っているのじゃないだろうな。どんな悪魔の所業をきみが行おうと、それがぼくにとってなんだというのだ」

「自殺だったのだ、アラン」

「それは結構だ。だが、だれが自殺に追いやったのだ。きみだろう？」

「きみはまだ断るのか？」

「もちろんだ。絶対にかかわりあうのはいやだ。どんな恥辱がきみの身にふりかかろうと、ぼくの知ったことではない。当然の報いだ。きみがひとまえで辱《はずかし》められても、ぼくは気の毒がらないだろう。いったい、きみはなぜ、よりによってこのぼくをこの怖しい事件に巻きこもうとするのだ？　きみは人間の性格に就いてもっと良く知っているものとばかり思っていた。きみの友人のヘンリー・ウォットン卿《きょう》も、ほかのことは知らないが、心理学に関してはあまり教えてくれなかったと見えるな。どんなことがあろうと、ぼくはきみを助けるために一歩だって動くのはいやだ。お門違いだ。だれか、きみの友達のところへでも行くのだな。ぼくは御免蒙《こうむ》る」

「アラン、人殺しだ。ぼくが殺したのだ。あの男がぼくをどんな辛《つら》い目に遭《あ》わせたか、きみは知るまい。ぼくの人生がどんなものにしろ、あの男はハリーなんかよりはるかにぼくの人生の形成にも破壊にも関係が深いのだ。それを初めから意識していたわけではないにしても、結果は同じことだ」

「人殺しだって！　ああ、ドリアン、きみもとうとうそこまで落ちぶれたのか？　ぼくはきみを密告などはしない。それはぼくの知ったことではない。第一、ぼくが動きださなくても、きみは逮捕されるに決っている。犯罪を犯すものは、だれでもかならずなにかばかげたことをするものだ。だが、ぼくはかかわりあいになるのは一切御免だ」

「いや、是非ともかかわりあいになってくれ。待ってくれ、ちょっとでいいから待って、ぼくの言い分を聞いてくれ。いいから聞いてくれ、アラン。ぼくの頼みは、ただある科学実験をしてくれというだけのことなのだ。きみは病院や屍体《したい》置場に行くだろう。そこできみがやる怖しいこともきみはなんとも思わない。仮りに、この男がどこかの陰惨な解剖室か悪臭芬々《ふんぷん》の実験室で、流れる血を通すために掘りこまれた赤い溝《みぞ》のある鉛の台の上に横たわっているとすれば、きみはそれを見ても、ただお誂《あつら》えの研究対象だと思うだけだろう。髪の毛ひとつ動かしはしまい。自分がしていることは間違っているなどとは決して思うまい。逆に、自分は人類に貢献しているのだ、世界の知識を増大させているのだ、あるいは知的好奇心を満足させているのだ、といった風に考えるだろう。ぼくの頼みは、きみがこれまでに幾度もやってきたことにすぎないのだ。きみがやり馴《な》れてきたことに較《くら》べれば、死体を抹殺することなどはなんでもあるまい。それに、忘れないでもらいたいことは、あれだけがぼくに不利な証拠だということだ。もしあれが発見されれば、ぼくは破滅だ——しかも、きみが助けてくれなければ、発見されるにきまっている」

「ぼくには全然きみを助ける気がない。きみはそれを忘れている。ぼくはこのことには全く無関心だ。ぼくとはなんのかかわりあいもないことだ」

「アラン、お願いだ。ぼくの今の立場を考えてくれ。きみがくるちょっと前、ぼくは怖しさですんでのことに気を失うところだった。きみもいつかは恐怖がどんなものかを知るようになるだろう。いや、そんなことを考えるのはやめよう。純粋に科学的な見地からこの事件を眺めればいい。きみは自分の実験材料となる死体がどこから来たのか訊《き》きはしない。いまも訊かないでくれ。これだけでも、打ち明けすぎたくらいだ。だが、ともかくやってくれ。友達だったこともあるじゃないか。アラン」

「あの頃のことは言わないでくれ、ドリアン。昔のことだ」

「過ぎ去ったはずのものも時にはあとをひくものだ。上にいる男も立ち去らずにいるじゃないか。奴《やつ》は頭をたれ、手を伸ばしたままでテーブルの前に坐《すわ》っている。アラン！　アラン！　もしきみがぼくを助けてくれなければ、ぼくは破滅だ。ああ、ぼくは絞首刑《こうしゅけい》にかけられる、アラン！　きみにはわからないのか？　自分のしたことのためにぼくは首を絞められるのだ」

「いつまでもこんな愁歎場《しゅうたんば》を続けていたところでしようがあるまい。ぼくはこの事件に手を出すことは一切お断りだ。ぼくに頼みこむなんて気違い沙汰《ざた》だ」

「いやだと言うのだね？」

「そのとおり」

「お願いだ、アラン」

「いくら言っても無駄だ」

以前と同じ憐みの表情がドリアン・グレイの眼にあらわれたかとおもうと、かれは手を伸して一枚の紙をとり、なにごとかを書いた。二度それを読み直すと、丁寧に畳んでテーブルの反対側に押しやった。それが済むと、かれは立ちあがって窓の傍へ歩いて行った。

キャムベルは驚いた様子で相手を見ていたが、すぐに紙を取りあげて開いた。読み進むにつれて、かれの顔は死人のように蒼《あお》ざめ、かれはどさりと椅子の背によりかかった。ぞっとするような悪寒《おかん》が全身を襲う。心臓が虚《うつ》ろな洞《ほら》のなかで死への鼓動を搏《う》っているような気持だった。

二三分、怖しい沈黙が続いたのち、ドリアンはくるりと向き直って歩み寄り、相手の肩に手を置いた。

「アラン、済まないとは思うが、そうさせたのはきみだ」と呟《つぶや》く――「手紙はもう書いてある。これがそうだ。宛名《あてな》が見えるだろう。助けてくれないなら、これを出すよりしかたがない。助けるのがいやだというなら、これを出すつもりだ。その結果がどういうことになるかは承知だろう。だが、きみはぼくを助けてくれるだろう。いまとなっては、断るのは不可能だ。ぼくはきみに迷惑がかからぬよう結構骨を折ったつもりだ。それは当然きみだって認めねばならない。きみは峻厳苛酷《しゅんげんかこく》で無礼だった。きみのような態度でぼくを扱ったものは、いままでひとりもいなかった――すくなくとも生きている人間にはなかった。ぼくはそれをじっとこらえた。こんどはぼくが条件を指定する番だ」

キャムベルは顔を両手に埋めた。全身がわなわなと顫《ふる》えている。

「そうなんだ、こんどはぼくが条件をだすのだ。条件がなんだかは知っているはずだ。いたって簡単なことだ。さあ、そんなに興奮することはあるまい。いやでもしなければならないのだ。くよくよせずに面と向ってやるのだ」

呻《うめ》き声がキャムベルの脣から洩《も》れ、かれはぶるぶると身を顫わせた。煖炉《だんろ》の棚の上の時計の刻む音は、「時」をこま切れにして、そのひとつひとつを到底耐えがたい苦《く》悶《もん》の瞬間と化しているようだった。鉄の環《わ》が徐々に額を締めつけるような気持、ドリアンが脅迫のたねとしたあの恥辱が、すでにわが身にふりかかったような気持だった。肩に置かれた相手の手は、鉄の手のように重かった。我慢がならない。今にもかれを圧《お》し潰《つぶ》しそうだ。

「さあ、アラン、いますぐ決めるのだ」

「どうしてもできない」ことばが事態を変えうるとでもいうかのように、かれは機械的に言った。

「きみはやらねばならないのだ。選択の余地はないのだ。ぐずぐずしないでくれ」

アランは一瞬ためらったが、「上の部屋に火があるか？」と訊いた。

「ああ、石綿つきのガス焜炉《こんろ》がある」

「家へ行って、実験室から道具を持ってこなくてはならない」

「駄目だ、アラン、きみはこの家から出てはいけない。必要なものを紙に書いてくれれば、ぼくの召使いが馬車で行って取ってくる」

キャムベルは数行走り書きをし、吸取紙をあて、封筒に助手の名を書いた。ドリアンはそれを取りあげ、注意深く読んでから、呼鈴《よびりん》を鳴らし、召使いに渡した。できるだけ早く帰ってくるよう、品物を持ってくるようにといいつけた。

玄関の扉が締まると、キャムベルははっとして神経質に身を動かし、椅子から立ちあがると、煖炉の傍に行った。瘧《おこり》にでもかかったようにがたがたと顫えている。二十分近くのあいだ、ふたりはひとことも喋《しゃべ》らなかった。一匹の蠅《はえ》が部屋のなかをやかましく飛びまわり、時計の刻む音はハンマーを打つ響きのように聞えていた。

時計が一時を打ったとき、キャムベルはふり返ってドリアン・グレイの顔を見た、ドリアンの眼は涙で一杯だった。この悲しげな顔の純真さ、優美さを見ていると、なぜということなしに無性に腹が立ってきた。「破廉恥漢《はれんちかん》、きみはまったく破廉恥な男だ！」とかれは呟く。

「よせ、アラン。きみはぼくの命の恩人だ」とドリアン。

「きみの命か！　ふん、どんな命だというのだ！　堕落から堕落へと渡り歩いたあげく、とうとう犯罪者となりはてたくせに。ぼくがこれからやろうとしていること、きみに強制されてやること、それはけっしてきみの命を思ってのことではないのだ」

「ああ、アラン」歎息まじりにドリアンは呟く。「ぼくがきみにたいして感じている憐みの千分の一でもきみがもっていてくれたらなあ」言いながらかれは脇《わき》を向き、窓の外の庭を見る。キャムベルはひとことも答えない。

十分もすると、扉をノックして、召使いがはいって来た。大きなマホガニーの薬品箱をかかえ、鋼鉄と白金の針金をひと巻と、奇妙な形をした鉄の留め具をふたつ持っている。

「ここに置いてよろしゅうございますか？」と召使いはキャムベルに訊く。

「うん」ドリアンが言った。「フランシス、済まないがもうひとつ使いがあるのだ。セルビーの家に蘭《らん》を届けるリッチモンドの男の名はなんといったかな」

「ハードンでございます」

「そうか、ハードンだったたな。いますぐリッチモンドに行って、ハードンにじかに会って、蘭を注文の倍持ってくるように、それから、白いのはできるだけすくなくするように伝えてくれ。実をいうと、白いのは一本も欲しくない。フランシス、天気も上々だし、リッチモンドはじつに美しい所だ。でなければ、こんな用は頼まないのだが」

「なんでもございません、旦那様《だんなさま》。何時に戻ったらよろしゅうございますか？」

ドリアンはキャムベルの顔を見て、「きみの実験はどのくらいかかるかな、アラン」と落ちつき払った無関心な声で訊く。部屋に第三者のいることが、かれに特別の勇気を与えているらしい。

キャムベルは顔を顰《しか》め、脣《くちびる》を嚙《か》んだ。「五時間ぐらいだ」とかれは答える。

「じゃ、七時半に帰ってくれれば十分だ、フランシス。なんならとまって来てもいい。ただ、ぼくの着替えを用意しておくのを忘れないでくれ。今晩は自由にすごすがいい。夕食は家ではしないから、お前がいなくても大丈夫だ」

「ありがとうございます、旦那様」と言って男は出て行った。

「さあ、アラン、一刻も無駄にできない。この箱はずいぶん重いな！　これはぼくが持って行くから、きみはほかのものを持って行ってくれ」高飛車に早口で言う。キャムベルはかれに圧倒されるように感じた。ふたりは揃《そろ》って部屋を出た。

一番上の踊り場に着くと、ドリアンは鍵《かぎ》を取りだし、それを錠のなかで廻した。と、不意に手を休めた。眼には困惑の色がありありと泛《うか》び、からだがわなわなと顫えている。「ぼくははいれそうにない、アラン」呟くようにかれは言う。

「ぼくにはなんでもない。きみがいなくても大丈夫だ」冷やかにキャムベルは言う。

ドリアンは扉を半分だけあけた。そのとき、かれの肖像画の顔が日射《ひざ》しを受けて横眼で笑っているのが眼にはいった。その前の床には引き裂かれた帷《とばり》が横たわっている。それを見たかれは、昨夜はじめてこの宿命の画布に覆《おお》いをすることを忘れたのに気づき、あやうくとびこもうとしたが、おもわず身顫いしながらたじたじとあとずさった。

いったい、あのいやな赤い露はなんだろう——まるで画布が血の汗を出したかのような、片手の上に濡《ぬ》れて光っているあの露はなんだ？　なんという怖《おそろ》しさ！——それはテーブルの上に覆いかぶさっているはずの口をきかぬ物よりもなお怖しく思われた。死体が点々と血痕《けっこん》のついた絨毯《じゅうたん》に投げかけるグロテスクでぶざまな影から推すと、それは微動もせずに、あのときのままの恰好《かっこう》でいまもそこにあるのだ。

かれは深く息を吐きだすと、扉をもうすこし広くあけ、なかば眼を閉じ、頭をそむけ、死人には一瞥《いちべつ》も与えまいと決心して足早にはいって行った。そして、かがみこみ、金と紫の覆いを取りあげて、さっと絵にかぶせた。

かれは振り返るのが怖しいばかりに、そのまま手を休めて、目の前の複雑な模様にじっと見いっていた。重い箱や、鉄の道具や、そのほかかれの陰惨な仕事に必要な品物をキャムベルが運びこんでいる音が聞える。ドリアンは、いったい自分とバジル・ホールウォードはほんとうに会ったことがあるのだろうか、会ったとすれば、ふたりはたがいに相手のことをどう思っていたのだろうかと考えはじめるのだった。

「もうぼくをひとりにしてくれ」背後からきびしい声がした。

ドリアンは向き直って急いで部屋を出たが、そのとき、死人が椅子《いす》に押し戻されていたのと、キャムベルが、てらてらと光る黄色い顔を覗《のぞ》きこんでいるのをちらと見たような気がした。階段をおりてゆく途中、上の部屋の錠に鍵がかかる音が聞えた。

キャムベルが書斎に戻って来たのは七時をずっとすぎてからだった。顔は蒼白《そうはく》だが、きわめて冷静だった。「きみの要求どおりのことはした」とかれは呟く。「これで失敬する。おたがいに二度と顔をあわすまい」

「きみはぼくを破滅から救ってくれたのだ、アラン。忘れたくとも忘れられるものか」とドリアンはあっさりと言った。

キャムベルが帰ってしまうと、かれは早速、上にあがって行った。部屋には硝酸《しょうさん》の悪臭がただよっていた。が、テーブルの前に坐っていたものは影も形も見えなかった。

第十五章

その晩の八時半、一分《ぶ》の隙《すき》もない服装にパーマ産菫《すみれ》の大きな胸飾りをつけたドリアン・グレイは、恭《うやうや》しく頭を下げた召使いたちに案内されて、ナルバラ夫人の応接間にはいって行った。額はのぼせた神経のためにうずき、気分はひどく興奮していたが、かがみこんで女主人の手に接吻《せっぷん》したときの物腰は日頃とすこしも変らぬ優雅なものであった。人はだれでも、芝居しなければならぬときほど落ちついて見えるのではあるまいか。その夜のドリアン・グレイを見たもので、かれが現代の悲劇としてはもっとも怖《おそ》るべきものを経験してきた人間だと、だれが信じえたであろうか。あのしなやかな指が罪のナイフを握り、あのにこやかな脣が神をも憚《はばか》らぬ罵言《ばげん》を発したなどとは、夢にも考えられぬことだった。ドリアン自身でさえも、自分の落ちつき払った態度を不思議に思わずには居られず、一瞬のあいだ、二重生活の身の毛もよだつ愉悦を強く感じたほどだった。

パーティーは小人数の集りで、ナルバラ夫人が少々ばかり急いで狩り集めたものだった。夫人はきわめて抜目のない女で、ヘンリー卿《きょう》にいわせると、真に際《きわ》だった醜さの残骸《ざんがい》といったところであった。この女はわが英国のもっとも退屈なる大使連のひとりの優秀な妻だったが、みずから設計した大理石の墳墓に夫を手厚く葬《ほうむ》り、娘たちを少々年のいった富豪にかたづけてしまったあとは、もっぱらフランス小説とフランス料理、それに、自分にわかるかぎりのフランス的エスプリの快楽にうつつをぬかしていた。

ドリアンはこの女の特別のお気にいりのひとりで、この女は口癖のように、若い頃ドリアンに会わなくてほんとうによかったと言っていた。「そうしたら、わたしはきっとあなたに夢中になっていましたよ。そして、あなたのために自分の帽子を風車の上に投げかけるような無鉄砲もしかねなかったでしょう。あの頃あなたのことが頭になかったのは、なにより幸運でしたよ。なにしろ、わたしたちの帽子ときたら不似あいで、風車にしても風を起すことにばかり一所懸命だったものだから、ちょっとした恋愛遊戯さえだれともできなかったのですからね。でも、それもみなナルバラのせいですわ。あのひとはひどい近眼だったし、およそなにも見えない旦那《だんな》さまを瞞《だま》したところでちっとも面白くはありませんわ」

その夜の客はどちらかと言えば退屈な連中だった。ひどく見すぼらしい扇の蔭《かげ》で夫人がドリアンに説明したところによると、実は、夫人の嫁に行った娘のひとりが突然泊りにやって来た、しかもさらに悪いことに夫を一緒に連れて来ているというのであった。「ちょっとひどすぎますわ」と夫人は囁《ささや》く。「もちろん、わたしは夏毎《なつごと》にホムブルグから帰るとあのひとたちの所へ泊りがけで行きますけど、でもねえ、わたしみたいなお婆《ばあ》さんはどうしたって時々新鮮な空気を吸わねばいけませんし、おまけに、わたしはあのひとたちの眼を醒《さ》ましてやるのですからね。あのひとたちがあの辺鄙《へんぴ》な所でどんな暮しをしているか、あなた御存知ないでしょう。まったく文字どおりの田舎《いなか》暮しですの。することが多いので早起きをし、考えごとがないので早寝をするといったところですわ。あの近辺にはエリザベス女王の頃以来、スキャンダルなんかひとつだってありはしない。だから、あのひとたちは夕食が済むとさっさと睡《ねむ》ってしまうのです。あなたをあのひとたちの隣りには坐《すわ》らせませんよ。わたしの隣りに坐って、わたしを楽しませてくださいな」

ドリアンは小声でなにか上品な世辞を呟《つぶや》き、部屋を見まわした。なるほど退屈そうな連中ばかりだ。ふたりは一度も見たことのない人物であり、そのほかの連中はといえば、まずアーネスト・ハロウドン――ロンドンのクラブでざらに見かける取柄のない、敵もいない代りに友人からは徹底的に毛嫌《けぎら》いされている中年の男。ラクストン夫人――鈎鼻《かぎばな》で着飾りすぎた四十七歳の女、なんとかして自分の評判を貶《おと》そうと躍起になっているが、どうにも平凡で、だれもその醜聞を信じてくれるものがなく、大いに失望している御婦人。アーリン嬢――可愛《かわい》らしいもつれ舌で喋《しゃべ》る、黒味がかった赤毛の女、いささか出しゃばりで取柄なし。アリス・チャップマン夫人――女主人の娘、だらしのない鈍感な女で、一度見たのではけっして記憶に残らぬという典型的な英国型の顔をしている。それからその夫――頬の赤い、頬髯《ほおひげ》の白い男で、かれと同じ階級の人間によくあるような、無暗《むやみ》とはしゃぎまわることで思想の完全な欠如を補いうるとでも勘違いしている人物――といった顔ぶれであった。

ドリアンが来たことを後悔していると、ナルバラ夫人が、煖炉《だんろ》棚《だな》の上で派手な曲線を描いてぶざまに横たわっている大きなオルモルめっきの時計を見ながら、「ヘンリー・ウォットンはずいぶん遅いこと！　もしものことを想《おも》ってけさわざわざひとをやったら、間違いなく御期待に添いますと約束したくせに」と言った。

ハリーがくると聞いて、幾分ほっとしていると、扉《とびら》があき、なにか出まかせの言い訳をしているかれの魅力のあるゆっくりとした声が響いてきて、それと同時にドリアンの退屈も吹きとんだ。

が、晩餐《ばんさん》の席ではなにも咽喉《のど》を通らなかった。皿という皿が手をつけられずにさげられてゆく。ナルバラ夫人は、「これでは、折角あなたのために献立を考えたアドルフを侮辱するものですよ」と言ってはかれを責め、ヘンリー卿もときおりかれの方に眼をやって、口もきかずにぼんやりとしているかれを不審に思うのだった。時たま召使頭《がしら》が盃《さかずき》にシャンパンを注いでゆく。ドリアンは盛んに盃を傾けたが、咽喉の乾きはますます烈《はげ》しくなるようだった。

「ドリアン」鳥料理がくばられているとき、ヘンリー卿はついに口をきった――「きみは今夜どうしたのだ？　だいぶ元気がないな」

「目下恋愛中」ナルバラ夫人が言う――「でも、わたしが妬《や》くだろうと思って黙っているのですよ、きっと。その心配も尤《もっとも》ですね。わたし、ほんとうに妬きますよ」

「ナルバラの奥さん」微笑を泛べながらドリアンは小声で言う――「ぼくはここまる一週間、恋などしていません――マダム・ド・フェロールがロンドンにいなくなってからというものは」

「どうして殿がたはあのひとなどに恋をするのでしょう！」老夫人は叫んだ。「わたしにはさっぱりわかりませんね」

「それはただ、あのひとがあなたの少女時代を記憶しているからです、ナルバラの奥さん」とヘンリー卿。「あのひとはぼくたちとあなたの短い上衣《うわぎ》とを結ぶ唯一《ゆいいつ》のつなぎの環《わ》ですからな」

「あのひとはわたしの短い上衣のことなんかちっとも憶《おぼ》えてはいません、ヘンリー卿。でも、わたしのほうはよく憶えていますわ、三十年前ウイーンで会ったときのあのひとのことを。あの頃、あのひと、なんて胸も露《あら》わななりをしていたことでしょう」

「いまでもそのとおり」と卿は長い指でオリーヴをつまみあげながら答えた――「それに、あのひとがひどく洒落《しゃれ》た服を着ると、いかにも俗悪なフランス小説の豪華版といった恰好《かっこう》だ。あのひとはまったくすばらしい――ひとを驚すことばかりする。家庭的な愛情のキャパシティときたら並はずれている。三人目の夫が死んだときには、あのひとの髪の毛は悲しみで金髪になってしまったほどだ」

「よくもそんなことを、ハリー！」とドリアンが言う。

「なかなかロマンティックな御説ですね」と女主人は笑う。「でも、三人目の夫ですって、ヘンリー卿！　まさかフェロール氏が四人目だなんて――」

「まさにそのとおり、ナルバラの奥さん」

「そんなこと信じられませんわ」

「グレイさんに訊《き》いてごらんなさい。かれはあのひとのごく親しい友達だ」

「ほんとうですの、グレイさん！」

「ぼくにはたしかにそう言っています」とドリアン。「ぼくはあのひとに、いったいあなたはナヴァールのマルガリートのように、御主人の心臓を香油に浸して、腰帯にぶらさげているのかときいてみました。ところが、そんなことはしていないそうですよ。理由は、どの夫も心臓などという代物《しろもの》はもちあわせていなかったからだとね」

「御主人が四人！　まったく『大変な情熱《トロ・ド・ゼール》』ですこと」

「ぼくは『大変な大胆さ《トロ・ド・ブース》』と言ってやりましたがね」とドリアン。

「おやおや！　でも、ほんとうにあのひとはなんにつけても大胆なこと、ねえ、で、そのフェロールというのはどんなひと？　わたしは会ったことがありませんの」

「美人の夫は犯罪人ですな」葡萄酒《ぶどうしゅ》を啜《すす》りながらヘンリー卿が言う。

ナルバラ夫人は扇でかれを打つ。「ヘンリー卿。世の中のひとはあなたを大変意地の悪い人間だと噂《うわさ》しておりますけれど、まったくその通りでしょうね」

「いや、そんなことを言うのはどの世の中のひとですか？」眉毛《まゆげ》をあげて卿は訊く。

「そんな口をきけるのは次の世の中のひとにちがいない。この世の中とぼくとは至極うまく折りあっていますからね」

「わたしの知っているひとはみな、あなたのことを意地悪だと言っていますよ」頭を振りながら老夫人は言う。

ヘンリー卿はしばらく深刻そうな表情をしていたが、やがて「まったくやりきれない」と口をきった。「昨今のひとびとは、嘘《うそ》いつわりのないほんとうのことを蔭にまわって噂するようになりましたからねえ」

「どうも手のつけようがない」ドリアンが椅子から身をのりだして言う。

「そうあってほしいものですね」と笑いながら女主人。「でも、あなたがたがみなフエロール夫人をこんなおかしな風に崇《あが》め奉《たてまつ》るのなら、わたしも再婚して流行に遅れないようにしなくては」

「あなたは再婚など決してなさいませんよ、ナルバラの奥さん」とヘンリー卿が口をはさむ。「あなたは再婚するにはあまりに幸福だった。女性が再婚するのは最初の夫が嫌いだったからであり、男性が再婚するのは最初の妻が大好きだったからにほかならない。女性は運だめしをし、男性はすでに得た運を賭《か》けるというわけだ」

「ナルバラは完璧《かんぺき》な男ではありませんでしたよ」と老夫人は言う。

「もし完璧だったら、あなたは御主人を愛していなかったことでしょう」とやり返す。「女性は欠点ゆえに男を愛するのです。男に欠点が十分あれば、男のどんなことでも女は許す――男の知性さえ許してくれます。こんなことを言っては、もう二度と晩餐には招待して頂けないかもしれませんが、これは真理ですよ」

「もちろん、真理ですよ、ヘンリー卿。もしわたしたち女性が男をその欠点ゆえに愛さないとしたら、いったい男のひとはどうなっているでしょう？　ひとりだって結婚してはいませんよ。だれもかれも不幸な独り者となっているにちがいありません。でも、愛してあげたからといって、男がたいして変るわけではありません。この頃では、結婚中の男はみな独り者のような生活をし、独り者はひとり残らず結婚した男のような生活をしておいでですからね」

「世紀末か」とヘンリー卿は呟く。

「この世の終りですよ」と女主人が答える。

「そうならありがたいのだが」と歎息《たんそく》まじりにドリアンが言う。「人生は大いなる失望だ」

「おやおや、グレイさん」手袋をはめながらナルバラ夫人が言う――「『人生』を使い果してしまったなどと言わないほうがお為《ため》ですよ。ひとがそんなことを言い出すのは、『人生』に使い果されてしまったのをつくづく感じているときですからね。ヘンリー卿は非常な悪党ですよ――わたしだってときには悪党になりたいと思うこともある――でも、あなたは善人に生れついている、見るからに善良そうですもの。あなたに素敵な奥さまを見つけてあげましょう。ヘンリー卿、グレイさんは結婚なさらなくてはいけないとお思いになりません？」

「いつもかれにそう言っているのです。奥さん」と一礼しながらヘンリー卿が言う。

「それなら、ひとつお似合いのかたを捜してあげなくては。早速今夜デブレット貴族名簿に眼をとおして、資格のありそうなお嬢さまがたをひとり残らず表に書いてみましょう」

「歳《とし》もつけてくださるでしょうね？」とドリアン。

「もちろん歳も書きこんでおきましょう、すこし手心を加えてね。でも、せいてはことを仕損ずる。モーニング・ポストのいわゆる似合いの縁組といったところがわたしの望みだし、おふたりの幸福がなによりですからね」

「ひとはやたらに幸福な結婚を云々《うんぬん》するが、全く無意味な話だ！」ヘンリー卿は大声で言った。「男はどの女とでも幸福になれるのだ、その女を愛していないかぎり」

「まあ、なんという皮肉屋でしょう！」椅子《いす》をうしろに押しやり、ラクストン夫人に向ってうなずきながら老夫人が言う。「是非またいらして、夕食を御一緒にして戴《いただ》きたいものです。あなたはほんとうにすばらしい強壮剤ですこと——アンドルー博士が処方してくださる薬よりよっぽど効《き》き目がありますよ。お好きなかたの名をおっしゃってくださいな。楽しい集りにしたいと思いますから」

「そうですね、未来のある男性と、過去のある女性がいいでしょう」とかれは答える。

「しかし、それでは女天下の会になってしまうかな?」

「そうなりそうですね」と夫人は笑いながら立ちあがる。「ああ、どうも失礼、ラクストンの奥さま。まだ煙草《たばこ》を召しあがっていらっしゃるのに気がつかないで」

「いいえ、お構いなく、ナルバラの奥さま。わたしあんまり喫《す》いすぎますので、少し控え目にしようかと思っているところですの」

「控えるなどということはおよしなさい、ラクストンの奥さん」とヘンリー卿《きょう》。「中庸というやつは致命的ですよ。辛うじて十分な量というのは、ありふれた食事同様に好ましくない。度をすごすことこそ、御馳走《ごちそう》と同じに好ましい」

ラクストン夫人はいぶかしげに卿の顔をちらと見た。「いつかいらして、よく説明してくださいませんか、ヘンリー卿。仲々面白そうなお説ですこと」と呟きながら部屋をさっさと出て行った。

「よろしい? あんまり永いこと政治の話や醜聞に花を咲かせないでくださいよ」扉のところからナルバラ夫人が声をかけた。「でないと、わたしたちは二階でひと喧嘩《けんか》はじめてしまいますよ」

男連はどっと笑う。すると、チャップマン氏が厳粛な面持で末席から立ちあがり、上座にやって来た。ドリアン・グレイは席を変え、ヘンリー卿の隣りへ行って坐った。

チャップマン氏は声を張りあげて下院の情勢についてしゃべりはじめた。自分の政敵を哄笑《こうしょう》まじりに攻撃している。英国人の心には怖《おそろ》しい響きをもっている「空論家《ドクトリネア》」という単語がかれの口角泡《あわ》をとばす激論のあいまに何度もとびだしてくる。頭韻を踏んだ形容詞が演説を飾りたてる役目を果す。かれは思想の頂点にユニオン・ジャックを掲げ、この民族伝来の愚鈍さ――それをこの男はいかにも嬉《うれ》しそうに健全なる英国的常識と名づけた――これこそ社会の正しき堡塁《ほうるい》なりというのであった。

ヘンリー卿は脣《くちびる》を歪《ゆが》めて微笑し、振り返ってドリアンの方を見た。

「気分は良くなったかい？」卿は訊く。「食事のときはだいぶ元気がなかったが」

「もう大丈夫、ハリー。ちょっと疲れているだけです」

「ゆうべはずいぶん愛嬌《あいきよう》をふりまいていたではないか。あのかわいい公爵《こうしやく》夫人すっかりきみのファンになってしまった。あのひとはセルビーに出かけてゆくと言っているよ」

「二十日にくるという約束です」

「モンマスも一緒かね？」

「ええ、ハリー」

「奴《やつ》にはぼくもうんざりだ、奥さんが奴にうんざりしているくらいにね。あのひとは頭がいい――女としては良すぎるくらいだ。あのひとには弱さのそこはかとない魅力が欠けている。黄金の彫像に値打ちがあるのも、粘土の土台《フィート》あってこそなのだ。あのひとの脚《フィート》は美しいが、残念ながら粘土の脚ではない。白い磁器の脚といったところだ。あのひとの脚は火を通ってきたわけだ、火というやつは、なんでも焼きつくすか、さもなければ固めてしまう。あのひとは人生の体験者だ」

「結婚してからどのくらいになるのですか？」とドリアンは訊く。

「永遠の永きにわたると御本人は言っているよ。貴族年鑑に従えば、十年だそうだ。もっとも、モンマス公と一緒の十年なら、まさしく永遠といってもいいだろう――しかも、時間つきの永遠だ。ほかにはだれが来る？」

「ウイロウビイ夫妻、ラグビイ卿夫妻、ここの女主人、ジョフリー・クルーストン――いつもと同じ顔ぶれです。それに、グロトリアン卿も招きました」

「あの男はいい。たいていのやつはあの男を嫌うが、ぼくは魅力を感じる。ときどき派手すぎるなりをするが、それも、かれがつねに教育のありすぎる人間だという事実が埋めあわせをしている。非常に現代的なタイプの男だ」

「はたして来られるかどうかわからない、ハリー。父親と一緒にモンテ・カルロに行かねばならぬかもしれないそうです」

「ふん、他人の身内というやつはじつにうるさいものだ！　なんとかして来てもらうのだね。ところで、ドリアン、きみはゆうべずいぶん早くひきあげたね、十一時前だったよ。あれからどうした？　真直《まっすぐ》に家に帰ったのかね？」

ドリアンはちらっと相手を盗み見、顔を顰《しか》めた。「いや、三時近くなるまで帰らなかった」

「クラブにでも行ったのかい？」

「うん」と答えてから、かれは脣を噛《か》む。「いや、そうじゃない、クラブには行かないで、あちこち歩きまわっていた。なにをしたか忘れてしまった……ずいぶん差出がましいなあ、ハリー！　あなたはいつでもひとがしていたことを知りたがる。ぼくは自分のしていたことを忘れたいのだ。正確な時刻が知りたいというなら教えてあげますよ——ぼくは二時半に家に帰った。閂《かんぬき》の鍵《かぎ》を持って出るのを忘れたので、召使いに門をあけてもらわねばならなかった。そのことで確かな証拠が欲しいなら、その召使いに訊いてください」

ヘンリー卿は肩をすぼめた。「ドリアン、ぼくがそんなことを気にするものか！　上の応接間に行こうじゃないか——いや、シェリー酒は結構です、どうもチャップマンさん——どうやらなにかあったらしいな、ドリアン。どうしたのか教えてくれ。きみは今夜どうかしている」

「ぼくに構わないで、ハリー。いらいらして気分が悪いのだ。あすかあさって、お宅へ行きます。ナルバラ夫人にはなんとかうまく言っておいてください。二階には行きませんから、家へ帰ります。どうしても帰る」

「わかった、ドリアン。あした、お茶の時間に会おう。公爵夫人もくる」

「なるべく行くようにします、ハリー」と言いながら部屋を出る。馬車に乗っての帰途、かれは、押し潰《つぶ》してしまったとばかり思っていた恐怖感が舞戻って来ているのに気づいた。ヘンリー卿のふとした質問で、かれは瞬間的に勇気が挫《くじ》けてしまった。その勇気はいまだに戻ってはいなかった。危険な品物を早く処理しなければならない。かれの心はすくんだ。あれに手を触れるのは、考えただけでもぞっとする。

だが、いやでもしなければならないのだ。そう悟ったかれは、書斎の扉に鍵をかけると、バジル・ホールウォードの外套《がいとう》と鞄《かばん》を押しこんでおいた秘密の戸棚をあけた。火が大きく燃える。かれは薪《まき》をもう一本くべる。焦《こ》げる布地と燃えあがる革の臭《にお》いが堪《たま》らない。全部を焼きつくすのには四十五分かかった。しまいには、気が遠くなり、胸がむかついた。かれは点々と穴のあいた銅の鉢《はち》にアルゼリアの香をくべ、麝香《じゃこう》いりの冷たい酢に手と額を浸した。

突然かれははっとした。眼を異様に輝かせ、焦《いら》だたしげに下脣を嚙む。窓と窓とのあいだに、象牙《ぞうげ》と瑠璃《るり》をはめこんだ黒檀《こくたん》の大きなフロレンス製の箪笥《たんす》が立っている。ドリアンは、それにひとを魅惑し、恐れさせる力があるとでもいうかのように――そしてまた、かれが欲し求めていながらも嫌悪《けんお》してやまぬものがそこにはいっているかのように、じっとそれを見守った。呼吸が烈《はげ》しくなる。狂おしい渇望《かつぼう》が襲ってくる。巻煙草に火を点《つ》けたが、すぐに投げ棄《す》てた。瞼《まぶた》がだらりとたれて、長い睫毛《まつげ》は頰に触れんばかりであった。だが、眼は依然として箪笥に釘《くぎ》づけになっている。ついにかれは、いままで横になっていたソファから身を起し、箪笥の前に行き、錠をはずしてから秘密のバネに手を触れた。三角形の抽斗《ひきだし》がゆっくりとせり出してくる。指が本能的にそれに伸び、なかを探り、なにかを摑《つか》んだ。それは金粉のついた黒い漆塗りの支那《しな》の箱だった。精巧な細工で、側面にはうねった波形の模様があり、絹の紐《ひも》には丸い水晶玉がさがり、金糸を編んだ総《ふさ》がついている。かれはその蓋《ふた》をあけた。なかには緑色をした糊《のり》状のものがはいっていた。光沢は蠟《ろう》のようであり、匂《にお》いは異様に強烈でしつこかった。

奇妙なほど動きのない微笑を泛《うか》べたまま、かれはしばらくためらっていた。そして、部屋のなかはひどく暑いはずなのに身顫《みぶる》いをしながら、しゃんと身を伸し、時計に眼をやった。十二時二十分前であった。かれは箱を元に戻し、箪笥の戸をぴたりと締め、自分の寝室へはいって行った。

真夜中を告げる鐘が暗い夜空に青銅の響きを送っていたとき、ドリアン・グレイは平民の着るごく普通の服に着替え、頸《くび》にはマフラーを巻きつけて、忍び足で家を抜けだした。ボンド街で元気のいい馬が曳《ひ》く二輪馬車を見つけて呼びとめたかれは、馭者《ぎょしゃ》に低い声で行先を告げた。

馭者は頭を横に振った。「遠すぎまさあ」と呟《つぶや》く。

「さあ、一ソヴリン出そう」とドリアンは言った。「早くやってくれれば、もう一ソヴリンはずむぞ」

「やりましょう、旦那《だんな》」と馭者――「なに、一時間ありゃあ着きますさ」客が乗りこむと、かれは馬の向きを変え、河岸《かし》めざして勢よく車を走らせた。

第十六章

冷たい雨が降りはじめ、ぼうっと霞《かす》んだ街燈《がいとう》がしっとりと濡《ぬ》れた霧のなかに陰惨に泛《うか》ぶ。大衆酒場はちょうど店じまいをしているところで、その入口のあたりには、ぼやけた男女の姿が群がっている。バアからはすさまじい笑い声が聞えてくる。酔いどれどものいさかいや悲鳴が洩《も》れるバアもあった。

辻《つじ》馬車の席にもたれ、帽子を額の上に眼深《まぶ》かに引きおろして、ドリアン・グレイは生気のない眼で大都会の醜悪な裏面を眺めた。時折かれは、初めて会ったときにヘンリー卿が言った言葉「感覚によって魂を癒《いや》し、魂によって感覚を癒す」を口のなかで繰り返すのだった。そうだ、これが秘訣《ひけつ》なのだ。すでに何回となく試みたが、今夜もまたやってみよう。あそこに行けば阿片《あへん》吸引所がある――忘却《ぼうきゃく》を買うことのできる場所、旧《ふる》き罪悪感の記憶を新たな罪悪の狂気によって抹殺《まっさつ》することのできる恐怖の魔窟《まくつ》があるのだ。

黄色い髑髏《どくろ》のような月が空に低くかかっている。時折、ぶざまな大きな雲が長い腕を差し伸ばして目を隠す。街燈の数は次第にすくなくなり、街路は狭く陰気となった。馭者が道に迷い、半哩《マイル》ほど引き返さねばならぬこともあった。水溜《みずたま》りをばしゃばしゃとはね返す馬からは湯気が立ち昇る。馬車の横窓は灰色のフランネル地のような霧で塞《ふさ》がれている。

「感覚によって魂を癒し、魂によって感覚を癒す！」この言葉がかれの耳にがんがんと響く。俺の魂は間違いなく死の病に冒されている。だが、感覚がそれを癒しうるというのはほんとうだろうか？　罪なきひとの血が流された。それを償うにはいかにすべきか？　いや、それを償う方法はなにもないのだ――が、たとえ赦免は不可能であろうとも、忘却は可能なのだ。どうしても忘れてやる。踏み潰し、あたかも嚙みついてきた蝮《まむし》を押し潰すように滅茶滅茶《めちゃめちゃ》にしてやる。第一、バジルには、あんな風に俺に話しかける権利はなかったのだ。だれがかれを他人を裁く判事に任命したというのだ？　あいつは到底我慢のならぬひどいことを口にしたのだ。

馬車はがたがたと走り続けたが、かれには、ひと足ごとに速度が鈍くなるように感じられた。かれは仕切りをあけて、もっと早く走らせるように馭者に命じた。阿片に対する猛烈な渇望がかれをさいなみはじめたのだ。咽喉《のど》はほてり、繊細な手は両方ともぴくぴくと痙攣《けいれん》している。かれはステッキで荒々しく馬を打った。馭者は笑い声をあげ、鞭《むち》をふりあげた。ドリアンはそれに答えて笑ったが、馭者は黙りこくっている。行けども行けども目的地には着かず、街路は寝そべった蜘蛛《くも》の黒い巣のように見えた。その単調さは耐えがたいものとなり、霧が深まるにつれて、怖しさがつのった。

馬車は淋《さび》しい煉瓦《れんが》焼場を通りすぎる。ここでは霧はやや薄く、瓶《びん》の恰好《かっこう》をした奇妙な炉が扇状の橙色《だいだいいろ》の火の舌を出しているのが見えた。通りすぎる馬車に犬が吠《ほ》え、暗黒のかなたでは迷った鷗《かもめ》が鋭い鳴き声をあげている。馬が轍《わだち》につまずき、横にそれ、ふたたび勢よく走りだす。しばらくののち、馬車は土の道を離れ、ふたたびでこぼこの鋪装路《ほそうろ》の上をがたごとと走った。窓の大半は暗かったが、時おりランプに照された窓掛に幻想的な影が映っているのが見えた。かれは物珍しげにそれを眺めた。巨大な操《あやつ》り人形のように動いては、生きもののような身振りをしている。かれはその影に嫌悪《けんお》を感じた。鈍い怒りが心のなかに渦巻いた。ある町角を曲ったとき、あけ放たれた戸口からひとりの女が馬車に向ってなにごとかをわめき立て、ふたりの男が百ヤードばかりあとを追いかけてきた。馭者は鞭でふたりを打った。

激情は人間の思考を堂々めぐりさせるというが、このときも、ドリアン・グレイの嚙みしめられた唇は、醜悪な繰り返しによってあの魂と感覚に関する微妙な一句を呟《つぶや》いては消し、呟いては消しさっていた。そして、ついには、この句のうちに、いわば自己の気分の完全な表現を見いだし、知性の承認を得て激情を正当化したのだった。が、この激情は、こうした正当化が行われずとも、依然としてかれの気持を支配し続けたことだろう。かれの頭脳の細胞には、ただひとつこの想念だけが駆けめぐり、人間の欲求のなかでもっとも怖《おそ》るべき生への強烈な欲求が、打ち顫える神経と纖維をひとつひとつ活気づけるのだった。事物に現実感を与えるがゆえに厭《いと》わしいものであった醜悪さが、いまでは、まさしくそれと同じ理由によっていとしいものとなった。醜悪さのみが唯一《ゆいいつ》の現実なのだ。下品ないさかい、唾棄《だき》すべき魔窟、乱れた生活のがさつな荒々しさ――こういったものは、それが人間の印象に与える強烈な現実感によって、「芸術」の優美な姿形や「詩」の夢幻的な影よりも、はるかに生き生きと感じられるのだ。こういったものこそ、かれが忘却のために必要としているものにほかならなかった。三日もしたら、かれは自由になれるのだ。

突然、馭者が暗い小路の行き止りで馬車を停めた。低い屋根と突き出た煙突のかなたに、船の檣《ほばしら》が黒々と聳《そび》えている。白い霧が環《わ》となって、あたかも幽霊船の帆のように帆桁《ほげた》のあたりにまつわりついている。

「ここら辺でしょうな、旦那」馭者が嗄《しゃが》れた声で引き窓ごしに訊《き》いた。

ドリアンは我に返って、あたりを見まわす、「ここでいい」と答えたかれは、急いで外にでて、約束した特別のチップを馭者に与えると、波止場の方へ足早に歩いて行った。ところどころで、巨大な商船の艫《とも》につけられたランプがぼうっと光っている。その光は水溜りに映って揺れては砕けている。石炭を積みこんでいる外国行きの蒸気船からは、眩《まぶ》しいばかりの赤い光が射《さ》してくる。ぬるぬるした鋪道は濡れたゴム引きの布のように見えた。

かれは、尾行されていはしないかと、幾度もうしろを振り返りながら、左手の方向へいそぐ。七八分もすると、二軒の陰惨な工場のあいだにはさまれたちいさな見すぼらしい家に着いた。その一番高い窓のひとつには、ランプが立っている。かれは足を停め、一種独特なノックをした。

しばらく待つと、廊下に足音が聞え、鎖をはずす音がした。扉《とびら》がそっとあく。かれはずんぐりしたぶざまなひと影に一語の言葉もかけずにはいってゆく。そのひと影は、かれが前を通ると、暗闇《くらやみ》のなかにぺったりと身を潜ませた。玄関の広間の端には、ちぎれた緑色のカーテンがかかっていて、かれについて路《みち》から吹きこんだ烈しい風にはためいた。かれはそれを引きあけて、以前には三流のダンスホールででもあったかのような天井の低い細長い部屋にはいった。周囲の壁には、鋭い音をたてて燃えるガスの火口が並び、その火は、向いあわせに置かれた薄よごれた鏡に鈍く歪《ゆが》んだ影をおとしている。ブリキに枠《わく》をつけた脂《あぶら》でよごれた反射鏡がガス灯をうしろから支《ささ》え、顫《ふる》えて動く光の円盤を映しだす。床には黄土色のおが屑《くず》が敷きつめられていたが、踏みつけられて、そこここが泥となり、こぼれた酒のどす黒い輪で汚れている。幾人かのマレイ人が、喋《しゃべ》るたびに白い歯をむきだしながら、ちいさな木炭ストーヴの脇《わき》に坐《すわ》りこんで、骨で出来た駒《こま》でゲームをしている。部屋の一角では、ひとりの水夫が頭を腕のなかに埋めてテーブルの上にだらしなく上半身を寝そべらせており、部屋の側面の端から端まで続く、けばけばしく塗られた酒場のカウンターには、ふたりのやつれ衰えた女が立って、ひとりの老人をからかっている。男はけがらわしいといわんばかりの表情で上衣《うわぎ》の袖《そで》を払う。「赤蟻《あかあり》にとっつかれたとでも思ってるらしいよ、このひとったら」ドリアンが傍を通りすぎたとき、女のひとりはこう言って笑った。男はどきっとして女を見たかと思うと、啜《すす》り泣きはじめた。

部屋のはずれにはちいさな階段があって、全然あかりのない部屋に通じていた。そのぐらつく三段の階段をあがってゆくと、阿片《あへん》の重厚な香りがドリアンを迎えた。かれは深い息をする。鼻孔が快感で顫える。なかにはいってゆくと、ランプの上にかがみこんで細長いパイプに火を点《つ》けていた滑《なめら》かな黄色い髪の青年が、眼をあげてドリアンを見、ためらいがちにうなずいた。

「こんなところに、アドリアン?」ドリアンは呟いた。

「こんなところ以外のどこにいられると言うんだ?」男は懶《ものう》げに答えた。「いまじゃ、おれに話しかけてくれるやつはだれもいやしない」

「外国へ行ったとばかり思っていた」

「ダーリントンはなんにもしてくれやしない。勘定は結局兄貴が払った。ジョージもおれに話しかけやしない……構うもんか」と歎息《たんそく》まじりに附け加えた。「これがあるかぎり、友達なんか要《い》るものか。おれには友達が多すぎたんだ」

　ドリアンはたじろいであたりに眼をやり、ぼろぼろの寝具の上に怪奇な姿勢で横たわっているグロテスクなひと影を見た。ねじくれた手足、だらしなく開いた口、どろんとすわった眼――それはドリアンをうっとりさせた。かれは知っていたのだ――かれらがいかなる不思議な天国で苦しみ、また、いかなる退屈な地獄がかれらに新しい歓喜の秘密を教えているかを。自分より、あの連中のほうが幸福なのだ。かれは想念のとりこではないか。記憶が業病《ごうびょう》のごとくにかれの魂を食いつくそうとしているのだ。バジル・ホールウォードの眼がじっとこちらを見ているような気がする。だが、それでもここに留《とど》まることはできそうにない。アドリアン・シングルトンの存在が気がかりであった。自分の素性を知るものがひとりもいない場所に居たかった。自分から逃《のが》れ去ることがかれの望みだったのだ。

「ぼくはほかへ行く」暫《しばら》くして、かれは言った。

「波止場か？」

「そうだ」

「あの気違い猫め、きっとあそこにいるさ。いまじゃ、あの女、ここへいれてもらえないんだ」

ドリアンは肩をすぼめる。「ひとを愛している女には倦《あ》き倦きしているところだ。ひとを憎む女のほうがずっと面白い。それに、あそこは品物がいい」

「おんなじさ」

「ぼくは、あっちのやつのほうが好きなんだ。さあ、なにか飲もう。ぼくは飲まなきゃ、やりきれない」

「なにも欲しくない」と青年は呟く。

「いいから行こう」

アドリアン・シングルトンはだるそうに立ちあがり、ドリアンについて酒場のカウンターまで行く。ぼろぼろのターバンを巻き、見すぼらしいアルスター外套《がいとう》を着た混血児が、ふたりの前に一本のブランデイの壜《びん》と大コップをふたつ押しやりながら、歯をむきだして気味の悪い挨拶《あいさつ》をする。女どもが横からにじり寄って、おしゃべりをはじめる。ドリアンは女たちに背を向け、アドリアン・シングルトンになにごとかを低い声で囁《ささや》く。

マレイ人の短刀を思わせる歪《ゆが》んだ笑いがひとりの女の顔をよぎってひろがる。「あたしたち、今夜はとても鼻が高いんだから」女はこうあざけり言う。

「頼むから俺にものを言わないでくれ」足を床に踏みつけながらドリアンは叫ぶ。「なにが欲しいのだ。金か？　金ならここにある。もう二度と話しかけないでくれ」

一瞬、女の活気のない眼に赤い光がちらついたかとおもうと、忽《たちま》ち消えさって、ふたたびどんよりと濁った眼にかえった。女は頭を振りあげ、貪《むさぼ》るような手つきでカウンターから硬貨をかき集める。相棒はうらやましげにそれを見ている。

「どうにもならんさ」とアドリアン・シングルトンは溜息《ためいき》とともに呟く。「帰るつもりなんかないさ。それがどうしたんだ？　ぼくはここで結構幸福なんだ」

「なにかいるものがあったら手紙をくれ、いいね？」しばらく黙っていてからドリアンは言った。

「出すかもしれないよ」

「じゃ、おやすみ」

「おやすみ」と答えると、青年はからからに乾いた口をハンカチで拭《ふ》きながら階段を昇って行った。

ドリアンは苦しげな表情を泛《うか》べながら扉のところまで歩いた。カーテンを引きあけていると、かれから金を貰《もら》った女の紅をつけた脣《くちびる》から、気味の悪い笑いがほとばしった。「悪魔に身売りした男のお帰りだよ」嗄れ声で女はしゃくりあげるように言った。

「畜生！」ドリアンは言い返す――「そんな呼びかたをすると承知しないぞ」

女は指を鳴らし、「プリンス・チャーミングと言ってもらいたいんだろう、ええ？」と、出てゆくドリアンの背に向ってわめきたてた。

そのとき、例の睡《ねむ》たげな水夫ががばと立ちあがり、必死にあたりを見まわした。玄関の扉の締まる音が聞えてくる。かれは追跡するもののようにさっとおもてに躍《おど》りでた。

ドリアン・グレイはそぼ降る雨のなかを波止場に沿っていそぐ。かれの心はアドリアン・シングルトンと出遭《であ》ったことで奇妙なほど動かされていた。いったい、あの男の若い命の破滅は、バジル・ホールウォードがひどい侮辱をこめて言ったように、このおれの責任なのだろうか。こう思いながら、かれは唇を噛《か》んだ。しばらくのあいだ、かれの眼は悲しげな色をたたえた。だが、つまるところ、それが自分にとってなんだというのだ？　他人のあやまちの重荷をわが肩に背負うには、人生はあまりに短かすぎるのだ。ひとはおのおの自分だけの人生を生き、みずからその代価を支払うのではないか。ただひとつ残念なことは、一度の過失に何回となく償いをしなければならぬということだ。繰り返し繰り返し支払わねばならぬのだ。人間との取引関係において、運命は一瞬たりと帳簿を閉じてはくれぬ。

心理学者の言うところによると、罪悪――もしくは世間が罪悪と呼ぶところのものにたいする情熱が、あまりに強く人間の心を支配し、そのために、頭脳細胞はもちろん、体内のあらゆる繊維組織までが怖《おそ》るべき衝動で躍動するかとおもわれる瞬間が存在するということだ。こういう瞬間にあっては、男も女も自由意志を喪失する。そうして、自動人形のように怖るべき終焉《しゅうえん》めざして動き進む。選択力は剝奪《はくだつ》され、良心は殺されるか、あるいは生きていても、ただ反抗に魅力を与え、不従順を魅惑的たらしめるためにのみ生きる。なぜなら、神学者がいつも口を酸《すっぱ》くして言うように、罪はすべて不従順の罪だからである。あの高邁《こうまい》な精神、あの悪の暁星《ぎょうせい》が天から墜《お》ちたのは、反逆者としてではなかったか。

かたくなに悪にのみ傾き、穢《けが》れた心と反逆にこがれる魂とを抱いて、ドリアン・グレイは次第に足を早めながら道をいそいだ。が、これから行こうとするいかがわしい場所への近道に、たびたび通ったことのある薄暗いアーチの下の路に身を飜《ひるがえ》した途端、かれは不意にうしろからむずと摑《つか》まれ、身を防ぐ余裕もなく、野獣のような手に咽喉《のど》を圧《おさ》えられて壁に押しつけられた。

かれは死ものぐるいで身をもがき、力をふりしぼって相手の締めつけてくる指をもぎ離す。一瞬、拳銃《けんじゅう》がかちりと鳴る音が聞え、きらきら光る銃身が真直《まっすぐ》にかれの頭に向けられ、小柄で頑丈《がんじょう》な男の姿が黒々と眼前に立ちはだかっているのが見えた。

「なんの用だ?」喘《あえ》ぎながら叫ぶ。

「おとなしくしろ! 動くと射《う》つぞ」相手が言う。

「なにを言う。おれがなにをしたのだ?」

「貴様はシビル・ヴェインの一生を滅茶滅茶《めちゃめちゃ》にしたのだ。シビル・ヴェインはおれの姉だ。シビルは自殺した。おれはちゃんと知っている。シビルが死んだのは貴様のせいだ。仕返しに殺してやるとおれは誓ったのだ。もう何年も貴様を捜し歩いた。手がかりもなければ、足どりもわからなかった。貴様の風態を教えてくれることのできる人間はふたりとも死んでいた。貴様についてわかっていることといえば、シビルが貴様につけた綽名《あだな》だけだった。それをおれは今夜ふと耳にしたのだ。さあ、神様と仲直りしておけ、今夜貴様はお陀仏《だぶつ》するのだ」

ドリアン・グレイは恐怖のあまり胸がむかついた。「そんなひとは知らない」どもりながら言う。「聞いたこともない。きみは気が狂っている」

「白状したほうが身のためだぞ、おれはジェイムズ・ヴェインなんだからな、いやでも貴様は死ななければならないさ」怖《おそろ》しい一瞬だった。ドリアンは言うべき言葉もなく、どうしていいのかもわからなかった。「膝《ひざ》をつけ!」相手は怒号した。「お祈りするように一分だけ待ってやる——一分だけだぞ。俺は今夜インドにたつから、その前にまずこの仕事をかたづけなければならないのだ。一分間。それだけだ」

ドリアンの両腕が脇《わき》にだらりとたれる。怖しさに全身が麻痺《まひ》してどうすることもできない。と、不意に激しい希望が脳裡《のうり》に閃《ひらめ》いた。「待ってくれ」とかれは叫ぶ。「きみの姉さんが死んだのはいつのことだ？　さあ、早く言え！」

「十八年前だ」と男。「なぜそんなことを訊《き》く？　それがどうしたというのだ？」

「十八年か」ドリアン・グレイは声に一抹《いちまつ》の勝ち誇った調子をこめて笑った。「十八年とね！　ランプの光に照して、おれの顔を見るがいい！」

ジェイムズ・ヴェインは相手の言う意味がわからずに、一瞬とまどった。そしてドリアン・グレイのからだを摑《つか》むと、アーチの下の小路から曳《ひ》きずりだした。

風に吹きさらされた光は薄暗く、揺れ動いてはいたが、それでも、自分はとんでもないまちがいをしたらしいと、ジェイムズにわからせるには十分だった。かれが殺そうとした男の顔には、あどけない少年の血色と、無垢《むく》な青年の純真さが泛んでいるではないか。はたちを越えているとは思われない——何年も以前に別れたときの姉と殆《ほとん》ど同じ年ごろだった。この男が姉の命を奪った人物でないことは明かである。

かれは相手を摑えていた手をゆるめ、ふらふらとうしろによろめいた。「なんということだ――おれはお前を殺そうとしたのだ！」

ドリアン・グレイは長い息をつく。「きみはすんでのところで怖しい罪を犯すところだったぞ」ときびしく相手を睨《にら》みつけながらドリアンは言う。「これに懲《こ》りて、二度と仕返しなどということはしないがいい」

「赦《ゆる》してください」ジェイムズ・ヴェインは呟《つぶや》く。「すっかり勘違いしたもので。あのいんちき魔窟《まくつ》でふと耳にしたことばのお蔭《かげ》で、とんだ間違いをしちまいました」

「さあ、帰ったほうがいい――ピストルはしまっておくのだな、厄介なことにならぬようにな」そう言いすてると、ドリアンはぐるりと向き直って、ゆっくりと街路を歩いて行った。

ジェイムズ・ヴェインは恐怖に包まれて鋪道《ほどう》の上に立ちすくむ。頭から足先までぶるぶると顫えている。しばらくすると、先ほどから、びっしょり濡《ぬ》れた塀《へい》に沿ってこっそりと近づいていた黒いひと影が、光のなかに現れ、足音を忍ばせてかれの傍に寄って来た。かれは腕に手が置かれたのを感じ、はっとして振り返る。さっき酒場で飲んでいた女のひとりだった。

「どうして殺さなかったのさ？」衰えやつれた顔をかれの顔に近づけて女は叱《しか》りつけるように言った。「お前さんがデイリの家からとびだしたとき、てっきりあいつを追っかけてるんだとわかったよ。お馬鹿《ばか》さん！　あいつを殺せばよかったんだ。金はたんまり持っているし、大の悪党だもの」

「奴《やつ》はおれが捜していた男じゃなかった」とかれは答える——「それに、おれはひと様の金なぞびた一文だって欲しかない。おれが欲しいのは、ある男の命だ。おれが命を欲しがっている男は、いまじゃ四十近いはずだ。あいつはまるで子供じゃないか。あいつの血でおれの手を穢《けが》さずに済んでほんとによかった」

女は辛辣《しんらつ》に大声をあげて笑い、「まるで子供だって！」とあざけりながら言う。「いいかい、お前さん、プリンス・チャーミングがあたしをこんな女にしちゃったのは、もう十八年も前のことなんだよ」

「嘘《うそ》をつけ！」ジェイムズ・ヴェインは叫ぶ。

女は片手を天にあげた。「神様に誓うよ、ほんとうなのさ」

「神様だと？」

「もし、これが嘘だったら、あたしを唖《おし》にしても構やしない。あいつはここへくる連中のなかでも一番の悪党さ。噂《うわさ》じゃあ、悪魔に身売りして、様子のいい顔を買ったんだとさ。あたしがあいつに会ったのは十八年も前のことさ。あいつはあの時からちっとも変っちゃいない。ところが、このあたしはどうだい」と気味の悪い流し眼で見ながら女は言い足した。

「きっとだな？」

「きっとだともさ」ひらたい女の口が、嗄《しやが》れた声で鸚鵡《おうむ》返しに言う。「でも、あたしのことをあいつに言わないでおくれよ」泣き声になって言う――「あいつがこわいんだ。今夜の宿銭を恵んでおくれな」

かれはなにごとかわめき罵《ののし》りながら女から離れると、一目散に町角までとんで行ったが、ドリアン・グレイの姿はすでになかった。うしろを振り返って見ると、女もまた消えていた。

第十七章

一週間後のこと、ドリアン・グレイはセルビー・ロイヤルの温室に坐《すわ》って、美しいモンマス公爵《こうしやく》夫人と話を交《かわ》していた。夫人は、疲労しきった様子の六十男の夫とともに、ドリアンの客のひとりなのだ。ちょうどお茶の時間で、テーブルの上に立っているレース張りの大ランプの柔かな光が、夫人が主人役を勤めている茶会の華麗な陶器や銀器を照り映《は》えさせていた。夫人の白い手が茶碗《ちやわん》のあいだをしなやかに動きまわり、その豊満な赤い唇は、いまドリアンがこの女に囁《ささや》いたことを想い泛《うか》べてにこやかに微笑《ほほえ》んでいる。ヘンリー卿《きよう》は、絹の覆《おお》いがかかった柳細工の椅子《いす》に倚《よ》りかかって、ふたりのほうを眺めている。桃色の長椅子ではナルバラ夫人が、公爵が最近コレクションに加えたばかりのブラジル産の甲虫について説明するのを、いかにも熱心に聴いているような様子をしている。凝ったスモーキングを着た青年が三人、女の客に茶菓子を手渡している。このハウス・パーティは十二人のメンバーで、さらに何名かが翌日くることになっていた。

「おふたりでなにをお話しですか？」ヘンリー卿がテーブルに歩み寄って、茶碗を置きながら言った。「あらゆるものの名称をあらためようというぼくの計画をドリアンは話してくれましたか、グレイディス。素晴しい思いつきなのですがね」

「でも、わたくし、名前変えは結構でございます」公爵夫人がその見事な眼で卿を見あげながら言い返す。「わたくしはいまの名前で十分満足していますし、グレイさんだって同じでしょう」

「ああ、グレイディス、おふたりの名はどんなことがあっても変えるつもりはありません。どちらも申し分ないお名前ですからね。ぼくが考えているのは、主に花の名前ですよ。きのうぼくは胸飾りに一輪の蘭《らん》を切りました。斑点《はんてん》のあるすばらしいやつで、七つの大罪に劣らぬ効果的な花だった。ぼくはうっかり庭師にその名前を訊《き》いたところが、『ロビンソニアーナ』とかなんとかいう花の優秀な一種だというのです。悲しいことながら、われわれはものに美しき名を与える能力を失ってしまった。名こそすべてなのだ。ぼくは行為にけちをつけることはしない。ぼくが問題にするのは、言葉だけです。ぼくが文学における俗悪なリアリズムを嫌悪《けんお》するのはそのためなのだ。鋤《すき》のことを平気で鋤と呼ぶような男には、鋤でも使わせておくにかぎる。そういう人間にふさわしいのは鋤ぐらいのものだ」

「では、あなたをなんとお呼びしたらよろしいでしょう、ハリー？」と夫人。

「かれの名は逆説公」とドリアン。

「それなら一瞬にして御本人の顔が泛んでまいります」夫人は声を高める。

「御免蒙《こうむ》りたいものですね」椅子に身を沈めながらヘンリー卿が笑う。「レッテルからは出口なしだ！　その称号は辞退します」

「王族がたの退位は許されません」美しい唇から警告が洩《も》れる。

「では、わが王位を死守せよとおっしゃるのですね？」

「さようでございます」

「ぼくはあすの真理を伝える」

「わたくしはむしろきょうの誤謬《ごびゅう》を選びます」と夫人の返答。

「あなたにはかなわない。武装解除だ、グレイディス」と夫人の気分のわがままさを見てとった卿は声高《こわだか》に言う。

「楯《たて》を奪っても、槍《やり》は残しておいてさしあげます、ハリー」

「ぼくは『美』にたいしては槍をふるわぬことにしている」手を振りながら言う。

「いいえ、それがあなたのお間違い。あなたはあまりに美を尊重しすぎていらっしゃる」

「どうしてそんなことがおっしゃれます？　善良であるよりは美しくあるほうがいいとは考えていますが、その反面、醜くあるよりは善良であるにこしたことはないと認める点では、ぼくはひと一倍ですからね」

「では、醜さは七つの大罪のひとつというわけ？」と夫人は言う。「ところで、あなたの蘭の譬《たと》え話はどうなりました？」

「醜さは七つの怖《おそ》るべき徳のひとつなのです、グレイディス。善良なる保守派でおいでのあなたは、ゆめゆめこの七つの大徳を過小評価してはなりません。ビールとバイブルと七つの大徳――それこそはわがイギリスをして今日あらしめたものです」

「では、あなたは祖国がお嫌《きら》いでいらっしゃる？」と夫人がきく。

「ぼくはそこの住人です」

「それで、悪口もどっさりおっしゃれるというわけ」

「イギリスにたいするヨーロッパ全体の一致した見解を披瀝致《ひれきいた》しましょうか？」

「なんと言っております？」

「タルテュフがイギリスに移住して開業したと」

「それは、あなたの警句、ハリー？」

「あなたにさしあげましょう」

「折角ですが使えません。あまりほんとうすぎますもの」

「なに、怖れることはありません。わが同胞は人相書を解しません」

「実際的な国民ですから」

「実際的であるよりも悪がしこい。帳簿の決算の際には、愚鈍には富で、悪徳には偽善で埋めあわせをする」

「でも、わたくしたちは偉業をなしとげました」

「偉業を押しつけられたのです、グレイディス」

「その重荷を背負ってまいりました」

「株式取引所まで、やっと」

夫人は頭を横に振る。「わたくしはこの民族を信頼いたします」

「出しゃばりが生き残るという代表的一例がこれです」

「わたくしたちの民族には発展がありますね」

「頽廃《たいはい》のほうがぼくには魅力的ですね」

「芸術はどうでしょう？」と訊く。

「疾病《しっぺい》です」

「愛は？」

「幻想なり」

「宗教は？」

「『信念』の流行的代用物」

「あなたは懐疑主義者でいらっしゃる」

「とんでもない！　懐疑主義こそは信仰のはじまり」

「では、あなたは？」

「定義することは限定することです」

「なにか糸口を戴《いただ》けません」

「糸は切れるもの。迷路のなかで迷い子におなりでしょう」

「わたくしを困らせてばかりいらっしゃる。なにかほかのことをお話し致しましょう」

「ここの主人なら快適な話題でしょう。何年も昔のこと、かれはプリンス・チャーミングと名づけられました」

「ああ、それを思いださせないでくれ」ドリアン・グレイが叫んだ。

「わたくしたちの御主人役は今夜は恐しいこと」顔を赤らめながら夫人が言う。「どうやら、モンマスがわたくしこそ蝶々《ちょうちょう》の現代種最上の標本であると考えて、純粋に科学的な原則に基いて結婚したとでも思っておいでらしい」

「公爵があなたをピンでお留めにならなければよろしいが、公爵夫人」とドリアンは笑う。

「それなら、わたくしに業《ごう》を煮やしたとき、とうに女中が致しております」

「なにに業を煮やすのです？」

「いえ、ほんの些細《ささい》なことなのです、グレイさん。たいがいは、わたくしが九時十分前にはいって行って、さあ八時半までに着つけを済ませてくれと言いつけますので」

「まったく聞きわけのない女中だ！　ひとこと嚇《おど》かしてやるにかぎりますね」

「そういうわけにはまいりません、グレイさん。なぜなら、あの女中はわたくしの帽子を考え出してくれます。ヒルストーン夫人の園遊会のときにわたくしがかぶっていた帽子、憶《おぼ》えていらっしゃいます？　お忘れでしょう、でも、憶えていらっしゃる振りをなさるだけでもありがたくぞんじます。ええ、あの帽子は女中がなんにもないところからあんなふうに作ってくれました。いい帽子はみんな、なんにもないところから作り出されます」

「いい評判にしてもみんなそうです、グレイディス」ヘンリー卿が口を挟《はさ》む。「ひとをあっと言わせるような効果をあげるたびに、ひとり敵が増《ふ》える。人気者であるためには凡庸人でなくてはなりません」

「女を相手にする場合には違います」と横に頭を振りながら公爵夫人――「そして、女こそ世界の支配者です。わたくしたちは凡庸な人間には我慢できません。だれかが言ったことですが、わたくしたち女性は耳で愛します――ちょうど、あなたがた男性が眼で愛するように、と言っても、それは、男のひとがいくらかでも愛の感情を抱《いだ》いてくださることを前提としてですけれど」

「まるで、われわれは愛すること以外に能がないようだ」とドリアンが呟《つぶや》く。

「まあ、それでは、あなたはほんとうに愛することなどおできにならないのです、グレイさん」悲しみを装《よそお》いながら夫人が答える。

「グレイディス！」とヘンリー卿。「どうしてそんなことをおっしゃる？　ロマンスは繰り返されてこそ生きながらえる、繰り返しは食欲をさえ芸術に高めるのです。それに、何度恋をしようとも、そのひとつひとつがただ一度の初恋なのです。恋の相手が変ったからといって、情熱のひたむきさまで変ってしまうわけではありません。むしろ、情熱はそれに依《よ》って深められるのです。人間は一生のうちで、せいぜい一度しか偉大な経験をすることができません。である以上、人生の秘訣《ひけつ》は、その経験をできるだけたびたび再現することですね」

「そのために傷つけられたときでもかしら、ハリー？」と、しばらく間を置いて公爵夫人は訊く。

「特に傷つけられた場合にこそ、そうですよ」とヘンリー卿。

公爵夫人は振り向いて、一種異様な表情を眼に泛べてドリアン・グレイを見る。

「あなたはそれになんとお答えになります、グレイさん？」と質問する。

ドリアンは一瞬とまどった。が、すぐに頭をうしろにのけぞらせて、笑った。「ぼくはハリーにはいつも同感です、奥さん」

「あのかたが間違っていらっしゃるときでも？」

「ハリーは決して間違っていませんよ」

「それで、あのかたの哲学はあなたを幸福にしますかしら?」

「ぼくは幸福を求めたことなどありません。幸福を追い求める人間などあるでしょうか? ぼくが求めてきたものは快楽です」

「で、見つかりました、グレイさん?」

「ええ、たびたび。ありあまるほど」

公爵夫人は溜息《ためいき》をつく。「わたくしが求めているのは平和です。でも、行って正装をしてこないかぎり、今晩は平和など思いもよりません」

「蘭を取って来てさしあげましょう、奥さん」立ちあがって、温室を向うへ行きかけながらドリアンが言う。

「なかなか御親密ですな」とヘンリー卿は従妹《いとこ》に言う。「気をつけたほうが身のためですよ。なにしろ、ドリアンは魔物だから」

「あのかたに魔力がなかったら、戦いもないでしょう」

「両雄相《あい》まみゆといったところですね?」

「わたくしはトロイがた。トロイ人はひとりの女のために戦いました」

「敗れたのもトロイ人」

「囚《とら》われの身になるよりもひどいことがございます」

「あなたは手放しで馬を走らせる」

「早さこそは生命《いのち》の源」とすばやく言いかえす。

「今夜、日記に書いておきましょう」

「なにを？」

「火傷《やけど》した子供は火遊びがお好き、とね」

「わたくしは焦《こ》げてさえおりません。わたくしの翼はもとのまま」

「あなたは翼をあらゆることにお使いになる――飛ぶことにだけは使わないが」

「勇気は男性から女性にのり移りました。わたくしどもにとって新しい経験でございます」

「敵がひとりいる」

「どなた？」

卿《きょう》は笑った。「ナルバラ夫人です」と囁《ささや》く。「あのひとは完全にドリアンの崇拝者だ」

「まあ、心配になってまいりました。なにしろ、古代様式に訴えられては、わたくしども浪漫主義者には致命的ですもの」

「浪漫主義者ですって！　あらゆる科学的方法の持主だというのに」

「殿がたの教育のお蔭《かげ》で」

「しかし、女性についてはご説明しておりますまい」

「では、女性の定義は？」と挑戦する。

「秘密なきスフィンクス」

夫人は微笑を泛《うか》べながら卿の顔を見る。「グレイさんはずいぶん遅いこと！　御一緒に行って手伝いましょう。わたくしのフロックの色をまだお教えしてありませんから」

「ほう！　それよりも、ドリアンの花にあなたのフロックをあわせたらいかがです。グレイディス」

「まだ降伏するのは早すぎましょう」

「浪漫主義的芸術はクライマックスとともにはじまる」

「退却《たいきゃく》のチャンスをとっておかぬことには」

「パルチャ人式にですか？」

「パルチャ人は沙漠《さばく》に安全地帯を見つけましたが、わたくしにはそんなことできません」

「女性にはいつも選択の自由が許されているとはかぎらない」と卿は答えたが、そのことばが終るか終らぬうちに、温室のずっとはずれから息の詰ったような呻《うめ》き声が聞え、続いてなにか重いものが倒れる鈍い音がした。ひとびとはおもわず立ちあがった。公爵夫人《こうしやく》は怖しさに身動きひとつせず立ちすくんでいる。ヘンリー卿が眼に不安の色を泛べながら、ひらひらと突きでた棕梠《しゆろ》の葉を押しのけて駆けつけると、ドリアン・グレイが死んだように気を失って、タイル張りの床の上に俯《うつ》ぶせに倒れているではないか。

かれはただちに応接間に運びこまれ、ソファの上に寝かされた。しばらくすると、意識をとり戻し、茫然《ぼうぜん》とした面持であたりを見まわした。

「何があったのです?」と訊《き》く。「ああ! 思いだした。ここなら大丈夫だろうか、ハリー?」と言いながらドリアンは顫《ふる》えはじめた。

「ねえ、ドリアン」とヘンリー卿が答える。「きみはちょっと気絶しただけだ。それだけのことさ、疲れすぎたのだな。晩餐《ばんさん》にはおりてこないほうがいいだろう。代りはぼくがする」

「いや、ぼくは出る」と身をもがいて立ちあがりながら言った。「出てくるほうがましだ。ひとりきりでいるのは御免だ」

かれは自室に行って着替えを済ませた。食卓についたときのかれの態度には、なに憚《はばか》らぬ陽気さがあったが、時おり、ぞっとするような戦慄《せんりつ》が全身を走りすぎるのだった。温室の窓に、白いハンカチーフのようにぴたりと押しつけられたジェイムズ・ヴェインの顔が、じっとこちらを見つめているのを思いだしたからである。

第十八章

翌日、かれは一歩も外へ出ず、大部分の時間を自室で費した。死にたいする恐怖にさいなまれながら、生そのものへの関心もなかった。自分は追跡され、罠《わな》にかかり、追いつめられているのだという意識がかれを支配しはじめていた。壁掛けが風にかすかに揺れ動いてもかれは顫えた。鉛格子《なまりごうし》のはまった窓ガラスに吹きつけられる枯葉は、あたかもかれ自身の無駄だった決断と烈《はげ》しい悔恨とをあらわしているようだ。瞼《まぶた》を閉じれば、またもやあの水夫の顔が霧にかすんだガラスの向うから覗《のぞ》きこんでいるのが眼に泛び、恐怖の手がふたたび自分の胸の上に置かれたように感じるのだった。

だが、復讐《ふくしゅう》を夜の闇《やみ》から呼び寄せ、かれの眼前に罰として醜怪なもののけを現出させたのも、じつはかれの空想にすぎなかったのかもしれない。現実の人生は渾沌《こんとん》である。が一方、想像にはおそろしく論理的なところがある。悔恨に罪悪のあとを追わせるのも、犯罪に畸型児《きけい》を数多く産ませるのも想像にほかならない。日常茶飯《さはん》の世界では、悪人が罰せられることも、善人が酬《むく》いられることもない。成功は強者に与えられ、失敗は弱者に押しつけられる。それだけのことなのだ。それに、だれか見知らぬ人間が家のあたりに徘徊《はいかい》しても、当然、召使いか森番に姿を見られたはずだ。花壇に足跡がついているとすれば、庭番が報告するはずだ。そうだ、あれはただの幻想だったのだ。シビル・ヴェインの弟は、おれを殺しになど来なかったのだ。あの男は船に乗って出帆し、どこか冬の海で沈んでしまうだろう。ともかく、あの男に関しては安全なのだ。だいいち、あの男はおれがだれであるか知ってはいない——知っているはずがない。若さの仮面でおれは救われたのではないか。

それにしても、もしあれがたんなる錯覚であったとすれば、良心があんなに怖《おそろ》しい亡霊を喚《よ》び起し、姿あるものとして眼前に泛びあがらせ、身動きまでさせたとは、考えてみても怖《おそ》るべきことではないか！　もし、おれの犯罪が生んだもののけが、昼となく夜となく静まりかえった片隅《かたすみ》からおれを覗き、秘《ひそ》かな地点からおれを嘲弄《ちょうろう》し、饗《きょう》宴《えん》の席ではおれの耳もとで囁き、ぐっすり睡《ねむ》っているときには氷の指で眼を醒《さ》まさせるとしたら、おれの生活はどうなることだろう！　ここまで考えてきたとき、かれは恐怖のあまり蒼白《そうはく》となり、あたりの空気が急に冷くなったように感じた。ああ、なんだって見境《みさかい》もなく友人を殺してしまったのだろう！　あの場の様子を思いだすだけでもぞっとする！　かれはそれをいままたありありと眼の前に見た。こまかい有様がいちいち、さらに怖しさを加えて舞戻ってくる。時間の暗黒な洞窟《どうくつ》のなかから、かれの罪悪の影が真紅《しんく》に包まれて、すさまじい様相で立ちあがって来るのだった。六時になってヘンリー卿がはいって来て見ると、ドリアンはいまにも心臓が張り裂けそうに泣いていた。

三日目になってやっとかれは外出する勇気がでた。松葉の香《かお》りがただよい、澄みきった冬の朝の大気は、なにかしら、かれに快活さと人生への熱情とをとりもどしてくれるようであった。しかし、この変化を生じさせたものは、環境の生理的な条件だけではなかった。かれ本来の性情が、完璧《かんぺき》な落ちつきを傷つけようとする度を越した苦《く》悶《もん》にたいして反抗したのだった。敏感で繊細な気質の持主はかならずそうだ。こういう人間の強い情熱は傷を与えるか、さもなくば屈服するか、そのどちらかである。その持主を殺しさるか、みずから死に絶えるかのふたつにひとつなのだ。底の浅い悲しみや、愛はいつまでも生き続ける。大いなる愛、大いなる悲しみは、それ自体の充実した烈《はげ》しさによって死滅する。さらにかれは、あのときは自分が恐怖に包まれた想像のとりことなっていたのだと信じこみ、いまとなっては、すくなからぬ軽蔑《けいべつ》をさえまじえた憐《あわれ》みの心で、自分の恐怖心を振り返って見るのだった。

朝食後かれは公爵夫人と連れだって一時間ほど庭園内を散歩し、それから馬車に乗って、猟園を横切り、猟仲間と合流した。草の上におりた霜がぱりぱりと、塩のようだった。空はまっさおな金属の杯をふせ、蘆《あし》の生えたひらたい湖を薄氷がふちどっている。

松林の一角で、ドリアンは公爵夫人の兄であるジョフリー卿《きょう》の姿を認めた。鉄砲から空《から》になった薬莢《やっきょう》をふたつ引き抜いているところだった。かれは馬車からとびおり、馬を家に連れ帰るように馬丁に命じると、枯れた羊歯《しだ》や粗《あら》い茂みをかきわけて進んで行った。

「いい猟ができましたか、ジョフリー?」とかれは訊《き》いた。

「たいしてよくありませんね、ドリアン。鳥はおおかた野原に出てしまったらしい。昼からはいいかもしれない――新しい猟場だからね」

ドリアンはかれの脇《わき》についてのんびり歩いた。鋭く鼻を刺す空気の芳香、森のなかで閃《ひらめ》く赤い光、茶色の光、時おり響き渡る勢子《せこ》の嗄《しゃが》れた叫び声、続いて起る鋭い銃声――こういったものがかれをうっとりさせ、いいようのない自由な気持で一杯にした。幸福ゆえの気楽さと、楽しさから来る無頓着《むとんじゃく》がすっかりかれを支配していた。

突然、約二十ヤード前方のこんもりした枯草の茂みから、先の黒い耳をぴんと立て、長いあと足で跳《は》ねながら、一匹の兎《うさぎ》がとびだした。はんの木の茂みめがけて疾走する。ジョフリー卿は銃を肩にあてたが、兎の動作の優美さにはなにかしらドリアン・グレイを惹《ひ》きつけるものがあった。かれは間髪をいれずに叫んだ。「撃つな、ジョフリー。逃がしてやれ」

「馬鹿《ばか》なことを、ドリアン!」相手は笑い、兎が茂みのなかに跳びこもうとした瞬間に発砲した。二つの叫びが聞えた。おもわずぞっとするような兎の悲鳴と、それよりもさらに怖しい人間の断末魔の叫びであった。

「しまった! 勢子を射《う》った!」ジョフリー卿が叫ぶ。「鉄砲の前に出るなんて、なんという馬鹿だ! おい、射つのをやめろ!」声を限りに呼びかける。「怪我人《けがにん》だ」

猟番頭《がしら》が手に杖《つえ》を持って駆け寄った。

「どこです? 怪我人はどこです?」とわめく。同時に、射撃線一帯の銃声がぴたりと停った。

「ここだ」ジョフリーは茂みに急ぎながら、腹立たしげに答える。「なぜ勢子たちを前にださないようにしないのだ? お蔭できょうの猟は滅茶苦茶《めちゃくちゃ》だ」

しなやかに揺れ動く枝をかきわけながらはんの茂みに跳びこんでゆくふたりを、ドリアンはじっと見守った。間もなくふたりは人間のからだを曳《ひ》きずりながら陽の当る場所に出てきた。ドリアンはぞっとして眼をそむけた。自分の赴《おもむ》くところには、どこまでも災難がつきまとうように思われる。ほんとに死んでいるのかと訊くジョフリー卿の声、そうだと答える猟番の声が聞える。森中が急に人間の顔で生き生きしてくるかと思われ、無数の足音と、低い声のざわめきが耳につく。銅色の胸も鮮やかに、一羽の大雉《おおきじ》が頭上の枝間を羽ばたいてゆく。

錯乱したドリアンにとっては無限に続く苦しみの時間とも感じられる数瞬間がすぎ、かれは、肩にひとの手が置かれたのを感じ、ふと我に返って見まわす。

「ドリアン」ヘンリー卿だった。「きょうの猟はおしまいだとみんなに言ったほうがよくはないか。続けるのはまずいだろう」

「永久におしまいにしたほうがいい、ハリー」苦々《にがにが》しくドリアンが答える。「まったく眼もあてられない。いったい、あの男は……?」

と言いかけたが、終りまでことばが続かない。

「きみの心配してるとおりだ」とヘンリー卿が答える。「一発分の散弾を全部胸に受けている。殆《ほとん》ど即死だったろう。さあ、帰ろう」

ふたりは一言も発せずに、並木道の方へ五十ヤードほど並んで歩いた。すると、ドリアンがヘンリー卿の顔を見、重い溜息《ためいき》をつきながら言った。「不吉な前兆だ、ハリー、ほんとに不吉な前兆だ」

「なにが?」とヘンリー卿。「ああ、いまの事故か。いいかい、きみ、あれはやむをえなかった。あの男が悪いのだ。なんだって銃の前に出たんだ? だいいち、われわれとは無関係だ。もちろん、ジョフリーは具合が悪いだろう。勢子を射っていいことはないからな。乱暴な射手もいるものだとひとに思われるだろう。だが、ジョフリーは下手《へた》な射手じゃない。なかなか正確に射つのだ。いや、いまさらとやかく言ってもはじまるまい」

ドリアンは頭を横に振る。「ハリー、あれは不吉な前兆だ。ぼくたちのだれかに、なにか怖しいことがふりかかってきそうな気がする。きっとぼくだ」苦しげな身振りで眼をこすりながらドリアンは言い足した。

年長の男は笑った。「この世で怖しいことといえば、ただ倦怠《けんたい》あるのみだ、ドリアン。倦怠こそ、唯一《ゆいいつ》の赦《ゆる》すべからざる罪だ。しかし、連中が晩餐の席であのことをいつまでも喋《しゃべ》りあわないかぎり、まず倦怠に悩まされる心配はないだろう。あの話は御《ご》法度《はっと》だとみんなに言っておこう。きみは前兆だと言うが、前兆などというものは存在しない。運命は人間に前ぶれなどよこしはしない。それほど頓馬《とんま》でも親切でもないのだ。だいいち、きみの身にどんな災厄が起りうるというのだ、ドリアン？　きみは人間が望みうる限りのものをもっている。きみと代りたいと思わぬひとはないくらいだ」

「ぼくのほうこそ、誰にでもいいから代ってもらいたいくらいだ、ハリー。そんな笑いかたをしないでくれ。ほんとうのことを言っているのだ。さっき死んだばかりのみじめな農夫のほうが、ぼくよりはるかに幸福だ。『死』なんかすこしもこわくない。こわいのは『死』がやってくることだ。ばけものじみた死の翼が鉛のような空中に浮んで、ぼくの周囲を飛びまわっているような気持がする。そら！　あの木蔭《こかげ》を動くひと影が見えないか、ぼくをじっと見つめて待伏せているのが？」

ヘンリー卿は、手袋をはめた顫《ふる》える手が指さす方向に眼を注ぐ。「見えるよ」と微笑を泛《うか》べて言う。「きみを待っている庭番が見える。たぶん、今夜の食卓にはどんな花を飾ったらいいか訊こうと待っているのだろう。おそろしく神経過敏だな、ドリアン！　ロンドンに帰ったら、早速ぼくの医者に診《み》てもらうほうがいい」

ドリアンは、近寄ってくる庭番を見て、ほっと安堵《あんど》の溜息をつく。庭番は帽子の縁にちょっと手を触れ、一瞬、ためらいがちにヘンリー卿をちらと見やってから、手紙を取りだし、主人に手渡した。「奥さまは、お待ちしてお返事を頂くようにとおっしゃいました」と低い声で言う。

ドリアンは手紙をポケットにつっこみ、「すぐ参りますと伝えてくれ」と冷い口調で言った。男はくるりと背を向けると、家のほうに足早に去って行く。

「女というものは、またじつに危険なことをするのが好きだなあ！」とヘンリー卿は笑う。「ぼくが感心する女の長所のひとつだ。女というものは、他人の眼が光っているかぎり、どこのだれとでも火遊びをする」

「あなたはまたじつに危険なことばを口にするのが好きですね、ハリー！　この問題に関しては、ぜんぜん見当はずれだ。ぼくは公爵《こうしやく》夫人が大いに好きだが、愛してなどいない」

「いっぽう、公爵夫人はきみを熱烈に愛しているが、それほど好きではない。そこで、甚《はなは》だ釣りあいのとれたひと組というわけだ」

「あなたのしゃべっていることはスキャンダルだ、ハリー、スキャンダルには根拠があったためしがない」

「すべてのスキャンダルの根拠は不道徳的確信にほかならぬ」巻煙草《まきたばこ》に火を点《つ》けながら、ヘンリー卿が言う。

「ハリー、あなたはひとひねりの警句のためならば、だれを犠牲にしてもかまわないのだ」

「世人はみずから進んで祭壇に赴《おもむ》く」と言い返す。

「ぼくに愛することができたら」声に深い哀感をこめてドリアンは言った。「ところがぼくは、情熱を失い、欲望を忘れてしまった。自己に集中しすぎているのだ。ぼくという人間そのものが、ぼくの重荷となった。ぼくは脱《ぬ》け出したい、逃げだして忘れてしまいたい。ここへやってきたのは、われながらばかげていた。ハーヴェイに電報を打って、ヨットを準備しておくように言おう。ヨットなら安全だ」

「なにが危険だと言うのだ。ドリアン？　なにか心配ごとがあるのだな。どうしてそれを打ち明けないのだ？　ぼくなら悪いようにはしないとわかっているだろうに」

「どうしても言えないのだ、ハリー」悲しげに答える。「それに、ぼくの空想にすぎないかもしれない。さっきの不幸な出来事で気分が乱れているのだ。なにか同じようなことが、ぼくの身にも起るのではないかという不吉な予感がするのだ」

「ばかげたことを！」

「それならいいのだが、どうしても起るような気がする。ああ、公爵夫人がいる。わざわざ作らせたガウンを着たアルテミスといったところだ。御覧のとおり引きあげて参りましたよ、奥さん」

「なにもかも伺いました、グレイさん」と夫人が答える――「ジョフリーはひどく取り乱しております。それに、あなたは兎を撃つなとおっしゃったそうですね、おかしなこと！」

「ええ、まったく変でした。なぜあんなことを口走ったのか、自分にもわからない。ちょっとした気紛《きまぐ》れだったのでしょう。なんともいえず美しい小さな生きものに見えたのです。でも、あの男のことがあなたのお耳にはいったのは恐縮の至りです。全くひどい事件ですから」

「迷惑千万な事件だ」とヘンリー卿が口を挟《はさ》む。「心理学的にいっても、なんの価値もない。もしジョフリーがあれを故意でやったというなら、かれも非常な興味の対象となっただろうが！　だれか本物の殺人を犯した人物を知りたいものだね」

「怖《おそろ》しいことを、ハリー！」公爵夫人が叫ぶ。「ねえ、グレイさん？　ああ、ハリー、グレイさんがまたいけませんよ。気絶なさりそう」

ドリアンは懸命にこらえて、微笑しながら、「なんでもありません、奥さん」と呟《つぶや》いた――「神経がすっかりまいっているのです。それだけです。けさ歩きすぎたのでしょう。いまハリーがなんと言ったか聞きそこないましたが、そんなひどいことを言ったのですか？　またあとで聞かせてください。行って横になりたいのですが、失礼させて戴《いただ》けましょうね？」

そのとき三人は、温室からテラスに通じる大きな階段まで来ていた。ドリアンがなかにはいってガラスの戸が締まると、ヘンリー卿は向き直って懶《ものう》げな眼で公爵夫人を見た。「ドリアンにすっかり惚《ほ》れこんでおいでですか？」と尋ねる。

夫人はしばらく返答せずに、じっと景色を見つめていたが、やがて「それがわかりさえすれば」と答えた。

卿は頭を振った。「わかってしまえばおしまいですよ。不確実こそ魅力だ。霞《かすみ》はものをすばらしく見せる」

「道に迷うかもしれません」

「すべての道は同じ終点に通じます、ねえ、グレイディス」

「と申しますと？」

「幻滅という終点です」

「幻滅こそわが人生のはじまり」と溜息をつく。

「幻滅は冠をつけてあなたのもとにやって来た」

「苺《いちご》の葉には倦《あ》き倦きいたしました」（訳注　公爵の小冠には苺の葉がついている）

「お似合いなのに」

「それも、ひと前だけのこと」

「手離してから後悔なさるでしょう」とヘンリー卿。

「花びらとは別れません」

「モンマスには穂（耳）がある」

「老人は耳が遠い」

「公爵は嫉妬《しっと》したことがないのですか？」

「嫉妬してくれればありがたいのですが」

卿はなにかを捜すような眼つきであたりを見まわす。「なにをお捜し？」夫人が訊《き》く。

「あなたの剣の先留《さきどめ》」と卿。「どこかにお落しになったらしい」

夫人は笑った。「でも、面はちゃんとつけております」

「面をつけたあなたの眼は、いよいよもって美しい」と卿が答える。

夫人はまた声をたてて笑う。その歯は、真紅の果実のなかの純白の種を思わせる。

二階では、私室にはいったドリアン・グレイが、恐怖にうずく身をソファに横たえていた。かれの人生は一瞬にして、あまりにも醜怪で耐えがたい重荷と化していた。

茂みのなかで野獣も同然に撃たれた不運な勢子の悲惨な死が、かれには自分の死にざまを暗示しているように思われたのだ。ヘンリー卿が気紛れに言った皮肉な冗談を聞いて、かれはあやうく気絶するところだった。

五時になると、かれは呼鈴を鳴らして召使いを呼び、ロンドン行の夜行列車に間にあうように身の廻り品を荷造りし、八時半に四輪馬車を玄関に差し向けろと言いつけた。セルビー・ロイヤルには、これ以上一泊もしまいと心に決めていたのだ。ここは不吉な場所なのだ。ここでは死が白昼闊歩《かっぽ》し、森の草は血で汚されたのだ。

それからかれはヘンリー卿宛《あて》の伝言を書いた。自分はロンドンに行って医者に診てもらうから、留守中の接待役を頼むという内容だ。便箋《びんせん》を封筒にいれていると、扉《とびら》をノックし、猟番頭《がしら》がお目にかかりたいと言っていますが、と召使いが告げた。ドリアンは顔を顰《しか》め、脣《くちびる》を嚙《か》んだ。「ここへ呼んでくれ」しばらくためらったのちにかれは小声で言った。

猟番頭がはいってくると、すぐにドリアンは抽斗《ひきだし》から小切手帳を取りだして、自分の前にひろげた。

「けさの災難のことで来たのだろう、ソーントン?」ペンを取りあげながら言う。

「さようでございます」と猟番が答えた。

「あの男は結婚しているのか? 扶養家族はあるのか?」退屈しきった様子でドリア

ンが訊く。「それなら、困らぬように面倒を見てやりたいから、お前が必要だと思う金額をいくらでも送りたいのだが」

「それが、何者だかわからないのでございます。だからこそ、こうしてお邪魔にあがったのでございます」

「何者だかわからないって？」熱のない調子でドリアンは言う。「いったい、どういうことだ？　お前の手の者じゃなかったのか？」

「はい、旦那《だんな》さま。見たこともない奴《やつ》です。見かけは水夫のようですが」

ドリアン・グレイの手からペンがぽとりと落ちる。心臓の鼓動がいきなり停《と》まってしまったような気持だった。「水夫だって？」大声で言う。「水夫だと言ったな？」

「はい、旦那さま。どうやら水夫らしい様子でございます――両腕に入れ墨があったり――」

「なにか持ち物はなかったか？」身を乗りだして、驚愕《きょうがく》の眼で相手を見ながらドリアンは言った。「なにか名前がわかるようなものでも見つからなかったか？」

「金が少々と、六連発の拳銃《けんじゅう》がございました。名前らしいものは見あたりませんでした。上品な顔つきの男ですが、荒っぽいところがございます。おそらく水夫といったところだろうと、みんな思っております」

ドリアンは勢よく立ちあがった。怖しい希望が心のなかを羽搏《はばた》いてすぎる。逃《のが》すまいと、かれは烈《はげ》しくそれにしがみつく。「死体はどこだ？」と叫ぶ。「さあ早く！　すぐ見たいのだ」

「養育院の農場にある空いた厩《うまや》でございます。近所のものたちは、ああいったものを自分の家に置くのをいやがりますので、死体は悪運を齎《もたら》すとか言って」

「養育院の農場だな！　すぐにそこへ行け、向うで会おう。馬丁のだれかにおれの馬をまわすように言え。いや、構わない。厩まで自分で行く。そのほうが時間が省ける」

十五分とたたぬうちに、ドリアン・グレイは馬上のひととなって、並木道をあらんかぎりの速力で走っていた。立木が亡霊の行列のようにあとへあとへとかすめすぎ、狂乱した影が行手に倒れ落ちる。あるときは、馬が白い門柱をあやうく避け、かれは振り落されそうになったこともあった。鞭《むち》で馬の頸《くび》をはっしと打つ。馬は矢のように暗い空気を切って走る。蹄《ひづめ》からは砂利が飛び散った。

ついに養育院の農場に着いた。ふたりの男が庭のなかをぶらついている。かれは鞍《くら》から跳《と》びおり、そのひとりに手綱《たづな》をほうり投げた。一番離れた厩に灯がひとつ輝いている。死体がそこにあると直感したかれは、その入口をさして急ぎ、閂《かんぬき》に手をかけた。

そこでかれは一瞬立ち停る——自分の一生が救われるのも破滅するのもそれ次第、という重大な鑑定がいままさに行われようとしているのだ。かれは扉をさっと押しあけ、なかにはいった。

向うの隅に積みあげられた袋の山の上に、粗《あら》い地のシャツと青いズボンをつけた男の死体が横たわっている。点々と血の滲《にじ》んだハンカチが顔の上に置かれ、壜《びん》にさしこんだ粗末な蠟燭《ろうそく》が死体の脇《わき》でぶつぶつと燃えている。

ドリアン・グレイは身顫《みぶる》いした。自分の手でハンカチを取ることができないと感じたかれは、農場の召使いのひとりに呼びかけて、傍《そば》に来てもらった。

「掛けてあるものをとってくれ。顔が見たいのだ」入口の柱につかまって身を支えながら言う。

男がハンカチを外《はず》すと、ドリアンは前に出た。歓喜の叫びが脣からほとばしった。茂みのなかで射殺された男はジェイムズ・ヴェインだったのだ。

かれはそこに立ったまま、しばらく死体を見つめていた。馬に乗って家路についたかれの眼には涙が一杯に溢《あふ》れた。自分の身が安全であることを知っての嬉《うれ》し涙だった。

第十九章

「いくらきみが善人になるのだと言っても、ぼくは受けつけないね」薔薇《ばら》香水を満した赤い銅鉢に白い指を浸しながらヘンリー卿《きょう》が言った。「きみは一点の非の打ちどころもない人間だ。願わくは転向などしないでほしい」

ドリアンは首を振る。「とんでもない、ハリー。ぼくはいままでにあまりにも多くの非行を重ねてきた。もうこれ以上決してしないつもりだ。きのうから善い行いをはじめている」

「きのうはどこへ行っていた?」

「田舎《いなか》ですよ、ハリー。ひとりでちいさな旅館にいた」

「いいかい、きみ」微笑を泛《うか》べながらヘンリー卿は言う——「田舎ならどんな人間だって善良になれる。田舎には誘惑がない。だからこそ田舎の人間はいたって野暮なのだ。文明というものは、容易なことで出来あがるのではない。それを達成する道はただふたつだ。ひとつは教養を高めることであり、もうひとつは頽廃《たいはい》することだ。田舎の人間には教養の機会も、頽廃の機会もない——ただ沈滞あるのみだ」

「教養と頽廃」鸚鵡《おうむ》返しにドリアンが言う。「ぼくはある程度その両方を知った。いま考えれば、そのふたつが同時に見つかるなどとは怖しいかぎりだ。こんなことを言うのも、いまのぼくには新しい理想があるからだ、ハリー。ぼくは変ってみせる。いや、現に変ったのだ」

「だが、きみの善行とやらがどんなものかまだ拝聴していないな。しかも、さっきの話だと、それはひとつだけではなさそうじゃないか」と訊きながら、卿は皿に苺《いちご》を落して真紅《しんく》の小ピラミッドを造り、その上に、貝殻の形の穴あき匙《さじ》で白い砂糖をふりかけた。

「あなたになら話してもいい、ハリー。ほかのひとにはとても話せないが。ぼくはあるひとを傷つけずに済んだのだ。自慢に聞えるけれども、あなたならぼくのいう意味がわかってくれるだろう。そのひとはたいそう美しくて、シビル・ヴェインにじつによく似ていた。ぼくが最初そのひとに惹《ひ》きつけられたのは、おそらくそのためなのだろう。シビルを憶《おぼ》えているでしょう？　ずいぶん昔のことのような気がする！　ところで、ヘッテイはもちろんわれわれと同じ階級の人間ではない。ただの田舎娘だ。でも、ぼくは心からそのひとを愛していた。ぼくが愛していたことは間違いなくたしかだ。このすばらしい五月のあいだ、ぼくはずっと週に二三度あのひとに会いに行っていた。きのうはちいさな果樹園で会った。林檎《りんご》の花がたえずあのひとの髪の毛にふりかかり、あのひとは笑いこけていた。ぼくたちはきょう明けがたに駆落ちするはずだった。が、突然ぼくは決心した――あのひとを、はじめて会ったときと同じ花のような姿のままにしておこうと心に決めたのだ」

「ぼくが思うには、そういう感情の目新しさが、きみに真の快感を味わうスリルを与えてくれたのだろう、ドリアン」ヘンリー卿が相手のことばを遮《さえぎ》って言う。「ところで、きみのこの牧歌的なロマンスの結末はぼくがつけてやろう。きみは娘に忠告を与え、同時に娘の胸に痛手を与えた。それがきみの改心の第一歩だ」

「ハリー、それはひどい！ そういうことは言わないでもらいたい。ヘッテイの胸は痛手なんか負っていない。もちろん、あのひとは泣いたりした。しかし、あのひとはなんの穢《けが》れも受けていない。パーディタのごとく、薄荷とマリゴールドの庭にいつまでも生きることができるのだ」

「薄情なフロリゼルのために涙を流しながらな」笑いながら、ヘンリー卿は椅子《いす》の背にもたれた。「ドリアン、きみはまた妙に子供っぽい気分の持主だな。この娘がいまさら自分と同じ身分の男にほんとうに満足すると思うかね？ おそらく、いつかその女は荒くれの荷馬車屋か、にやけた水呑《みずのみ》百姓と結婚することだろう。ところが、かつてきみとめぐり会い、きみを愛したことがあるという事実のため、その女は夫を軽蔑《けいべつ》し、自分を哀れだと考えるだろう。道徳的見地からいって、ぼくはきみの一大発心《ほっしん》を高く買わない。たとえその第一歩だとしても、いささか頼りない。だいいち、ヘッテイがいまこの瞬間に、星空のもとで、どこかの水車小屋の池のおもてを、オフィーリアのように、美しい睡蓮《すいれん》の花にかこまれて浮んでいないとは、きみだって断言できまい」

「あんまりだ、ハリー！　きみはありとあらゆるものを嘲笑《ちょうしょう》しておいて、そのあげくに深刻きわまりない悲劇をほのめかす。打ち明けるのじゃなかった。きみがなんと言おうとぼくは平気だ。ぼくの執った行動は正しいのだ。可哀想《かわいそう》なヘッテイ！　けさ馬車に乗って畠《はたけ》を通ったら、ジャスミンの小枝のようなあのひとの白い顔が窓のところに見えた。もうこの話は一切やめにしよう。ぼくがここ十数年来はじめてした善行、ぼくがはじめて知った些細《ささい》な自己犠牲が、じつは罪悪の一種にすぎぬのだなどと、ぼくを言いくるめないでくれ。ぼくは良くなりたいのだ。かならず良くなってみせる。なにかきみの話をしてくれ。ロンドンの様子はどう？　ここしばらくクラブにはぜんぜん顔を出していないのでね」

「依然としてバジル失踪《しっそう》の話でもちきりだ」

「もういい加減に倦《あ》きてもいい頃なのに」自分の葡萄酒《ぶどうしゅ》を注《つ》ぎながら、かすかに顔を顰《しか》めてドリアンが言った。

「ドリアン、あの噂《うわさ》がはじまってからまだ六週間しかたっていない。そして、英国の民衆は、三箇月にひとつ以上の話題をもつ精神的緊張には耐えられぬというわけだ。ところが、このところ幸運続きで、まずぼくの離婚問題があり、次いでアラン・キャムベルの自殺があった。そこへこんどは画家の行方《ゆくえ》不明だ。ロンドン警視庁は依然として、十一月九日の夜行列車でパリに立った灰色のアルスター外套《がいとう》の男はバジルにちがいなしと主張しているが、フランスの警察の声明によれば、バジルはぜんぜんパリに到着せずということだ。もう二週間もすれば、バジル、サンフランシスコに現れたなんてことになりかねない。おかしな話だが、行方不明になったものはかならずサンフランシスコに現れることになっている。きっと、すばらしい都市にちがいない――来《きた》るべき世の魅力をすべてそなえた町なのだろう」

「バジルはどうなったと思います?」ドリアンは赤葡萄酒《バーガンディ》を光にすかしながら、こんなに平静な気持でこの問題を論じることのできる自分をいぶかりつつ言った。

「皆目見当がつかない。バジルが好きこのんで身を隠したというのなら、ぼくはそれにたいしてかれこれ言える筋あいではないし、バジルが死んでいるとすれば、かれのことを考えるのは御免だ。死こそは、ぼくがこわいと思うただひとつのものだからな。死はいやだ」

「なぜです?」熱のない口調で年少の男は言った。

「そのわけはだな」蓋《ふた》のあいた嗅《か》ぎ薬箱の金箔格子《きんぱくごうし》の内蓋を鼻の下に持ってきながら、ヘンリー卿が言った――「現今では、人間はあらゆるものから逃げおおせるというのに、死だけは例外だからだ。死と俗悪、このふたつこそ、十九世紀の人間が説明して片づけることのできぬ難物なのだ。音楽室へ行ってコーヒーを飲もう。ひとつショパンを弾《ひ》いてくれ。家内と駆落ちした男はショパンを弾くのがうまかったな。可哀想なヴィクトリア! いい女だった。あれがいないと、うちのなかがいささか淋《さび》しい。もちろん、結婚生活は単なる習慣だ、悪習にすぎない。としても、人間というやつは、もっともひどい悪習を失った場合でも、後悔する。いや、もっともひどい悪習にたいしてこそ、もっとも烈しい後悔の念を禁じえないのかもしれない。それほどまでに悪習は人格の欠くべからざる一部となっているのだ」

ドリアンは無言のままテーブルから立ちあがり、隣りの部屋にはいってピアノの前に坐《すわ》り、白と黒の象牙《ぞうげ》のキイに指を漫然と走らせた。コーヒーが運ばれると、かれは手を休め、ヘンリー卿の方を見ながら、「ハリー、バジルは殺されたのだと考えたことがありますか?」と言った。

ヘンリー卿は欠伸《あくび》をする。「バジルはたいした人気だったし、いつでもウォターベリー製の時計を持っていたじゃないか。かれがひとに殺されるわけがどこにある? あいつは敵をこしらえるほどの利口者じゃなかった。むろん、絵の才能はすばらしいものだった。けれども、たとえヴェラスケスに劣らぬ絵かきだって、とことんまで退屈な人間でないとはかぎらない。ほんとうの話、バジルはどっちかといえば退屈な男だった。ただ一度だけぼくの興味を唆《そそ》ったことがあった――もうだいぶ昔のことだが、かれはぼくにこう言った、ぼくはドリアンを熱烈に崇拝している、ドリアンこそぼくの芸術の支配的な動機だ、とね」

「ぼくはバジルが大好きだった」声に一抹《いちまつ》の悲しさをこめてドリアンは言った。「でも、バジルは殺されたのだという噂がありませんか?」

「そう言っている新聞もあるにはあるが。ぼくにはその可能性は信じられない。パリには凄《すご》い場所があることはぼくも知っているが、まさかバジルがそんな所へ出かけたとは考えられない。バジルには好奇心がないからな。それがあいつの主《おも》な欠点だ」

「ハリー、もしぼくが、バジルを殺したのは私ですと言ったら、あなたはなんと言う?」と年下の男が言う。言いおわると、かれはじっと相手の顔を見守った。

「そうだな、ドリアン、きみには似あいそうもない人物を気どっている、と答えるだろう。犯罪はすべて卑俗だ、あたかも、すべての卑俗さが犯罪であるごとく。ドリアン、きみは犯罪を犯せる人間じゃない。これがきみの虚栄心を傷つけたとすればあやまるが、まったくほんとうなのだ。犯罪は下層階級にのみ属する代物《しろもの》だ。ぼくは下層階級を非難しているのではない。かれらにとって犯罪は、われわれの芸術と同じもので、異常な感覚を得るための一手段にすぎぬのだ」

「感覚を得るための手段だって？　それでは、あなたの考えは、一度犯罪を犯したものは、また同じ犯罪を犯すことができるというのですね？　そいつは承服できない」

「いや、なにごとにせよ、度を重ねれば快楽となるものだ」ヘンリー卿は笑いながら言う。「それが人生のもっとも重要な秘訣《ひけつ》のひとつだ。しかし、殺人だけは、どんな場合でもあやまりだと思う。食後の話題にならぬようなことはしないにかぎる。だが、バジルの話は打ち切りにしよう。かれが、きみのいうような真にロマンティックな最《さい》期《ご》を遂げたのだと信じたいものだが、残念ながら、そうは思えない。たぶんバスからセーヌ河に転落して、車掌がそれをもみ消したといったところだろう。そうだ、あいつの最期はそんなところだ。重い艀《はしけ》の浮ぶ濁った緑色の河の底で、長い藻に髪の毛をからませて仰向《あおむ》けに横たわっている姿が眼に見える。どうせ、もうバジルにはたいした仕事が出来なかったろう。ここ十年というもの、かれの絵はだいぶ落ちていたからな」

ドリアンは溜息《ためいき》をつく。ヘンリー卿はぶらぶら部屋を横切り、珍しいジャヴァ産の鸚鵡《おうむ》の頭を撫《な》ではじめる。灰色の羽をした大きな鳥で、頭と尾が桃色をしており、竹のとまり木にとまっていた。卿のとがった指にさわられると、鸚鵡は白いスカーフのような皺《しわ》だらけの瞼《まぶた》を黒いガラスのような眼の上におろし、前後にからだをゆすりはじめた。

「ほんとうだよ」ぐるりと向き直り、ハンカチをポケットから取りだしながら、卿は話を続けた——「かれの絵は相当落ちたよ。なにかを失ってしまったという感じだったが、失ったのは理想だったのだ。きみとかれが大の仲よしであるのをやめたとき、かれは大芸術家であるのをやめたのだ。いったい、なにが原因できみたちはわかれたのかね？　かれがきみをうんざりさせたというところか。だとすると、かれはけっしてきみを赦《ゆる》すまい。退屈な人間にはそういう習慣があるものだ。ところで、かれが描いたきみのすばらしい肖像画はどうした？　仕上って以来いちどもお目にかかったことがないような気がするが。あ、そうか、思いだした。いつかきみから、あれはセルビーに送る途中、紛失したか盗難に遭《あ》ったかしたという話を聞いたな。とうとう見つからなかったのか？　それは残念だ。あれはまぎれもなき傑作だった。ぼくが買いたいと思ったのを憶《おぼ》えている。いまでも欲しいと思う。あれはバジルの絶頂の頃の作品だ。あれからというもの、かれのかくものは下手《へた》な技術と善良なる意図の奇妙な混淆《こんこう》物《ぶつ》となった――それこそ、典型的な英国作家という名称を頂戴《ちょうだい》する資格なのだが。あの絵を見つけるために懸賞広告でもだしたのかね？　当然そうすべきだな」

「忘れてしまった」とドリアンが言う。「だしたかもしれない。が、ともかく、あの絵は嫌いだ。モデルにならなければよかった。あの絵を思い出すのは厭《いや》だ。どうしてそんな話をするのです？　あれを見ると、ぼくはいつもどの芝居だったかの奇妙な一節を思いだしたものだ――『ハムレット』だったと思うが、こんなのじゃなかったかな――

悲しみは見せかけ
心と顔は別物

まさに、あの絵はそういったところだ」

ヘンリー卿は笑った。「人生を芸術的に扱う人間にとっては、頭脳こそが心情だ」

肘掛椅子《ひじかけ》に深々と身を沈ませながら卿は答える。

ドリアン・グレイは頭を振り、ピアノを叩《たた》いて、二三の柔い音をだした。「悲しみは見せかけ、心と顔は別物」と繰り返す。

年上の男は椅子の背にもたれ、なかば閉じた眼で相手を見つめていたが、しばらくして口をきった。「ところで、ドリアン、『ひともし全世界をおのが手に納むるとも』——なんだったかな、その先は？——『みずからの魂を失わば、なんの得るところかあらん』か？」

不意に演奏が乱れ、ドリアン・グレイははっとしたように友人を見つめた。「ハリー、なんだってそんなことを訊《き》くのだ？」

「いいや」ヘンリー卿は驚いて眉毛《まゆげ》をあげながら言った——「きみから答えが聞けやしまいかと思って訊いただけなのだ。この前の日曜日に、ハイド・パークを通ると、マーブル・アーチの脇《わき》に見すぼらしい連中が立って俗悪な街頭説教家の話を聴いているのにぶつかった。ちょうどそのとき、説教家がいまのやつをがなりたてていたのだ。いささかドラマティックだったたね。ロンドンには、こういった類《たぐい》の不思議な効果がふんだんにある。雨のそぼ降る日曜日、雨合羽《あまがっぱ》姿の無気味なクリスチァン、ぽたぽたと雨の滴《したた》る蝙蝠傘《こうもりがさ》がつくる破れ屋根のもとに円く集った蒼白《あおじろ》い顔また顔、そして鋭いヒステリックな脣《くちびる》の発する名句――この場面は、それなりになかなかすてきじゃないか、じつに暗示に富んでいる。ぼくはあの預言者《よげんしゃ》によっぽど言ってやろうかと思った――かれには魂があるが、人間にはない、とね。だが、たとえ言ったとしても、かれには『芸術』にはぼくの意味がわからなかったにちがいない」

「やめてくれ、ハリー。魂は怖《おそ》るべき実在だ。売買することも、交換で譲り渡してしまうこともできる。これを毒することも、完成へ導くこともできる。人間ひとりひとりのうちに魂があるのだ。ぼくはそれを知っている」

「ほんとうにそうだと思っているのかい、ドリアン？」

「そうとも」

「じゃあ、それは幻想にまちがいない。人間が絶対の確信を抱《いだ》いていることにかぎって、真実ではないのだ。そこに、『信仰』の致命的な点があり、『ロマンス』を採れという教訓がある。きみはなんてしかつめらしいのだろう！　そんなに真面目《まじめ》くさるのはやめてくれ。きみにせよ、ぼくにせよ、現代の迷信とどんな関係があると言うのだ？　ぼくたちは魂を信じることを諦《あきら》めてしまったのじゃないか。なにか弾いて聞かせてくれないか。夜曲がいいな、ドリアン。そして、弾きながら、きみがいままで若さを保ってきた秘訣を小声で話してくれ。なにか秘訣があるにちがいない。ぼくはきみより僅《わず》か十年年とっているだけなのに、皺《しわ》だらけで、やつれ衰え、黄色くなっている。きみはほんとにすばらしい、ドリアン。今夜のきみはいままでになく魅力的だ。最初にきみと会った日のことが思いだされる。あのとき、きみはどちらかといえば生意気で、ひどくはにかみ屋で、まったくひとなみはずれていた。たしかにきみは変ったが、容貌《ようぼう》は昔のままだ。是非その秘訣を聞きたいものだ。若さを取り戻すためなら、どんなことでもする――ただし、体操と早起きと体裁屋になることだけは御免だが。若さ！　これにかなうものはなんにもない。青年の無智《むち》を云々《うんぬん》するのはばかげている。いまのぼくが真面目に耳を傾ける意見は、ぼくより年少者の意見だけだ。若いひとのほうがぼくより先んじているような気がする。人生はその最新の驚異を若人《わこうど》に開示しているのだ。老人にたいしては、ぼくはつねに反対の立場を執っている。主義としてそうするのだ。きのう起った事件について老人の意見を訊《たず》ねてみるがいい。かれらはいとも厳粛な口調で、一千八百二十年に盛んだった意見を述べるだろう――ひとびとが首巻をぴんと立て、すべてを信じ、まったく無智であった一千八百二十年の意見をね。その曲はじつに美しい！　ショパンはこれをマジョルカで作曲したのじゃないだろうか？　別荘のまわりを海のすすり泣きがとりまき、潮のしぶきが窓ガラスに打ちつけているときに。すばらしくロマンティックな曲だ。たったひとつ模倣的でない芸術が人間に残されているのは、なんという幸福だろう！　やめないでくれ。今夜は音楽が聞きたい。きみが若きアポロで、ぼくはそれに耳を傾けるマーシアスのような気がしてくる。ドリアン、ぼくにも、きみにはわからないぼくだけの悲しみがある。老年の悲劇とは、自分が年をとったということではなく、若すぎるということなのだ。時おり、ぼくは自分の純真さに驚くことがある。ドリアン、じつにきみは幸福だ！　まったくきみはすばらしい人生を送ってきた！　きみはありとあらゆるものを飲みほした。葡萄《ぶどう》の実を口のなかで押し潰《つぶ》し、その液を味わいつくしたのだ。きみの眼から隠されたものはなにひとつなかった。しかも、それはすべてきみには音楽の調べと変りがなかったのだ。いささかもきみに傷を与えはしなかった。きみはいまだに昔のままでいる」

「ぼくは昔のままではない、ハリー」

「いや、きみは変っていない。きみのこれからの人生がどうなるか、それをぼくは考えている。自制などでそれを台なしにするのはやめるのだな。いまのきみは完璧《かんぺき》な人物だ。それを不完全なものにしてしまうのはよすがいい。きみは現在、一点の非の打ちどころがない。頭を振る必要などあるまい——自分でも知っているくせに。それに、ドリアン、自己欺瞞《ぎまん》はやめるのだ、人生は意志や意図で支配されているのではない。

人生とは、神経と繊維組織、そして徐々に形成される細胞の問題であり、これら神経や細胞のなかに、想念が身を潜ませ、情熱が夢見るのだ。きみは自分を安全と信じこみ、強き人間と考えているかもしれないが、しかし、部屋のなか、あるいは朝空のなかにふと認められた色あい、昔好きだったために、いまでも嗅《か》ぐたびに妙《たえ》なる思い出を匂《にお》わせる香水、かつて眼にふれたことのある忘れられた詩の一行、弾くことをやめてしまった曲の一節――いいかい、ドリアン、こういったものにこそ、人間の生活は左右されているのだ。ブラウニングがどこかにそのことについて書いているが、ぼくらの感覚はそれらのものを心に想《おも》い描くことができるのだ。白リラの香《かお》りが突然ただよってくる瞬間がある、そのとき、ぼくは生涯でもっとも不思議な経験をしたひと月をもう一度生きなければならないのだ。できたら、きみといれ替りたいくらいだ、ドリアン。世界はぼくらふたりに怒号したが、きみにたいしてはつねに崇拝を抱き続けてきた。今後も崇拝し続けることだろう。きみこそ、現代が捜し求めているタイプであり、現代が見つけてしまったことを怖れている理想像なのだ。ぼくはきみがなにもしなかったことを、とても嬉《うれ》しく思う――きみは像を彫るでもなし、絵を描くでもなし、きみという人物以外のなにものをも造りださなかったのだ！　人生こそきみの芸術だった。きみはきみ自身を音楽に編曲したのだ。きみの一日一日が十四行詩《ソネット》なのだ」

　ドリアンはピアノから立ちあがると、手で髪の毛をかきあげた。「たしかに人生はすばらしかった」と小声で言う――「だが、いままでと同じ人生を送るつもりはない、ハリー。だから、いまのような大仰《おおぎょう》なことは言わないでほしい。あなただってぼくのことを何から何まで知っているわけではない。もし知っているとすれば、たとえあなただって、ぼくに背を向けずにはいられないだろう。笑っていますね。笑うのはよしてください」

「どうして弾くのをやめたのだ、ドリアン？　ピアノへ戻って、もう一度あの夜曲を聞かせてくれ。暗い夜空に浮んでいるあの大きな蜜《みつ》のような色の月を見るがいい。月はきみが魅惑してくれるのを待っている。きみが曲を奏《かな》でれば、月は大地に近寄ってくるだろう、弾きたくないのか？　それならクラブに行こう。今夜は楽しい晩だったから、ひとつ有終の美を飾ろうじゃないか。ホワイト・クラブには、ぜひきみと知りあいになりたいというひとがいる――ボーンマスの長男のプール卿だ。かれは早くもきみのネクタイをまね、きみに紹介してくれとせがむのだ。なかなかすばらしい男で、なんとなくきみを思いださせる」

「それは残念だ」眼に一抹の悲しさを泛《うか》べながらドリアンは言った。「でも、ぼくは今夜疲れているから、クラブには行きません。もうすぐ十一時だし、早く寝たい」

「では、そうしたらいい。きみは今夜ほど見事な演奏をしたことはなかった。きみのタッチにはどことなくすばらしいところがあった。いままでに聞いたこともないほどの表情がこめられていた」

「それも、ぼくが善人になろうとしているからだ」微笑をうかべて答えた。「ぼくはもう既に変りかけている」

「ぼくにたいしてまで変らないでほしいな、ドリアン」とヘンリー卿。「きみとぼくはいつまでも友達だ」

「でも、あなたはいつか一冊の本ですっかりぼくを毒してしまった。あれだけは赦《ゆる》せない。ハリー、今後はあの本をだれにも貸さないと約束してくれ。あれは有害な本だ」

「ドリアン、どうやら本式のお説教をはじめたね。そのうちにきみは、改宗家か信仰復活論者よろしくそこらを歩きまわって、自分が倦《あ》き倦きしてしまった罪悪すべてにたいする警告を世人に伝えることになるだろう。そんなことをするには、きみはすばらしすぎる。だいいち、そんな説教は無駄だ。きみとぼくは現にあるがままのきみとぼくであり、未来にしても、なるがままのきみとぼくとなるだろう。本に毒された云々ということにしても、本の害毒なんて存在しないのだ。芸術は行為にはなんの影響も与えない。芸術は行動意欲を根だやしにしてしまうのだ。またとなく不毛なるもの、それが芸術だ。世間が不道徳的なりと称する本は、じつは世間に世間自体の恥辱を見せつけている本にすぎないのだ。だが、文学論はよそう。あす、来たらどうだろう。十一時に馬で出かける予定だ。よかったら一緒に行こう。そのあとで、ブランクサム夫人と一緒の昼食へ連れていこう。夫人は魅惑的な女だ、いま買おうと思っている綴織《タペストリー》のことできみと相談したいそうだ。是非来ないか。いや、それとも公爵《こうしやく》夫人と昼食をともにするか？　あのひとは、このごろちっともきみに会わない、と言っているが、きっときみはグレイディスに倦きたのだろう？　案の定《じよう》だ。なにしろ、あの女の頭脳明晰《めいせき》な話しっぷりには神経がいらいらしてくる。それはともかく、十一時にここへ来るのを忘れないように」

「ほんとに来いと言うのですか？」

「もちろんだ。ハイド・パークはいまが一番いい。はじめてきみと会った年以来、あんなにライラックが見事だったことは一度もなかったのじゃないかな」

「では十一時に来ましょう」とドリアンは言った。「おやすみ、ハリー」入口のところで、かれはなにか言いたげな様子で一瞬ためらったが、ふっと溜息《ためいき》をつくと、おもて出て行った。

第二十章

すばらしい夜だった。たいそう暖かったので、かれは外套《がいとう》を胸にかけていた。絹のスカーフを頸《くび》に巻きもしなかった。巻煙草《まきたばこ》を喫《す》いながら、のんびりと家の方に足を運んでいると、夜会服姿のふたりの青年とすれちがった。ひとりが相手に「あれがドリアン・グレイだ」と囁《ささや》くのが耳にはいった。以前は、他人から指さされたり、じろじろ見つめられたり、話題となったりしたとき、自分はどんなにそれを嬉しがったことだろう、とかれは考える。いまでは、自分の名を聞くのに倦き倦きしていた。最近かれが足繁《あししげ》くかよったあの小さな村の魅力は、その半分までが、そこではかれを知るものがだれひとりいないという事実にあったのだ。かれに魅せられて恋するようになったあの少女に、かれはよく自分は貧乏なのだと言ったが、娘はその言葉を信じていた。ある時は、自分は悪人なのだと言ってやったが、娘は笑って、悪人というのはきまって老いぼれで、ひどく醜いはずだと答えた。あの娘のあの笑いかた！——まるで鶫《つぐみ》の鳴き声のようだった。それに、木綿の着物を着、大きな帽子をかぶった娘の美しかったこと！ あの娘はなにも知ってこそいないが、かれが失ってしまったものすべてをもっているのだ。

家に着いてみると、召使いが寝ずに待っていた。かれは召使いを下らせてから、書斎のソファの上に身を投げだし、ヘンリー卿《きょう》の言ったことを考えはじめた。人間は変ることなどできはしないというのは本当だろうか？ 自分の少年時代の穢《けが》れを知らぬ純真さ——ヘンリー卿がかつて言ったあの薔薇《ばら》のように白い少年時代——にたいする烈《はげ》しい渇望《かつぼう》が湧《わ》きあがってくるのを感じる。たしかにおれは自分を穢した、自分の心を頽廃《たいはい》で充《み》たし、空想に恐怖を及ぼした。他人に悪影響を与え、そのことに怖るべき歓《よろこ》びを味わってきた。長い生涯のあいだにおれと出遭《であ》ったひとびとのなかで、おれのために屈辱のどん底へ落ちたのは、特に気高く、特に前途を嘱望されていた人間だった。だが、はたしてこれはすべて取り返しのつかぬことなのだろうか？ おれにはなんの希望もないのだろうか？

ああ、おれはなんという高慢と激情の衝動に駆られて、あのとき、肖像画がおれの日々の重荷を背負ってくれて、穢れることなき輝かしい永遠の若さをおれが保ち続けるようにと願をかけてしまったのか！ おれの破滅はすべてそのためだ。おれが人生の罪を犯すたびに、かならず間髪をいれずに罰がやってきたほうが、おれのためによかったのだ。罰せられることには浄化がある。「われらの罪を赦し給《たま》え」の代りに、「罪ゆえにわれを打ち給え」という言葉こそ、もっとも正しき神にたいする人間の祈りであるべきだ。

ヘンリー卿から贈られた風変りな彫りのある鏡——それを貰《もら》ったのは、いまから思えば遠い昔だ——それがテーブルの上に立っている、鏡の周囲には白い手足のキューピッドが相も変らず笑っている。かれはそれを手に取ってみる——あの宿命の絵にははじめて変化を認めたあの怖るべき夜にも、かれはやはりこの鏡を取りあげたのだった——そして、涙に霞《かす》む燃えるような眼で、そのなめらかな表面を覗《のぞ》きこむ。かつて、かれに激しい愛を寄せていたあるひとが、狂おしい手紙を送ってよこしたことがある、その結びには次のような偶像崇拝的言辞が連ねられていた——「あなたが象牙《ぞうげ》と金で出来た人間であるために、世界が変ってしまいました。あなたの脣《くちびる》の曲線が歴史を書きかえるのです」このことばが記憶に甦《よみがえ》り、かれは何回となくそれを口ずさむ。そうしていると、自分の美しさがたまらなくなり、はっしとばかりに鏡を床に叩《たた》きつけ、踵《かかと》でそれを押し潰《つぶ》し、銀色に輝く破片としてしまった。おれを破滅させたのはおれの美しさだ——おれが祈り求めた美しさと若さが破滅の元なのだ。そのふたつさえなかったら、おれの生涯は穢れを受けずに済んだかもしれない。若さとは、いったいなんだというのだ？　青二才の未熟な時期、浅薄な気分と病的な思想の時期ではないか。なぜおれは若さの仕着せを身にまとってしまったのだ？　若さがおれを台なしにしたのだ。

過去のことは考えぬにこしたことはない。なにものも過去を変えないのだ。おれ自身のこと、おれの未来のこと、それをこそ考えるべきだ。ジェイムズ・ヴェインは、セルビーの教会の無名墓地に隠されている。アラン・キャムベルはある夜、自分の実験室で拳銃《けんじゅう》自殺を遂げたが、かれが無理強いに知らされた秘密は洩《も》らさなかった。バジル・ホールウォードの失踪《しっそう》をめぐる世間の興奮もやがては消えさるだろう。既に下火となっている。この点、おれの身は安全だ。だが、おれの心に一番重くのしかかっているのはバジル・ホールウォードの死ではない。おれをさいなんでいるのは、おれの魂が生きながらにして死んでいるということなのだ。おれの一生を損《そこな》ったあの肖像画はバジルが描いたものだ。これだけはどうしても赦せない。あの肖像画こそすべての禍《わざわ》いの元なのだ。バジルはおれに我慢のならぬことを口走った──しかもおれは、耐え忍んだ。バジルを殺したのは瞬間的な狂気の仕業《しわざ》にすぎない。アラン・キャムベルにしたところで、その自殺はアラン自身の行為なのだ。自分で選んだ最期《さいご》にすぎない。おれにとってはなんでもないことだ。

新しい生涯！　おれが欲しいのはこれだ。これをおれは待ち望んでいる。いや、既にはじめたのだ。すくなくとも、ひとりの無垢《むく》な乙女《おとめ》を傷つけずにおいたのではないか。もう二度と純真な心を誘惑しまい。おれは善人になるのだ。

ヘッテイ・マートンのことを考えていると、ふとかれは、あの錠のおりた部屋の肖像画に変化があったろうかと気になりはじめた。もはや、以前ほど醜怪ではなくなっているにちがいない。もしおれの生活が穢れなきものとなれば、あの容貌《ようぼう》から邪悪な情熱のしるしをすべて追い払うことができるにちがいない。ことによると、邪悪のしるしは既に消えさっているかもしれない。そうだ、行って見てやろう。

かれはテーブルからランプを取って、忍び足で階段を昇って行った。扉《とびら》の錠をはずすとき、かれの不思議と若く見える顔を歓喜の微笑がよぎり、一瞬、脣のあたりにただよった。そうだ、おれは善良になるのだ、そして、おれがひと眼を避けて隠しこんだあの呪《のろ》わしい代物《しろもの》も、もはやおれにとって怖《おそ》るべき戦慄《せんりつ》の的ではなくなるのだ。なんだか、もう胸の重荷が取れて、身が軽くなったような気がする。

かれはそっとなかにはいり、いつもどおりうしろの扉に鍵《かぎ》をかけると、紫色の覆《おお》いを肖像画から引きおろした。あっという苦痛と憤《ふん》怒《ぬ》とに満ちた叫びがほとばしった。なにも変ってはいなかった——ただ、眼のうちに狡猾《こうかつ》な表情が宿り、口には偽善者のねじけた皺《しわ》が見られるだけだ。いやらしさはそのままだった――いや、以前にも増していやらしいかもしれぬ、点々と手についた真紅の血痕《けっこん》は一段と鮮やかさを増し、したたったばかりの血という感じがさらに強まっている。かれはぞっと身を顫《ふる》わせた。おれのあの善行も、結局は虚栄にすぎなかったのか？　あるいは、ヘンリー卿が嘲笑《ちょうしょう》しながら言ったように、目先の変った感覚を味わおうとする欲求にすぎなかったのか？　それとも、あるがままの自分よりも立派な行為をしようと仕向ける演技にたいする情熱だったのか？　いや、この三つの動機がすべてまじっていたのかもしれない。だが、あの赤い汚点が前よりも大きくなったのはなぜだろう？　皺だらけの指に怖《おそろ》しい疾病《しっぺい》のごとく這《は》いよっているあの汚点。足にも血がついている、まるで絵が血をたらしているようだ――いや、ナイフを握らなかったほうの手にさえ血がついているではないか。自白？　これはおれが自白するという意味なのか？　自首して出て、死刑に処せられるという意味か？　かれは声をたてて笑った。ばかげたことを。それに、たとえ自白したとしても、だれがおれのことばを信用するのだ？　殺された男の痕跡はどこにもありはしない。あいつの持物は一切、焼きつくされた。おれが自分の手で一物も残さず階下の部屋で焼き捨てたのだ。ドリアンは気が狂ったとしか世間は言わぬだろう。それでも、おれがしつこく言い張れば、世間はおれを隔離病棟に押しこめてしまうだろう……だが、進んで自首し、社会的な恥辱を受け、公《おおやけ》の贖《あがな》いをするのが自分の人間としての義務ではあるまいか。天にたいしてはもとより、地に向ってもおのれの罪を告げよ、と人間に呼びかける神がいる。おれがどんなことをしようとも、おのれの罪を告白しないかぎりは、おれの浄化は行われないのだ。おれの罪？　そこでかれは肩をすぼめた。バジル・ホールウォードの死はかれにとってさしたる大事とは思われなかった。かれはヘッティ・マートンのことを考えていた。というのも、かれがいま覗《のぞ》きこんでいるかれの魂の鏡は公正を欠いた鏡だからだ。あれが虚栄だというのか？　好奇心、偽善だというのか？　おれの自制にはそれ以上のなにものも含まれていなかったのか？　それ以上のなにものかがあったはずだ。すくなくともおれはそう思う。だが、だれにもわからないことだ……そうだ。やはりそれ以上のなにものもありはしなかったのだ。虚栄ゆえにおれはあの娘をそっとしておいたのだ。偽善のために善人の仮面をかぶり、好奇心から自己否定を試みたまでのことなのだ。いまとなっては、それを認めないわけにはいかない。

だが、バジルを殺したこと――それは一生おれにつきまとうのだろうか？　おれはいつまでも過去の重荷を背負わねばならぬのか？　やはり白状すべきだろうか？　とんでもない。おれに不利な物的証拠はただひとつしかない。まさしくこの絵こそ唯一《ゆいいつ》の証拠なのだ。よし、これを抹殺《まっさつ》してしまえ。いままで、なぜこんなに長い間取って置いたのだろう？　かつては、これが変化し、老《ふ》けてゆく様を見守るのが楽しみだった。いまでは、そんな快感を味わうどころか、この絵のため夜も睡《ねむ》れず、家を離れているときは、他人の眼が盗み見はしないかとの怖しい懸念《けねん》で胸が一杯だ。このためにおれの情熱は憂愁の影で覆われ、これを思いだすだけで、多くの歓喜の瞬間が損われたのだ。これはおれにとって良心と同じようなものだったのだ。そうだ、良心だったのだ。どうしても抹殺してやる。

あたりを見まわすと、バジル・ホールウォードを刺し殺したナイフが眼にとまった。かれはそれを、血痕が完全になくなるまで何回となくこすった。冴《さ》えきった刃がきらりと光る。このナイフは、かつてあの画家を殺したごとく、いまやその画家の作品と、それがもつすべての意味とを刺し殺すのだ。このひと突きで過去はなきものとなる、過去さえ死んでしまえば、おれは自由の身となれる。このひと突きで怖るべきこの魂の命が消え、魂の呪《のろ》わしい警告さえなくなれば、おれは平和を獲得できるのだ。かれはぐっとナイフを握りしめ、目の前の絵を突き刺した。

悲鳴が聞え、ものの倒れる音が響いた。その叫びにこもった苦悶《くもん》のすさまじさに、召使いたちは愕然《がくぜん》として眼を醒《さま》し、部屋を抜けだした。折から下の広場を通りかかったふたりの紳士が、おもわず足を止めてこの大きな邸《やしき》を見あげた。ふたりはすぐに歩きだし、途中で警官に出遭《であ》うと呼びとめて一緒に引き返して来た。警官は呼鈴を何回も鳴らしたが、なかからはぜんぜん応答がない。一番高い窓のひとつに灯がともっているだけで、家はすべて真暗だった。警官はしばらくしてそこを離れ、隣りの玄関先に立ってじっと見守った。

「だれの家ですか、おまわりさん?」ふたりの紳士のうち年上の男が訊《き》いた。

「ドリアン・グレイさんの家です」と警官が答える。

ふたりは立ち去りながらたがいに顔を見あわせて冷笑を泛《うか》べた。ひとりはサー・ヘンリー・アシュトンの叔父であった。

家のなかでは、着物をはおりかけた雇人たちがそれぞれの部屋のなかで声をひそめて囁《ささや》きあっていた。年老いたリーフ夫人はおろおろ泣いて両手を振りしぼり、フランシスの顔は死人のように蒼《あお》ざめていた。

十五分もたった頃、フランシスは馭者《ぎょしゃ》と従僕のひとりを連れて、そっと階段を昇って行った。ノックをしても返答がないので、三人は声をかけてみた。が、なかはしんと静まりかえっている。扉をこじあけようといろいろやってみたあげく、三人は屋根にあがり、そこから露台に跳《と》びおりた。窓はすぐにあいた——閂《かんぬき》が古くなっていたのである。

なかにはいって見ると、壁には主人の見事な肖像画がかかっていた。それは、召使いたちが最後に眼にした主人の姿そのままであり、そのすばらしい若さと美しさは、ただ驚歎《きょうたん》を誘うばかりだった。床の上に、夜会服姿の男の死骸《しがい》が横たわっていた。心臓にナイフが突き刺さっている。老《ふ》けやつれ、皺《しわ》だらけで、見るからに厭《いと》わしい容貌の男だった。指環《ゆびわ》を調べてみてはじめて、人々はこれが何者であるかを知った。

解説

佐伯彰一

オスカー・ワイルド Oscar Wilde（一八五四―一九〇〇）の名を耳にすれば、たちまち「世紀末」だの「デカダン派」だの「唯美《ゆいび》主義」だの「芸術のための芸術」だのといった、もろもろの古風な亡霊が、多くの読者の眼前にうごめき始めるに違いない。だが、そうした古風な亡霊どもの正体について、余り気を廻しすぎるのは愚かなことだ。亡霊どもには、勝手にさまよわせておくがいい。ぼくのまず読者に求めたいのは、亡霊どもの蠢動《しゅんどう》には目もくれず、成心を去って、さりげなくこの小説を読み始められることである。作者の名前すら無視なさるがよろしい。

いや、中には神経質な小説読者があって、「アトリエの中には薔薇《ばら》のゆたかな香りが満ち溢《あふ》れ、かすかな夏の風が庭の木立ちを吹きぬけて、開けはなしの戸口から、ライラックの淀《よど》んだ匂《にお》いや、ピンク色に咲き誇るさんざしのひとしお細やかな香りを運んでくる」といった、この小説の冒頭の描写に、すでに出来合いのロマンチシズムを嗅《か》ぎとって、辟易《へきえき》なさる方もあるかも知れない。そういう読者は、なにも始めから忠実にページを追って読み進まれるには当らぬ。むしろまずぱらぱらとページをくって見て、手当り次第の拾い読みをなさることをぼくはおすすめしたい。そういう気ままなつまみ喰いを試みて見ると、たとえば「思想の価値は、それを表現する人物の誠実さとはなんのつながりもない、むしろ、人物が誠実さを欠けば欠くほど、思想の知性度は純粋となる。というのも、その場合、思想が、個人の願望、欲求、偏見といったもので彩《いろど》られる心配がないからだ」（27ページ）とか、「ものごとを外観によって判断できぬような人間こそ浅薄なのだ。この世の真の神秘は可視的なもののうちに存しているのだ」（50ページ）とか、「永遠！ 恐しいことばだ。それを聞くとぞっとする。女が好んで用いたがることばだ」（54ページ）とか、「青春をとり戻したいなら、過去の愚行を繰りかえすにかぎる……とりかえしがつかなくなった時はじめて、後悔の種にならないものはただひとつ、自分のあやまちだけであることに思い至るのです」（87ページ）とかいった、刺戟《しげき》的な逆説が、華やかに読者の眼をおどろかすに違いない。こうした印象鮮かな逆説はこの小説の至る所、とくにヘンリー・ウォットン卿《きょう》の口にする台詞《せりふ》のうちに、たっぷりともりこまれてあって、気むずかしい読者にとっても、一種のアペリチフの役割を果してくれることは間違いない。もちろん、小説におけるしゃれた逆説や警句は、女性における香水や装身具の如《ごと》きものであって、度を越した使用は禁物だ。また、小説のコンテクストの中から引き離して、勝手に解釈したり、珍重したりすべきものでもあるまい。『ドリアン・グレイの肖像』の読者にも、まずいわば知性の準備体操、柔軟体操として、これらの警句をたのしむことをおすすめしたいのだ。

そこで、気分と身体《からだ》とを十分解きほごした上で、いよいよ小説を読み始めるのだが、この小説全体がまた、一連の柔軟体操といっていいのである。読者は世上多くの読物小説のように、筋の思いがけぬ変化や発展、また多種多様な性格の組合せなどを期待なさってはいけない。この小説の仕組はきわめて単純である。冒頭の「画家の序文」の中で、すでにその種明かしがなされている。美貌《びぼう》の青年モデル「ドリアン」について、『あんなすばらしい人間が年をとってしまうとは、なんという傷《いた》ましいことだ」歎息《たんそく》まじりにワイルドが言った。「まったくだ」とわたしは答えた。「もし『ドリアン』がいつまでもいまのままでいて、代りに肖像画のほうが年をとり、萎《しな》びてゆくのだったら、どんなにすばらしいだろう。そうなるものならなあ！」ただそれだけだった』

正《まさ》しく「ただそれだけ」なのであって、この思いつきに小説的なふくらみと、肉づきをあたえたのが、『ドリアン・グレイの肖像』にほかならない。Ars longa, vita brevis 芸術ハ長ク、人生ハ短シ！　という古来の常識を（この語の原義は違うようだが、ここでは立ちいらない）裏返しにして見ようという試みである。読者は本文を読み進められる前に、このアイディアについて各人それぞれ自分流に思い廻《めぐ》らしてみられるのも一興であろう。肉体的な若さや美貌が永遠に衰えを知らず、芸術つまり肖像画の方だけが老い朽ちてゆくのだとしたら？　ある読者は、永劫《えいごう》不変の青春にやり切れぬ倦《けん》怠《たい》を予感なさるかも知れないし、さらには、「サイエンス・フィクション」風な、ファウストの未来版に空想を馳《は》せる方もあるかも知れない。さて、わがオスカー・ワイルドの場合は？

この点では、ワイルドは、意外なほど生真面目《きまじめ》なモラリストだと、ぼくには思われた。ワイルドについて、「生真面目」だとか、「モラリスト」だとかいう呼び名を、場外れに感じられるだろうか？　なるほど、この主人公、世紀末の小型ファウストは、わがグレートヒェン、可憐《かれん》なる女優のシビル・ヴェインを自殺にいたらしめて、いささかも改悛《かいしゅん》の情を示さない。のみならず、彼がシビルを捨て去る理由というのは、女優たる彼女が、現実の恋を知ったことによって、舞台の上の恋の演技ににわかに生気を失ったという、いとも「芸術的」なものなのだ。いかにも「世紀末」の「芸術至上主義者」らしい描き方には違いない。だが、無傷で許されるのは、ドリアンの「美貌」だけに違いない。「美貌」とは、つまり外面《そとづら》であり、世間に向けた外貌にほかならない。自分の寝室の奥に秘め隠した彼の「肖像」は、一つ一つの「悪事」の度《たび》ごとに、口辺のしわの数を正確にふやしてゆくのである。ただ一つの悪徳も、頽廃《たいはい》も見逃《みのが》されない。いかなる微罪も見逃さぬ峻厳《しゅんげん》なる大法官のはかりを思わせる厳密さである。わがドリアンぐらい、自由な享楽者《きょうらくしゃ》、気ままな放蕩者《ほうとうしゃ》からほど遠い存在はいないのだ。

実際、ドリアンの放蕩ぶりや、「悪事」には、つねに非現実的な匂いがつきまとっている。画家殺しに至るまで、彼の「悪」からは、多くの「悪事」につきものの官能的な陶酔や、はげしい解放感はいささかも嗅《か》ぎとれない。彼のおかす背徳や頽廃は、じつのところ、語られているだけで、小説的に描かれてなどいないのだ。むしろわがドリアンには、あえて「義」のために「悪」をなす底《てい》の、ストイックな修行者の面影すらただよっている。彼は享楽のいかなる瞬間においても、彼の寝室に秘めた自己の肖像画の存在を忘れさることがない。「肖像」は、たとえ屋根裏部屋におしこめようと、彼自身の影のように、まといついて止《や》まぬ。そして、結局のところ、彼の享楽も悪徳も、一切の帳尻《ちょうじり》はこの「肖像画」においてつけられるのだ。「肖像」とは、ドリアンの 'alter ego'（もう一つの自分）であり、さらに敢《あ》えていえば、彼の良心に他ならない。（「良心」という言葉を使うのは作者自身だ）ドリアンが、いかに自由放胆な享楽家、感覚追求者をもって任じようとも、ついに内なる「良心」の支配から逃げ出すことは不可能である。追いつめられたドリアンは、最後には、彼の「肖像」に、つまりは自分の心臓にナイフを突き刺してこと切れるのである。自分の分身たる「良心」において一切の帳尻を合わせようとして、ついには良心と刺しちがえることによって生涯を閉じる――これほど、「生真面目なモラリスト」的な生き方があるだろうか。

もちろん、生ま身のドリアンと「肖像」という組合せは、もともとは現実と芸術、実生活と虚構の世界という対立を意味するものに違いない。そして、現実が芸術を支配するのではなく、じつは作られた第二の自我、フィクショナルな自我の方が生ま身の人間をひきずり、ついには破滅に至らせる、というところにワイルドらしい、逆説的な主張がこめられているには違いない。そして、誘惑者ヘンリー・ウォットン卿の影響が、大きくドリアンをゆさぶり立てていることも明らかだが、この作品に描き上げられた限りでのフィクショナルな自我に、ぼくらを驚かすような凄《すさ》まじい迫力が果して感じとれるであろうか。現実の秩序や規制とはげしくぶつかり合い、これを押し流してゆく底《てい》の動力をそなえているであろうか。どうもぼくには、そうは思われない。むしろ、一画家の手になるフィクショナルな創造物が、次第に、内的な良心にと転化してゆく過程のうちに、生きたドラマが感じられる。この小説は、高らかな芸術至上主義宣言などとしてよりも一箇の倫理的な寓話《ぐうわ》として生きているのではないだろうか。少くともぼくの耳には、「良心」を無視し、否定しようと躍起になって大きな身振で努めながら、ついにはその当の相手と刺しちがえざるを得なかった作者自身の悲鳴の如きものがはっきりと聞きとれたのである。

この小説の原名は、"The Picture of Dorian Gray" 一八九一年に刊行された。ヘンリー・ウォットン卿とドリアンとの間、さらには画家もふくめた三者の間には、同性愛的な三角関係の匂いも嗅ぎとれるのだが、当時としては、この点に深く立ち入って描写することは不可能でありしごく暗示的に仄《ほの》めかす他はなかった。こうした制限が、あるいはこの小説に一種抽象的な稀薄《きはく》さを感じさせる直接の要因となっているかも知れない。だが、ぼくとしては、柔軟体操風な逆説からの出発が、書き進むにつれて、次第に倫理的な渋面へとこわばってゆかざるを得ぬ過程に、かえって身近な親しみを覚えたことをつけ加えておきたい。この点に興味を覚えられた読者は、ポーの『ウィリアム・ウィルソン』あたりと読み比べられるのも一興であろう。一見、純粋な審美派の説の中に、意外に根深く倫理性、宗教性が喰いこんでいる場合が多いのだ。

（昭和三十七年四月、文芸評論家）

新潮文庫最新刊

早見俊著
高虎と天海
戦国三大築城名人の一人・藤堂高虎。明智光秀の生き延びた姿と噂される謎の大僧正・天海。家康の両翼の活躍を描く本格歴史小説。

永嶋恵美著
檜垣澤家の炎上
女系が治める富豪一族に引き取られた少女。政略結婚、軍との交渉、殺人事件。小説の醍醐味の全てが注ぎこまれた傑作長篇ミステリ。

谷川俊太郎
尾崎真理子著
詩人なんて呼ばれて
詩人になろうなんて、まるで考えていなかった――。長期間に亘る入念なインタビューによって浮かび上がる詩人・谷川俊太郎の素顔。

R・トーマス
松本剛史訳
狂った宴
楽園を舞台にした放埒な選挙戦は、美女に酒に金にと制御不能な様相を呈していく……。政治的カオスが過熱する悪党どもの騙し合い。

G・D・グリーン
棚橋志行訳
サヴァナの王国
CWA賞最優秀長篇賞受賞
サヴァナに〝王国〟は実在したのか？ 謎の鍵を握る女性が拉致されるが……。歴史の闇を抉る米南部ゴシック・ミステリーの怪作！

矢部太郎著
大家さんと僕 これから
大家のおばあさんと芸人の僕の楽しい〝二人暮らし〟にじわじわと終わりの足音が迫ってきて……。大ヒット日常漫画、感動の完結編。

Title : THE PICTURE OF DORIAN GRAY
Author : Oscar Wilde

ドリアン・グレイの肖《しょう》像《ぞう》

新潮文庫　ワ－1－1

昭和三十七年四月三十日　発　行
平成十六年七月三十日　六十一刷改版
令和　六　年八月五日　七十五刷

訳者　福《ふく》田《だ》恆《つね》存《あり》

発行者　佐藤隆信

発行所　株式会社　新潮社

郵便番号　一六二―八七一一
東京都新宿区矢来町七一
電話　編集部(〇三)三二六六―五四四〇
　　　読者係(〇三)三二六六―五一一一
https://www.shinchosha.co.jp

価格はカバーに表示してあります。

乱丁・落丁本は、ご面倒ですが小社読者係宛ご送付ください。送料小社負担にてお取替えいたします。

印刷・錦明印刷株式会社　製本・株式会社植木製本所

ISBN978-4-10-208101-3 C0197